Faux pas

MARIA ADOLFSSON

Faux pas

Doggerland

Traduit du suédois
par Anna Postel

J'AI LU

TITRE ORIGINAL
Felsteg

ÉDITEUR ORIGINAL
Wahlström & Widstrand, Stockholm, Suède.
Publié en accord avec Bonnier Rights,
Stockholm, Suède

NORVÈGE
SUÈDE
FINLANDE
DANEMARK
LETTONIE
LITUANIE
DOGGERLAND
ALLEMAGNE
POLOGNE
ROYAUME-UNI
PAYS-BAS
BELGIQUE
FRANCE
SUISSE
ROUMANIE
ESPAGNE
DOGGERLAND
Gudheimby
NOORÖ
Skreby
Lysvik
Thorsvik
Grunder
Ravenby
HEIMÖ
Langevik
Helleviksnäs
DUNKER
Sande
FRISEL

« Comme tous les endroits vrais,
[cette île] ne figure sur aucune carte[1]. »

Herman MELVILLE,
Moby-Dick ou le Cachalot

1. Traduit par Philippe Jaworski, Gallimard, 2006.

1

Avant même d'ouvrir les yeux, elle sait que quelque chose ne tourne pas rond. Vraiment pas rond.

Elle devrait être allongée dans un autre lit. N'importe lequel, mais pas celui-ci. Les légers ronflements qui emplissent la pièce devraient être ceux de quelqu'un d'autre, de n'importe qui. Mais pas les siens. Avec une certitude absolue qui chasse toute autre pensée, elle sait qu'elle doit partir. Immédiatement. Avant qu'il ne se réveille.

Avec des gestes aussi lents et silencieux que possible, Karen Eiken Hornby repousse le drap et s'assied, évitant de se tourner vers l'autre côté du grand lit. Elle balaie du regard la chambre d'hôtel. Sa culotte et son soutien-gorge gisent par terre, juste à côté de ses pieds nus ; sa robe forme un tas sur la table basse près de sa veste en daim verte ; son sac à main a échoué sur un fauteuil. Un peu plus loin, elle devine ses baskets à demi cachées derrière la porte entrouverte de la salle de bains.

Elle prépare chaque mouvement avec minutie. Objectif : déguerpir rapidement. Derrière elle, les respirations de l'homme sont lourdes, tandis que les siennes sont légères, silencieuses. Tâchant de contenir la vague d'angoisse qui lui tord les boyaux, elle répète mentalement les gestes à exécuter. C'est parti. Elle inspire longuement avant de se pencher pour saisir sa culotte, qu'elle enfile dans la foulée, et son soutien-gorge. Puis elle se lève avec délicatesse, pour éviter qu'une secousse n'ébranle le matelas. La pièce tournoie autour d'elle. Elle attend. Respire. L'échine courbée, elle esquisse une série de pas, ramasse les collants d'une main, la robe et la veste de l'autre. Assaillie par une nausée de plus en plus violente, elle se faufile dans la salle de bains et tire la porte derrière elle sans un bruit. Un instant d'hésitation, puis elle ferme le verrou, décision qu'elle regrette aussitôt qu'elle entend le cliquetis de la serrure. Elle plaque l'oreille contre la porte, mais n'entend que les palpitations assourdissantes de son cœur et le vacarme du sang qui bat dans ses tempes.

Elle se retourne.

Dans le miroir qui surplombe le lavabo, un regard vide et étrangement peu familier rencontre le sien. Avec mépris, elle considère ses joues écarlates et les restes de mascara qui dessinent des cernes sombres sous ses yeux. Les mèches brunes échappées de sa queue-de-cheval pendouillent d'un côté du visage. Sa longue frange est plaquée sur son front collant de sueur. Elle examine ce paysage dévasté et murmure, la bouche pâteuse :

— Mais quelle imbécile !

Son estomac se révulse et à peine a-t-elle le temps de se pencher au-dessus de la cuvette des toilettes qu'elle rend tripes et boyaux. Il va se réveiller, songe-t-elle, impuissante, secouée d'un nouveau haut-le-cœur. Elle halète, prête à faire face à la prochaine salve, ferme les yeux pour ne pas voir les restes de la veille dans les toilettes. Elle attend quelques instants, mais la nausée semble s'être calmée. Momentanément soulagée, elle se redresse et remplit d'eau ses paumes jointes. Elle se rince la bouche, se rafraîchit le visage. Le mascara coulera plus encore, mais qu'importe ! Au point où elle en est. Elle a déjà atteint le cercle ultime de cet enfer.

À presque cinquante ans, elle a vraiment touché le fond cette fois. Elle a l'impression d'en avoir soixante-dix.

Prendre la poudre d'escampette sans tarder, voilà son seul espoir. Rentrer chez elle, se coucher pour mourir. Dans son propre lit. Mais d'abord elle doit sortir d'ici, monter dans sa voiture et regagner son domicile sans parler à personne, sans que personne la voie. Ce n'est pas impossible, songe-t-elle. S'il y a bien un jour où l'on peut quitter la ville sans se faire remarquer, c'est celui-ci : à 7 h 15 le lendemain de la fête de l'huître, tout Dunker est en hibernation.

Elle remplit un verre à dents d'eau froide et l'avale tout en détachant de l'autre main sa queue-de-cheval. L'élastique emporte avec lui de longs cheveux bruns. Elle vide un deuxième verre, enfile sa robe, fourre son soutien-gorge et ses collants dans son sac et s'apprête à abaisser la poignée de la porte lorsque quelque chose la retient. Elle doit tirer la chasse. Même si le bruit le réveille, elle n'a pas le choix. Elle ne peut pas laisser de traces. Les yeux fermés, le visage figé dans une grimace de dégoût, elle écoute l'eau se déverser puis le réservoir se remplir. Elle patiente encore quelques instants, jusqu'à ce qu'on n'entende plus qu'un faible chuintement. Elle accroche son sac à l'épaule.

Puis elle prend une profonde inspiration et pousse la porte.

Il est étendu sur le dos, le visage tourné vers elle. Elle s'immobilise : à contre-jour, on dirait qu'il l'observe. Mais un nouveau ronflement retentit et elle sursaute.

Six secondes plus tard, elle a ramassé ses chaussures et ouvert la porte qui donne sur le couloir de l'hôtel. Et là, à deux pas de la liberté, quelque chose la pousse à se retourner. Obéissant à une impérieuse impulsion, comme lorsqu'elle dépasse un accident sur l'autoroute et que sa curiosité prend le dessus, elle parcourt du regard l'homme dans le lit, s'arrête sur sa bouche entrouverte qui laisse échapper à chaque expiration un léger râle.

Envahie par un sentiment d'irréalité, Karen contemple son chef pendant trois secondes avant de tourner les talons.

2

La porte de la chambre 507 émet un petit claquement en se refermant. Karen longe le couloir, foulant de ses pieds nus la moelleuse moquette rouge. Arrivée dans l'ascenseur, elle enfonce le bouton rez-de-chaussée. Les tempes battantes, elle enfile péniblement ses baskets, son index faisant office de chausse-pied. À peine a-t-elle terminé qu'un tintement annonce l'ouverture de la porte.

Heureusement, il n'y a pas âme qui vive à la réception. Elle s'empresse de traverser le lobby. Direction la sortie. Comment est-elle arrivée ici ? Elle prend conscience avec effroi qu'elle n'en sait rien. Sont-ils vraiment venus ensemble ? Qui en a eu l'idée ? Des bribes de souvenirs lui reviennent comme de courtes séquences cinématographiques : sur le port avec Eirik, Kore et Marike ; la tournée des bars ; des montagnes d'huîtres et plusieurs verres de vin ; Jounas Smeed qui fait irruption dans l'un des pubs au petit matin. Puis des rires, des remarques taquines, des disputes soudaines suivies de réconciliations, d'accolades alcoolisées, et le visage de Jounas proche du sien. Bien trop proche.

En sortant par la porte à tambour, une nouvelle pensée terrifiante jaillit dans son esprit : et si quelqu'un les avait vus demander une chambre ?

Dehors, le ciel de septembre est dégagé. Elle avale un grand bol d'air frais, mais la nausée l'assaille à nouveau. La main plaquée sur la bouche, elle jette un coup d'œil à la rue déserte avant de la traverser au pas de course. De l'autre côté du sentier littoral, elle s'appuie au parapet. Son estomac s'est calmé, mais le soulagement est de courte durée. L'idée qu'elle refoule depuis son réveil dix minutes plus tôt la frappe de plein fouet : le pire est à venir. Lundi matin, elle devra le revoir.

Karen laisse glisser son regard le long de la baie vers la zone portuaire à l'est. Dans le port de plaisance, on distingue un méli-mélo de mâts qui se balancent au gré des vagues tandis que le terminal des ferries, plus loin, est aussi mort que tous les dimanches. Le ferry en provenance d'Esbjerg n'arrive pas avant 20 heures ce soir et, depuis quelques années, on ne peut plus rejoindre ni le Danemark ni l'Angleterre par la mer le week-end. Aujourd'hui, qui veut quitter l'archipel doggerlandais un dimanche n'a d'autre choix que de prendre l'avion à Ravenby. À travers la brume matinale qui s'attarde au-dessus de la mer, Karen distingue la tour radar blanche d'un bateau de croisière amarré au loin, dans le port en eau profonde.

Elle observe l'horizon, les yeux plissés, fouille dans sa poche intérieure à la recherche de ses lunettes de soleil et étouffe un juron : elles ne sont pas à leur place habituelle. Elle passe la main sur toutes ses poches. Rien. Elle a dû les perdre la veille au soir ou les oublier dans la chambre d'hôtel. Elle sera éblouie par le soleil rasant pendant au moins la moitié du trajet jusqu'à Langevik. Sans compter la soif, la nausée et le mal de tête carabiné. Elle aurait besoin d'un double expresso et de deux antalgiques avant de prendre le volant – dans son état, elle représente un véritable danger public. Or, sans même se retourner, elle sait que ni les magasins ni les cafés de l'autre côté de la rue de la Plage ne sont ouverts. À cette heure-ci, le lendemain de la fête d'Oïstra, elle est sans doute la seule âme éveillée dans cette ville accablée par les excès de boisson, à l'exception peut-être d'une ou deux souris qui furètent au milieu des coquilles d'huîtres dans les poubelles débordantes. Cette pensée lui soulève à nouveau les entrailles.

Karen prend quelques profondes inspirations, les yeux fermés, les paumes appuyées sur les grosses pierres froides du muret. L'air frais est vivifiant ; la brise s'engouffre dans ses cheveux humides, les faisant voleter devant son visage. Elle se tourne, dos au soleil, et contemple la plage. Une bande de mouettes rieuses s'affaire en hurlant autour de quelques sacs-poubelle mal noués qui n'ont pas trouvé de place dans les bacs à ordures installés pour l'occasion. Un peu plus loin, elle aperçoit un autre gros sac. Ou plutôt, non, c'est un homme étendu sur le sable, endormi, sa veste lui tenant lieu de couverture. À côté de lui, un caddie, peut-être volé chez Qvick ou Tema, rempli de bouteilles et de canettes vides. Sans doute l'un des poivrots qui traînent vers le centre commercial derrière la place du Marché. Il aura probablement un réveil aussi difficile que le sien : assoiffé, baigné de sueur, une gueule de bois aussi lourde à porter qu'un sac de pierres. Lui, au moins, se dit-elle, semble avoir passé la nuit dans une chaste solitude – contrairement à elle.

Au loin, une mobylette pétaradante tente sans grande conviction de rivaliser avec le bruit monotone de la mer qui vient lécher le rivage. Des vagues coiffées d'écume se brisent contre la jetée qui s'étire, intrépide, dans la mer. Dans la baie, un voilier décati est amarré à l'un des six ducs-d'Albe. La police du port le délogera, ce n'est qu'une question de temps. Il est possible que les jeunes agents ferment les yeux jusqu'à l'après-midi ; même les plus zélés n'auront pas la force d'éveiller leur instinct de chasse avant midi en une matinée comme celle-ci.

L'extrémité de la jetée disparaît dans la purée de pois ; les contours du phare dressé sur le brise-lames d'un kilomètre de long demeurent flous. Le brouillard devait être épais cette nuit, pense-t-elle en se remémorant la complainte incessante des cornes de brume. Puis, un autre souvenir : Jounas, agacé, qui se lève pour fermer la fenêtre avant de revenir vers le lit. Refoulant cette image, elle s'achemine à pas rapides vers le parking jouxtant la rue de l'Hôtel-de-Ville, trois pâtés de maisons plus loin.

Arrivée sur l'aire de stationnement déserte, elle s'apaise en apercevant sa Ford Ranger vert foncé sagement garée là où elle l'a laissée douze heures plus tôt. Dans moins d'une heure, elle sera chez elle, sous sa couette et, derrière des stores fermés, elle s'abandonnera au sommeil. Quelques heures de répit sans place pour l'autoflagellation.

À cet instant, elle se rend compte que sa clef de voiture a disparu.

3

— Est-ce qu'on peut vous aider, madame ?

La voix derrière elle est autoritaire et légèrement condescendante. Karen se fige, une main dans son sac et l'autre appuyée contre le capot de sa voiture.

Cela fait plusieurs longues minutes qu'elle est là, accroupie près du véhicule, à fouiller toutes les poches, tous les compartiments de sa besace, à sortir méthodiquement toutes ses affaires, sentant la panique monter en elle.

Elle laisse échapper un juron entre ses mâchoires serrées ; bon sang ! mais que fait la police ici, à cette heure ? Patrouiller les rues et les places quand tout le monde dort, c'est gâcher du temps-homme et jeter l'argent du contribuable par les fenêtres ! Avec un gros soupir, elle se lève, les jambes raides. Elle se tourne, s'efforce d'esquisser un sourire décontracté. Mais le résultat est plus proche d'une grimace.

Une expression d'horreur suivie d'incrédulité passe sur le visage des deux policiers lorsqu'ils la reconnaissent.

— Oh, désolé ! s'écrie le plus âgé en faisant un pas en arrière, mal à l'aise.

Désarmé, il scrute alternativement les restes de maquillage sur le visage pâle de Karen et les objets qui jonchent l'asphalte. Sa collègue, de quelques années sa cadette, a jeté un bref coup d'œil à Karen et étudie maintenant avec une curiosité non dissimulée le fatras par terre. Le journal du matin, un téléphone portable, quelque chose qui ressemble à une paire de collants noirs, une pomme à demi mangée à la chair brunie dans laquelle on aperçoit des marques de dents, un soutien-gorge et une boîte de préservatifs.

Karen esquisse un nouveau sourire forcé, sentant sa peau se tendre.

— Je ne retrouve pas ma clef de voiture, explique-t-elle dans une inspiration, évitant ainsi de souffler son haleine vers les deux policiers. Nouveau sac à main…

— Vous avez passé la nuit en ville, madame ? demande l'agente.

Se tenant à côté de Karen, elle la regarde avec un petit sourire de connivence. Karen sent l'agacement monter – qu'est-ce que ça peut bien lui faire à cette minette à queue-de-cheval au corps de coach de fitness ?

— Qu'est-ce que vous voulez dire par là ?

Karen braque ses yeux perçants sur la jeune femme – des yeux bleus aux pupilles cerclées de jaune capables d'effrayer et de réduire au silence. Elle la fixe, l'oblige à détourner le regard, et le regrette dès l'instant où elle remporte la bataille. Mais qu'est-ce qui lui prend ? Elle tente de se rattraper :

— La fête d'Oïstra finit toujours très tard, j'ai dormi chez un ami… Mais je devrais me remettre à chercher.

Karen esquisse un geste vers son sac et la montagne d'objets qui semblent encore retenir l'attention de la policière. Au même moment, une main gantée s'empare des collants roulés en boule, les soulève et les secoue légèrement. Une clef plate en tombe et s'échoue sur les dalles du trottoir. Deux secondes plus tard, on entend le bip familier d'une voiture qui se déverrouille.

— Voilà, cheffe, dit Sara Inguldsen en lui tendant la clef avec un sourire en biais.

Karen la saisit, incapable d'ouvrir la bouche. Dans une parfaite synchronisation, les deux policiers reculent de quelques pas et esquissent un salut. Son jeune collègue Björn Lange sort également de son mutisme.

— Conduisez prudemment, inspectrice Eiken !

4

L'autoroute qui mène de Dunker à Langevik suit la côte sud-est de Heimö[1] sur six kilomètres, traverse la longue et mince péninsule de Skagernäs et continue vers le nord-est sur un kilomètre et demi. Karen sent un filet de sueur glisser le long de son dos alors même que le froid artificiel de la climatisation lui donne la chair de poule. Ses mains cramponnent le volant et elle jette à intervalles réguliers un coup d'œil au compteur. Certes, il est peu probable que la Direction de la sécurité routière ait posté des agents sur le bas-côté un matin comme celui-ci, mais l'idée de se faire arrêter par des collègues et de devoir en plus souffler dans le ballon est à peu près aussi attrayante qu'une autre nuit avec Jounas Smeed. Et les conséquences sur sa carrière seraient aussi dramatiques. La législation a beau être encore trop laxiste – résultat du pragmatisme des décideurs politiques qui ont plus à perdre qu'à gagner d'un changement de loi –, son alcoolémie dépasse sans doute largement le seuil autorisé. Un éclair glacial lui traverse les entrailles et elle ralentit à nouveau. Pas ça. Jamais.

Sur la route, les voitures sont rares ; plusieurs minutes peuvent s'écouler sans qu'elle en croise

1. *Ö* signifie « île » en suédois. *(Toutes les notes sont du traducteur.)*

aucune. Karen relâche son étreinte sur le volant et tente de se débarrasser de la tension qui tenaille ses épaules. Plus tard, lorsqu'elle aura dormi quelques heures, elle passera en revue chaque détail de la soirée de la veille, elle ressassera chaque événement, elle le tournera et retournera dans sa tête, elle s'accusera, battra sa coulpe et se condamnera à une vie ascétique. Pas une goutte d'alcool pendant plusieurs semaines, plus jamais de cigarettes, footing tous les jours, séances à la salle de sport, et alimentation équilibrée. Examen de conscience puis jugement. Ce n'est pas la première fois. L'héritage de sa famille de Noorö est ancré en elle. Pas suffisamment pour la protéger du péché, mais suffisamment pour que ses errements les plus graves l'emplissent d'angoisse. Pas par peur de la colère divine ou de l'exclusion du royaume des cieux ; plutôt par crainte du prix à payer au cours de sa vie terrestre. Les petites piques, les sourires narquois, les sous-entendus. Comment continuer à travailler ici ? A-t-elle le choix ? Quelques semaines de vacances ne feront pas disparaître le problème… et que faire ensuite ? Jouer le tout pour le tout et démissionner ? Changer de branche à son âge ? Tout cela semble exclu, et elle s'efforce de ne plus penser à l'avenir, mais elle ne parvient pas à contrer les assauts des souvenirs de la soirée.

Hier, le dernier samedi de septembre, elle avait retrouvé Marike, Kore et Eirik au Rover pour une bière avant le début de la traditionnelle fête de l'huître. Marike était d'humeur massacrante : elle venait de réduire à néant deux semaines de travail dans son atelier de céramique à cause d'un problème de four. Apparemment, le nouvel émail sur lequel elle avait tant misé n'avait pas tenu ses promesses. Sans compter que Marike a toujours eu une sainte horreur des huîtres, ce qu'elle avait déclaré avec un accent danois étrangement marqué. Au fil du temps, ils s'étaient accoutumés à son audacieux mélange de doggerlandais et de danois. Ils avaient remarqué que son accent fonctionnait comme une sorte de compteur Geiger de son état d'esprit ; hier le compteur avait fait des bonds. Comprendre ses vitupérations nord-jutlandaises relevait quasiment de l'impossible.

Kore et Eirik, en revanche, étaient d'humeur festive. Deux jours plus tôt, leur offre pour une maison à Thingwalla avait été acceptée et ils avaient passé le vendredi soir à s'inquiéter des taux de remboursement, à se disputer sur l'aménagement intérieur et à se réconcilier sur l'oreiller. Le samedi, ils étaient restés au lit toute la journée où, dans un cocon de confiance en l'avenir, ils avaient réfléchi à l'organisation du déménagement, à la pendaison de crémaillère et à leurs vieux jours ensemble.

Quant à Karen, elle avait eu un samedi productif : après une virée au magasin de bricolage de Rakne, elle avait isolé sept fenêtres, changé les gonds de la porte de la cabane à outils et passé près d'une demi-heure au téléphone avec sa mère sans hausser le ton une seule fois. Puis elle avait rejoint ses amis au pub et avait contemplé leurs corps encore bronzés dans la pénombre de la pièce. Elle-même était pâle, semblait fatiguée, presque malade, ce que s'était empressé de souligner Kore avec un surprenant manque de tact.

— Oui, mais maintenant, c'est à mon tour de partir, lança-t-elle. Lundi, mardi au plus tard.

Après quelques jours de repos en juin, elle avait trimé le reste de l'été, bouclant une enquête en solo pendant que ses collègues se doraient la pilule. Elle avait rédigé les derniers rapports, mis de l'ordre dans ses affaires et tenu le fort avec l'aide de personnel redéployé temporairement des autres districts. Quand on lui avait demandé, l'air de ne pas y toucher, si elle pouvait envisager de prendre ses congés à l'automne, elle avait réussi à dissimuler sa satisfaction. Sans se plaindre, elle avait travaillé pendant toute la saison estivale, se faisant passer pour une martyre, engrangeant des points de compassion qu'elle pourrait brandir au moment où tout le monde se battrait pour prendre des vacances entre Noël et le Jour de l'an.

Confortablement enfoncée dans un fauteuil du pub *The Rover*, elle expliqua à ses amis qu'elle s'apprêtait à partir trois semaines en vacances, surtout en Alsace, tandis que l'obscurité et le froid descendraient sur l'archipel doggerlandais. Là, dans le domaine où elle possédait encore quelques parcelles et quelques pieds de vigne, elle allait passer du temps avec Philippe, Agnès et les autres, à discuter du millésime de cette année et à le comparer avec ceux des années précédentes.

Mais d'abord, il fallait célébrer Oïstra.

Comme chaque année, la fête de l'huître commença dans le port où les habitants de Dunker et les touristes débarqués pour l'occasion se pressaient entre les tables. Les huîtres n'étaient pas tout à fait assez charnues, mais le premier samedi suivant l'équinoxe d'automne marquait chaque année le coup d'envoi d'une longue saison. Et il s'agissait de faire bombance. Des montagnes d'huîtres plates et creuses disparaissaient pour se reformer aussitôt, des billets changeaient de mains tandis que des hommes essoufflés et transpirant apportaient de nouveaux tonneaux de bière brune et de liqueur de Heimö aromatisée au piment royal. Pain noir et beurre étaient traditionnellement les seuls accompagnements – des petits extras bienvenus pour contrer les effets conjugués de l'alcool et de la faim, qui étaient donc proposés gratuitement ce soir-là. Et les sponsors étaient partout.

La fête fut semblable aux éditions précédentes.

L'ambiance avait beau être gaie et amicale, Oïstra faisait chaque année son lot de victimes, entre les comas éthyliques, les bagarres et les intoxications alimentaires. Ce qui rompait avec la tradition, en revanche, c'était la présence de *street food* et de vin bon marché servi dans des gobelets en papier, phénomène qui en avait contrarié plus d'un ; depuis quelques années, les journaux publiaient le courrier de lecteurs mécontents, du « défenseur du patrimoine culturel du Doggerland » au « septuagénaire déçu ». Même les divertissements avaient évolué, ce qui n'était pas non plus du goût de tous : l'orchestre folklorique qui mettait à lui seul l'ambiance toute la soirée il y a vingt ans était à présent concurrencé par des groupes de rock locaux ou invités, d'insupportables concours de chansons, le vacarme d'attractions installées pour l'occasion et les cris suraigus des enfants.

Avant de quitter le port, Kore et Eirik engloutirent chacun une bonne douzaine d'huîtres et Karen au moins la moitié, sous le regard réprobateur de Marike qui observait avec dégoût leurs têtes rejetées en arrière et leurs bouches avides grandes ouvertes.

— Les molluchques, ch'est pas pour les humains. Cha peut vous détraquer l'eschtomac ! lança-t-elle la bouche pleine de porc effiloché, ce qui n'aidait pas à la rendre plus compréhensible.

Kore vida d'une traite son verre de liqueur de Heimö et jeta le gobelet en plastique dans une poubelle en essayant vainement de réprimer une éructation.

— C'est ce tord-boyaux qui détraque le ventre, oui ! grogna-t-il avec une grimace. Bon sang, je vais me chercher un truc buvable.

Ils poursuivirent la soirée avec la traditionnelle tournée des bars : encore du vin blanc, encore des huîtres. Certains des bistrots installés le long de la promenade littorale servaient à des fins de comparaison des huîtres de Belon, en plus des locales. Les Doggerlandais faisant preuve par coutume de nationalisme ostréicole accueillaient par des sifflets toutes les commandes de bivalves françaises. Karen venait de demander un verre de chablis et deux belons, attablée dans le troisième bar, le *Café Nova*, lorsqu'elle sentit un souffle chaud effleurer son oreille, accompagné d'une voix grave.

— Inspectrice Eiken, tu fourres vraiment n'importe quoi dans ta bouche, hein ?

Elle se tourna lentement vers le chef de la brigade criminelle.

— Ne te fais pas d'idées, Smeed.

Pourtant, une heure et demie plus tard, ils se retrouvèrent dans une chambre double de l'hôtel Strand.

Ce qui s'est véritablement passé là-bas, elle l'envisage maintenant comme on soulève une pierre pour découvrir avec effroi une masse grouillante. Le soleil et la chaussée trop claire lui font plisser les yeux.

L'alcool a joué, évidemment, songe-t-elle en tentant d'expliquer la tournure qu'ont prise les événements ; l'ambiance festive aussi. Ce n'est pas la première fois, pour elle et pour d'autres, que la célébration d'Oïstra conduit à des faux pas sexuels suivis de profonds regrets ou, dans le pire des cas, de divorces. Mais elle ne se rappelle pas avoir un jour ressenti de tels remords.

Karen jette un coup d'œil à la mer tandis que la route dessine une douce courbe vers le nord. Le brouillard s'est levé, le soleil entame sa course dans le ciel et les vaguelettes scintillent. Quelques goélands paresseux se laissent porter par le vent, semblant se satisfaire de digérer leur repas en faisant un brin de causette au lieu de scruter l'eau à la recherche d'une autre proie. Karen baisse la vitre et hume l'air marin gorgé de sel. La seule solution, songe-t-elle, c'est d'appeler le directeur des ressources humaines pour demander une mutation. Peut-être y a-t-il un poste vacant à Ravenby, ou au pire à Grunder, même si elle n'a aucune envie d'aller croupir là-bas.

Son poste actuel n'a pas toujours été une partie de plaisir non plus. Les collaboratrices ont quitté l'une après l'autre le service, déjà quand le précédent chef était aux manettes. Eva Halvarsson avait abandonné l'espoir de devenir un jour inspectrice et avait demandé une mutation dans la police municipale ; Anniken Gerber et Inga van Breukelen avaient toutes les deux été réaffectées dans le district de Frisel. Karen, elle, s'est accrochée bec et ongles, non par pugnacité, mais par refus de tout recommencer à zéro. Encore une fois. Et surtout parce que travailler comme inspectrice de police est une façon de maintenir à distance tout ce qu'elle aimerait oublier. Avec une douzaine de collègues hommes et à présent deux femmes, à la brigade criminelle de la police nationale du Doggerland, elle enquête sur toutes les infractions pénales graves commises sur les trois îles doggerlandaises : Heimö, Noorö et Frisel. La décision de centraliser les ressources, prise onze ans plus tôt, avait provoqué une levée de boucliers de la part des commissariats locaux, mais la bronca s'était calmée avec l'amélioration progressive du taux d'élucidation. Hélas, comme le nombre de crimes avait également augmenté, les malfaiteurs en liberté étaient toujours aussi nombreux.

Lorsqu'elle avait pris son poste, on avait contesté ses qualifications – pour les collègues de l'ancienne école, la pilule ne passait pas : un diplôme en criminologie de l'université London Met ne pouvait remplacer des années d'« esclavage » à patrouiller les rues. Si le taux d'élucidation particulièrement élevé de Karen avait fini par faire taire la plupart des critiques, Jounas Smeed restait sceptique vis-à-vis de son travail, comme s'il devait se faire violence pour reconnaître ses aptitudes. Pour couronner le tout, il avait introduit dans le service un langage qu'il décrivait lui-même comme un « jargon décontracté de flics ». La récompense ne s'était pas fait attendre. Soulagés que leur chef ait supprimé les exigences d'obéissance aveugle et de soumission, les collègues masculins du service avaient immédiatement adopté Jounas Smeed et avaient vite repoussé les limites de ce « jargon décontracté de flics » à un niveau difficilement supportable. Ces railleries constantes prenant la forme de piques ou de remarques sarcastiques, Karen s'y est habituée. Ou plutôt, par instinct de survie, elle a appris à ignorer les harangues de Johannisen sur les féministes et les femmes au volant ainsi que les réflexions pseudo-philosophiques sur l'impossibilité de comprendre le sexe faible. Elle ne gratifie ces discours d'aucun commentaire. Elle sait que, dans ce cas, le silence a plus de poids que les mots ; que les bâillements d'ennui sont plus provocateurs que les objections. Elle a appris à faire comme si de rien n'était et refuse de montrer son agacement, consciente que tomber dans ce piège ne ferait qu'aggraver la situation. Surtout, elle a compris que ça lui donne du pouvoir. Jounas Smeed la provoque sans relâche pour la pousser à réagir ? Elle le provoque encore plus en restant de marbre.

Et maintenant j'ai baisé avec cette enflure, fulmine-t-elle en silence. Bordel de merde !

Et, se dit-elle au moment où elle aperçoit les panneaux indiquant la sortie vers Langevik, elle sait précisément pourquoi ils ont fini au pieu ensemble. C'est justement cette lutte de pouvoir constante entre eux qui les a fait bazarder toutes les règles du jeu hier soir. Cette irrépressible volonté de triompher de l'autre. L'alcool aidant, l'aspiration à dominer le rival, à lui faire reconnaître son infériorité, s'est transformée en une entreprise de séduction pathétique où chacun se considérait comme l'évident vainqueur. L'ivresse a éliminé tous les contre-arguments, balayé tous les avertissements et a fait naître un soudain désir physique. Une étincelle qui s'est éteinte aussi vite qu'elle s'était allumée.

Ce n'est même pas un bon plan cul, se dit-elle, non sans joie maligne. Plutôt un enchaînement rapide et épuisant de positions, plus inconfortables les unes que les autres, sans doute dans le seul but d'impressionner. Ce salaud est tout de même souple pour son âge. Plus que moi, en tout cas.

Elle jette un coup d'œil dans le rétroviseur, actionne son clignotant et bifurque. La route qui descend vers Langevik a beau être goudronnée, la vitesse est limitée à soixante, et Karen ralentit, docile. L'espace d'un instant, elle lâche des yeux la chaussée et contemple la pente abrupte de la colline où se dressent des éoliennes blanches. Les pales tournent en rythme et leur murmure lui parvient par les vitres ouvertes. Le parc éolien qui s'étend sur toute la colline de Langevik provoqua un tollé lors de son installation six ans plus tôt. Les habitants du village situé à une centaine de mètres en contrebas, en direction de la mer, organisèrent des réunions et lancèrent des pétitions : disponibles à la caisse de tous les magasins et entre les tireuses à bière du pub local, elles n'attendaient que d'être signées. Puis les protestations se turent. Aujourd'hui, cela fait plusieurs années que les éoliennes ne sont plus un sujet de conversation dans le village.

Karen contemple les hautes tours blanches. Il y a quelque chose d'apaisant, de beau presque, dans les mouvements giratoires de ces bras graciles. Elle, ces éoliennes ne l'ont jamais dérangée, même lorsque les critiques étaient les plus virulentes. Mais comme Karen Eiken Hornby a toujours placé la bonne bière en tête de la liste de ce qui rend la vie supportable, elle a signé par obligation morale les pétitions ; dans le seul pub du village, on accueillait les réfractaires par un long silence et des visages détournés. Évidemment, toutes les tentatives pour stopper le projet s'étaient soldées par des échecs et les tours blanches avaient poussé comme des champignons sur la colline. Ce qui ne dérangeait pas Karen. Elle n'entend les turbines chez elle que lorsque le vent souffle du sud-est. Mais ici, sous le parc, sur le coteau où se trouvent des habitations éparses, disposées comme au hasard de part et d'autre de la tortueuse rivière Langevik qui descend vers la mer, on entend un sifflement continu.

Cent cinquante mètres plus loin, dans un jardin en pente qui donne sur le cours d'eau, un mouvement vient rompre le calme du paysage. Une femme grimpe difficilement le sentier escarpé qui relie le ponton à la maison. Elle porte un peignoir terne et une serviette enroulée autour de ses cheveux comme un turban. Karen a le temps de ressentir une pointe de malaise avant de parvenir à repousser un sentiment instinctif de mauvaise conscience. Certes, il y a mille raisons pour lesquelles elle n'aurait pas dû coucher avec Jounas Smeed, mais Susanne n'est pas une d'entre elles. Cela doit bien faire dix ans qu'ils sont divorcés.

Elle envisage l'espace d'un instant de klaxonner en guise de bonjour, conformément aux us villageois, mais elle décide de s'abstenir. Vu la situation, elle préfère rester discrète. D'ailleurs, Susanne Smeed ne semble pas la remarquer : elle a les yeux rivés au sol, visiblement pressée de regagner la maison. Le peignoir serré contre elle, elle avance à pas rapides et déterminés. Elle est sûrement transie de froid après son bain matinal. La température de l'eau doit être proche de zéro.

Sachant qu'elle est presque arrivée chez elle, Karen se détend un peu. La fatigue étreint son corps. Elle étouffe un nouveau bâillement et cligne des paupières plusieurs fois. Au même moment, quelque chose bouge sur le bas-côté. Un chat traverse la route, tête baissée, épaules en avant, à la manière des prédateurs, attentif et prêt à défendre la proie qui pend entre ses crocs. Karen sent un pic d'adrénaline quand elle freine d'un coup sec et qu'elle est brutalement retenue par la ceinture de sécurité.

— Ne baisse pas la garde, Karen, murmure-t-elle. Tu sais ce qui peut arriver. Tu es bien placée pour le savoir.

Elle continue sur la route qui descend légèrement vers le centre du village. Ici, l'habitat est plus dense, de part et d'autre de la route, mais on ne voit toujours pas âme qui vive. Elle ralentit encore et s'engage dans la grand-rue. Sur la terrasse en gravier de son unique pub, *The Hare and the Crow*, un désordre de tables et de chaises, de verres oubliés et de coquilles d'huîtres abandonnées attire à présent les mouettes. Certes, ici, il est inutile d'empiler et d'enchaîner tables et chaises pendant la nuit comme ils le font à Dunker. Il n'empêche que le propriétaire du pub, Arild Rasmussen, a coutume de tout ranger avant de fermer pour la nuit. Visiblement, ce bon vieux Arild a sifflé trop de fonds de bouteilles en cuisine hier soir – il devait avoir envie de célébrer Oïstra comme tout le monde.

Roulant au pas, Karen passe devant le centre de soins, établissement qui, selon le droit social doggerlandais, doit exister dans chaque agglomération, mais qui n'est ouvert que quatre heures les lundis et jeudis en réalité ; puis devant le tabac, le bureau de poste définitivement fermé, la quincaillerie qui a mis la clef sous la porte et l'épicerie constamment menacée de dépôt de bilan. Le vieux village de pêcheurs situé sur la côte est de Heimö est sous perfusion et survit grâce à l'opiniâtreté d'un temps révolu. Mais les protestations se font de plus en plus timides, l'offre et les prix font oublier les grands principes, et les villageois se dirigent plutôt vers les supermarchés et les grands magasins de bricolage, bien plus pratiques. Seul Arild Rasmussen semble échapper à la menace : *The Hare and the Crow* est bondé presque tous les soirs de la semaine.

Au bout de la rue principale, une voie contourne l'ancien marché aux poissons et longe le port. Karen emprunte le virage serré et s'engage sur la mince route de gravier coincée entre la mer et la colline de Langevik. Des maisons en pierre blanche et grise grimpent sur les coteaux et, de l'autre côté de la chaussée, le long de la rive, des pontons coiffés de cabanons de pêcheurs s'avancent sur la mer. Tout témoigne du fait que Langevik, à l'instar de tous les villages côtiers des îles doggerlandaises, a été, à une époque, peuplé presque uniquement de pêcheurs, de marins et de quelques pilotes de mer. Aujourd'hui, la plupart des maisons avec jardin et vue sur la mer ont été achetées par des informaticiens, des ingénieurs pétroliers ou des artistes. Derrière les sobres façades en pierre, les fourneaux et les théières métalliques ont été remplacés par des plaques à induction et des machines à expressos. Karen n'ignore pas que les cabanons attenants sont de plus en plus souvent transformés en pièces de vie supplémentaires : derrière leurs murs battus par les vents, à la place des grandes barques pouvant accueillir quatre à six rameurs se cachent à présent de confortables canapés en imitation rotin capables de résister aux intempéries. Les propriétaires satisfaits peuvent y passer les douces soirées d'été à siroter un verre de vin en contemplant le sublime paysage marin, sans penser au filet de pêche déchiré ou à ce satané phoque qui a encore une fois chipé la moitié de la prise.

Et peut-être aurait-elle voulu faire la même chose – si elle en avait eu les moyens. Karen Eiken Hornby n'est pas nostalgique. En surface, presque tout est identique aux souvenirs de son enfance. Pourtant, tout a changé. Et cela lui convient très bien.

Elle s'engage dans l'allée pentue qui mène à l'une des dernières maisons en constatant qu'il lui faut absolument reboucher le profond nid-de-poule près de la grille, au risque de se cogner la tête contre le plafond la prochaine fois que sa voiture entrera en cahotant dans le jardin. Avec un soupir de soulagement, elle éteint le moteur et reste immobile quelques instants avant d'ouvrir la portière. La fatigue l'accable à nouveau. Ses pieds semblent lourds comme du plomb lorsqu'elle commence à monter vers la maison. Elle inspire profondément, emplit ses poumons de l'odeur de l'automne approchant. L'air est souvent un peu plus frais ici qu'à Dunker et il ne fait aucun doute que l'été touche à sa fin. Les bouleaux jaunissent déjà et les sorbiers près de la cabane à outils sont rouges de baies.

Sur le perron en pierre devant la porte de la cuisine se prélasse un gros matou gris au pelage hirsute. Voyant Karen approcher, il s'allonge sur le dos, s'étire et bâille, dévoilant ses crocs pointus de prédateur.

— Bonjour, Rufus. Pas de souris aujourd'hui non plus ? À quoi sers-tu, alors ?

Le chat vient se frotter contre ses jambes. Avant même qu'elle ait sorti la clef de la serrure, il s'est faufilé à l'intérieur.

Karen jette son sac à main sur la table de la cuisine, ôte son manteau et ses chaussures dans un même mouvement. Elle attrape ensuite deux antalgiques dans le placard au-dessus de l'évier et les avale avec un verre d'eau tout en caressant d'un air absent le dos de l'animal qui a sauté sur le plan de travail. Les miaulements de plus en plus insistants redoublent son mal de tête alors qu'elle cherche une boîte de pâtée. Les protestations cessent dès qu'elle pose la gamelle au sol, et elle sent ses épaules se relâcher. Elle devrait installer dès ce soir la chatière qu'elle a fini par acheter de guerre lasse. Même si la région ne manque pas de souris et que Rufus dispose d'au moins deux abris extérieurs où se réfugier, il préfère clairement manger de manière plus distinguée dans la cuisine et passer ses journées sur le canapé du salon. Elle ignore tout de son précédent foyer. Un jour, il est arrivé chez elle en claudiquant. Elle a collé des affiches sur les poteaux téléphoniques et distribué des petits mots dans les boîtes aux lettres. En vain. Le vétérinaire lui a recousu l'oreille, plâtré la patte, l'a castré et lui a mis une collerette pour l'empêcher de lécher la pommade anti-teigne. Le pauvre matou blessé avait visiblement l'intention de rester. Désormais, force est de constater que la guerre de position est finie : Rufus a triomphé.

Tandis que le chat engloutit sa pâtée, Karen allume la cafetière et coupe du pain. Un quart d'heure plus tard, elle a avalé deux tartines de fromage et cinquante centilitres de café noir. Le mal de tête aigu a été mis en sourdine et la fatigue devient tout à coup impérieuse. Sans ranger quoi que ce soit, elle se traîne dans l'escalier jusqu'à sa chambre, retire sa robe et se laisse tomber sur le lit. Je devrais au moins me brosser les dents, songe-t-elle, mais l'instant suivant elle dort à poings fermés.

5

Le bruit vient de loin et pénètre dans son inconscient à travers plusieurs strates de sommeil. Quand il lui parvient enfin, elle pense d'abord qu'il s'agit du radio-réveil et elle abat son poing sur le bouton d'arrêt pour faire cesser cette insupportable sirène. En vain. Découvrant les chiffres 13 h 22, elle prend peu à peu conscience qu'elle a passé la moitié du dimanche à roupiller et que la sonnerie provient du téléphone portable qu'elle a laissé dans la cuisine.

Agacée, elle repousse la couverture, enfile la robe de chambre qui gisait sur le fauteuil dans le coin et descend l'escalier en titubant. La sonnerie est pressante. Avec une agitation croissante, elle fouille dans son sac et attrape son téléphone au moment où il se tait. Un coup d'œil à l'écran achève de la réveiller : trois appels en absence du commissaire général Viggo Haugen.

Karen se laisse tomber sur une chaise, rappelle le numéro et laisse libre cours à ses pensées. Que lui veut le commissaire général ? Ils ne travaillent guère ensemble. Un dimanche, qui plus est. Cela n'augure rien de bon, se dit-elle en écoutant les tonalités. Au bout de la troisième, une voix autoritaire répond.

— Haugen à l'appareil.

— Oui, bonjour, c'est Karen Eiken Hornby. Je viens de voir que vous m'aviez appelée.

S'efforçant de dissimuler son piètre état, elle surjoue. Sa voix devient claire et enjouée.

— En effet. Pourquoi n'avez-vous pas répondu ?

Viggo Haugen paraît agacé. Karen réfléchit rapidement à un petit mensonge. Elle ne compte pas lui avouer qu'elle a cuvé son vin la moitié de la journée.

— J'ai fait quelques heures de jardinage. J'avais laissé mon portable dans la cuisine. On est dimanche, après tout.

Elle regrette aussitôt d'avoir prononcé ces derniers mots.

— En tant qu'inspectrice, vous devez être joignable vingt-quatre heures sur vingt-quatre. Quel que soit le jour de la semaine.

— Oui, bien sûr, je sais…

Le commissaire général l'interrompt d'un raclement de gorge.

— Bon, bon. Il s'est passé quelque chose qui implique que vous preniez immédiatement vos fonctions. Une femme a été retrouvée morte à son domicile et il est fort probable qu'il s'agisse d'un assassinat en règle. Vous allez diriger l'enquête.

Karen se redresse sur sa chaise, le dos droit.

— Bien sûr. Je peux savoir pourquoi…

— Je veux que vous constituiez sans attendre une équipe. Je vais vous fournir une liste des collègues en service.

— Bien sûr. Une question…

— Pourquoi c'est moi et pas Jounas Smeed qui vous appelle ? la coupe à nouveau Viggo Haugen. Je comprends que vous vous interrogiez.

Sa voix se brise. Karen entend le commissaire général prendre une longue inspiration avant de continuer.

— Le fait est, poursuit-il lentement, que la femme assassinée est Susanne Smeed. L'ex-épouse de Jounas.

6

Karen garde le silence pendant plusieurs secondes, essayant d'assimiler l'information. L'image d'une femme grelottant de froid, enroulée dans un peignoir gris, lui apparaît.

— Susanne Smeed, répète-t-elle, la voix éteinte. Vous êtes sûr qu'il s'agit d'un assassinat ?

— Oui. Ou d'un meurtre. Il est trop tôt pour le dire. En tout cas, pas une mort naturelle, selon l'officier de permanence. Deux brigadiers sont sur place et ils sont formels.

Viggo Haugen use du même ton guindé que tout à l'heure, mais à présent Karen y décèle de l'inquiétude.

— Vous imaginez bien que Jounas ne peut pas diriger l'enquête. Il ne peut pas non plus rester chef du service pendant la durée de l'investigation. J'en ai déjà parlé avec lui et il est évidemment d'accord. Vous le remplacerez jusqu'à ce que l'affaire soit élucidée.

Deux secondes de silence.

— Ou jusqu'à ce que nous trouvions une autre solution, ajoute-t-il.

Nouveau raclement de gorge.

Les pensées de Karen sont allées bon train tandis qu'elle écoutait. Jounas Smeed doit être suspendu. Cela va sans dire. En l'absence d'informations supplémentaires, il fait partie des premières personnes à interroger. Lentement mais sûrement, Karen en assimile les conséquences. Avec un malaise croissant, elle prend conscience que c'est elle qui conduira les auditions de son chef. Le même chef qu'elle a laissé dans une chambre d'hôtel à Dunker huit heures plus tôt.

Elle est pressée de raccrocher, comme si ses pensées pouvaient la trahir.

— Je comprends. Je n'habite pas très loin de chez Susanne Smeed. Je peux être sur le lieu du crime d'ici une demi-heure. Les techniciens sont-ils sur place ?

— En tout cas, ils sont en route. Le médecin légiste aussi. Mais ce n'est pas la porte à côté pour lui. Si j'ai bien compris, la police a été appelée il y a à peine une heure.

Cela a dû se produire entre 8 heures passées de quelques minutes, lorsque je l'ai vue en vie de mes propres yeux, et un peu avant midi, quand la police a été prévenue, se dit Karen. Un intervalle de quatre heures où quelqu'un a tué Susanne Smeed. Et moi, je dormais dans les vapeurs d'alcool. Merde !

— Entendu, dit-elle. Je vais immédiatement appeler des collègues.

— Une dernière chose…

Le commissaire général hésite, comme s'il cherchait les mots justes.

— Comme vous vous en doutez, l'affaire est sensible. Je vous demanderai donc de faire preuve de discrétion. Je m'occupe des journalistes. Je ne veux pas de déclarations intempestives de votre part… De la confidentialité, tout simplement. Ai-je été clair, Eiken ?

Va te faire voir, espèce de connard pédant ! pense-t-elle.

— Oui, très clair, répond-elle.

Ce qui clôt la conversation. Karen monte les marches quatre à quatre. Son cerveau fonctionne à plein régime. Trois minutes plus tard, elle sort de la douche, se brosse les dents tout en se frottant les cheveux avec une serviette. Son corps n'est pas encore remis de la gueule de bois.

Il faut que je mange quelque chose, se dit-elle. Sinon, je ne tiendrai pas le coup. Elle enfile un jean, un tee-shirt bleu marine et retourne à la hâte dans la cuisine. Dans le réfrigérateur, elle découvre les restes d'un ragoût de poulet qu'elle avait improvisé la veille à partir du contenu de son congélateur. Elle vide la boîte en plastique dans une assiette et enfourne le cube froid dans le micro-ondes. Un coup d'œil à sa montre : 13 h 40. Et dire qu'il y a dix-huit minutes, mon plus gros problème était d'avoir baisé avec mon chef, songe-t-elle, renfrognée, au moment où le micro-ondes carillonne. Ce n'est qu'à ce moment-là qu'elle prend conscience que les vacances vont encore une fois lui passer sous le nez. Elle peut sans doute oublier les vendanges de cette année en France.

Quatorze minutes plus tard, Karen Eiken Hornby, cheffe intérimaire de la brigade criminelle de la police doggerlandaise, boucle sa ceinture de sécurité. Sur le siège passager, elle a déposé une banane et une canette de Coca-Cola qu'elle a dénichées dans le frigo, derrière le plat de poulet. Avant de faire démarrer la voiture, elle gobe deux chewing-gums pour lutter contre l'envie de fumer.

Elle descend l'allée en marche arrière, effectue un demi-tour et enfonce l'accélérateur. Les graviers crépitent. Quelques minutes plus tôt, tout en avalant son repas de fortune, elle a eu le collègue du commissariat de Dunker au téléphone et a pu se faire une idée assez claire des événements. À 11 h 49, la police a été alertée. Un voisin avait, pour une raison encore inconnue, jeté un coup d'œil par la fenêtre de la cuisine de Susanne Smeed et avait entrevu des pieds, une paire de mollets et une chaise renversée sur le sol. Le reste du corps était dissimulé derrière une grande armoire qui limitait son champ de vision. Le voisin, un certain Harald Steen, a d'abord cru que Susanne s'était évanouie ou qu'elle s'était blessée en tombant. Il a donc composé le 112 pour appeler une ambulance. L'opérateur qui a décroché a eu la présence d'esprit d'informer également la police, qui a envoyé les deux brigadiers Björn Lange et Sara Inguldsen.

En entendant les noms des deux collègues, Karen s'est arrêtée de mastiquer. Apparemment, ils étaient tous les deux en train de rentrer d'une intervention à une dizaine de kilomètres à peine de Langevik, dans une villa où l'alarme anti-cambriolage s'était déclenchée. C'était donc la patrouille la plus proche de la maison de Susanne Smeed. Trente-cinq minutes après l'appel, ils étaient sur place. Ils ont fracturé la porte pour entrer et ont pu constater séance tenante qu'il ne s'agissait ni d'une mauvaise chute ni d'une crise d'hypoglycémie.

Björn Lange était assis sur les marches du perron, la tête entre les genoux, lorsque Sara Inguldsen a accueilli les ambulanciers et les a informés qu'ils s'étaient déplacés inutilement.

— Apparemment, c'était un beau bordel à l'intérieur, lui a dit le collègue au téléphone.

7

Karen s'arrête derrière les véhicules garés le long du fossé boueux qui borde la route, devant chez Susanne Smeed. La BMW noire du médecin légiste est stationnée face à la grille, juste devant la fourgonnette blanche des techniciens. Karen descend de sa voiture et reste immobile quelques instants sous le crachin. Elle laisse courir son regard sur la route, dans les deux sens. Devant le pavillon voisin, un peu plus loin vers la mer, elle aperçoit une voiture de police. Inutile d'essayer de relever des empreintes de pneus, se dit-elle. À cette heure-ci, la plupart des habitants du village doivent être réveillés et au moins une vingtaine de véhicules ont dû passer devant la maison.

Levant les yeux, elle contemple le paysage. Cette partie de Heimö avec sa haute colline qui monte vers le nord, sa rivière impétueuse qui serpente vers la mer, ses ponts en pierre qui enjambent ses méandres, ses buttes couvertes de bruyère… tout est ancré en elle depuis l'enfance. À présent, elle observe les environs avec un regard neuf. Faisant fi de la beauté et du calme, elle réfléchit froidement. Est-il possible pour un étranger de venir et de repartir sans se faire repérer par des yeux vigilants ? En temps normal, les voisins auraient tout vu, songe-t-elle. Mais en cette journée nationale de la gueule de bois, les îliens d'ordinaire si curieux ont d'autres préoccupations que de regarder passer les voitures.

— Bonjour, cheffe.

Björn Lange se lève du perron en voyant Karen s'approcher. Le visage du jeune policier est bien plus pâle que ce matin et sa main semble trembler légèrement lorsqu'il lui adresse un salut militaire.

— Bonjour, répond-elle avec un sourire. Alors, c'est vous qui êtes responsable de ça ?

Elle esquisse un signe du menton vers la porte d'entrée au sommet des marches en pierre. Un des carreaux du vitrail de plomb est brisé et les éclats coupants ont été retirés sur deux bords. Björn Lange acquiesce et se lance dans des explications, comme s'il craignait des remontrances.

— Oui, c'était fermé et nous ne savions pas s'il y avait urgence. Mais nous avons compris qu'il y avait quelqu'un à l'intérieur car la radio était allumée. J'espère que nous n'avons pas détruit d'indices, mais nous pensions qu'elle avait besoin d'aide. Nous ne savions pas que c'était trop tard…

Il s'interrompt et Karen hoche la tête avec un sourire rassurant, tout en se demandant ce qui a poussé cet homme émotif à s'engager dans la police.

— Vous avez bien fait. Si j'ai bien compris, ce n'est pas joli joli à l'intérieur. J'aurai besoin de vous parler, à Inguldsen et à toi, plus tard, au commissariat. Pour l'instant, je vous propose de prendre quelques heures de pause et de manger un bout. Où est Inguldsen, d'ailleurs ?

— Elle est chez le voisin qui a appelé la police. Il était encore là quand nous sommes arrivés et il n'était pas très en forme, elle l'a reconduit chez lui. Il a visiblement des soucis avec sa pompe.

Lange esquisse un mouvement gauche vers le cœur et Karen étouffe un juron. Une policière toute seule avec un témoin qu'on ne peut pas encore rayer de la liste des suspects. Il faut vraiment être idiot ! Karen sait bien que le vieux Steen a des problèmes cardiaques et qu'il n'aurait pas la force de tuer un chaton, mais Sara Inguldsen et Björn Lange ne peuvent pas être au courant.

— Bon, d'accord, mais va lui tenir compagnie, déclare-t-elle d'un ton sec.

Elle s'abstient de toute réprimande. La rencontre humiliante avec Lange et Inguldsen ce matin lui a fait perdre des points. Maintenant, ils sont de nouveau ex aequo.

En ouvrant la porte, Karen est frappée par la chaleur qu'il fait dans la maison et par une odeur de fumée. Peut-être un plat qui a collé au fond, ou les restes d'un objet consumé par le feu. Le vestibule carré accueille un escalier qui monte vers l'étage. À sa gauche trône une commode couleur acajou aux tiroirs béants, au pied de laquelle s'entassent des écharpes, des gants, une brosse à vêtements et d'autres objets qu'elle ne parvient pas à identifier. À travers la porte ouverte à droite, elle distingue un canapé beige et le coin d'un épais tapis bleu. Elle entend des bruits diffus et des murmures provenant de la pièce à gauche. Au milieu de l'entrée, Sören Larsen, le technicien de la police scientifique, fouille dans un grand sac noir. En apercevant Karen, il hoche le menton en signe de salut et lui tend une paire de protège-chaussures bleus et une charlotte.

— Merci, Sören. Brodal est à l'intérieur ?

Elle indique de la tête la cuisine en attachant ses cheveux en chignon avant d'enfiler le bonnet transparent. Sören Larsen croise son regard, les sourcils levés au-dessus de son masque bucco-nasal.

Elle sait ce que cette expression signifie : Kneought Brodal n'est pas de bonne humeur aujourd'hui. Une fois n'est pas coutume.

Karen inspire profondément et se dirige vers la porte de la cuisine. À première vue, hormis les plaques de cheminement disposées au sol, tout a l'air normal. Droit devant, une cuisinière, un plan de travail, un évier et un lave-vaisselle, le tout surmonté de placards gris vernis. À droite, sur une longue planche en granit, un appareil surdimensionné et rutilant, sans doute une sorte de machine à café, et sur les étagères au-dessus, du petit électroménager, des saladiers et une ribambelle de casseroles en cuivre. À gauche de la porte, une grande armoire bleue décorée de ces motifs bibliques stylisés qui caractérisent l'artisanat traditionnel doggerlandais. Jonas et la baleine en est un thème récurrent. Karen a le temps de constater que celui qui a peint le meuble de Susanne Smeed il y a plus de cent ans a aussi été inspiré par cette histoire. Une cuisine ordinaire, assez accueillante, se dit-elle.

Mais cette impression change à mesure qu'elle contemple la scène. Un peu plus loin, une lourde table en chêne est entourée de trois chaises. La quatrième est renversée sur le côté. Elle note mentalement les plaques de cheminement et les petits panonceaux triangulaires jaunes numérotés. Puis elle voit le sang. Des éclaboussures rouges forment une longue strie à un mètre d'elle.

— Fais bien attention, Eiken, grogne une voix sévère. Ne pose pas les pieds n'importe où !

Karen esquisse quelques pas sur les plaques et tend le cou pour regarder derrière la grande armoire. Par réflexe, elle avale une gorgée d'air et parvient à résister à l'envie de détourner la tête. Sans rien laisser paraître, elle contemple la femme par terre.

Susanne Smeed est étendue sur le dos, le cou en torsion et la tête encastrée dans le coin d'un fourneau noir. Le peignoir a glissé, révélant une chemise de nuit crème au profond décolleté garni de broderies. Un sein étonnamment rond par rapport au corps fluet en dépasse. La main gauche de Susanne Smeed est cachée, mais Karen remarque que l'autre, bien que dépourvue de bijoux, présente des ongles manucurés, portant un discret vernis rose pâle. La tête et le buste reposent dans une flaque de sang qui a été à moitié absorbée par l'épais tissu-éponge du peignoir, le teignant d'une couleur plus sombre que son gris d'origine. Les cheveux, lorsqu'ils ne sont pas imprégnés de sang, semblent bien soignés, avec des mèches blondes sur une base châtain clair. Les jambes sont tendues, un chausson de soie bleu marine est posé sur les orteils du pied droit comme un petit bonnet. L'autre pantoufle gît sous la table, à l'envers.

C'est propret, songe Karen. Un chaos propret.

Un technicien en combinaison blanche se déplace en *slow motion* autour du cadavre, accompagné du léger bruissement de son vêtement de protection, et prend des photos sous tous les angles possibles. Les deux autres techniciens circulent dans la pièce avec le même froufrou. Pour un profane, cette marche à pas feutrés pourrait attester d'un respect à l'égard des morts. Karen sait qu'elle témoigne en réalité d'une profonde concentration chez ceux qui, avec un pinceau ou du ruban adhésif, recueillent les indices, si minuscules soient-ils. À la faveur du déplacement latéral d'un d'entre eux, Karen découvre ce qui a provoqué l'odeur de brûlé : les restes carbonisés de ce qui ressemble à un panier à bûches, entre le fourneau et la table. Les flammes ont léché le mur, laissant une large trace de suie à quelques centimètres du rideau à carreaux. Elle aperçoit son propre reflet dans la vitre et se convainc que ce sont les projecteurs installés pour l'occasion qui dessinent d'aussi profonds cernes sous ses yeux.

Elle braque à nouveau le regard sur la tête de Susanne Smeed et, cette fois, elle se force à l'examiner attentivement. Des mèches de cheveux collées par le sang dissimulent certaines parties du visage défiguré par les coups. Avec un malaise croissant, elle observe le zygomatique enfoncé et le nez qui semble avoir été déplacé latéralement. Les dents sont d'une blancheur éclatante derrière la lèvre supérieure fendue, donnant l'impression d'un sourire grotesque. Les yeux sont grands ouverts et le regard aussi vide et inexpressif que chez tous les cadavres que Karen a pu voir. Pas d'étonnement, pas de peur, seulement un néant gris et infini.

Et au milieu de cette effusion de sang, Karen reconnaît les traits familiers du visage de Susanne Smeed. Son malaise se change soudain en tourbillon dans le plexus solaire. Pour calmer la nausée, Karen est contrainte de détourner les yeux vers la table où se trouvent une assiette creuse contenant un reste de yaourt ou de lait fermenté avec du muesli ramolli, un panier avec des tranches de pain de seigle, une plaquette de beurre désormais fondu et une tasse de café vide posée sur une soucoupe.

Tu as eu le temps de prendre ton arabica et ton bain matinal, se dit-elle en fixant la tasse à fleurs bleue. Mais que s'est-il passé ensuite ?

— Bonjour, Kneought, dit-elle à voix basse.

Elle ne se tourne que maintenant vers l'homme corpulent accroupi près du cadavre. On voit que cette position lui coûte. Elle scrute son dos large, étonnée qu'il parvienne à enfiler une combinaison de protection sans en faire craquer les coutures.

— Qu'est-ce que tu peux nous révéler ?

— Bah. Elle est morte. Ça se voit, non ? répond-il sans lever la tête.

Karen ignore le ton agressif et attend, muette, la suite des explications du médecin légiste. Le langage de Brodal l'agace souvent, mais dans ce cas précis elle peut se montrer compréhensive : elle sait que Kneought Brodal et sa femme fréquentent Jounas et Susanne Smeed depuis des années, bien avant leur divorce. Brodal doit connaître plus que superficiellement la femme dont il examine à présent le corps sans vie.

— Quand je suis arrivé ici, un peu après 13 h 30, elle était morte depuis trois heures minimum, maximum six, continue-t-il, laissant transparaître sa frustration.

Je ne peux pas être plus précis, avec cette chaleur à crever ! Pour je ne sais quelle raison, quelqu'un a décidé d'allumer ce foutu machin et a essayé de mettre le feu à la maison.

Kneought Brodal indique de la main le fourneau dans le coin. Un technicien examine l'âtre par la porte ouverte. Enfin, Kneought lève la tête et croise le regard de Karen. Son front est luisant de sueur.

Elle jette un coup d'œil à la cuisinière moderne en acier inoxydable surmontée de plaques à induction qui trône de l'autre côté de la pièce, puis à nouveau au fourneau. Apparemment, Susanne a voulu, comme bien d'autres, conserver des souvenirs de l'ancienne cuisine rurale, tout en investissant dans tous les équipements dernier cri. C'est ce que font la plupart des gens. En revanche, peu d'entre eux ont vraiment le courage d'utiliser leurs vieux poêles, surtout pas fin septembre, un mois où la température se maintient bien au-dessus de zéro. Est-ce le plongeon matinal qui a poussé Susanne à vouloir se réchauffer en allumant le fourneau ? Ou est-ce le fait du coupable ?

— Quand je suis arrivé, c'était un four, ici, poursuit Brodal, bougon. Heureusement, les techniciens ont enfin éteint le poêle, mais ça va être l'enfer pour déterminer une heure de décès plus précise. Quelle chance que ça n'ait pas fait flamber toute la baraque, ajoute-t-il en montrant du doigt le panier carbonisé.

— Une chance pour nous peut-être, tranche Karen. Pas pour le type qui a voulu faire passer un meurtre pour un simple incendie.

Brodal ferme son sac et se lève tant bien que mal. Sa proéminente bedaine distend l'étoffe de sa combinaison et Karen craint que la fermeture éclair en plastique ne cède sous la pression.

— C'est possible. Ce sera à toi de le déterminer. Moi, j'en ai fini, tu en sauras plus après l'autopsie, conclut-il en s'essuyant le front du dos de la main.

— En tout cas, il n'y a aucun doute sur l'arme du crime ! Regarde par ici, Eiken !

La voix de Sören Larsen lui parvient depuis le seuil. Il lui montre un tisonnier en fer terminé par un crochet enfermé dans un sachet en plastique et maculé de traces couleur rouille.

— Ça correspond sans doute assez bien aux blessures sur le corps, ajoute Larsen. (La mine satisfaite, il tourne dans tous les sens le sac sanglant.) Nous l'avons trouvé soigneusement suspendu à sa place à côté du fourneau.

— C'est possible, déclare sèchement Brodal. Notre criminel a peut-être utilisé cet outil pour la défigurer, mais pas pour lui porter le coup fatal.

Karen et Sören Larsen jettent au médecin légiste des regards interrogateurs. L'espace d'un instant, il semble jouir d'être le centre de l'attention.

— Je pense qu'elle était assise sur cette chaise quand elle a été frappée pour la première fois, mais je suis quasi sûr que ça ne l'a pas tuée. Pas le deuxième coup non plus, mais elle a été propulsée vers l'arrière avec une telle force que son crâne s'est fracassé contre le poêle à bois. Celui qui a fait ça a un cœur d'airain et voulait être sûr que Susanne ne s'en sortirait pas vivante.

8

Au rayon surgelés du supermarché, l'inspecteur Karl Björken promène son regard entre les pizzas et les poissons panés lorsque son téléphone se met à vibrer dans sa poche intérieure. Dans le siège enfant du caddie, son fils de dix-huit mois, Frode, pleure toutes les larmes de son corps. Ses mains potelées se tendent vers l'allée où sa mère a disparu en quête de couches. Karl jette un coup d'œil à l'écran et hausse ses sourcils noirs en voyant le nom qui s'affiche. Karen Eiken Hornby a beau être sa supérieure directe – devenue une amie avec le temps –, elle n'appelle pas pour tailler une bavette. Surtout pas un jour comme celui-ci.

— Mon chéri, maman revient tout de suite !

Il cale le portable contre une oreille en se bouchant l'autre.

— Salut, Karen ! Que me vaut l'honneur de ce coup de fil ? Déjà remise de ta cuite d'Oïstra ?

— La ferme. Tu es assis ?

— Pas vraiment. Je suis à Tema en train de choisir entre plusieurs mets délicats. À ton avis, je prends la pizza au jambon ou…

— Écoute-moi, l'interrompt Karen. Il faut que tu viennes. On a un assassinat sur les bras.

Tout en prêtant attention aux explications de Karen, Karl regarde avec anxiété sa femme approcher. Elle pousse un caddie dans lequel s'entassent trois gigantesques paquets de couches. Elle est obligée de peser de tout son poids pour mettre en branle le chariot. Dans le siège enfant, Arne, le frère jumeau de Frode, mâchonne quelque chose. Ingrid Björken, le cou criblé de taches rouges, semble à bout de forces lorsqu'elle essuie délicatement les doigts collants du garçonnet. Le hurlement indigné de Frode résonne entre les rayons de légumes en conserve et de sauces pour les pâtes.

Lorsque Ingrid aperçoit le père de ses enfants, son visage s'illumine. Le cœur de Karl se serre. Il sait que dans deux minutes, ce sourire dont il est tombé amoureux il y a bientôt trois ans et qui provoque encore en lui des décharges électriques se sera évanoui.

Quarante-cinq minutes plus tard, Karl Björken esquisse un pas de côté pour laisser sortir la civière qui transporte Susanne Smeed. Par la porte, il distingue Karen qui parle avec Sören Larsen, dont les cheveux blonds et frisés forment une sorte d'auréole hirsute au-dessus de sa tête. Karl remarque que Larsen se grandit pour que la différence de taille entre Karen et lui soit moins visible. Sören Larsen mesure un mètre soixante-trois pieds nus. Avec ses grosses bottes, il gagne cinq centimètres, mais ça ne suffit pas à la rattraper.

Karen affiche une mine concentrée ; Karl a déjà vu ce mélange de tension et d'impatience retenue. À présent, elle consulte sa montre.

— Björken devrait être là d'un moment à l'autre. Nous allons faire un tour dans la maison et parler aux voisins, et vous avez encore du travail, je crois. Nous pourrions nous retrouver au commissariat ce soir à 19 heures. Ça te convient ?

— 19 heures. Très bien, répond Sören Larsen. Et ne touchez à rien. Même avec des gants. Je ne veux pas que vous étaliez d'éventuelles empreintes.

Avec un soupir, Karl passe la porte. Au moment où l'ombre de sa longue et large silhouette assombrit le vestibule, Sören Larsen et Karen se tournent vers la sortie.

— Ah ! Tu es là, dit-elle. Bienvenue. C'est un beau bordel par ici.

— Vous êtes sûrs que c'est un assassinat ?

— Sans aucun doute. À la rigueur un meurtre, si l'avocat est habile. En tout cas, ce n'est pas un accident. Tu vas m'accompagner pour passer la maison en revue avant d'aller voir le voisin qui a donné l'alerte. Brodal vient de partir et le corps vient d'être levé. Si tu veux, tu peux jeter un coup d'œil à la cuisine, puis je te brieferai sur ce que nous savons.

Karl attrape des surchaussures dans le sac de Sören Larsen et inspire longuement avant de pénétrer dans la cuisine. Il ignore quand il pourra rentrer chez lui, mais une chose est sûre : Ingrid ne sera pas contente.

Karen s'immobilise sur le seuil et balaie le salon du regard. Un long canapé beige foncé, deux fauteuils en cuir noir, une table basse en verre fumé. Dessus, une pile de magazines et trois télécommandes qui semblent avoir été disposées en rang avec une précision millimétrée. Les sièges sont tournés vers un écran plat qui couvre une grande partie du mur.

Un peu plus loin du même côté se dresse une cheminée. En face, deux autres fauteuils. Le mur opposé est couvert par une haute bibliothèque. Tout est bien rangé, immaculé, organisé à l'extrême. Si la cuisine, avec son armoire antique et sa porcelaine à fleurs, témoigne d'une volonté de conserver un style rural, le salon semble en revanche avoir été aménagé par quelqu'un qui a ouvert un catalogue d'ameublement à une page au hasard et a acheté tout ce qui y figurait. Pas un de ces meubles n'a plus de dix ans, se dit Karen en observant le mobilier impersonnel. L'impression de modernité fait néanmoins défaut. On se sent dans un endroit conventionnel, à la limite de l'ennui mortel.

Son regard s'arrête sur l'entablement de la cheminée où sont posées quelques photographies dans des cadres dorés. Pensive, elle se dirige vers les clichés pour les examiner de plus près, mais elle est interrompue par l'arrivée de Karl.

— Bon. On sait maintenant à quoi ressemble une cuisine dans laquelle quelqu'un a été massacré à l'aide d'un crochet de foyer. Je crois que je ne m'habituerai jamais…

— Et pourtant, le peignoir avait absorbé pas mal de sang, répond Karen sans se retourner. Selon Brodal, ce ne sont pas les coups de tisonnier qui l'ont tuée, mais le choc de sa tête contre le fourneau. Tu verras les photos ce soir, à la réunion.

Karl lance un regard à la ronde avant de rejoindre Karen devant la cheminée. Ils observent les clichés en silence.

— Leur fille ? demande-t-il au bout d'un moment, en indiquant les images.

Elles semblent toutes représenter la même personne : une fillette d'environ trois ans sur une plage, le visage souriant tourné vers l'objectif, un seau rouge à la main ; une blondinette de six ans en tutu rose qui vient de perdre quelques dents de lait ; une fille de dix ou onze ans, presque aussi blonde, qui fait le grand écart sur une poutre, les bras jetés au-dessus de sa tête. Une autre photographie, sans doute prise le même jour, montrant la petite gymnaste rayonnante sur la plus haute marche d'un podium.

— Oui, j'imagine. Tu jettes un coup d'œil à la bibliothèque ?

Karl se dirige vers le meuble en laminé blanc aux portes en verre et aux ferrures dorées, placé en face de la cheminée.

— Je ne suis pas sûr que j'appellerais ça une bibliothèque.

La mine fatiguée, il examine les bibelots disposés entre les rangées de CD et de DVD. Un petit panier avec des fleurs en porcelaine, un presse-papiers en verre coloré, une collection de chevaux en porcelaine de différentes tailles et couleurs, une poupée espagnole en robe de flamenco, une figurine japonaise en tenue de geisha. Les quelques livres tiennent sur deux étagères : des best-sellers romantiques ou policiers, une encyclopédie en douze volumes, de gros livres de développement personnel. Karl lit les titres à voix haute :

— *Osez être heureux, Comment être vraiment soi-même, Cessez d'être une victime : croquez la vie à pleines dents, Ces gens qui vous minent : comment chasser les énergies négatives de votre vie.* Bon Dieu ! Tu lis aussi ces conneries, Karen ?

— Tous les jours. Ça ne se voit pas ?

Elle s'est avancée vers la table basse et contemple à présent la pile de magazines. Au sommet, le dernier numéro de *Vogue* à la couverture glacée. Karen attrape un stylo dans sa poche poitrine, repousse doucement le magazine aux couleurs criardes et rencontre le regard las d'une mannequin sur la couverture de *Harper's Bazaar*. Tous les périodiques semblent traiter de mode, de beauté et de célébrités, hormis quelques magazines d'antiquités. Karen se redresse et scrute à nouveau la pièce bien ordonnée et impersonnelle, évitant les vitres lustrées, en quête d'un indice révélant la personnalité de Susanne Smeed. Elle était peut-être comme ça, songe Karen. Une femme sans idées propres qui tient à ce que tout soit bien soigné, y compris son apparence. Elle repense aux ongles manucurés et au sein rebondi. Du silicone, sans nul doute.

Les murs blancs sont rehaussés de quelques paysages peints à l'huile, d'une reproduction d'un Monet et d'un Sisley, toutes deux encadrées, et de deux appliques dorées à l'abat-jour en verre dépoli. N'importe qui pourrait habiter ici. N'importe quelle femme d'âge moyen qui prend soin de son apparence.

— Je crois qu'on ne trouvera rien d'autre ici. Si on montait ?

L'épais tapis beige étouffe efficacement le bruit de leurs pas, mais le bois dessous craque alors qu'ils grimpent l'escalier. Sur le palier, trois portes : l'une fermée, les deux autres entrouvertes. La première est décorée du même petit cœur doré que la porte des toilettes en bas. La salle de bains attendra. Karen décide de pousser l'une des autres portes, et découvre la chambre de Susanne Smeed. Le large lit deux places est défait, mais on dirait presque qu'il n'a pas été utilisé. La couette glissée dans une housse à motifs de roses a été soigneusement repliée vers le côté du lit où personne n'a dormi. Seul le léger renfoncement au milieu de l'oreiller à la taie assortie révèle que quelqu'un y a posé la tête. Un plaid rose est suspendu à l'accoudoir d'un petit fauteuil en chintz à fleurs placé près de la fenêtre. En face, un appareil de musculation multifonctions muni d'un écran. On dirait l'écran de contrôle d'un petit avion, pense Karen.

— D'après toi, combien ça coûte, une machine pareille ? demande-t-elle en contemplant le monstre.

— En tout cas, je n'aurais pas les moyens de me la payer, tranche Karl. Et pourquoi a-t-elle un si grand lit si elle n'en utilise que la moitié ? À peine la moitié, d'ailleurs. On dirait qu'elle ne change pas de position en dormant. C'est aussi soigné que ça quand tu te réveilles ?

Elle ne répond pas. Son lit est aussi grand, bien qu'elle dorme le plus souvent seule. Mais à part ça, il a raison : on dirait que Susanne Smeed n'a pas bougé d'un pouce dans son sommeil.

— Je suis sûr qu'il y a un amant dans l'histoire, continue Karl, qui ne veut pas lâcher le sujet. Appareil de musculation et lit king size. Elle a l'air prête.

— Si c'est le cas, il n'a pas dormi là cette nuit, ça, c'est clair. Mais on examinera cette piste, répond

Karen, qui n'est pas du tout convaincue par cette hypothèse.

Au contraire, l'impression que lui a donnée la maison de Susanne est bien différente : elle exhale la solitude. Un espoir de changement peut-être, mais surtout une solitude presque insupportable.

Karen se penche vers le bas de la penderie et saisit délicatement le bord inférieur de la porte gauche pour la faire glisser. Dedans, des chemisiers, des jupes et des robes sont soigneusement suspendus à des cintres. Sur l'étagère au-dessus, des piles de tee-shirts bien pliés de toutes les couleurs et de toutes les matières. Tout en bas, trois rangées de chaussures : une demi-douzaine de paires d'escarpins de différentes couleurs et hauteurs de talon, des sandales à lanières jaune or, des sandales ornées de perles, différents modèles de spartiates, deux paires de mocassins et, au fond, au moins cinq paires de bottes. Karen ouvre la porte suivante, dévoilant d'autres vêtements suspendus : robes, jupes, vestes et deux manteaux d'été. Le reste du dressing est rempli de piles de cartons, plusieurs d'entre eux portent une étiquette rouge indiquant un article soldé. Il doit y avoir au moins vingt, voire trente boîtes, rien que dans cette penderie.

— Eh bien ! On dirait qu'elle a un faible pour les chaussures. Regarde !

Karen se décale pour permettre à Karl de voir.

— Ça alors ! En même temps, quelle femme n'est pas folle de godasses ?

Il n'a pas tort, se dit Karen. Susanne n'aurait pas pu choisir un hobby plus insignifiant que celui d'acheter des chaussures et des vêtements en trop grande quantité. Tout est en abondance, mais rien ne ressort, tout est bien rangé et toujours aussi impersonnel. Visiblement, il n'y a rien ici qui puisse expliquer pourquoi Susanne a eu la tête fracassée dans ce qui ressemble à un accès de rage.

Karl a ouvert le premier tiroir de la commode et déplace délicatement des culottes, des soutiens-gorge et des chaussettes à la recherche de quelque chose de plus intéressant. Il le referme en soupirant et tire le suivant. Karen le regarde fouiller parmi les sous-vêtements de ses mains gantées. Sören Larsen ne serait pas content s'il entrait maintenant.

— Pas de lingerie sexy. Pas même un godemiché, constate Karl, déçu.

— Il serait dans le tiroir de sa table de chevet, répond sèchement Karen. Mais ne t'excite pas, j'ai déjà regardé. Il n'y a que quelques paquets de mouchoirs, un tube de crème et une boîte de somnifères.

Le visage de Karl s'éclaire, puis se rembrunit lorsque Karen reprend.

— Pas d'étiquette de médecin sur la boîte. Ces médicaments étaient vendus sans ordonnance il y a quelques années. Elle a dû les acheter avant que ça ne change. Ou bien à l'étranger.

Karl ouvre le tiroir du bas, plus profond, et glisse la main sous les piles soignées de fonds de robes et de chemises de nuit. Il se fige, fronce les sourcils et extrait quelque chose qui ressemble à un gros livre à la couverture bleue abîmée.

— Bingo ! Un album photo.

— C'est déjà mieux que rien. Les techniciens examineront ça en premier, on pourra y jeter un coup d'œil ce soir, au commissariat. Il va falloir qu'on passe à la vitesse supérieure. On se dépêche de finir ici et ensuite on doit parler avec Harald Steen dès que possible.

— Le voisin qui l'a trouvée ?

Karen hoche la tête.

Sur la porte de la plus petite chambre, on distingue des marques de clous, comme laissées par une plaque que l'on a décrochée. À l'intérieur, assis sur un lit une place recouvert d'un plaid rose à rayures, un ours en peluche les dévisage. Au-dessus de sa tête, quatre jeunes garçons leur sourient sur un poster.

— One Direction, dit Karl. Les gosses de ma sœur en étaient fans.

J'en connais un autre, songe Karen, sentant son cœur se serrer. Elle garde le silence.

Sur une commode peinte en blanc se dresse un petit arbre stylisé en métal doré dont les minces branches recèlent des colliers de perles en verre multicolores et un bracelet orné de breloques. Une paire de chaussons de danse roses aux longs rubans de soie pend à un crochet près du miroir. Karen ouvre le premier tiroir dont le fond est couvert de papier rose à motifs. Il est vide. Dans le tiroir du bas, elle découvre deux petites coupes en plastique argenté qui roulent d'avant en arrière.

Un sentiment de tristesse se dégage de cette chambre de fille abandonnée. C'est une sorte de mausolée en l'honneur d'un enfant regretté, d'un enfant qui ne vit plus là depuis des années. Karl semble lire dans ses pensées.

— Elle utilise peut-être cette pièce comme chambre d'amis, suggère-t-il.

Karen se demande qui il cherche à réconforter : elle ou lui-même ?

— Oui, peut-être, répond-elle, sans conviction.

Quelque chose lui dit que Susanne Smeed ne reçoit pas souvent de la visite. Cette impression grandit à mesure qu'ils examinent la maison pièce après pièce.

Un passage express dans la petite salle de bains ne leur procure pas plus d'informations. Une gigantesque baignoire d'angle aux robinets dorés occupe quasiment toute la place. Ses dimensions sont risibles au regard de la taille de la pièce. Un épais tapis rose couvre le reste du sol. Les armoires ne contiennent aucun produit digne d'intérêt : une brosse à dents électrique, des antalgiques, des vitamines, du fil dentaire, encore une boîte de somnifères et une longue ribambelle de crèmes et de parfums qui confirme sa fièvre acheteuse. Karen contemple avec une certaine fascination tous les pots et les flacons aux logos de Clinique, Dr Brandt,

Exuviance, et d'autres marques dont elle n'a jamais entendu parler.

— Je crois qu'on ne trouvera rien d'autre ici avant que les techniciens n'aient fait leur travail, conclut Karen. Maintenant, allons voir le vieux Steen.

9

La maison de Harald Steen se trouve à quelque deux cents mètres en aval de celle de Susanne, de l'autre côté de la rivière Langevik. Tandis qu'elle et Karl descendent le chemin boueux qui longe le cours d'eau, Karen lui présente les conclusions de Kneought Brodal.

— Un cambriolage ?

Karl pose la question sans conviction en remontant sa capuche pour se protéger de la bruine.

— Peut-être. Le sac à main de Susanne a été retrouvé dans l'herbe au bas du perron. Sans portefeuille. En plus, plusieurs tiroirs de la commode de l'entrée étaient ouverts et leur contenu renversé, comme si on avait fouillé dedans.

— Ah, si c'est ça…

— En revanche, il y avait de l'argent en liquide dans une boîte à thé à côté des tasses. Il n'a pas bougé. Précisément sept cent cinquante marks et vingt shillings, selon Larsen. Donc, s'il cherchait de l'argent, il est passé à côté. Pour le reste, tu es au courant : la personne n'a fouillé ni dans le salon ni dans les chambres, seulement dans la commode du vestibule.

— Téléphone portable ? Ordinateur ?

— Pour le moment, ils n'ont pas été retrouvés, ce qui peut vouloir dire que quelqu'un les a pris. Mais il ne manque rien d'autre dans la maison – en tout cas, aucun objet de valeur. Il y avait par exemple un écrin contenant soixante-douze pièces d'argenterie glissé dans un tiroir, selon Larsen. Même un novice de la cambriole ne loupe pas ça. En revanche, sa voiture semble avoir disparu. Je sais qu'elle possède une Toyota blanche qui ne se trouve ni dans son jardin ni sur la route devant chez elle.

— Tu as lancé les recherches ?

— Qu'est-ce que tu crois ? Johannisen est déjà sur le coup. J'ai appelé Cornelis Loots et Astrid Nielsen, je leur ai demandé de faire le tour du voisinage pour savoir si quelqu'un a vu ou entendu quelque chose.

— Le plus bizarre, c'est que la porte était fermée à clef. Qui s'enferme chez soi ?

— Ce n'est pas si étrange. C'est le genre de serrure qui se verrouille automatiquement quand on claque la porte. J'en avais une que j'ai fini par faire changer après m'être enfermée dehors deux fois de suite.

— Aucune marque d'agression sexuelle, n'est-ce pas ?

— Non. D'après les premières déclarations de Brodal, en tout cas. En plus, elle était assise dans la cuisine en peignoir et chemise de nuit quand c'est arrivé.

— Il était peut-être dans la maison depuis longtemps. Il a pu la retenir prisonnière, la laisser s'habiller, puis la tuer.

Karen lui lance un regard dubitatif, les sourcils levés.

— Mais d'abord il lui a servi le petit déjeuner ? Allons, Karl ! Est-ce vraiment crédible ?

— Eh bien… C'est peut-être quelqu'un qu'elle connaît ? Je suis sûr qu'elle avait un amant et qu'il est sorti de ses gonds.

— Dans ce cas, nous le saurons très vite. Dans ce village, tout se sait. Mais tu as bien vu son lit. Si elle avait un amant, ils n'y ont en tout cas pas dormi ensemble cette nuit.

Ils traversent la passerelle au-dessus de la rivière et se retrouvent sur les terres de Harald Steen. Karen hésite un instant et reprend :

— Une dernière chose. J'ai passé la nuit à Dunker et, en rentrant ce matin, j'ai aperçu Susanne. (D'un mouvement de tête, elle indique l'amont du cours d'eau.) Elle remontait du ponton après s'être baignée. Ce n'est pas la première fois que je la vois faire ça. Je n'ai pas regardé l'heure, mais il devait être autour de 8 h 15.

Karl s'arrête et se retourne, comme s'il allait voir Susanne remonter le sentier. Karen sait ce qu'il pense.

— Oui, tout à fait, dit-elle. Si l'hypothèse de Brodal concernant l'heure du crime se vérifie, elle a probablement été assassinée peu après mon passage. Et non, je n'ai croisé personne sur la route. Mais j'ai demandé aux techniciens d'examiner la zone autour du ponton, même si je doute qu'ils trouvent quelque chose.

Sara Inguldsen les reçoit sur le perron de la maison de Harald Steen. Un peu plus loin dans le jardin, Björn Lange écrase une cigarette à la hâte.

— Bonjour, cheffe, lance Inguldsen en levant la main au niveau de sa visière.

Karen lui répond d'un hochement de tête et se met à gratter ses chaussures sur le bord des marches en pierre pour en retirer la boue. Elle esquisse un bref sourire.

— Bonjour. Des informations utiles ?

— Pas vraiment. Harald Steen n'a pas dit quatre mots. Malheureusement, il était encore là-haut quand nous sommes arrivés et il nous a vus entrer.

Karen se fige dans son mouvement. Son inquiétude doit être manifeste, car Sara Inguldsen poursuit rapidement.

— Non, non, il n'a rien vu de ce qui s'était passé à l'intérieur. En revanche, il a aperçu la mine de Lange quand il est ressorti. Et il m'a entendue renvoyer l'ambulance. C'est là qu'il a percuté. Son visage est devenu tout gris. Je l'ai reconduit chez lui et Lange est resté là-haut.

— Pourquoi Steen n'a-t-il pas cherché à entrer pour aider Susanne ? intervient Karl Björken. Si j'ai bien compris, il croyait qu'elle s'était évanouie ou avait fait une chute.

— Il a essayé, mais la porte était fermée à clef. C'est vrai : Lange a dû casser la vitre pour entrer. Steen est redescendu chez lui pour appeler le 112, puis il a remonté la pente pour attendre l'ambulance. Pas étonnant qu'il ait eu des douleurs au cœur.

— Comment va-t-il maintenant ? demande Karen en posant la main sur la poignée de la porte.

— Mieux, mais il est fatigué. Il se repose sur le canapé du salon, peut-être qu'il s'est endormi.

— D'accord. Toi et Lange pouvez partir. Allez manger quelque chose. Vous êtes sur le pied de guerre depuis longtemps, ajoute-t-elle.

Elle prend aussitôt conscience qu'une journée de travail entière s'est écoulée depuis qu'elle a croisé Inguldsen et Lange à Dunker. Et ils devaient déjà être en service depuis quelques heures. Elle regrette immédiatement. Elle n'avait aucune raison de leur rappeler son humiliation du matin.

— Oui, la journée a été longue pour tout le monde, déclare Sara Inguldsen avec un grand sourire.

La porte du salon est ouverte. Harald Steen est étendu sur le canapé, mais ne dort pas. À moins qu'il n'ait été réveillé par les coups discrets de Karen.

— Ah, mais c'est la petite Eiken. Entre, entre, dit-il en se redressant à grand-peine.

— Ne bouge pas, Harald, dit Karen en entrant avec Karl sur les talons. Tu me connais déjà, mais voici mon collègue Karl Björken. Pouvons-nous nous asseoir quelques instants ?

Harald Steen indique deux fauteuils élimés au tissu rayé marron et jaune. Sur la table basse, il y a un verre d'eau à moitié vide et une petite boîte de comprimés de nitroglycérine.

— Est-ce que ça va mieux maintenant ? demande Karen.

Elle s'assied sur le bord d'un fauteuil et se penche vers le vieil homme.

— Ça a dû te faire un choc.

— Oui, je me sens un peu mieux, merci. Moi qui croyais qu'elle avait juste glissé, ou qu'elle avait perdu connaissance. Sacrebleu ! Comment imaginer que le pire était arrivé ? Elle était si jeune…

Que sait réellement Harald Steen ? Croit-il encore qu'il s'agit d'un accident ? Karen s'avance vers le vieil homme et le fixe dans les yeux.

— Susanne n'est pas décédée de mort naturelle, Harald. C'est pour ça que nous devons te parler.

L'espace de quelques secondes, le regard confus de Harald Steen se promène entre Karen et Karl. Puis il se dresse sur son séant au prix d'un grand effort.

— Pas une mort naturelle ? Mais cette dame m'a dit que…

Il esquisse un geste vers la porte où Sara Inguldsen se tient encore, comme une sentinelle, dans son uniforme bleu marine. Une curieuse, celle-là, se dit Karen. Ou une ambitieuse.

— Je ne savais pas quoi lui dire, chuchote Sara. Je lui ai simplement expliqué que Susanne Smeed était morte et que nous appelons toujours un médecin quand une personne décède à son domicile.

— Je vois. Mais rentrez, maintenant. Nous vous contacterons plus tard si nous avons besoin d'autre chose.

Karen se tourne vers Harald Steen et le regarde droit dans les yeux.

— Sara dit vrai, Harald. C'est le protocole habituel. Mais dans le cas de Susanne, nous avons hélas de bonnes raisons de penser que quelqu'un lui a… ôté la vie.

« Ôté la vie »... comme si c'était moins difficile à entendre qu'« assassiné », songe-t-elle avec un coup d'œil aux comprimés de nitroglycérine. Une crise cardiaque maintenant ne serait pas seulement funeste pour Harald Steen, cela anéantirait toutes les chances d'obtenir un témoignage important.

— C'est pourquoi nous avons besoin de ton aide, tu comprends ? Peut-être as-tu vu quelque chose qui pourrait nous aider à découvrir qui a...

— Comment ? demande Harald Steen avec une voix d'une force inattendue. Comment Susanne est-elle morte ?

Laborieusement, il parvient à s'asseoir, le dos droit, mais le regard toujours empreint de confusion et d'inquiétude. Lorsqu'il s'avance pour s'emparer du verre d'eau, Karen constate que sa main tremble, mais que son visage a retrouvé une couleur normale.

— Ça va aller, Harald ? demande-t-elle pour détourner la conversation. Est-ce que tu veux qu'on appelle quelqu'un ? Tu as un fils à Frisel, non ? Il devrait peut-être passer la nuit ici.

Sa montre indique 16 h 15. Le ferry de Sande passe toutes les demi-heures le dimanche. Le fils de Harald pourrait être là dans quelques heures.

— Par pitié, pas lui, peste le vieil homme. Nom d'un chien ! Je m'en sors très bien tout seul, ma petite.

— Quelqu'un d'autre, alors ? suggère Karl calmement. Vous ne devriez peut-être pas rester seul ce soir, en tout cas.

Karl est appuyé contre le dossier du fauteuil à l'assise défoncée, une de ses longues jambes croisées sur l'autre pour y poser son bloc-notes.

— L'aide à domicile arrive vers 18 heures ce soir, marmonne Harald Steen. Si elle se souvient de moi, bien sûr. Misère de sort !

— Ah bon, môssieur a une aide à domicile ? Combien de fois par jour ?

Harald Steen émet un petit gloussement et semble satisfait, comme s'il avait oublié la raison de la présence policière dans son salon.

— Eh bien, oui. Depuis mes problèmes de cœur, une petite dame vient deux fois par jour pour me préparer à manger. Je ne risque pas de mourir de faim. Elle fait aussi le ménage. Très bien, d'ailleurs. Mais elle est polonaise, bien sûr, s'empresse-t-il d'ajouter, comme si cela dégradait la qualité du service.

Karen entend Karl griffonner sur son carnet.

— À quelle heure vient-elle ?

— La Polonaise ? Ça dépend. Vers 8 heures du matin, et le soir, pour le dîner. Mais elle met des épices bizarres dans les plats. J'ai essayé de lui dire, mais…

— Vous rappelez-vous à quelle heure elle est venue ce matin ? l'interrompt Karl en jetant un coup d'œil en biais à Karen.

— Oui, plus tard que d'habitude. Vers 9 heures, je crois. Non, pas avant 9 h 30. J'étais réveillé depuis longtemps quand elle a daigné montrer le bout de son nez. Elle a dû fêter Oïstra. Ces Polonaises ont une sacrée descente, à ce qu'il paraît.

Karen et Karl échangent un nouveau regard.

— Avez-vous remarqué quelque chose pendant que vous attendiez l'assistante de vie ? Avez-vous vu quelqu'un ou peut-être une voiture à proximité de la maison de Susanne ?

Harald Steen prend un air étonné, secoue la tête comme si la question était incompréhensible pour lui.

— Non… Comment aurais-je pu voir quoi que ce soit ? J'étais dans mon lit. Je ne me lève pas avant d'avoir bu mon café. Son café est bigrement fort, ça oui.

Son visage s'éclaire et Karen pousse un soupir discret. Cela ne mène à rien. Sans doute vaut-il mieux se concentrer sur l'aide à domicile, en espérant qu'elle aura vu quelque chose. Karl referme son bloc-notes et ils se lèvent tous les deux des fauteuils élimés.

— Mais j'ai entendu la voiture, évidemment.

Karen se fige dans son mouvement. Karl aussi. Tous deux dévisagent Harald Steen en se laissant retomber sur leur siège.

— Vous avez entendu une voiture, dites-vous ?

La voix de Karl semble faussement calme, comme s'il craignait que la moindre once d'excitation puisse déconcentrer le vieillard.

— Oui, la voiture de Susanne. Cette vieille guimbarde japonaise. C'est pour ça que j'ai trouvé bizarre que la lumière de la cuisine soit allumée. Et ça fumait de la cheminée. Je veux dire, pourquoi quitterait-elle la maison comme ça, mais je ne pouvais pas me douter que…

— Es-tu sûr que c'était bien la voiture de Susanne ? le coupe Karen aussi doucement que possible.

Harald Steen laisse échapper un grognement.

— Elle fait un boucan de tous les diables ! Elle piaule comme une vieille bonne femme au démarrage. Impossible de se tromper. C'est le démarreur, bien sûr. J'ai dit à Susanne de le changer, mais elle ne m'a pas écouté.

— Et ça, c'était avant l'arrivée de l'aide à domicile ? l'encourage Karl. Vous en êtes certain ?

— Non, suis-je bête ! La Polaque était déjà arrivée. Elle venait de me dire que le café était prêt. Nous avons trouvé ça étrange que Susanne parte aussi tôt un dimanche matin. Surtout le lendemain d'Oïstra. C'est sans doute pour ça qu'il était si tard.

— Si tard ? Vous venez de dire qu'il était tôt.

— Quand la Polaque est arrivée, bien sûr. Il était presque 10 heures quand elle s'est pointée. Elle a dû en profiter pour faire la grasse matinée. Mais comme on dit, la laine est lourde à porter pour la brebis paresseuse.

— Vers 10 heures ? Vous êtes sûr ?

— Oui, je m'en souviens maintenant, parce que j'écoute les informations et la météo toutes les demi-heures et j'ai entendu les mêmes informations plusieurs fois. Rien de nouveau. Mais elle a dû fêter Oïstra comme tous les autres et siffler trop de liqueur de Heimö. Apparemment, elles boivent comme des éponges, ces Polonaises.

Karen pousse un long soupir et entreprend une dernière tentative :

— Donc tu as entendu la voiture de Susanne après l'arrivée de l'assistante de vie. L'a-t-elle aussi entendue, selon toi ?

— Oui, évidemment ! Ça fait penser aux voitures en Pologne, qu'elle a dit. Pas une mauvaise bonne femme, après tout.

Ils prennent congé après s'être assurés une nouvelle fois que Harald Steen ne voulait pas faire venir son fils. Karen décide de ne pas attendre l'aide à domicile. Karl a noté le numéro d'une certaine Angela Novak de l'entreprise Homecare, dont la carte de visite était fixée à la porte du frigo.

— Alors, quelles sont tes conclusions ? demande Karl lorsqu'ils remontent le chemin vers la maison de Susanne.

— Il a l'esprit plus embrouillé que je ne le pensais. Dans le temps, Steen était une sommité à Langevik. Il organisait toutes les ventes aux enchères, il était considéré comme pingre, mais rigolo, si je me souviens bien. Mais ça fait un bail. Ces dernières années, je l'ai surtout vu de loin, dans le village.

— On ne va pas pouvoir tirer grand-chose de ses indications temporelles. Impossible d'être sûr de quoi que ce soit avec ce verbiage, déplore Karl. Même si certaines de ses hypothèses sont vraies.

— Non, mais ils peuvent très bien avoir entendu la voiture de Susanne. Tu vérifieras auprès d'Angela Novak. Elle a peut-être remarqué autre chose.

— Si le vieux dit vrai, cela signifie que l'assassin est parti d'ici un peu avant 10 heures dans la voiture de la victime.

— Oui, le véhicule a disparu, donc ça peut coller. Nous verrons si Brodal parvient à préciser un peu l'heure du décès. Je vais insister auprès de lui.

— Quand as-tu lancé les recherches pour le véhicule ?

— Dès que je suis arrivée ici et me suis rendu compte de son absence. Mais il était déjà autour de 14 heures.

— Notre coupable a eu plusieurs heures pour quitter l'île.

— Pour aller à Noorö ou Frisel dans ce cas. Il n'y a pas de ferry vers Esbjerg ni vers Harwich.

— Non, mais il y a des avions pour Lenker et Ravenby. Je parie qu'on va retrouver la bagnole à l'un des aéroports.

— Selon toi, c'était prémédité ? L'assassin avait prévu de supprimer Susanne Smeed puis de quitter le pays ? Tout à l'heure tu penchais pour la thèse du cambriolage. Dans ce cas, ils auraient déjà trouvé la voiture : les parkings des terminaux de ferries et des aéroports sont les premiers lieux où l'on cherche.

Karl Björken hausse les épaules et Karen continue :

— J'ai parlé avec Cornelis Loots, qui s'est renseigné auprès du port. Le seul gros bateau qui a quitté l'île est un navire de croisière qui se dirige vers la Norvège. Il a quitté Stockholm le 25 et a fait escale à Copenhague et à Dunker. Il est à présent en route vers Édimbourg et passera par les îles Shetland et la côte norvégienne avant de rentrer en Suède, si je ne m'abuse. Le genre de circuit pour les retraités américains qui ont des racines en Europe du Nord. Mais j'ai du mal à comprendre pourquoi un riche Américain quitterait spontanément sa luxueuse cabine pour pédaler jusqu'à Langevik et assassiner Susanne Smeed.

— Pédaler ?

— Il a dû venir à vélo. Ou en stop. Sinon, comment ? Il a pris la voiture de Susanne pour repartir, mais n'en a pas laissé derrière lui. J'ai demandé à

Loots de contacter la compagnie de navigation pour obtenir la liste des passagers. Juste au cas où. Mais si le meurtrier a vraiment quitté le pays, comme tu le dis, nous n'avons aucune chance. Les ports sont de vraies passoires !

Karl marche les mains enfoncées dans les poches, la tête rentrée dans les épaules pour se protéger du vent. Karen le regarde. Elle devrait se calmer, cesser de lui aboyer dessus, de le noyer sous un flot d'arguments. Comme un vrai clébard.

— Sans compter tous ces petits bateaux qui viennent du Danemark, des Pays-Bas et de je ne sais où, poursuit-elle. On parle de milliers de personnes qui sont arrivées hier et, pour la plupart, reparties ce matin. Pourquoi faut-il que tous ces imbéciles viennent ici fêter Oïstra ?

Karl s'esclaffe.

— Ne dis pas ça devant Kaldevik ou Haugen.

Karen sait exactement à quoi il fait référence. Avec un frisson, elle se remémore la visite de la ministre de l'Intérieur à l'hôtel de police il y a de cela quelques années. Avant le début de la saison touristique, Gudrun Kaldevik, s'exprimant devant les représentants de la police doggerlandaise, avait souligné l'importance pour les forces de l'ordre de contribuer au bien-être et à la sécurité des touristes, en se montrant prévenantes et attentives à leurs besoins. Pour une fois, Karen était d'accord avec Johannisen lorsqu'il a grommelé dans sa barbe :

— On n'est pas des putains de guides touristiques !

Cette visite faisait suite à une affaire qui avait défrayé la chronique l'été précédent. Deux jeunes recrues prises d'un zèle excessif avaient placé en cellule de dégrisement un homme ramassé dans le parc de l'hôtel de ville. Hélas, si l'homme était affalé sur un banc, c'est parce qu'il venait de se faire agresser et dérober son portefeuille et son téléphone mobile ; s'il articulait avec difficulté, ce n'était pas à cause d'une forte alcoolémie, mais d'un AVC subi un mois plus tôt. Pendant sa convalescence, ce grand industriel allemand avait décidé de visiter avec son épouse les îles doggerlandaises, leur rêve depuis plusieurs années. L'affaire n'avait été résolue que trois heures plus tard. L'épouse de l'Allemand, morte d'inquiétude de ne pas voir revenir son mari qui était sorti faire un petit tour, avait fini par appeler la police. Toutes les excuses du monde n'avaient pas suffi à convaincre le couple de rester dans l'archipel. Ni même, avaient-ils bien fait comprendre, d'y remettre un jour les pieds.

Cette histoire fut reprise dans tous les médias doggerlandais et, hélas, aussi dans les médias allemands. La ministre de l'Intérieur, Gudrun Kaldevik, en sa qualité de responsable de la police, fut tenue d'accorder des dizaines d'interviews aux médias germaniques dans un allemand scolaire, ce qui conduisit à plusieurs lapsus humiliants et à 1 337 063 vues sur YouTube. Pour couronner le tout, l'événement s'était déroulé six semaines avant l'inauguration de Dunker comme nouvelle capitale européenne de la culture.

Il régnait un silence de mort lorsque la ministre termina son discours devant le corps policier rassemblé et que Viggo Haugen lui assura qu'il prenait la responsabilité d'opérer un changement de culture au sein des forces de l'ordre. Ce qui se révéla aussi idiot et irréaliste que le laissait penser la déclaration.

Karen et Karl grimpent en silence le sentier, bercés par le bruissement de la rivière qui serpente docilement vers la mer. Karen songe à la suite inévitable des événements.

— Pourrais-tu essayer de joindre Angela Novak dès aujourd'hui ? Je voulais aussi te demander si tu peux être témoin de l'autopsie à ma place. Je voudrais m'entretenir avec Jounas seule à seul, pour commencer. C'est peut-être bien de ne pas arriver à deux avec nos gros sabots.

— Oui, fais-toi plaisir, soupire Karl. Bon Dieu, comme ça doit être dur pour lui !

Heureusement pour Karen, Karl ne se doute pas un instant qu'elle ne pense pas aux éventuels sentiments de Jounas Smeed à l'égard de son ex-épouse. D'autres auditions en présence de collègues seront inévitables, mais elle doit d'abord lui parler en tête à tête. Pour la première fois depuis qu'elle a quitté la chambre 507 de l'hôtel Strand.

10

Karen roule vers Dunker, rongée par l'inquiétude. Elle conduit machinalement, laissant ses pensées divaguer. Elle connaît si bien la route qu'elle sent chaque virage dans son corps avant de le prendre, voit intérieurement chaque nouveau paysage avant qu'il n'apparaisse devant ses yeux.

La route côtière depuis l'ouest jusqu'à la capitale de Heimö est légèrement en pente et traverse de grandes étendues inclinées vers le nord, où des pâturages pierreux alternent avec des petites forêts de feuillus. Des boules de laine blanches et grises se meuvent lentement sur les versants et broutent méthodiquement, tête baissée. Les agneaux vont encore engraisser quelques mois avant l'abattage de l'automne, et la laine d'été des moutons a encore un peu de temps pour pousser avant que les tondeurs n'envahissent l'île dans quelques semaines.

De l'autre côté de la route, des falaises escarpées surplombent la mer et sa musique perpétuelle, qu'elle bruisse ou rugisse, calme ou menaçante. Aujourd'hui, la forte brise forme de l'écume sur la surface et le soleil darde ses rayons entre les nuages joufflus qui glissent rapidement vers la terre.

Le plateau surélevé à l'est de la ville offre un bon panorama sur Dunker. Le conducteur qui lève un peu le pied peut en un coup d'œil embrasser toute la baie.

D'ici, on aperçoit la longue promenade qui s'étire du port à l'est jusqu'aux falaises jaunes au sud-ouest, en passant par la plage de galets. Celui qui braque son regard vers l'intérieur des terres a tout juste le temps d'entrevoir la ville qui s'étale en demi-cercle derrière la baie, avant que la route ne descende en épingle jusqu'au centre.

Le plan d'urbanisme de Dunker respecte la même recette infaillible de ségrégation sociale que le reste des villes européennes. Et, à l'instar des autres cités jadis dépendantes de la pêche, Dunker s'est construite autour du port. Le bâti s'étend de la mer vers l'intérieur des terres en arcs de cercles concentriques qui présentent chacun leur spécificité. Le long de la promenade littorale et du quai qui aboutit au port, les façades dorées des maisons en grès alternent avec des maisons en pierre blanchie à la chaux et des constructions basses en brique rouge. Derrière se dressent des pavillons en brique, bien plus imposants, où se sont installés des propriétaires d'usines, des armateurs et autres membres de la classe moyenne à mesure qu'ils gravissaient l'échelle sociale doggerlandaise. À Thingwalla, au nord-ouest de la baie de Dunker, de spacieuses villas de pierre s'élèvent sur de généreux terrains aménagés entre la mer et la forêt. Ce quartier est réservé au haut du panier, à l'élite de Dunker, et reste inaccessible au commun des mortels.

L'arc de cercle suivant comprend les quartiers de Sande et Lemdal, peuplés de maisons mitoyennes des années vingt et trente qui, au moment de leur construction, marquaient les confins de la ville au nord-est et au nord-ouest. Les rues soignées qui ont poussé perpendiculairement aux anciennes artères principales sont bordées de maisons en pierre grise, construites à une époque où l'optimisation des profits passait par le développement social. Dunker misa alors activement sur des logements sains dans le but de tenir en échec la tuberculose et les rhumatismes chez les travailleurs de la filature, du port et de la fabrique de savon.

Aujourd'hui, quasiment toutes les maisons de Sande et Lemdal ont été agrandies au maximum. Le moindre centimètre carré de leurs jardins longs et fins, prévus à l'origine pour la culture d'un potager, a été exploité.

Sur le cercle concentrique suivant se trouvent les quartiers d'Odinswalla-Est et Ouest, avec leurs immeubles de trois étages des années cinquante et soixante. L'importante superficie de ce faubourg semble inexpliquée, mais la raison en est simple : les lois doggerlandaises interdisaient, jusqu'en 1972, la construction d'édifices de plus de trois étages.

Dans le dernier demi-cercle, à Gaarda et Moerbeck, on a profité pleinement du changement de législation. Ici, loin des vents marins, s'élèvent des immeubles de huit étages semblables à de grandes casernes militaires, datant du milieu des années soixante-dix. Les architectes et les constructeurs ont fait fi, dans un esprit de rationalisation extrême, d'un éventuel besoin de contact avec le sol, de verdure, d'espaces de détente dans le quotidien des habitants.

Ici, il n'y a ni cafés, ni restaurants, ni commerces, à l'exception de la vente d'héroïne et d'amphétamines qui s'effectue plus ou moins ouvertement sur les parkings ou dans les recoins à deux pas des cours d'écoles. La vie nocturne s'y résume aux guerres de territoires entre les dealers ou aux passages furtifs des petits délinquants sous les rares lampadaires qui fonctionnent encore. Les honnêtes gens qui pour une raison ou pour une autre sont obligés de rentrer chez eux après 20 heures pressent le pas et ferment la porte à double tour derrière eux avec un soupir de soulagement. À Gaarda et à Moerbeck, la sécurité n'existe que dans le foyer – et encore. Mais si l'on ouvre la petite fenêtre d'aération lorsque le vent souffle du nord-ouest, on peut sentir le parfum du myrica provenant des marécages à l'intérieur des terres.

Karen traverse Sande et bifurque vers l'ouest, direction Thingwalla. Certes, la maison de Jounas Smeed se trouve *à la périphérie* de ce quartier huppé, comme il se plaît à le répéter à ses collègues du commissariat. Même ceux qui saluent les efforts du chef pour dissimuler son pedigree savent que la famille Smeed ne s'est jamais trouvée – et ne se trouvera jamais – à la périphérie de quoi que ce soit. Les Smeed habitent à Thingwalla, un point c'est tout.

Karen observe les majestueuses villas en pierre tout en se dirigeant vers le 24 de la rue du Chant-d'Oiseau. Elle n'est venue qu'une fois. Pendant la canicule, quelques années plus tôt, Jounas a invité toute la brigade criminelle, les collègues de la police technique et les procureurs à un barbecue. L'ambiance était détendue et agréable dans la touffeur du mois d'août.

Les météorologues ne se sont pas trompés, songe Karen. Les nuages se sont amoncelés au-dessus de l'île et, lorsqu'elle ouvre la portière côté passager pour s'emparer de son manteau, elle sent le souffle frais du vent qui devait descendre du nord-ouest pendant la journée. Elle frissonne et jette un coup d'œil vers la maison. Les fenêtres la fixent en retour de leur regard vide. La grande villa est plongée dans l'obscurité. On ne devine aucun mouvement derrière les vitres ou dans la partie du jardin visible de la rue.

Et s'il était absent ? se dit-elle, envahie par une bouffée d'espoir irrationnel. À la seconde suivante, elle entend le bruit d'une voiture qui arrive à toute berzingue. Elle se retourne. Une Lexus noire chromée pile derrière sa Ford Ranger crasseuse. Leurs regards se rencontrent. Jounas Smeed reste assis quelques instants derrière le volant. Puis il met la première et, sans même un hochement de tête, la dépasse en direction du garage.

Karen suit le véhicule du regard, sentant le malaise se diffuser en elle : cette rencontre se présente aussi mal qu'elle le craignait. À pas lourds, elle emprunte l'allée vers la maison et rattrape son chef au moment où il ferme la porte du garage. Muets, ils contournent la maison et se dirigent ensemble vers l'entrée qui donne sur la cuisine.

11

— Je te sers ? demande Jounas en levant la bouteille de whisky posée sur le plan de travail en marbre de la cuisine.

Karen reconnaît son breuvage favori de la distillerie Groth à Noorö, mais secoue la tête. Jounas sort un verre du placard et quitte la cuisine. Il ne dit mot, mais avec un haussement presque imperceptible du menton il lui indique de le suivre.

Son chef s'attend-il vraiment à ce qu'elle le suive à la trace comme un toutou bien dressé ? L'agitation de Karen se mue en agacement. Muette, elle lui emboîte le pas à travers la villa mal éclairée, foulant le parquet poli et les épais tapis. Ils passent par le grand vestibule. Un gigantesque lustre pend au-dessus d'une table ronde où trône un vase de tulipes. Au fond, un large escalier majestueux conduit à l'étage. À droite, on devine une pièce qui ressemble à un bureau, et, plus loin, lorsqu'ils passent devant la bibliothèque, Karen aperçoit des fauteuils Chesterfield verts devant un manteau de cheminée richement décoré et des étagères en bois sombre qui couvrent les murs de bas en haut.

Karen repense au salon impersonnel de Susanne Smeed organisé avec un soin maniaque. En dépit de leurs huit ans de mariage, le contraste entre sa maison et celle de Jounas est presque embarrassant.

Visiblement, lors du divorce, Susanne n'a rien obtenu de la richesse smeedienne.

Jounas pénètre dans une grande salle de séjour rectangulaire et allume le plafonnier. Karen cligne des yeux dans la vive lumière. Toute la pièce se reflète dans l'immense baie vitrée qui ouvre sur le jardin. Karen avance jusqu'aux portes coulissantes et regarde dehors. Une terrasse boisée en L se termine d'un côté par une cuisine d'extérieur, où un gigantesque barbecue agrémenté de tous ses ustensiles se dresse sous un abri incurvé. En diagonale à droite se trouve une table pour douze personnes et à l'autre extrémité, celle qui donne sur la piscine, s'étalent de confortables sièges sous un volumineux parasol.

Il devrait le replier, songe-t-elle. Le vent ne va pas tarder à se lever.

La pelouse verdoyante qui descend en pente douce vers la mer est ponctuée d'une petite plage privée. Même sans la voir, Karen le sait – elle l'a contemplée avec jalousie l'été dernier lorsqu'elle est passée devant en hors-bord. La plupart des villas de ce quartier disposent de pontons privatifs où mouillent de luxueux bateaux attendant d'être conduits, à la fin de la saison, au chantier naval à un kilomètre et demi à l'est.

Elle lève les yeux vers l'horizon où la mer prend une coloration gris-bleu sous un ciel de plus en plus sombre. Au même instant, le parasol vacille et les premières gouttes de pluie s'écrasent sur la terrasse lisse en bois de cumaru. Je devrais vraiment lui dire de replier son parasol, songe-t-elle.

Elle n'en fait rien. Se retournant, elle voit que Jounas Smeed a laissé tomber son grand corps dans l'un des quatre fauteuils gris clair. Il est affalé, à moitié inerte, les jambes étendues devant lui. Un bras pend de l'accoudoir, les bouts des doigts touchant presque le sol, et l'autre main serre le verre de whisky contre son torse.

— Alors, Eiken, dit-il d'une voix traînante. Comment vas-tu t'organiser ?

— Tu comprends bien que je dois te parler...

— Cheffe intérimaire de la brigade criminelle. Toutes mes félicitations, si je puis me permettre. Une bonne journée pour toi, non ?

— Arrête ! Je n'ai pas choisi de me retrouver là.

— Mais ça te fait plaisir. Avoue.

— Bien sûr. Je jouis sans retenue de chaque instant.

Elle regrette immédiatement le choix des mots, consciente que Jounas ne ratera pas la moindre occasion de lui rentrer dedans.

— Comme cette nuit, alors. D'ailleurs, pourquoi es-tu partie sans dire au revoir ?

— Qu'est-ce que tu crois ? Tout ça, c'était une erreur monumentale. J'espère que nous pourrons l'oublier au plus vite. OK ?

Jounas Smeed se redresse légèrement et avale une gorgée de whisky. Puis il la fixe dans les yeux et esquisse un sourire sans joie.

— OK. Qu'est-ce que tu veux savoir ?

Karen se racle la gorge, fouille dans sa poche à la recherche de son bloc-notes, hésite un instant et décide de s'en passer. La situation est suffisamment tendue. Il est risqué de souligner plus que nécessaire le renversement hiérarchique. Elle devrait réussir à mémoriser les réponses aux quelques questions qu'elle prévoit de lui poser. Dans le but d'asseoir au moins une once de l'autorité qu'il veut récuser, elle reste debout.

— Peux-tu commencer par me dire où tu te trouvais entre 7 et 10 heures ce matin, s'il te plaît ?

Il pousse une sorte de grognement qui ressemble à un rire sec.

— Tu plaisantes ! Brodal ne peut pas être plus précis ? Ça commence bien, dis donc...

Avec une légèreté toute nouvelle, Jounas Smeed vide son verre et se lève de son fauteuil. On dirait qu'il s'apprête à quitter la pièce, mais il se dirige vers une longue table. Karen ne voit pas ce qu'il fait, car il lui tourne le dos, mais elle entend le grincement du métal contre le verre d'un bouchon qu'on dévisse, puis le glouglou indiquant qu'il se ressert un whisky. Il chancelle légèrement lorsqu'il se retourne vers elle. Ce ne sont sans doute pas ses premiers verres de la journée. Il devait déjà être rond lorsqu'il a débarqué au volant de sa bagnole de flambeur. Karen se remémore son retour en voiture depuis Dunker, ce matin. Si les médias avaient vent du taux d'alcool dans le sang des policiers aujourd'hui, il y aurait des danses de la joie dans les rédactions. Mais les journalistes auront bientôt un scoop encore plus croustillant à se mettre sous la dent : ce n'est qu'une question de temps. Bien sûr, aujourd'hui la plupart d'entre eux sont au lit avec la gueule de bois, mais cette trêve ne sera hélas que de courte durée. Bientôt, la nouvelle de l'assassinat de Susanne Smeed se sera répandue comme une traînée de poudre d'une île à l'autre.

— Peux-tu répondre à ma question ? demande-t-elle avec calme une fois que Jounas s'est à nouveau enfoncé dans son fauteuil. Qu'as-tu fait ce matin ?

— Tu le sais aussi bien que moi.

Il la regarde en levant les sourcils.

— J'ai quitté l'hôtel vers 7 h 20, répond-elle. Passé cette heure-là, je ne peux plus être ton alibi. Qu'as-tu fait après mon départ ?

— 7 h 20, tu dis ? Et tu es rentrée en voiture, dit Jounas d'un air pensif, ignorant sa question. Tu es passée devant la maison de Susanne ? Tu n'as fait que passer ? Ou bien tu t'es arrêtée ?

— Qu'est-ce que tu insinues, bordel ?

— Du calme, ma petite, du calme.

— Et quelle raison aurais-je d'en vouloir à ton ex-femme ? Toi, en revanche, tu as sans doute…

Elle s'interrompt, consciente de tomber droit dans le piège qu'il lui tend. En quelques mots, il lui a fait perdre son sang-froid. Il est parvenu à réduire à néant l'indifférence, fruit de plusieurs années d'efforts, qu'elle oppose aujourd'hui à ses railleries imbéciles.

Elle avale quelques gorgées d'air, pose les fesses sur le bord du long canapé blanc, le dos droit, arc-boutée sur ses jambes pour ne pas s'enfoncer dans les coussins moelleux.

— Je t'en prie, Jounas, dit-elle en s'évertuant à garder son calme. Tu ne peux pas tout simplement me dire ce que tu as fait entre... 7 h 20 et 10 heures ce matin ? Tu sais que je suis obligée de te le demander.

— Je suis rentré vers 10 heures, avec une gueule de bois de tous les diables, répond-il, étonnamment coopératif. Au préalable, j'ai fait la même chose que toi : je me suis réveillé, j'ai dégueulé, et j'ai quitté l'hôtel la queue entre les jambes.

Elle ignore l'allusion.

— À quelle heure as-tu quitté l'hôtel ?

— 9 h 30 environ.

— Quelqu'un t'a vu ? À la réception, j'entends.

— Qu'est-ce que j'en sais ? Non, je crois qu'il n'y avait personne, mais je n'y ai pas prêté attention. J'avais payé quand je suis arrivé. Quand *nous sommes* arrivés, devrais-je dire.

L'espace d'un instant, elle envisage de lui proposer de rembourser la moitié de la chambre d'hôtel, mais elle décide de laisser tomber. Moins ils en parlent, mieux c'est.

— Es-tu rentré en voiture ou à pied ?

— À pied. Ce n'est qu'à vingt minutes et j'avais besoin d'air frais. J'ai laissé ma voiture sur le parking près de l'hôtel de ville. À côté de la tienne, d'ailleurs. Tu ne l'as pas vue ?

La voiture de Jounas était garée là ? Peut-être, mais la rencontre avec Inguldsen et Lange lui a donné d'autres raisons de s'inquiéter.

— Tu n'utilises pas le garage sous le commissariat d'habitude ?

— J'avais laissé ma voiture dedans pendant la journée. Je suis resté travailler tard, j'étais de mauvaise humeur et je comptais rentrer chez moi directement.

Mais après avoir récupéré ma voiture au parking, en arrivant dans la rue de l'Hôtel-de-Ville, j'ai changé d'avis. Après tout, c'était Oïstra ! Je ne pouvais pas rentrer sans avoir avalé au moins une demi-douzaine d'huîtres et quelques bières. C'est ce que je me suis dit. Alors j'ai stationné ma voiture sur le parking en me disant que j'irais la chercher au maximum une heure plus tard. Mais comme tu sais, mon plan a foiré.

Pas qu'un peu, se dit Karen. Le Jounas qu'elle a rencontré plus tard ce soir-là avait avalé bien plus que quelques bières – plus probablement plusieurs bouteilles de vin.

— As-tu croisé quelqu'un ? Le lendemain, en rentrant chez toi, je veux dire.

Jounas semble réfléchir. Il bluffe, se dit-elle. Cette question, il aurait déjà dû se la poser. À l'instant même où il a appris que sa femme avait été assassinée, il aurait dû prendre conscience qu'il serait obligé de décrire précisément où il se trouvait au moment du meurtre. Ça et bien d'autres choses encore. Que va-t-il tirer de ce numéro d'illusionniste ? se demande-t-elle en observant le front plissé et pensif de son chef.

— Oui, en fait. Un poivrot. Sur la promenade, le long de la plage. Il m'a demandé si j'avais des cigarettes. Et j'en avais. Mais je doute qu'il soit en mesure de fournir une indication temporelle précise, si jamais tu réussis à lui mettre la main dessus. Je doute qu'il ait une adresse fixe, à en juger par tout le bric-à-brac qu'il transbahutait.

— À quoi ressemblait-il ?

— Bah, à un ivrogne… sale, barbu.

— Et tu n'as vu personne d'autre ?

— Qu'est-ce que tu crois ? Tu en as rencontré, des gens, toi ?

Karen songe de nouveau à Björn Lange et Sara Inguldsen et décide de laisser de côté le sujet.

— Et après ?

— Je suis rentré chez moi, je me suis endormi sur le canapé et j'ai été réveillé par Viggo Haugen qui a appelé un peu avant 13 heures pour me raconter ce qui s'était passé. J'ai immédiatement tenté d'appeler Sigrid, qui n'a pas répondu.

— Ta fille, commente Karen en repensant à la photo de la fillette sur la cheminée de Susanne Smeed.

— Oui. Comme je n'arrivais pas à la joindre, j'ai décidé d'aller la voir. Elle répond rarement au téléphone quand je l'appelle. Mais je ne voulais pas qu'elle apprenne la mort de sa mère par un autre biais.

Karen hoche la tête. Cela semble raisonnable. Presque humain.

— Donc je suis retourné au parking, j'ai récupéré ma voiture et je suis allé à Gaarda. *Oui*, c'est là qu'elle habite, ajoute-t-il d'une voix agacée, comme s'il avait vu ce sourcil levé bien trop de fois.

Manifestement, Karen n'est pas parvenue à dissimuler son étonnement en entendant qu'une des futures héritières de la fortune smeedienne avait choisi de s'installer dans une de ces barres d'immeubles du nord de la ville.

— Et tu l'as trouvée ?

— Oui. Elle m'a même laissé entrer. Pendant dix minutes.

Son ton n'est pas aigri, plutôt marqué par la surprise d'avoir pu parler à sa fille. Un jour, il faudra que je me renseigne sur les raisons de ce froid, se dit Karen. Mais pas maintenant.

— Comment va-t-elle ?

Une ombre d'exaspération rôde sur le visage de Jounas.

— Tu lui demanderas. Je suis sûr que tu ne tarderas pas à interroger la fille d'une femme assassinée, indépendamment de son état d'esprit.

Sa voix s'est à nouveau durcie. Il se lève d'un bond, titube, mais retrouve vite l'équilibre.

— Je n'ai rien à ajouter, dit-il sans croiser le regard de Karen.

Elle se lève avec lenteur et, d'un ton calme, répond :

— Ça ira pour aujourd'hui. Mais nous devrons reparler, dès demain sans doute. Une dernière question, avant de partir.

Jounas s'est avancé jusqu'à la fenêtre et regarde au-dehors. La pluie a redoublé et Karen voit le parasol tanguer dangereusement dans le vent.

— Quand as-tu vu Susanne pour la dernière fois ?

— Va te faire voir, Eiken, répond Jounas Smeed en ouvrant une des portes vitrées. L'heure est venue de partir.

Le vent et la pluie la giflent en plein visage. La température a dû baisser de plusieurs degrés pendant les quelques minutes qu'elle a passées au domicile de son chef. La terrasse en bois est traîtreusement glissante sous ses épaisses semelles et elle descend avec prudence les trois marches qui mènent à l'allée de gravier. Juste avant de tourner au coin de la maison, elle se retourne et aperçoit, à l'intérieur du salon éclairé, Jounas Smeed en train de déboucher à nouveau une bouteille à moitié vide de Groths single malt. C'est alors que le parasol bascule dans un fracas assourdissant.

12

Langevik, mars 1970

Per Lindgren se penche en arrière, les yeux fermés. Il a l'impression de s'élever, de flotter au-dessus du sol, porté par les sons environnants : le faible bruissement dans les cimes encore nues des arbres, les cris impatients des mouettes qui arrivent de la mer et scrutent la table depuis le ciel. Ne vous fatiguez pas, se dit-il, vous serez déçues, comme moi. Ni lui ni les mouettes n'auront de poisson à dîner. Pas ici. La viande est évidemment exclue, il n'a jamais été question de l'autoriser. Pour le poisson, il y a eu débat. Certains étaient pour ; d'autres contre. La décision avait été prise à la majorité : ni poisson ni fruits de mer ne seraient autorisés dans la communauté. Les œufs, oui, mais seulement pondus par leurs poules et leurs canards.

Per Lindgren sourit en pensant aux discussions qui précédèrent l'emménagement. Ingela avait menacé de se retirer du projet avec Tomas si le principe du végétarisme était remis en cause. Brandon aurait sans doute voulu manger des œufs *et* du bacon au petit déjeuner, mais les regards réprobateurs de Janet avaient suffi à lui faire sagement accepter de se contenter des premiers. Ce que Theo en pense, ils ne le sauront que demain : le Hollandais rejoindra la communauté un jour après les autres. Theo Rep est l'ami de Janet et Brandon, du temps où ils vivaient à Amsterdam. Les autres ne l'ont pas encore rencontré, mais Janet et Brandon leur ont assuré qu'il était de la bonne trempe. Sans compter qu'il est propriétaire d'un Bukhanka – on se demande bien comment ce type a mis la main sur un minibus soviétique, se dit Per. Mais un véhicule tout-terrain qui peut transporter tout un groupe, c'est exactement ce dont ils ont besoin ici, sur l'île.

Six mois. Avec leurs économies, ils peuvent tenir six mois pendant lesquels ils commenceront à bâtir leur avenir commun sur l'île. Ils vont devoir se serrer la ceinture, vivre chichement d'ici à ce qu'ils puissent récolter ce qu'ils sèment maintenant. Ils ont tous contribué selon leurs moyens, et participent selon leurs capacités. Tomas et Ingela sont venus avec quelques milliers de marks, Disa avec ses connaissances, Brandon avec ses contacts – Per ne sait pas bien à quoi cela pourrait servir –, Janet avec quelques centaines de livres sterling héritées de sa grand-mère, et Theo avec son Bukhanka et quelques plantes.

Et puis, il y a Anne-Marie, la femme qu'il aime, bien sûr. Sans elle, rien de tout cela n'aurait été possible. La nouvelle de la mort de son grand-père paternel ne lui fit ni chaud ni froid. Un vieillard qu'elle n'avait jamais rencontré, le père d'un père dont elle ne se souvenait guère. Jamais elle n'était allée au Doggerland, elle savait à peine qu'elle avait des racines dans ce pays. Et tout à coup, elle se retrouvait propriétaire de la ferme de Lothorp, au nord de Langevik, sur l'île de Heimö. Les toponymes lui semblaient étrangers, presque exotiques. Les avocats avaient été très clairs : si Anne-Marie le souhaitait, ils pouvaient sans problème s'occuper de la vente de la ferme de Lothorp, des pâturages environnants et de la grande étendue sylvestre qui faisaient partie de l'héritage. En revanche, si elle souhaitait conserver l'ensemble, il lui faudrait trouver quelqu'un pour s'en occuper. Ou le faire elle-même.

En une semaine, ils s'étaient décidés.

Per sursaute. Un bruit sourd a interrompu la clameur familière des enfants, leurs rires, leurs pas rapides sur les graviers devant la maison. Il compte silencieusement : un, deux, trois, puis vient le hurlement. Et l'instant d'après, la voix réconfortante de Disa, en danois :

— Ça va aller, mon petit, ce n'est rien.

Il garde les yeux fermés, entend les pleurs se calmer et un autre vagissement s'élever dans la maison. Puis encore un.

— Je m'en occupe, dit Tomas.

Per voit en son for intérieur son ami se diriger d'abord vers Love, le soulever, approcher son nez de sa couche en tissu pour déterminer si elle a besoin d'être changée, puis prendre Orian dans ses bras pour le consoler. Le bain, le change et les câlins, c'est le travail de Tomas. L'allaitement, celui d'Ingela. Tomas remplit sa mission à la perfection, bien qu'il ne soit pas le père. Son amour pour Ingela est inconditionnel ; il ferait n'importe quoi pour la garder, maintenant qu'ils se sont enfin retrouvés après plusieurs années de séparation.

Il accomplit ces tâches, remarque Per, avec le soin qu'il mettait à construire ses maquettes d'avions lorsqu'ils étaient enfants. Per se rappelle encore l'odeur de la colle qu'ils utilisaient pour assembler les minuscules pièces qu'ils avaient disposées sur le bureau de la chambre de Tomas. Contrairement à son meilleur ami, Per n'avait pas la patience requise et le laissait souvent en tête à tête avec les morceaux de plastique pour se consacrer à la collection de vinyles. L'oncle de Tomas, qui travaillait dans la musique, fournissait à son neveu tous les derniers disques, ce dont Per ne pouvait que rêver.

— Tiens, garde-le, disait souvent Tomas.

Il voyait Per qui, les yeux plissés, lisait avidement le texte inscrit à l'arrière de la pochette d'un single auquel lui-même n'avait jamais jeté un regard.

— Prends-le. J'en ai déjà tellement.

À présent, on entend des tintements de porcelaine et des cliquetis de couverts, la complainte d'un bouchon de liège que l'on essaye de retirer de son goulot et qui finit par capituler avec un bruit sec. Les pas enthousiastes qui entrent et sortent de la maison. Les plats que l'on pose sur la table. Et les voix. Les voix qui s'élèvent et retombent, entrecoupées de rires, l'une qui crie à l'autre d'apporter quelque chose de la cuisine.

Des bruits de fête.

Il devrait vraiment se lever pour donner un coup de main, mais il ne parvient pas à s'arracher à sa rêverie. Et maintenant, Brandon fredonne *I Feel Like I'm Fixin' to Die-Rag* et quelqu'un d'autre – Ingela ? – ajoute sa voix hésitante au couplet. Elle ne suit ni les paroles ni le tempo de Brandon, mais lorsque arrive le refrain, ils entonnent tous en chœur la chanson, hilares.

And it's one, two, three,
What are we fighting for ?
Don't ask me, I don't give a damn,
Next stop is Vietnam

Il prend alors conscience qu'il a ouvert les yeux et qu'il s'égosille lui aussi. Il croise le regard facétieux d'Anne-Marie et ils se lancent ensemble dans une pantomime tandis qu'elle s'avance en dansant.

And it's five, six, seven,
Open up the pearly gates…

Assise sur ses genoux, elle lui embrasse le cou et il sent ses lèvres chatouiller sa peau fine.

— Tu avais raison, murmure-t-elle.

— Nous avions raison. Tu voulais cela autant que moi, non ?

Il sent qu'elle hoche la tête, qu'elle sourit contre son cou. Oui, elle l'a voulu aussi, c'est vrai. C'était l'idée de Per, au départ, mais ils ont pris la décision ensemble. La décision de partir, de tout quitter et de recommencer.

Une autre vie, cette fois-ci.

13

Deux des six étages seulement de l'hôtel de police de Dunker sont éclairés, et au rez-de-chaussée, près de l'accueil, un pâle rayon de lumière s'échappe de l'ascenseur vers la rue de l'Hôtel-de-Ville. Le reste du haut bâtiment en forme de bunker est plongé dans l'obscurité.

La police nationale de la République du Doggerland est organisée en quatre districts : Heimö-Nord, Heimö-Sud, Frisel et Noorö. Chacun compte plusieurs commissariats locaux qui s'occupent des affaires policières quotidiennes. Dans le cas des crimes et délits pour lesquels la peine de prison encourue dépasse cinq ans, l'enquête est menée par la brigade criminelle de la police nationale du Doggerland, la BNPN. Elle est installée au troisième étage, au-dessus des unités du maintien de l'ordre et de la sécurité routière et au-dessous du quatrième, qui accueille le service technique et le département d'informatique.

La clinique – sobriquet donné à ce bunker massif par les policiers qui ont le bonheur tout relatif d'y avoir leur bureau – a été construite sur le terrain laissé libre par la démolition fort contestée de quatre pâtés de maisons en bois du XVIIIe siècle. À présent, le colosse de béton projette son ombre sur le splendide hôtel de ville qui résiste obstinément, de l'autre côté de la rue.

Ce soir-là, à 19 h 05, huit personnes se sont rassemblées dans la grande salle de réunion au troisième étage. La brigade criminelle est représentée, outre par Karen Eiken Hornby, sa cheffe intérimaire, par les deux inspecteurs de police Karl Björken et Evald Johannisen, ainsi que les deux adjoints Astrid Nielsen et Cornelis Loots. Sur place se trouvent également le directeur du service technique, Sören Larsen, ainsi que le médecin légiste, Kneought Brodal, et, par téléphone, la procureure d'astreinte, Dineke Vegen.

Karen laisse courir son regard sur le groupe qui s'est installé autour de la longue table. Une assiette pleine de sandwiches peu ragoûtants, une carafe isotherme à pompe et une tour de Pise de gobelets en plastique composent une nature morte inquiétante sous la lumière crue du néon.

— Je crois que tout le monde est arrivé. Bienvenue et merci d'être ici ce soir. Nous sommes tous fatigués et nous n'avons aucune raison de prolonger la réunion inutilement, mais nous avons besoin de faire un premier point. Je vais commencer par vous livrer quelques informations essentielles.

Personne ne réagit. On n'entend que le grincement menaçant de la chaise d'Evald Johannisen qui change de position, le bâillement étouffé de Kneought Brodal et le froufrou du sachet dans lequel Astrid Nielsen plonge la main à la recherche d'une pastille pour la gorge. Karen fixe sa collègue, une grande blonde au corps effrontément galbé, se redresse et rentre le ventre comme par réflexe. Elle se racle la gorge et reprend.

— À 11 h 55 ce matin, un opérateur du SAMU a téléphoné à la police. Six minutes plus tôt, c'est-à-dire à 11 h 49, il avait reçu un appel d'un certain Harald Steen, domicilié dans le nord de Langevik, à propos d'une femme qui était tombée et s'était fait mal dans sa cuisine. Selon l'opérateur, Steen ne pouvait pas dire si la femme était gravement blessée, car il ne pouvait la voir que par une fenêtre. Ou, plus exactement, voir ses pieds et ses mollets.

Nouveau bâillement de Brodal. Puis bâillement de Cornelis Loots, qui tente de dissimuler sa bouche ouverte derrière le dos de sa main. Karen sent sa confiance en elle s'effriter. Ce n'est pas à cause de moi, la journée a été longue, c'est tout, se rassure-t-elle avant de continuer.

— L'opérateur du SAMU a décidé non seulement d'envoyer une ambulance, mais aussi de contacter police secours. À 12 h 25, c'est-à-dire juste avant l'ambulance, les brigadiers Inguldsen et Lange sont arrivés sur place. Après être entrés par effraction, ils ont vite pu constater qu'il y avait une femme décédée sur le sol de sa cuisine, défigurée par les coups. Harald Steen, qui était toujours présent près de la maison, a pu expliquer que la femme était Susanne Smeed.

Ce que Karen a raconté jusqu'à maintenant n'est une nouveauté pour personne. Pourtant, le nom de l'ex-femme du chef provoque un concert de grincements. Tous les participants se trémoussent sur leur chaise, gênés.

— Comment diable savait-il que c'était elle ? Ces imbéciles ont laissé entrer le vieux ?

Toutes les têtes se tournent vers Evald Johannisen. Karen observe son collègue aux sourcils levés, entend le mécontentement dans sa voix et sait que cette fois, c'est personnel. Johannisen ne va pas lui faciliter la tâche.

— Non, réplique-t-elle en gardant son sang-froid. Mais Susanne Smeed était sa voisine la plus proche, il savait qu'elle vivait seule. Enfin, tu as raison, Evald, il a *supposé* qu'il s'agissait de Susanne Smeed.

— Et maintenant nous *savons* que c'est Susanne Smeed, peste une voix de l'autre côté de la table. On peut continuer ?

Penché en arrière sur sa chaise, Kneought Brodal croise les mains sur sa proéminente bedaine.

— Merci, Kneought. Nous en venons à ton rapport dans quelques instants. Si je me trouve devant vous aujourd'hui à la place de Jounas Smeed, c'est parce que la victime est l'ex-épouse de Jounas. Aussi le commissaire général a-t-il décidé que Jounas serait relevé de ses fonctions le temps de l'enquête. Je le remplace donc à la tête de la brigade criminelle et je dirigerai cette enquête.

La pièce est toujours plongée dans le silence. Karen résiste à l'envie de se désaltérer.

— Je suis consciente que la situation est difficile pour nous tous. Sans compter qu'une affaire pareille, c'est du pain bénit pour les médias, comme vous vous en doutez. C'est pourquoi je ne veux aucune fuite. Viggo Haugen s'occupe jusqu'à nouvel ordre des journalistes. Je l'informerai, ainsi que l'attaché de presse, de l'avancée de l'enquête.

— Ça ne va pas faire plaisir aux gratteurs de papier, fait remarquer Karl Björken avec un demi-sourire. Ils veulent toujours parler avec la personne en charge de l'enquête. Ils vont tout faire pour contourner Haugen et essayer de t'interviewer directement.

— En tout cas, c'est prévu comme ça, tranche Karen. Tout doit passer par le service de presse et par Viggo Haugen. Ni vous ni moi ne devons répondre aux questions des médias, jusqu'à nouvel ordre. Pas de fuites. Que ce soit sur l'heure, l'arme utilisée ou le *modus operandi*. Pas de déclaration sur la personnalité de Jounas, sa relation avec Susanne ou quoi que ce soit d'autre. Cette fois vous la bouclez, compris ?

Sa voix lui semble étonnamment autoritaire ; elle emploie ce ton qu'elle honnit chez ses supérieurs. Ce ton de réprimande préventive.

— Je te donne la parole, Kneought. Avant que tu t'endormes, ajoute-t-elle avec un rictus en s'emparant du verre d'eau.

Le médecin légiste ouvre sa présentation et tous les regards se tournent vers le grand écran installé sur l'un des petits murs de la salle. L'instant suivant, on entend une inspiration collective. L'image montre Susanne Smeed, étendue sur le dos, le visage mutilé et la tête contre le coin du grand poêle en fer noir. Au milieu du sang et des tissus déchiquetés on distingue un sourire grotesque et ce qui lui reste de dents.

Karen remarque que le teint de Cornelis Loots a légèrement pâli sous ses taches de rousseur. Il détourne rapidement le regard et passe la main plusieurs fois dans ses cheveux blond vénitien, comme pour se changer les idées. À côté de lui, Karl Björken offre un contraste saisissant, tant dans l'apparence que dans la réaction. Ses cheveux noir corbeau sont luisants et ses yeux sombres fixent intensément l'écran. Il faut le connaître pour savoir ce que signifie sa mâchoire droite crispée. Karl Björken est loin d'être indifférent.

Même Astrid Nielsen semble perdre son sang-froid, l'espace d'un instant.

— Mon Dieu ! marmonne-t-elle en attrapant son sachet de pastilles pour la gorge.

— J'ai terminé l'autopsie il y a une demi-heure, explique Kneought Brodal. J'écrirai le rapport complet demain, mais je peux dès à présent vous fournir les informations les plus importantes. Et je vais m'efforcer d'utiliser un langage compréhensible même par les flics doggerlandais, ajoute-t-il en réponse à une question que personne n'a posée mais qu'il a dû entendre plus de fois qu'il ne l'aurait voulu.

Brodal passe à l'écran suivant, un gros plan du visage de Susanne Smeed, et Karen s'oblige de nouveau à la contempler. Elle sait pertinemment que tous les regards se détourneront bientôt de la photographie pour se braquer sur elle, s'attendant à ce qu'elle les guide dans cette enquête, à la recherche de réponses qu'elle ne peut leur procurer.

C'est à moi qu'il appartient de découvrir qui a tué l'ex-femme de ce connard, pendant que lui est en train de lamper du whisky et refuse de coopérer. Comment diable vais-je réussir ? Je n'arrive même pas à me guider moi-même.

— Comme je l'ai dit, c'est effectivement Susanne que l'on voit sur ces images.

La voix de Brodal lui parvient depuis l'autre bout de la pièce, une voix si faible qu'elle menace de se briser.

Il se racle la gorge et continue.

— Je la connais bien, nous nous voyions souvent lorsqu'elle était mariée avec Jounas, et j'ai pu l'identifier moi-même malgré ses blessures. Mais nous allons évidemment confirmer son identité par le biais d'un prélèvement ADN.

Brodal affiche un nouveau cliché et les regards de l'assemblée se posent à contrecœur sur une peau crevée et des mèches noires de sang.

— Les blessures que nous voyons ont été causées par trois coups très violents portés à la tête, sans doute avec un crochet de foyer en fer pour les deux premiers. Sören y reviendra. Pour le premier coup, l'assaillant se trouvait en biais derrière elle. Il a fracturé le zygomatique et le nez. Ce coup a sans doute été asséné alors qu'elle se levait, ou bien elle est parvenue à se lever après avoir été frappée. Cela dépend de la taille du coupable. À ce moment-là, Susanne est encore sur pied.

Brodal toussote à nouveau, inspire profondément, et poursuit :

— Le deuxième coup est arrivé juste après le premier. L'assassin se rend compte que le premier coup n'a pas été suffisant et en donne un autre, qui brise la mâchoire supérieure avec une telle force que la victime est projetée en arrière. Sa tête heurte alors violemment le poêle.

Kneought Brodal affiche l'image suivante, un gros plan de la tête de Susanne Smeed.

Comme une poule à qui on a tordu le cou, se dit Karen.

— Merde ! fait Karl Björken.

— Ça, on peut le dire, réplique sèchement Brodal. La cause du décès est une importante hémorragie épidurale entre le crâne et le cerveau. La pression sanguine a poussé le cerveau contre le bulbe rachidien, qui lie le cerveau et la moelle épinière, provoquant l'arrêt de la respiration. Si vous préférez, on peut aussi dire qu'elle a eu le crâne brisé.

Personne ne bronche.

— Encore une chose…

La voix de Brodal est empreinte d'une rage contenue.

— Le coupable a extirpé une, voire deux bagues de l'annulaire gauche de Susanne, après sa mort. Par ailleurs, autour de son cou on voit des marques évidentes : sans doute portait-elle un collier qu'on lui a arraché.

On n'entend pas un bruit. Ni grincement, ni froufrou, ni bâillement. Tout le monde pense la même chose : Susanne est peut-être morte pour quelque chose d'aussi absurde qu'un cambriolage qui a mal tourné. Cela aurait le mérite de simplifier l'enquête. Pour tout le monde. Karen finit par briser le silence d'un raclement de gorge.

— Peux-tu nous dire quelque chose du coupable, Kneought ?

Elle l'interroge sans grand espoir d'obtenir une réponse qui lui permettra d'avancer. Elle a déjà entendu cette question et la réponse bien trop de fois. Après tout, elle n'en est pas à son galop d'essai.

— Pas grand-chose, répond le médecin légiste. N'allez pas croire que les blessures pourraient indiquer exactement la taille et le poids du coupable. Ça, c'est dans les films. Mais je peux vous dire qu'il faut avoir une certaine force dans les bras.

— Ou bouillir de colère ?

— Ça, c'est à vous de le déterminer, mais c'est vrai, la fureur – tout comme une forte peur, d'ailleurs – peut conférer une force insoupçonnée. Par ailleurs, il faut une certaine force, ou un certain degré de rage, si vous voulez, pour arracher les bagues d'une morte. Ici, les anneaux avaient l'air assez serrés, qui plus est.

Encore un silence marquant une réflexion collective.

— Tu as pu cerner plus précisément l'heure du crime ? s'enquiert Karen.

— Comme je l'ai dit, il faisait encore une chaleur infernale dans la cuisine quand je suis arrivé. Visiblement, le poêle était allumé et la porte de la cuisine fermée. Les agents qui sont arrivés sur place ont ouvert la porte d'entrée et celle de la cuisine, ce qui a laissé entrer l'air frais du dehors et a réduit la température, puis la porte a été refermée. Ensuite, les techniciens ont débarqué et ont éteint le poêle. En somme, ces variations de température empêchent de déterminer très précisément l'heure du décès.

Le médecin légiste s'interrompt et avale une gorgée d'eau.

— Mais j'ai réussi à préciser un peu les choses. D'après moi, la mort est survenue entre 7 h 30 et 10 heures. Sans doute entre 8 heures et 9 h 30, mais je ne peux pas en être totalement sûr.

Karen inspire profondément. Autant le dire tout de suite.

— Je peux personnellement ajouter une pièce du puzzle concernant l'heure. Vers 8 h 15 environ, je suis passée en voiture devant chez Susanne et je l'ai vue de la route.

— 8 h 15 ? Qui est dehors de son plein gré à cette heure-là le lendemain d'Oïstra ? demande Evald Johannisen, incrédule.

— J'avais dormi à Dunker, chez une connaissance, mais je me suis réveillée tôt et je suis rentrée en voiture. En tout cas, j'ai aperçu Susanne, en train de remonter chez elle après s'être baignée dans la rivière. Il devait être 8 h 15, voire 8 h 20.

Karen jette un regard à la ronde, mais personne ne semble remettre en question ses dires. Puis elle remarque le regard inquisiteur et le sourire ironique de Johannisen. Il ne peut pas être au courant, si ? Quel est le degré d'intimité entre Jounas et lui ? Elle sent la chaleur lui monter au visage, mais elle est sauvée par l'intervention de Brodal.

— Merci pour l'info, lance-t-il avec une lassitude impatiente dans la voix. Elle cadre assez bien avec mes conclusions. Je n'ai pas grand-chose à ajouter, mis à part que le contenu de son estomac correspond à ce qu'il y avait sur la table : café sucré, yaourt, céréales à base d'avoine et de seigle, raisins et amandes. Le genre de bouffe pour chevaux que ma femme achète parce que c'est « bon pour la santé » !

— Justement je trouve que tu as bonne mine, raille Karl Björken.

Des ricanements diffus ponctuent la remarque. Le jargon cru habituellement utilisé comme cuirasse lorsque le médecin légiste montre des photographies de crimes graves ayant été abandonné, la tentative de Karl Björken pour détendre l'atmosphère est reçue avec gratitude. La tension dans la pièce descend encore d'un cran lorsque Brodal achève enfin sa présentation.

— Avez-vous d'autres questions à poser à Kneought ce soir ? Non ? Alors je suggère qu'on te renvoie chez toi retrouver ta femme et ton avoine, déclare Karen.

Une fois que la porte s'est refermée derrière le colosse, elle reprend.

— Bon, c'est à toi, Sören. Essaie d'être concis dans la mesure du possible. Tout le monde est crevé et a envie de partir.

Surtout moi, songe-t-elle. La petite sieste matinale et l'adrénaline l'ont maintenue assez alerte jusqu'à maintenant, mais elle sent tout d'un coup l'épuisement envahir son corps. Elle ouvre le document que Sören Larsen lui a envoyé une demi-heure plus tôt et pousse vers lui le clavier et la souris.

— Merci, commence-t-il avec un geste de refus. Pas besoin de regarder les photos en détail maintenant. Vous pourrez y revenir demain. Nos constatations peuvent être résumées assez facilement. Comme Brodal l'a dit, l'assassin a utilisé un vieux crochet de foyer en fer. Nous considérons que c'est l'arme du crime, bien que ce soit le poêle à bois qui ait en réalité causé la mort. Le crochet de foyer est forgé à la main, mesure environ soixante-dix centimètres et date probablement de la fin du XIXe siècle. Aucune empreinte digitale n'a été trouvée sur l'arme du crime.

— Pas même celles de Susanne ? s'enquiert Astrid Nielsen.

Pourquoi n'a-t-elle pas l'air fatiguée ? se demande Karen en dévisageant la femme blonde de l'autre côté de la table. Avec ses joues roses et son regard vif, Astrid Nielsen pourrait revenir d'une promenade au grand air. Mais Mme Parfaite n'a peut-être pas bu des quantités astronomiques de vin hier soir, se dit Karen en refoulant une bouffée de mauvaise conscience. Astrid est douée. Très douée. Et facile à vivre. Mais tellement conventionnelle. Trois enfants, un mari qui travaille au service informatique de la police, toujours bien coiffé et un sourire béat aux lèvres. D'ailleurs, il doit être évangélique. Son fort accent de Noorö est un argument à l'appui.

— Non, aucune.

La réponse de Larsen ramène Karen à la réalité.

— L'assassin a dû l'essuyer. Ou bien il portait des gants, mais, dans ce cas, comme tu le dis, on aurait trouvé d'autres empreintes. Il y avait un autre outil en fer, beaucoup plus léger et moderne, sur lequel on a effectivement trouvé les empreintes de Susanne.

— Alors on ne sait pas si c'est elle ou le meurtrier qui a allumé le feu dans le fourneau, déplore Evald Johannisen. Mais pourquoi déciderait-elle de faire du feu à cette époque-ci de l'année ? Il devait faire au moins dix degrés dehors. En plus, elle a une chaudière au fioul, non ?

— Oui, c'est vrai, répond Sören Larsen. Nous n'avons pas trouvé de restes utilisables de matériel brûlé, à part de la cendre de bois et de papier journal. Donc ce sera à vous d'élucider pourquoi quelqu'un a allumé le poêle et si c'est lié au meurtre.

Karen revoit la silhouette frigorifiée de Susanne. Ce n'est peut-être pas si surprenant que l'on veuille faire monter rapidement la température chez soi après un bain dans la rivière Langevik au début du mois de septembre. Mais on en parlera demain, se dit-elle, et elle fait signe à Larsen de continuer.

— En tout état de cause, il est très probable que ce soit notre coupable qui ait tenté de mettre le feu au porte-bûches posé à côté du fourneau. Mais le bois était vert et le porte-bûches était une vieille bassine en cuivre : le feu s'est éteint avant d'atteindre les rideaux. Dans le cas inverse, la situation aurait été bien différente.

Sören Larsen marque une pause, feuillette son carnet de notes et reprend :

— Certains indices étayent la théorie du cambriolage. La commode dans l'entrée a été soigneusement fouillée, le portefeuille de Susanne, contenant sans doute sa carte de crédit et son permis de conduire, a été retiré de son sac à main. Son ordinateur et son téléphone mobile ont disparu, même si on ne sait pas avec certitude si elle en possédait. Étant donné qu'il n'y a pas de téléphone fixe chez elle, on peut partir du principe qu'elle avait un portable. Nous allons évidemment contacter les grands opérateurs pour savoir si elle avait souscrit un abonnement.

Il consulte à nouveau ses notes avant de continuer.

— L'autre indice qui sous-tend la théorie du cambriolage est bien sûr ce que Brodal a dit des bijoux. Or, nous avons retrouvé des objets qu'aucun malfrat n'aurait boudés : de l'argenterie d'une valeur d'environ vingt mille marks et quelques autres objets en argent datant du XVIIIe siècle, donc assez précieux, même si nous ne pouvons pas en donner une estimation précise.

— Peut-être que les malfaiteurs ne comprenaient pas ces subtilités, tranche Evald Johannisen. Les jeunes camés ne regardent peut-être pas « La Tournée des antiquaires » à la télé. Des empreintes de pas ?

— Rien pour le moment. Mais nous avons sécurisé ce qu'il y a. Les collègues qui sont arrivés les premiers sur place ont apporté pas mal de boue et de gravier dans l'entrée et un peu dans la cuisine, donc n'ayez pas trop d'espoirs de ce côté-là. Nous avons trouvé d'autres empreintes digitales et ADN que celles de Susanne Smeed, mais la confrontation avec notre base de données ne sera terminée qu'au plus tôt demain soir ou mardi matin. En revanche, nous avons eu un résultat rapide pour des empreintes digitales récentes dans la salle à manger, les toilettes du rez-de-chaussée et la cuisine.

Il marque une pause oratoire en attendant de retenir l'attention de toute l'assemblée.

— Ces empreintes appartiennent à Jounas Smeed.

14

Dix minutes plus tard, après s'être dégourdi les jambes, ils sont de nouveau installés dans la salle de réunion. Mais l'assemblée a été considérablement amputée. Ne restent que les collaborateurs de la brigade criminelle : Eiken, Johannisen, Björken, Loots et Nielsen.

Cornelis Loots se penche en avant pour saisir l'un des sandwiches à l'aspect peu engageant et remet l'assiette à Astrid Nielsen. Elle secoue la tête en silence. Karen suit du regard le plat qui passe de main en main. Lorsqu'il arrive devant elle, elle contemple avec une moue dégoûtée les feuilles de salade fanées qui apparaissent sous les parfaits rectangles de fromage suant. Son creux à l'estomac et sa migraine naissante la poussent à capituler. Avec un soupir, elle attrape un sandwich avant de donner l'assiette à son voisin.

Tout en mastiquant, l'équipe écoute la présentation de Karl. Il rapporte les dires de Harald Steen puis d'Angela Novak, l'aide à domicile de Steen, qu'il a interrogée. C'est nouveau pour Karen.

— Alors Steen disait vrai ? C'était inespéré, dit-elle.

— Oui, on dirait bien. Angela Novak confirme qu'elle est arrivée chez lui beaucoup plus tard que de coutume. Mais ce n'est pas parce qu'elle avait fait la fête la veille – elle s'est empressée de le souligner.

Apparemment, elle s'était rendue chez une autre patiente du village, explique Karl.

— Pas *patiente*, l'interrompt Johannisen, la bouche pleine. *Cliente*, comme on dit de nos jours. Nom d'un chien ! Bientôt, on dira aussi des malfaiteurs qu'ils sont nos clients !

Il enfourne un dernier morceau de pain avant de se pencher pour attraper un autre sandwich.

Karl Björken le foudroie du regard et poursuit.

— Bon… l'autre *cliente*, une femme de quatre-vingt-cinq ans, était étendue sur le sol de sa chambre quand Angela Novak est arrivée. Comme la femme semblait désorientée et ne répondait pas aux questions, Angela a appelé une ambulance qu'elle a dû attendre avant de pouvoir reprendre sa voiture pour aller chez Harald Steen.

Il jette un coup d'œil à ses notes.

— J'ai téléphoné à l'hôpital, qui confirme la version d'Angela Novak. Une certaine Vera Drammstad a été prise en charge à son domicile à 9 h 40 et conduite à l'hôpital de Thysted. Elle a sans doute simplement subi un accident ischémique transitoire, mais reste en observation. Au cas où cela vous intéresserait.

— Est-ce qu'elle a vu quelque chose ? Angela Novak, je veux dire, demande Karen en étouffant un bâillement et sans grand espoir d'obtenir une réponse passionnante.

Et pour cause.

— Non. Rien dont elle se souvienne. Mais elle était mal à l'aise à cause de ce qui venait d'arriver à la vieille dame, et stressée parce qu'elle était en retard chez Harald Steen. Elle devait savoir qu'il allait lui tomber dessus.

— Quel métier fantastique, marmonne Cornelis Loots.

— En revanche, comme Harald Steen nous l'a dit, elle a aussi entendu un véhicule démarrer et s'éloigner un peu plus tard. D'après elle, c'était juste avant les informations de 10 heures. Et effectivement, elle a dit que le bruit lui faisait penser à la voiture de son père en Pologne. Mais c'était précisément au moment où le café avait fini de couler et où elle aidait Steen à sortir de son lit, donc aucun d'entre eux n'a vu la voiture.

— En principe, ça aurait pu être une autre bagnole. Quelqu'un qui passait sur la route, dit Johannisen.

— Oui. En principe, répète Karl avec un calme forcé, mais Harald Steen est certain d'avoir reconnu le bruit de la voiture de Susanne.

Evald Johannisen esquisse un rictus incrédule.

— Donc le vieux est formel. Mais aucun d'entre eux n'a vu qu'il y avait le feu chez la voisine au moment où ils buvaient leur café ? N'est-ce pas étrange ?

— Pas spécialement, siffle Karl, agacé. Selon Brodal, le feu s'est éteint assez rapidement. Et puis, la fenêtre de la cuisine donne de l'autre côté. Ce qui a fait réagir Harald Steen environ une heure plus tard, ce n'est pas cette fumée-là, mais celle qui sortait de la cheminée. Il trouvait étrange que Susanne ait allumé son poêle à bois alors qu'elle était absente. C'est pour cela qu'il est allé voir chez elle. Il faut écouter, hein !

Karl Björken penche la tête en arrière et lève les bras au ciel comme s'il en appelait au soutien d'une puissance supérieure. Johannisen s'apprête à répondre. Karen le coupe.

— D'accord. Cornelis et Astrid, vous avez découvert quelque chose d'utilisable ? Et passez-moi ces bouts de pain rassis et le café s'il vous plaît.

— Hélas, non, réplique Astrid Nielsen. Nous avons parlé avec tous les voisins dans un rayon de cinq cents mètres autour du terrain de Susanne Smeed.

— Ça ne doit pas faire grand monde, bougonne Karen en pressant la pompe de la carafe isotherme.

Un mince filet de liquide brun clair s'échoue dans son gobelet en plastique.

— Effectivement. L'habitat est dispersé autour de Langevik, mais nous avons tout de même localisé quelques maisons, outre celle de Harald Steen, qui sont suffisamment proches pour que leurs occupants aient pu voir quelque chose.

Seulement s'ils étaient appuyés contre leur clôture à regarder chez Susanne, songe Karen, qui sait exactement à qui Astrid fait référence. Oui, peut-être la famille Gudjonsson... ils doivent pouvoir voir la maison de Susanne de chez eux, au moins depuis l'étage.

— Alors ? Rien ?

Elle réprime une grimace en avalant le café tiède et amer.

— Non, malheureusement toutes les maisons étaient vides, sauf une. Lage et Mari Svenning, un jeune couple qui dit avoir dormi jusqu'à midi. Ils n'ont rien vu ni entendu.

— Et les Gudjonsson alors ? l'encourage Karen.

Cornelis Loots la fixe, surpris.

— Tu connais tout le monde à Langevik ?

— Pas tout le monde. Plus maintenant.

— Ils sont en vacances, répond Astrid d'un ton morne. Ils sont en Espagne depuis deux semaines et rentrent dimanche prochain, selon les parents de Johannes Gudjonsson que nous avons joints par téléphone. Dommage. Apparemment, c'est une famille nombreuse. Avec quatre enfants, il y a de grandes chances pour qu'au moins un des parents ait été debout un dimanche matin.

— On se demande comment ils ont les moyens, grogne Evald Johannisen. Deux adultes et quatre enfants dans un hôtel sur la Costa del Sol ! Combien ça peut coûter ? D'ailleurs, les mômes devraient aller à l'école, non ?

— Johannes Gudjonsson est ingénieur en chef chez NoorOyl, intervient Karen. Sa femme a son propre cabinet d'audit. Les moyens, ils les ont. Et les enfants sont encore petits. Je crois que l'aîné n'a pas commencé l'école et les plus jeunes, des jumeaux, n'ont pas un an.

— Tu les connais, alors ? demande Astrid.

— Pas plus que cela, répond Karen, et elle change de sujet.

Il n'y a aucune raison de leur raconter que, pendant quelques années, son ancien camarade de classe Johannes Gudjonsson s'arrêtait chez elle en rentrant de ses visites sur les plates-formes pétrolières. Cette relation dénuée de sentiments, mais sexuellement satisfaisante, a pris fin le jour où les jumeaux sont nés. Sans doute n'a-t-il plus le temps, se dit Karen. Ou la force.

À haute voix, elle reprend :

— Des nouvelles de la voiture de Susanne, Evald ?

Johannisen la regarde, l'air désabusé.

— Tu ne crois pas que je vous l'aurais dit ? Et toi, des nouvelles du boss ?

Karen rend compte de sa visite chez Jounas Smeed. Elle dit la vérité, rien que la vérité. Mais pas *toute* la vérité.

Aucune mention de leur nuit à l'hôtel Strand, des verres de whisky qu'il a sifflés et de sa réticence à coopérer. Pas un mot du fait qu'il l'a quasiment jetée dehors sous la pluie. Non. Elle se contente de raconter que Jounas Smeed, après avoir fêté Oïstra la veille au soir, a laissé sa voiture dans le centre-ville, est rentré à pied et s'est endormi sur son canapé. Qu'il a été réveillé par l'appel de Viggo Haugen le lendemain. Qu'il est allé chercher sa voiture pour aller voir sa fille et lui annoncer la mort de sa mère.

Avec une habileté dont elle s'étonne elle-même, elle élude le fait que la voiture de Jounas n'est pas la seule à avoir passé la nuit en ville, et que lui aussi n'est rentré chez lui que le matin.

Le silence retombe sur la pièce. Personne ne pose la question évidente : Jounas a-t-il quelqu'un qui puisse confirmer ses dires ? Personne ne se doute que la seule personne qui puisse lui fournir un alibi, du moins jusqu'à 7 h 20, est Karen Eiken Hornby. De toute manière, ça ne change rien, se dit-elle. La vraie question est celle-ci : qu'a fait Jounas Smeed après qu'elle a quitté la chambre d'hôtel ?

15

Au volant de sa voiture, Karen fixe la route. Les lampadaires qui bordent la rue de l'Hôtel-de-Ville luisent faiblement. Plus loin, elle distingue la nouvelle lune accrochée au-dessus du parc des Hollandais, plongé dans l'obscurité, et au-delà la rue Odin, nettement mieux éclairée. Les quartiers centraux de la ville sont enveloppés dans une couverture dominicale somnolente et se préparent déjà pour la nuit. Elle ressent la fatigue jusque dans le bout de ses doigts lorsqu'elle laisse reposer ses mains lourdes sur le volant. Il est 22 h 30 et elle a encore presque une heure de route pour rentrer chez elle. Le goût des deux sandwiches rassis et du jus de chaussette du thermos lui colle au palais, et elle songe amèrement à sa promesse matinale d'adopter un mode de vie sain. Était-ce réellement ce matin ? On dirait que plusieurs jours se sont écoulés.

Elle jette un coup d'œil au siège passager où la banane et la canette de Coca-Cola qu'elle a apportées de chez elle gisent encore, près de son sac à main. La banane noircie dégage une odeur de plus en plus aigre à mesure que la chaleur augmente dans l'habitacle. Karen songe à la jeter par la fenêtre, mais n'en a pas la force. Elle préfère attraper la canette, qui émet son *pschut* caractéristique à l'ouverture. Elle avale plusieurs gorgées de la boisson tiède et sucrée avant de la reposer dans le porte-gobelet en éructant.

Elle s'apprête à saisir le levier de vitesses, mais interrompt son mouvement pour fouiller dans son sac à la recherche de cigarettes. Elle en cale une à la commissure de ses lèvres, l'allume, inspire profondément et se dit que la semaine commence toujours le lundi. Les nouvelles habitudes aussi. Il reste encore une heure de ce foutu dimanche.

Elle conduit vite, ne ralentit guère, coupe les phares les rares fois où elle croise une voiture dans l'autre sens sur la route faiblement éclairée, et se concentre pour ne pas s'assoupir tandis qu'elle passe mentalement en revue le déroulement de la journée. Le matin dans la chambre d'hôtel semble si loin à présent, presque irréel. Elle n'a aucune envie d'en conserver le souvenir. Elle est également parvenue – sans doute par instinct de survie – à remiser dans les coulisses de sa mémoire sa première rencontre de la journée avec Inguldsen et Lange, tandis que le reste demeure très clair dans son esprit.

Elle se remémore l'appel de Viggo Haugen. À ce moment-là, son esprit s'est focalisé sur le meurtre de Susanne Smeed et elle s'est demandé comment elle allait survivre à cette journée sans vomir. Maintenant, elle a enfin le temps de se poser les autres questions : pourquoi Haugen l'a-t-il sollicitée pour diriger l'enquête ? Pourquoi l'a-t-il nommée cheffe de service, à la place de Smeed ? Pourquoi pas Johannisen ou Karl ? Même si leur rang est inférieur, Haugen n'aurait eu aucun mal à le justifier. Ce ne serait pas la première fois.

Ses précédentes tentatives pour prendre la tête du service avaient été infructueuses. Karen était devenue inspectrice de la brigade criminelle sous l'égide de Wilhelm Kastes, lequel prévoyait de lui céder sa place lorsque l'heure serait venue de partir. Quand, quatre ans avant sa retraite tant attendue, il était mort d'une crise cardiaque, tous les espoirs d'avancement de Karen avaient été enterrés avec lui. C'est Olof

Kvarnhammar qui lui avait succédé, un homme outré de voir le « sexe faible » embrasser une carrière, quelle qu'elle soit. Sa stupéfaction était proportionnelle à la position hiérarchique de la femme en question. Pourtant, même un homme comme lui savait qu'on ne pouvait se débarrasser de Karen. Pour l'ostraciser, il fallait ruser. Les années suivantes, les affaires les plus intéressantes lui passèrent sous le nez, ses contributions en réunion furent superbement ignorées et elle dut subir des moqueries à cause de son manque d'expérience en tant qu'agente en uniforme. L'école de police, ses six mois sur le terrain et son diplôme en criminologie de l'université London Met pesaient bien peu par rapport aux longues années de patrouille des collègues. Sans compter qu'elle avait un jour eu le malheur de dire à un journaliste que la parité dans la police doggerlandaise laissait à désirer. Ça n'avait pas augmenté sa cote de popularité auprès de la direction. Qu'importe si l'épisode s'était déroulé vingt ans plus tôt, alors qu'elle était élève à l'école de police, car il n'y avait pas de prescription pour le crime de « chier là où on mange », comme le disait si bien Kvarnhammar.

Pourtant, la plus grave erreur de Karen, celle qui plane sans cesse au-dessus d'elle comme un nuage noir, c'est d'avoir trahi les siens : elle avait quitté les forces de l'ordre. Elle avait même abandonné le pays et vécu à l'étranger pendant plusieurs années. Après cela, elle ne pouvait pas décemment revenir, comme si de rien n'était, et croire qu'elle pouvait faire partie de la clique.

Lorsque Kvarnhammar était lui aussi décédé sans prévenir – dans son cas, d'un anévrisme de l'aorte – après seulement cinq ans à la tête de la brigade criminelle, Karen s'était engouffrée dans la brèche. Pendant que les hommes buvaient des bières au pub en souvenir du défunt, Karen était chez elle, avec un bon whisky, à formuler sa candidature au poste de chef d'unité. Contre toute attente, Jounas Smeed avait également postulé. Six ans à la direction de la sécurité publique, des études de droit interrompues et trois ans comme adjoint au chef de la brigade de lutte contre les délits financiers avaient semblé suffire aux yeux de Haugen pour qu'il confiât à Jounas la direction de la brigade criminelle. Haugen, présentant le nouveau chef, avait chanté ses louanges. « Dès ses premières années à patrouiller les rues, il avait les pieds sur terre » (ici Haugen avait marqué une pause pour laisser la place aux rires polis de l'assemblée). Comme si cela ne suffisait pas, Smeed avait montré « un esprit d'initiative, des capacités organisationnelles et du flair » pendant ses années à la brigade financière et présentait « des aptitudes d'encadrement évidentes ». Karen avait cessé d'écouter après « patrouiller les rues ».

À ce jour, ses doutes n'ont toujours pas été dissipés : si Jounas a été nommé à ce poste, n'est-ce pas parce qu'il appartenait à l'une des familles les plus influentes de l'archipel doggerlandais ? D'ailleurs, pour être tout à fait honnête avec elle-même, l'idée d'être cheffe ne l'avait jamais attirée. Fixer les lignes directrices, déterminer les priorités, mener les enquêtes les plus délicates – et le faire bien mieux qu'Olof Kvarnhammar, ça oui. Voilà ce qui l'avait incitée à se porter candidate. Le reste était moins sexy : les questionnaires à faire remplir aux collaborateurs, les négociations salariales, les rapports à envoyer régulièrement au commissaire général et, le pire, les mesures à prendre pour améliorer « le bien-être du personnel ». La déception de ne pas avoir été choisie avait cette fois-là laissé place au soulagement.

Et la voilà dans le même pétrin.

C'est temporaire, se remémore-t-elle en allumant une autre cigarette. Plus vite on en aura fini avec cette enquête, plus vite Jounas Smeed retrouvera sa place de patron. Et elle pourra recouvrer sa liberté.

16

Penchée en avant, les mains calées sur les genoux, Karen contemple les flots. À l'horizon, un cargo glisse paresseusement le long de la ligne sombre qui sépare le ciel de la mer. Elle se redresse, sent les folles palpitations de son cœur se calmer, sa respiration ralentir. Quatre kilomètres sur le chemin forestier qui borde la mer, plein nord en partant de Langevik. Seulement quatre kilomètres. Pourtant la sueur dégouline dans son dos et sa bouche est sèche. Cela fait longtemps qu'elle n'a pas fait de sport, réalise-t-elle. Trop de mois se sont écoulés, trop de cigarettes ont été fumées depuis la dernière fois.

Pendant quelques instants, elle savoure la caresse du vent qui rafraîchit ses joues brûlantes, mais très vite son tee-shirt humide plaqué contre sa peau la fait frissonner. Elle repousse les mèches qui tombent sur son visage et scrute avec envie les rochers. Rapide coup d'œil à sa montre : 6 h 20. Elle a le temps de se reposer un peu à l'abri du vent, sur la langue de terre, avant de devoir rentrer. Avec un peu de chance, elle trouvera de l'eau de pluie dans une des crevasses.

Une main en coupe, elle boit l'eau glaciale puis elle s'installe dos à la roche rugueuse, genoux plaqués contre la poitrine. Elle reste immobile à observer les flots. Il n'y a que le ciel, la mer et les rochers. Un horizon dégagé. Pourtant, elle reconnaîtrait ce paysage entre mille. Il est gravé en elle depuis sa plus tendre enfance. Et c'est ici qu'elle est revenue plusieurs années plus tard, après que sa vie lui avait été brusquement arrachée. Ici, et nulle part ailleurs, elle pouvait continuer à exister sans John et Mathis. C'était il y a onze ans, et il lui arrive encore de crier leurs noms vers la mer.

Elle ne pense jamais à la mer comme à une étendue bleue. À Frisel, voire à Dunker et le long de toute la côte ouest, jusqu'à Ravenby, la mer n'est pas comme ici. Là-bas, on voit de temps en temps des moutons d'écume sautiller gaiement sur la surface bleue et des nuages duveteux flotter dans un ciel bleu clair. Là-bas, les collines verdoient et les arbres touffus s'élèvent fièrement. Ici, les pins recroquevillés contre le vent poussent avec peine, la végétation qui a la force de sortir de la maigre terre s'accroupit pour résister aux rafales. Au cours des rares journées de l'année où un ciel sans nuages colore la mer en bleu, le paysage lui semble quasiment étranger, obséquieux et trompeur, comme s'il cherchait à dissimuler son moi profond.

Ici, les couleurs sont très différentes du vert qui domine à l'intérieur des terres de Heimö ou du doré du grès de Frisel. Ici, les nuances sont aussi nombreuses, mais seul un œil exercé peut voir la richesse de ce paysage où les falaises de granit gris surplombent la mer.

Karen la voit. Ses yeux ont appris à distinguer toute la palette chromatique de la mer – argent, étain ou plomb, selon le moment –, des saules rampants et des joncs des chaisiers. Elle perçoit les reflets violets dans les failles des rochers et les évolutions saisonnières, entre l'œillet marin à la fin du printemps et la salicaire commune au milieu de l'été. À présent, alors que l'été touche inexorablement à sa fin, elle laisse courir son regard vers l'intérieur des terres où la bruyère ondoie sur les coteaux. C'est ici qu'elle est chez elle.

Avec cette certitude, elle se lève et reprend en courant le chemin de sa maison.

17

Langevik, 1970

— Mais qu'elle se lève, bon sang ! Je n'en peux plus !

Anne-Marie arrache l'oreiller avec lequel elle se bouchait les oreilles et le balance de l'autre côté de la pièce. Avec un cri mêlé de sanglots, elle commence à se hisser hors du lit. Per sort une main de sous la couverture et attrape le bras de sa femme.

— Calme-toi. Ça va passer, murmure-t-il, la voix fatiguée.

Elle fait volte-face et le dévisage d'un œil accusateur, comme s'il avait sa part de responsabilité.

— Ça va passer ? Quand ? Je ne m'habituerai jamais !

— Je veux dire que les coliques de Love vont passer, répond-il avec patience. Hier, Disa a dit que ça allait s'arranger d'un moment à l'autre. Tu entends ? Il ne pleure plus. Tomas est debout, j'entends ses pas. On peut dormir maintenant ?

— Disa a dit », l'imite-t-elle, querelleuse. « Tomas est debout. » Tu ne te rends pas compte ? La seule qui ne lève pas le petit doigt, c'est Ingela.

Sa voix monte dans les aigus, résonne dans la nuit. Il se dit qu'elle doit traverser les murs, se glisser sous les portes. Il se dit que Tomas peut entendre, peut-être Ingela aussi. Per Lindgren lâche le bras de sa femme et se dresse sur son séant. Avec un silencieux soupir, il allume la lampe de chevet.

— Elle allaite, dit-il avec calme, conscient que chaque mot menace de jeter de l'huile sur le feu. C'est épuisant, paraît-il. Et il y a à peine un an entre les deux garçons.

— Ah, tu sais ce que c'est d'allaiter ? Tant mieux ! Parce que moi je ne le saurai jamais ! C'est pour ça que ça t'intéresse tant de la reluquer ? Tu crois que je ne le vois pas ?

Il est assailli par la mauvaise conscience. Non qu'Anne-Marie ait raison, mais il sait qu'il peut utiliser l'accusation pour jouer le martyr. À présent, c'est lui qui est blessé et il compte bien lui arracher son arme des mains. Ce qu'il fait en s'abstenant de répondre. Il détourne le visage, fixe la fenêtre sans la voir. Il fait déjà jour dehors et l'étoffe accrochée provisoirement ne parvient pas à occulter la nuit de juin. Sans regarder son épouse, il sait que sa rage et son impuissance se sont déjà muées en inquiétude.

— Pardon, Per. Je sais que jamais tu ne…

Il laisse les mots emplir la pièce avant de se tourner à nouveau vers elle.

— Tu sais que nous en avons parlé. Du fait que ça pourrait être trop dur pour toi d'être entourée de tous ces enfants. Que tu pourrais avoir du mal à le supporter.

— Mais non, je n'ai pas de mal à le supporter. C'est juste que…

Per Lindgren contemple sa femme avec un mélange de tendresse et d'agacement. Maintenant qu'elle ne crie plus, que la colère s'est apaisée, il peut gérer la situation. Faire ce en quoi il excelle. Consoler.

— Viens, l'encourage-t-il en soulevant la couverture.

Elle hésite un instant avant de s'approcher de lui, son dos froid contre le ventre chaud de son mari. Il étend soigneusement la couverture sur eux deux, la remonte au-dessus de leurs têtes et plonge le nez dans son cou. Ses cheveux sont un peu humides, remarque-t-il. Il commence à lui caresser les épaules et feint de ne pas entendre lorsqu'elle murmure :

— C'est injuste. Il lui suffit de claquer des doigts pour tomber enceinte et elle n'a pas une once de reconnaissance.

— Chut..., fait-il.

Il passe la main sur son dos, sur ses maigres omoplates pareilles à des ailes d'oiseau. Il frissonne. Sa réaction lui fait honte, maintenant qu'il entend les sanglots étouffés d'Anne-Marie.

— On dirait qu'elle s'en fiche, de ses enfants. Il n'y a que Tomas qui s'en occupe, alors qu'il n'est même pas leur père. Ingela leur donne le sein, c'est tout, ajoute-t-elle en reniflant. Je sais que tu ne regardes pas, mais est-elle vraiment obligée de le faire devant tout le monde ?

Et tandis que les mains de Per Lindgren remontent la chemise de nuit d'Anne-Marie et que ses paumes descendent le long des courbes à peine perceptibles de son corps frêle, il voit la scène dans son esprit. Ingela qui rejette en arrière sa longue chevelure de feu avant de déboutonner son chemisier et d'en sortir un sein gorgé de lait, tout en braquant son regard sur lui.

Et c'est avec cette image sous les paupières que Per Lindgren possède sa femme.

18

Les jambes endolories et les cheveux encore humides, Karen Eiken Hornby sort de l'ascenseur au troisième étage. Elle a souffert dans la montée sur le chemin du retour, mais après une bonne douche, un bol de bouillie d'avoine et une tasse de café fort, la satisfaction a pris le dessus. Nouvelle semaine, nouvelles habitudes. Cette fois-ci, ça a bien commencé.

Même la vue d'Astrid Nielsen, qui s'est sans doute levée à 5 heures pour courir deux fois plus loin et semble déjà plongée dans le travail, ne peut entamer sa bonne humeur.

— Bonjour, dit-elle. Nous sommes les premières arrivées ?

— Bonjour, cheffe. Non, Johannisen est là. Il doit être parti chercher un café.

Depuis quand se pointe-t-il avant 8 heures ? se demande Karen. Son sourire s'évanouit. Elle se dirige vers sa place dans l'open space, ôte son manteau et le suspend sur le dossier de sa chaise. Au moment où une mélodie familière annonce la mise en marche de son ordinateur, Evald Johannisen apparaît derrière elle, un gobelet à la main.

— Eh bien, s'exclame-t-il, feignant l'étonnement. Tu ne comptes pas reprendre le bureau du chef ?

Avant qu'elle n'ait le temps de répondre, elle entend le carillon de l'ascenseur et aperçoit Karl Björken et

Cornelis Loots à travers la porte en verre. Une seconde plus tard, ils pénètrent dans la pièce au milieu d'une conversation enlevée sur les réjouissances organisées ce week-end à l'hippodrome de Rakne. Cette brève interruption suffit à Karen pour ravaler sa remarque cinglante à l'adresse de Johannisen. Elle rétorque d'une voix posée :

— Non. Tu sais quoi, Evald ? J'espère que cette situation sera de si courte durée que cela ne vaudra pas la peine que je change de place. Pas toi ?

Sans répondre, il fait volte-face et se dirige vers son bureau.

Vingt minutes plus tard, les membres du groupe d'enquête prennent place autour de la table de réunion avec leur café, leur bloc-notes, leur ordinateur portable et leur paquet fripé de chewing-gums à la nicotine. Un seul manque à l'appel : Evald Johannisen est encore dans le couloir, au téléphone. Avec l'aide de Cornelis, Karen a installé un grand tableau d'affichage contre un mur de la pièce. En attendant que Johannisen raccroche, elle fixe à l'aide de gros aimants ronds quelques photos à côté d'une carte de Langevik et des environs. La première est un agrandissement d'une photo d'identité de Susanne Smeed. Au-dessous, un cliché de la femme morte, étendue sur le sol de la cuisine. Le troisième représente un pique-feu en fer forgé avec des restes de sang et de cheveux blonds. À côté, Karen écrit : Jounas Smeed, Sigrid Smeed, Harald Steen, Angela Novak. En bas, elle accroche, à défaut d'autre chose, des photographies de la maison et du jardin de Susanne.

On n'a pas grand-chose, songe-t-elle. Rien du tout, en fait.

— Tu vas bientôt pouvoir ajouter une photo, dit une voix sur le seuil. Ils ont trouvé la voiture.

Evald Johannisen a troqué son humeur maussade contre une excitation retenue. Il entre dans la pièce et ferme derrière lui.

— Elle était sur le parking à Moerbeck, précise-t-il en se laissant tomber sur une chaise. La zone est bouclée et les techniciens sont en route.

— Bien. Tu peux leur demande de jeter un coup d'œil au démarreur pour voir s'il émet un bruit particulier ?

Johannisen lève un sourcil, mais se contente de hocher la tête et griffonne quelque chose.

— Avons-nous reçu la liste des passagers du navire de croisière ?

— Oui, hélas, acquiesce Cornelis Loots, morose. Il compte cent quatre-vingt-sept passagers.

Karl pousse un sifflement.

— Cent quatre-vingt-sept ? Bon courage pour éplucher tout ça !

— Pourtant, c'est peu par rapport à d'autres croisières. Il paraît que c'est le dernier truc à la mode, ces croisières « intimistes ». Des bateaux à taille humaine, mais extrêmement luxueux.

— Avec qui as-tu parlé ?

— D'abord avec le directeur du port, puis avec le chef de la sécurité à bord. Ils ont fait leur possible pour nous aider, mais l'idée que l'un de leurs passagers ait pu être impliqué dans un meurtre les a quelque peu amusés. Apparemment, la moyenne d'âge est élevée. Surtout des Américains fortunés qui ont fait de la croisière un style de vie, mais aussi des Scandinaves, des Néerlandais et quelques Italiens. Je ne sais pas vraiment ce qu'on va faire de ces listes.

Cornelis Loots lance à Karen un regard navré.

— En tout cas, aucun des passagers ne peut disparaître sans que nous en soyons informés, répond-elle sèchement. Voyons si certains d'entre eux ont un casier judiciaire. Je comprends que ce soit un peu désespéré, mais il faut le faire, du moins pour la forme. Il faudra contacter nos collègues dans leur pays d'origine. Je vais mettre quelqu'un d'autre sur le coup. Haugen m'a promis des renforts en cas de besoin.

— Ce serait bien la première fois ! peste Evald Johannisen. Finalement ça a du bon, l'intérêt médiatique.

Karen réfrène un sourire. Johannisen a raison : Viggo Haugen ne fait généralement pas montre de générosité dans l'attribution des ressources. Cette fois, c'est différent.

— Tu n'as qu'à demander, et je ferai en sorte que tu obtiennes l'aide dont tu as besoin, a-t-il dit à Karen au téléphone, dix minutes plus tôt. Toutes les ressources disponibles peuvent se consacrer à l'enquête. Tiens-moi au courant de tout ce qui se passe, entendu ?

« Toutes les ressources disponibles », songe-t-elle... Il n'y a vraiment pas de quoi se vanter. Certes, les services qui s'occupent des crimes économiques et environnementaux ont amélioré leur efficacité, forts de l'expérience des anciens et des compétences des nouvelles recrues. Il n'en reste pas moins que la police doggerlandaise compte peu de policiers expérimentés en matière d'assassinat. Les cas d'homicides où le coupable est inconnu sont rarissimes sur ces îles. Des meurtres, des viols et des agressions il y en a, mais Karen se souvient de n'avoir participé qu'à une poignée d'enquêtes sur des assassinats à la recherche du coupable. L'une des affaires n'a d'ailleurs toujours pas été élucidée : la mort d'un couple de personnes âgées au nord de Noorö seize mois plus tôt. Leur fils très endetté, le seul à tirer un quelconque avantage du décès de ses parents, avait un alibi en béton. La thèse policière dominante est que le fils aurait eu un complice, mais aucune preuve n'a pu étayer cette théorie. L'intérêt médiatique, fort au début, s'est peu à peu éteint.

Cette fois-ci, la curiosité ne disparaîtra pas d'elle-même, se dit Karen. Le fait qu'un policier haut placé, membre de l'une des familles les plus influentes du pays, ait un lien avec l'affaire maintiendra les journalistes en éveil jusqu'à la résolution – et même plus longtemps, selon ses conclusions. Le risque de fuites dans les médias n'a jamais été aussi grand et, avec chaque nouvelle personne intégrée au groupe d'enquête, le risque que quelqu'un commette une gaffe s'accroît. Je ne veux pas que tout le monde fourre son nez là-dedans, a-t-elle pensé quand son chef a fait sa généreuse proposition.

— Nous commençons par un petit groupe que nous élargirons en cas de besoin, a-t-elle répondu.

À présent, Karen Eiken Hornby se tourne vers les collègues autour de la table.

— Nous, qui sommes réunis ici, formons le groupe d'enquête. Je vais aussi faire appel à Inguldsen et Lange, du maintien de l'ordre, pour des missions ponctuelles. Ils savent déjà ce qui s'est passé et nous pourrons leur déléguer les tâches de routine chronophages. Cornelis, tu coordonneras leur travail et tu contacteras leur service si nécessaire.

Cornelis Loots hoche la tête.

— Ai-je besoin de répéter qu'aucune information ne doit sortir de cette pièce ? Ah, j'oubliais, il y a une conférence de presse à midi. Haugen s'en charge, donc je vais le briefer après cette réunion sur les éléments dont nous disposons.

— Ça risque d'aller vite.

— Oui, je sais qu'il n'y a pas grand-chose à dire, mais Haugen estime qu'il faut se montrer ouvert vis-à-vis des médias. Par ailleurs, cela pourrait nous apporter des témoignages intéressants, ajoute-t-elle, sans oser croiser les regards sceptiques de l'assemblée.

Le scoop circule sur Internet depuis la veille déjà et les journaux du matin ont répété à l'envi les maigres détails. La conférence de presse du jour sera d'une utilité limitée, et Karen se réjouit d'y échapper.

Elle prend une profonde respiration et continue :

— Pour ce qui est de notre programme d'aujourd'hui : après ma réunion avec Haugen, Björken et moi-même allons interroger la fille de Susanne. Evald et Astrid, vous vous occupez de son lieu de travail. Elle bossait dans un centre de soins à l'ouest d'Odinswalla, si j'ai bien compris.

— Exact, répond Evald Johannisen. J'ai eu la directrice au téléphone hier soir, Susanne Smeed aurait dû être sur place au plus tard à 9 heures.

— Bien. Nous devons parler avec tous ceux qui la connaissaient : collègues, voisins, parents. Qui fréquentait-elle ? Avait-elle un amant ? Passions, conflits, tout ce qui peut nous aider à déterminer un mobile. Cornelis, reste en contact avec les techniciens, tiens-moi au courant s'il y a des avancées de ce côté-là. Elle devait bien avoir un téléphone portable, et sans doute un ordinateur chez elle.

Chacun écoute et prend consciencieusement note de la tâche qui lui échoit. Même Evald Johannisen n'émet pas d'objection. Une sorte d'impatience silencieuse flotte dans l'air, comme si elle n'avait pas tout dit. Aurais-je omis quelque chose ? s'interroge Karen, avec une bouffée de panique. Dois-je dire ou faire quelque chose de plus ?

Et à cet instant, elle comprend ce qu'ils attendent.

— Je sais que cette situation est un peu particulière, y compris pour moi, reprend-elle en regardant ses collaborateurs l'un après l'autre dans les yeux. Certains d'entre vous se demandent peut-être pourquoi Viggo Haugen m'a sollicitée pour diriger cette enquête, et je me suis moi-même posé la question.

Evald Johannisen croise les jambes et se penche lentement en arrière dans un grincement de chaise. Les sourcils levés, il plonge son regard dans celui de Karen, comme avide d'entendre la réponse.

— Et ? demande-t-il, en faisant traîner la voyelle. Est-ce que tu as une explication ?

Ces mots changent son hésitation en agacement. Pas moyen qu'elle s'écrase !

— J'imagine que je suis celle qui a la plus longue expérience en tant qu'enquêtrice. C'est vrai que je n'ai pas autant d'années de terrain que certains d'entre vous, mais je suis la personne du service qui a la plus grande expérience des crimes. Et je crois que nous nous compléterons très bien. Cela étant dit, je compte sur votre soutien et votre collaboration, si ce n'est pour moi, au moins pour Jounas.

Evald Johannisen baisse les yeux, mais les autres opinent du chef.

— Bien sûr, dit Astrid.

— Et Jounas, alors ? intervient Karl Björken. Qui va l'interroger ?

— Moi, répond Karen. Je lui reparlerai plus tard dans la journée. Mais toi et moi allons commencer par sa fille. Vous autres, allez-y, tirez sur tous les fils, et nous nous retrouvons ici à 16 heures précises pour faire le point. Et appelez-moi s'il y a du nouveau !

19

La cage d'escalier du 48, rue du Tremble fleure le détergent, les relents de cuisine et le vomi tout juste lavé. Le sol gris de l'entrée est encore humide après le nettoyage du matin et l'agent d'entretien qu'ils croisent en entrant se dirige à pas rapides vers une camionnette blanche, un seau dans une main et un balai-serpillière dans l'autre.

Sigrid Smeed habite au sixième étage, à en croire le gigantesque tableau d'affichage qui couvre presque tout le mur. Ils prennent l'ascenseur. Karl Björken a déjà parlé à la fille de Susanne Smeed par téléphone, l'informant qu'ils étaient en route, et sa porte s'ouvre avant qu'ils n'aient eu le temps de sonner. Elle devait guetter le bruit de l'ascenseur, se dit Karen, entrevoyant un visage pâle. La jeune fille fait volte-face pour disparaître dans l'appartement. Karl jette un coup d'œil à Karen et tire la porte derrière lui. Puis ils rejoignent Sigrid dans le salon.

La pièce est plongée dans la pénombre. Un canapé couvert d'une draperie aux motifs orientaux est adossé à une fenêtre dont les épais rideaux rouges occultent le soleil automnal. Seule source de lumière, un maigre rayon filtre par l'interstice d'une dizaine de centimètres. Deux des murs sont tapissés d'étagères remplies de livres de poche, de CD et de vinyles. Sur le troisième mur, l'affiche d'une exposition d'Andy

Warhol au Louisiana et une coupure de journal encadrée, qui ressemble à la critique d'un festival de musique à Frisel. Par terre, deux housses de guitare noires et une pile de journaux à côté d'un grand amplificateur de la marque Marshall.

Sigrid s'est assise en tailleur au milieu du canapé, signe clair qu'elle n'y veut pas de compagnie. Sur la table basse en bois sombre, un paquet de cigarettes, un briquet en plastique vert, une tasse de thé à moitié vide aux bords ébréchés et une tartine intacte.

Sans demander la permission, Karen se laisse tomber dans un fauteuil à oreilles abîmé et voit Karl recroqueviller son grand corps sur un petit pouf en cuir marron. Elle observe les particules de poussière qui flottent dans le rayon de lumière et se tourne vers la fille aux cheveux de jais.

Son visage est pâle et fermé, sa bouche crispée, le cartilage de son nez est traversé par un épais anneau en or, et le long de ses bras croisés serpentent des tatouages bleus et verts représentant des créatures reptiliennes. Ses cheveux mi-longs sont ébouriffés, comme si elle venait de se réveiller après une longue nuit. Ses yeux rougis, sans maquillage, sont cernés de cils clairs, signe que le noir corbeau n'est pas sa couleur de cheveux naturelle. Ses yeux représentent une zone de vulnérabilité au milieu de sa cuirasse.

Cette jeune fille est à mille lieues de la petite blonde sur les photographies dans la salle à manger de Susanne Smeed, songe Karen. Quel âge peut-elle bien avoir ? Pas plus de dix-huit, dix-neuf ans ?

— Bonjour Sigrid, dit Karen. Comment ça va ?

Un haussement d'épaules. Karen se lance.

— Je veux d'abord te dire que je suis sincèrement désolée de ce qui t'arrive. C'est très dur de perdre sa mère, surtout dans ces circonstances.

Sigrid se contente de lever les yeux au plafond, comme si elle attendait patiemment qu'on en finisse avec les politesses. Karen renouvelle sa tentative.

— Comme tu t'en doutes, nous voulons faire tout ce qui est en notre pouvoir pour découvrir qui a tué ta mère et c'est pourquoi nous devons te poser quelques questions. Ça ne sera pas long.

— Qu'est-ce que vous voulez savoir, au juste ? la coupe Sigrid d'une voix cinglante. Dites-moi ce que vous voulez savoir et cassez-vous d'ici. Je bosse ce soir. Je dois dormir.

— Tu vas travailler ? s'étonne Karl.

— Ça vous dérange ? lance Sigrid en le dévisageant. Vous trouvez ça déplacé, c'est ça ?

Il ne répond pas, mais jette un coup d'œil à Karen, qui reprend la main. La douceur dans sa voix a disparu lorsqu'elle pose la question suivante.

— Tu travailles dans un bar musical en ville, non ? Comment s'appelle-t-il ?

— Le Lucius.

— Rue Thybeck ?

Pas de réponse.

— Bon. Tu travaillais samedi soir ?

— Oui.

— Jusqu'à quelle heure ?

— Toujours jusqu'à la fermeture.

— Et à quelle heure vous fermez ? demande patiemment Karen.

Sigrid contemple à présent ses ongles. Elle semble y découvrir une chose intéressante qu'elle gratte avec le pouce. Une écaille noire se détache et tombe sur ses genoux.

— Allez ! insiste Karl, clairement agacé. On partira plus vite si on n'est pas obligés de te tirer les vers du nez. À quelle heure vous fermez ?

— À 1 heure, marmonne Sigrid en arrachant la cuticule de son index droit.

— 1 heure, répète Karl en prenant note.

— Mais samedi nous sommes restés exceptionnellement ouverts jusqu'à 3 heures.

La jeune femme lève le doigt et contemple le résultat.

Bien joué, Karl, se dit Karen. Elle va peut-être s'ouvrir.

— Tu es rentrée immédiatement après la fermeture ?

Nouveau silence boudeur. Karen refoule l'envie d'élever le ton. Non, c'est Karl qui joue l'irrité cette fois. Elle finit par répondre.

— Moui. À vélo.

— Tu étais seule ou accompagnée ? s'enquiert Karen d'une voix aussi neutre que possible.

— Par un plan cul, c'est ça ? Vous croyez que je ramène les clients chez moi, comme une pute ?

— Non, Sigrid, répond-elle avec une patience stoïque. Je veux dire que tu as peut-être un petit ami qui est rentré avec toi. Ou qui t'attendait à la maison.

— Non, personne. J'étais seule.

— Mais tu n'habites pas ici toute seule, n'est-ce pas ? demande Karl en esquissant un signe de tête vers les housses de guitare. Les deux sont à toi ou tu as un copain ?

Haussement d'épaules. Ils attendent.

— Qu'est-ce que j'en sais, moi ! lâche Sigrid au bout d'un moment. Je n'en sais rien s'il va revenir ou pas. On s'est engueulés. Il s'est barré. Je ne l'ai pas vu depuis.

— Comment s'appelle-t-il ?

— Sam. Samuel Nesbö.

— Et vous habitez ici ensemble.

Cette fois, elle hoche la tête et passe sa manche sous son nez.

— Que s'est-il passé, exactement ? Tu peux nous le dire ?

— Je vous l'ai dit. On s'est engueulés.

— Samedi ?

— Oui.

— À propos de quoi ?

— Comment ça ? Qu'est-ce que vous voulez savoir au juste ? Comment ça se passe au pieu ?

— Non, ça, on s'en moque. Mais on veut savoir l'objet de la dispute. Et l'heure.

— Il s'est mis en rogne parce que j'ai discuté avec des Hollandais, OK ? On venait de jouer et pendant la pause ils sont venus me voir. Je ne sais pas quelle heure il était, 2 heures, peut-être.

— Joué ? répète Karl, surpris. Je pensais que tu étais barmaid ?

Sigrid lève les yeux au ciel, esquisse un demi-sourire et secoue la tête en réponse à cette stupidité sans nom. L'espace d'un instant, Karen reconnaît presque les traits de la fillette des photographies de Susanne Smeed.

— Oui, répond-elle, employant à son tour un ton excessivement patient. Mais je joue aussi de la musique, là-bas. L'un n'empêche pas l'autre, si ?

Elle marque une petite pause avant de poursuivre :

— Samedi, j'ai travaillé derrière le bar jusqu'à 22 h 30, puis nous avons joué jusqu'à la fermeture. Deux boulots le même soir, bizarre, non ? Vous allez me coffrer pour ça ?

Karen est prise d'une envie de sourire et se retient en fronçant les sourcils. Elle baisse les yeux puis les relève et fixe la jeune fille en posant la question suivante.

— Alors, Sam et toi, vous vous êtes chamaillés, et tu es rentrée après la fermeture, c'est ce que tu dis. Tu es rentrée directement ?

Sigrid plisse les yeux et sa bouche forme une moue de mépris.

— Non, je suis passée par Langevik pour buter ma mère, dit-elle avec un rictus provocateur.

Karen voit Karl se lancer.

— C'est vrai ? Tu es passée par Langevik ?

— Pourquoi ferais-je un truc pareil ?

— Eh bien, peut-être que tu ne voulais pas rentrer toute seule. Tu étais peut-être triste et tu voulais dormir chez ta mère ?

— Mais c'est au bout du monde ! Il faudrait des heures pour aller à vélo jusque là-bas.

— *Si* tu étais à vélo. Tu as peut-être fait du stop. Il y avait sans doute pas mal de voitures dans cette direction le soir d'Oïstra. On aurait pu te déposer.

— Non, je suis rentrée. En plus, comment j'aurais pu savoir qu'elle était chez elle ? Elle n'est jamais là pour Oïstra. Ça doit la faire chier de voir des gens s'amuser.

Karen réagit : enfin quelque chose de nouveau.

— Où va-t-elle généralement ?

Nouveau haussement d'épaules.

— Bah, rien d'original, j'imagine. Elle doit prendre le ferry pour le Danemark ou l'Angleterre. Avant, elle allait à Majorque ou en Grèce. Mais elle n'en a plus les moyens.

— Donc tu ne savais pas que ta mère resterait cette année.

— Non, et même si je l'avais su, je ne lui aurais pas rendu visite. Ma mère, c'est la dernière personne au monde que j'aie envie de voir.

— Pourquoi ? Tu n'entretenais pas de bonnes relations avec ta mère ? demande Karl.

Sigrid lui décoche un regard plein de mépris.

— « Tu n'entretenais pas de bonnes relations avec ta mère », singe-t-elle, d'une voix geignarde. Nous n'avions *aucune* relation, si vous voulez tout savoir. Ça fait plus d'un an que je ne l'ai pas vue. Et on se parlait à peine.

— Pour quelle raison ? s'enquiert Karen.

Sigrid se penche en avant et saisit le paquet rectangulaire sur la table basse. Sa main frêle tremble légèrement lorsqu'elle approche le briquet de la cigarette et inspire profondément.

— Elle était cinglée, déclare-t-elle en crachant un panache de fumée. *That's why*.

— Cinglée ? C'est-à-dire ?

— Aigrie, casse-cul. Elle en voulait au monde entier. Elle croyait qu'elle pouvait contrôler ma vie alors que ça fait deux ans que je ne vis plus à la maison. Ça vous suffit ?

— Deux ans ? Tu es partie tôt ? Tu en avais la permission ?

— Le jour de mes seize ans. Je ne lui ai pas demandé son avis.

Nouvelle bouffée de cigarette. Sa voix semble à présent moins tendue, moins stridente.

— Et avant ton départ ? Est-ce que tu vivais en alternance chez tes deux parents, ou seulement chez ta mère ? demande Karen.

Son chef a-t-il déjà abordé ce sujet ? Non, il n'a jamais parlé de sa fille au travail, en tout cas pas devant Karen. Il n'a fait que la mentionner quelquefois en passant.

Sigrid tire à nouveau sur sa cigarette et forme de petits ronds de fumée qu'elle regarde s'élever vers le plafond.

— J'habitais chez les deux. Je faisais mon sac tous les dimanches et je changeais de maison. C'était l'enfer, si vous voulez tout savoir.

— De devoir constamment déménager ? C'est ce que tu veux dire ?

— Non, leur comportement. Je suis sans doute la seule gosse au monde à avoir prié tous les soirs pour que ses parents divorcent. Je pensais que ça arrangerait les choses. Au contraire ! C'est devenu encore pire. Ils s'engueulaient tout le temps et je devais jouer le rôle de messagère ! Ils sont tarés, tous les deux ! conclut-elle en écrasant son mégot dans la soucoupe de la tasse de thé.

Sigrid paraît tout à coup penaude, comme si elle venait de prendre conscience d'avoir utilisé le mauvais temps verbal en parlant de sa mère.

Karen et Karl sentent le malaise grandir à mesure qu'ils comprennent la portée de ce qu'ils viennent d'entendre. Que le mariage de Jounas Smeed ait été houleux et que les disputes entre lui et Susanne aient continué après le divorce, ils auraient préféré l'ignorer. D'autant plus qu'ils enquêtent sur un assassinat. Entendre cela de la bouche de leur fille, en plus. C'est presque une indiscrétion – comme fourrer son nez dans le linge sale d'autrui, songe Karen.

— Une dernière question, dit-elle. Sais-tu si quelqu'un en voulait à ta mère ? Quelqu'un avec qui elle se serait disputée ou avec qui elle serait en conflit ?

Sigrid la regarde, résignée.

— Quelqu'un avec qui elle se serait disputée ? À part mon père, donc ? Eh bien... avec tous ceux qu'elle rencontre.

— Tu songes à quelqu'un en particulier ?

— Ce qu'elle faisait et qui elle fréquentait, je n'en ai pas la moindre idée. On s'est à peine parlé ces deux dernières années !

Elle se tait. Ses yeux s'embuent.

— D'accord, Sigrid, dit Karen. Nous n'allons plus te déranger, nous en avons fini pour aujourd'hui, mais il est possible que nous devions te parler à nouveau.

Elle sort une carte de visite de sa poche et poursuit :

— Voici mon numéro. Si tu penses à quelque chose, appelle-moi. Ou si tu as besoin de parler, ajoute-t-elle sans savoir ce qu'elle veut dire par là.

Sigrid Smeed ne se tournerait pas vers la collègue de son père pour se confier. Une flic, qui plus est.

Karen pose le rectangle de carton sur la table et se lève. Lorsque Karl ferme la porte derrière lui, Sigrid n'a pas bougé du canapé.

Elle devrait fermer à clef, pense Karen.

20

Ils prennent l'ascenseur en silence. En sortant de l'immeuble, ils voient trois garçons d'une douzaine d'années qui rôdent près de la voiture de Karen. Les gamins prennent leurs jambes à leur cou en apercevant les deux policiers.

— Sales gosses ! Pourquoi ils ne sont pas à l'école ? peste Karl en observant les lettres tracées au feutre noir sur le pare-brise : FLICS = CONNARDS.

— Moi je me demande comment ils nous ont reconnus alors qu'on est en voiture banalisée.

Karl éclate d'un rire amer tout en essayant d'effacer la peinture noire de la manche de son blouson.

— Bah, ces petits cons peuvent flairer un flic à cinquante mètres. Ça doit être génétique.

— Arrête, tu vas abîmer ta veste ! Et calmos avec les préjugés.

Elle ouvre la portière et allume les essuie-glaces. Karl s'est laissé tomber sur le siège passager. Une vague odeur d'éthanol se diffuse dans l'habitacle tandis que le liquide lave-glace transforme les lettres noires en bouillie grise sur la vitre.

— Ce n'était pas facile, avec la fille, articule Karl au bout d'un moment.

Karen opine du chef.

— Tu es sûre de vouloir interroger Jounas toute seule ? C'est peut-être plus facile à deux ?

— Merci, c'est gentil, mais je crois qu'il vaut mieux que je lui parle encore une fois en tête à tête. Nous n'avons pas vraiment avancé hier. Il était... choqué et réticent à parler.

— Bourré, tu veux dire ? Je ne lui reprocherai pas de prendre un petit remontant. C'est en tout cas ce que je ferais si quelqu'un assassinait mon ex. Même si c'était une vraie mégère.

Karen ignore s'il fait référence à son ex-épouse ou à Susanne Smeed, mais elle décide que ça n'a aucune importance.

— Il n'était peut-être pas complètement sobre, c'est vrai. En tout cas, je renouvelle la tentative toute seule avant que nous passions à la vitesse supérieure. Attendons de voir ce que ça donne.

Elle dépose Karl Björken devant l'hôtel de police. Une voiture de la Radio nationale est garée en face. Entre les deux portes arrière d'un van affichant le logo de la Télévision nationale doggerlandaise, Karen aperçoit un homme qu'elle reconnaît : c'est le photographe qui escorte toujours le reporter télé Jon Bergman. Il se dirige maintenant vers la voiture de Karen, un trépied dans une main et soulevant de l'autre sa caméra. Au moment où Karl ouvre la portière pour descendre, la silhouette dégingandée de Jon Bergman apparaît justement de derrière le véhicule de la TND. Un instant plus tard, il a aperçu Karen au volant et se dirige vers sa voiture à grandes enjambées.

— Allez oust, siffle Karen à l'adresse de Karl. File au plus vite. Et pas un mot aux journalistes, OK ?

Au moment où la portière se referme derrière lui, Karen démarre en trombe en direction de la rue Odin. Jetant un coup d'œil dans le rétroviseur, elle voit Jon Bergman, planté au milieu de la chaussée, qui la regarde s'éloigner, avant de se précipiter derrière Karl, qui vient de passer la porte de l'hôtel de police.

Lorsque Viggo Haugen avait décidé de convoquer une conférence de presse, personne n'avait osé objecter. Mais quand, après la réunion matinale, Karen avait informé son chef et la procureure Dineke Vegen de l'avancée de l'enquête, le premier avait affiché une mine alarmée.

— Tu es sérieuse ? Personne n'a rien vu ni entendu ? Vous n'avez pas la *moindre* idée de l'identité du coupable ?

— Non. Pour l'instant, nous n'avons ni témoin ni mobile. Mais l'enquête n'en est encore qu'à ses balbutiements. Cela fait à peine vingt heures qu'on est sur le coup.

— Qu'est-ce que je vais dire en conférence de presse, moi ?

Le commissaire général, les mains levées au ciel, dévisage Dineke Vegen, espérant qu'elle fera sienne la critique. Mais la procureure l'ignore et se contente de prendre quelques notes.

— Eh bien, tu n'as qu'à résumer ce qu'on a – sans parler du *modus operandi* ni de l'arme du crime, évidemment, avait rétorqué Karen. La victime, le lieu du drame, le fait qu'on ne puisse exclure un homicide, mais que nous ne pouvons pas rentrer dans les détails pour protéger l'enquête. Le bla-bla habituel, quoi, avait-elle ajouté, incapable de se retenir.

Viggo Haugen lui avait décoché un regard agacé et Karen avait tenté de se rattraper.

— Mais bien sûr, c'est sans doute une bonne idée de s'adresser aux médias le plus tôt possible. Dans le meilleur des cas, un appel à témoins peut être fructueux.

Ça y est, je commence déjà à lui lécher les bottes, avait-elle pensé en affichant un sourire obligeant.

Et peut-être est-ce nécessaire – faute d'être une *bonne* idée – de tenir une conférence de presse dès à présent, songe-t-elle en voyant dans son rétroviseur le dos de Jon Bergman disparaître dans le grand bâtiment. Le lien qui unit le chef de la brigade criminelle et la victime est loin d'être une nouveauté pour les journalistes, mais ils doivent être informés de la position de Jounas Smeed pendant l'enquête. En revanche, l'idée que le public pourrait apporter une information déterminante suite à un appel à témoins dans les médias n'est pas convaincante : l'expérience montre que ceux qui possèdent des renseignements utiles se manifestent sans y être encouragés par la télévision. Pour les autres, en revanche, les appels à témoins sont une excuse pour téléphoner à tout bout de champ, surcharger les standards et les postes de police locaux. On perdra un temps fou à parler avec des gens qui se sentent seuls, ou avec des illuminés, de sujets qui n'ont rien à voir avec la mort de Susanne Smeed.

Karen tourne à gauche et s'engage rue Odin, puis à droite dans la rue de l'Abattoir en direction de la place des Mareyeurs. Devant le Musée national, une vingtaine de personnes profitent du soleil, assises sur les marches. En réalité, il est trop tôt pour déjeuner, et elle n'a pas particulièrement faim, mais elle sait qu'elle devrait avaler quelque chose avant de continuer sa route vers Thingwalla. La visite chez Jounas Smeed s'annonce déjà compliquée, mais avec une crise d'hypoglycémie par-dessus le marché, ça pourrait virer à la catastrophe.

Elle se gare sur la place devant le marché couvert et entre par le haut portail. Elle traverse le grand espace, humant l'odeur de café, d'épices, de pain, jusqu'au stand du poissonnier. Ici se pressent des caisses de hareng fumé et de crevettes, plusieurs variétés d'huîtres, des viviers contenant des homards rouge clair, des lits de glace où lottes, cabillauds et maquereaux paradent à côté des poissons-chats et des aiglefins. Karen s'arrête et contemple leurs yeux écarquillés, leurs bouches béantes, en songeant qu'elle achèterait bien un bon bout de cabillaud ce week-end. Le regard vide, mort, de Susanne Smeed lui revient en mémoire et elle continue son chemin vers les plats préparés.

Dix minutes plus tard, elle s'est installée sur les marches du musée avec une salade de saumon et une bouteille d'eau. La main en visière, elle observe la place où les voix des vendeurs de fruits et légumes concurrencent la musique classique qui jaillit des haut-parleurs. Le conseil municipal de Dunker a décidé, après de longs pourparlers, de prolonger d'une année supplémentaire la diffusion de musique à l'heure méridienne dans certains grands lieux de rassemblement de la ville. Tout avait commencé l'an dernier, quand Dunker était la capitale européenne de la culture. Les partis avaient alors rivalisé d'inventivité pour améliorer l'offre culturelle sous toutes ses formes, notamment avec la présence de musique dans l'espace public. Mais quand le moment était venu de démonter les enceintes, les protestations avaient fusé, contre toute attente, et la ville s'était finalement résignée à respecter la volonté populaire. Pendant deux heures par jour, la musique classique continue de déferler sur la place des Mareyeurs. En revanche, impossible de varier ou de rajeunir l'offre musicale : aucun parti n'est prêt à payer les droits de diffusion des œuvres de moins de soixante-dix ans – en conformité avec le code de la propriété intellectuelle doggerlandais. Il y a tout de même des limites.

Karen ferme les yeux et écoute quelques mouvements qu'elle attribue à Mahler. Bien que le soleil soit nettement plus bas dans le ciel que deux semaines plus tôt, il lui chauffe encore les joues et le front. Pourtant, une nouvelle fraîcheur a envahi l'île, comme un timide rappel que la période de grâce n'est que temporaire ; l'été est définitivement terminé et bientôt les vents rudes de l'Atlantique balaieront l'archipel.

Karen dévisse le bouchon de la bouteille, avale une gorgée d'eau minérale et s'attaque à son saumon fumé à chaud. En mastiquant, elle songe à l'entretien qui approche. C'est un pari que de retourner chez Jounas à l'improviste, mais son plan est de le désarmer avant qu'il n'ait le temps de renforcer sa garde. Cela ne va pas lui plaire, pour sûr, mais il doit tout de même se douter qu'elle veut lui parler à nouveau sans tarder.

Au vu des statistiques, il devrait déjà être très reconnaissant que je ne l'aie pas traîné au poste, songe-t-elle. Quand une femme est tuée, neuf fois sur dix, c'est par son conjoint ou par son ex. La question est de savoir s'il se montrera plus coopératif cette fois-ci. Et moins ivre.

21

Au moment où Karl Björken s'engouffre dans la porte à tambour de l'hôtel de police, il entend la voix bien trop familière de Jon Bergman juste derrière l'aile vitrée.

— Bonjour, Björken. Vous avez cinq minutes ? Ho hé, arrêtez-vous !

Sans se retourner, Karl continue d'un pas alerte vers les ascenseurs, mais le sémillant reporter de TND Monde l'a rattrapé avant même qu'il n'ait appuyé sur le bouton. J'aurais dû prendre les escaliers, se dit Karl en jetant un coup d'œil vers l'accueil. Un jeune policier tente de calmer les journalistes qui attendent impatiemment l'impression de leur badge. Des auréoles bleu foncé sous les manches de sa chemise d'uniforme révèlent que le système technique dysfonctionne, comme d'habitude, et que les critiques proférées par les participants à la conférence de presse contiennent des mots comme « incompétence » et « bureaucratie policière ».

Un agent de sécurité de Gardia est posté, les bras en croix, devant un reporter judiciaire du *Kvellsposten* pour l'empêcher de se précipiter directement dans la salle de conférences sans être enregistré dans le logiciel de gestion des visiteurs.

Karl lance un regard à la pendule au-dessus de l'accueil : 12 h 03. Viggo Haugen doit trépigner d'impatience en coulisse en se demandant pourquoi la salle est toujours vide. Ça commence bien ! En plus, midi est un horaire aberrant pour convoquer une conférence de presse, constate-t-il. Surtout lorsqu'on n'a aucune intention de prodiguer aux journalistes avides de sensationnalisme quelque chose à se mettre sous la dent.

Cette conférence de presse n'offrira rien de croustillant, ni au sens propre ni au figuré ; l'amour des médias de Viggo Haugen n'a d'égal que sa pingrerie, se dit Karl en remerciant sa bonne étoile d'échapper à cette mascarade.

— C'est l'ex-épouse de Jounas Smeed qui a été assassinée ? Pouvez-vous au moins le confirmer ? Allez, on le sait déjà, il ne manque que la source officielle.

Jon Bergman pose la question tout en jetant un coup d'œil à son photographe qui se presse avec tous ses congénères à la réception. Agacé, Karl appuie à nouveau sur le bouton d'appel et regarde l'écran qui surmonte les portes. L'une des cabines semble bloquée au quatrième étage tandis que l'autre est en train de monter.

— Smeed est-il toujours en service ? En tant que proche, il doit être considéré comme suspect. À moins que vous ne connaissiez l'identité du meurtrier ?

Jon Bergman tente de contourner Karl, à la recherche d'un contact oculaire. Il prend une brève respiration et poursuit :

— Savez-vous quelle est l'arme du crime ? Smeed devait porter une arme de service ? Allez, Björken, vous pouvez bien me dire quelque chose ?

Karl écoute distraitement le déluge de questions. Visiblement, les détails n'ont pas encore commencé à fuiter dans les médias. C'est étrange. Par respect pour Smeed, les collègues ont tenu leur langue – une fois n'est pas coutume. À son grand soulagement, Karl remarque que l'un des ascenseurs redescend.

— Tout à fait, déclare-t-il avec un sourire narquois au moment où une sonnerie annonce l'ouverture des portes.

— Ah bon ? Quoi donc ?

Jon Bergman affiche un air confus.

— Je pense qu'ils vont commencer, dit Karl avec un signe de tête vers la salle de conférences.

Le garde de sécurité s'est décalé pour laisser passer la horde de journalistes et de photographes fébriles.

— Vous devriez vous dépêcher si vous ne voulez pas tout rater, ajoute-t-il en souriant alors que les portes coulissantes se referment entre eux.

Tandis que l'ascenseur s'élève, Karl sort son téléphone portable et pianote un message à l'adresse de Karen. Il appuie sur le bouton d'envoi au moment où la cabine s'immobilise au troisième étage.

Smeed devrait bientôt avoir de la visite. Karl

Evald Johannisen a beau fixer intensément l'écran de l'ordinateur, Karl voit bien que ses pensées sont ailleurs.

— Bonjour, Evald, dit-il en abattant son poing sur le coin de son bureau. Tu rêvasses ?

Johannisen sursaute. L'espace d'un instant, un soupçon de colère impérieuse passe sur son visage. L'instant d'après, il a recouvré ses esprits, esquisse un large sourire et se penche nonchalamment en arrière dans son fauteuil à roulettes.

— Ça alors ! Le chien-chien a arraché sa laisse ou on l'a détaché ?

— Oui, elle m'a autorisé à me dégourdir les pattes. Tu as vu Loots ? Pour savoir s'il a des nouvelles des techniciens.

Evald Johannisen montre de la tête la petite cuisine.

— En train de bouffer comme d'habitude, je présume. Alors, où est partie ta maîtresse ?

— Elle a filé chez Smeed. Comme elle l'a dit ce matin.

— Oui, je comprends qu'elle préfère le voir... en tête à tête. Comme c'est prévenant de sa part ! Elle a vraiment l'étoffe d'un chef, celle-là !

Karl Björken contemple son collègue et réfléchit un instant. Johannisen est aussi renfrogné et agaçant que d'ordinaire, mais ses sarcasmes sont généralement plus subtils. La nomination de Karen Eiken Hornby comme cheffe par intérim lui est restée en travers de la gorge. Karl résiste à l'envie de le traiter de mauvais perdant.

Il apprécie Eiken, malgré son absence de raffinement en société et quelques traits de personnalité pénibles. Elle a toujours fait du bon boulot. Mais il n'a aucune intention de se brouiller avec Johannisen. Être l'objet de ses médisances serait encore plus fâcheux que l'écouter calomnier quelqu'un d'autre. Sans oublier que cette répartition des rôles n'est que temporaire. Il s'agit d'être prudent en matière de politique de bureau : au retour de Smeed, Karen redescendra dans la hiérarchie tandis que Johannisen verra son cours grimper. Il se contente donc d'un demi-sourire qu'Evald Johannisen peut interpréter comme il veut.

— Et toi, dit-il pour changer de sujet, tu ne devais pas aller au boulot de Susanne Smeed avec Astrid ?

— Si, nous en revenons. Ça n'a pas donné grand-chose. La directrice a répété qu'elle avait été anéantie par ce qui s'est passé. Les autres membres du personnel ne semblaient pas travailler directement avec Susanne. Il faudra leur reparler, à ces plaisantins.

— Eiken et moi sommes allés chez la fille de Jounas, enchaîne Karl. Même combat : il a fallu lui tirer les vers du nez. Elle n'a rien lâché. Elle avait surtout l'air furax.

— Oui, je sais. Tatouages, piercing et tout le tralala, raille Johannisen.

Bouche fermée, il remue la langue comme s'il tentait de déloger quelque chose entre ses dents.

— Ah bon ? Tu l'as rencontrée ? J'ai eu l'impression que Jounas ne la voyait pas beaucoup.

— Non, mais on l'a croisée en ville il y a quelques semaines. J'étais avec Erlander. Il m'a dit que c'était la fille de Smeed. Pauvre de lui. D'abord les galères avec sa femme, puis sa gamine qui ressemble à une camée.

— « Les galères avec sa femme », qu'est-ce que tu veux dire ?

Evald Johannisen tente à présent de débusquer le squatteur coincé entre ses molaires à l'aide de l'auriculaire.

— Une utain de onne femme, marmonne-t-il avant de ressortir son doigt pour observer l'élément fiché sous son ongle.

Il poursuit lentement, bien conscient d'avoir l'avantage en termes d'informations :

— Allez, Björken. Tout le Doggerland est au courant que Susanne Smeed mène la vie impossible à Jounas depuis des années. Et pas seulement à Jounas, si j'ai bien compris. Apparemment, elle était insupportable en toutes circonstances. Ici, il ne manque ni ennemis ni mobile. Tu es à côté de la plaque, mon pote.

Karl Björken voit avec dégoût son collègue s'essuyer l'index sur son pantalon, et sent l'agacement monter.

— Bah, fait il en haussant les épaules d'un air indifférent pour tenter de minimiser la valeur informative du laïus de Johannisen. J'ai bien compris qu'elle n'était pas Mère Teresa, mais tu dois être un peu plus précis si on veut que les rumeurs du village nous soient d'une quelconque utilité.

Evald Johannisen secoue lentement la tête et fait claquer ses lèvres avec un sourire attristé.

— Règle numéro un : un flic ne doit jamais sous-estimer les ragots. Neuf fois sur dix, c'est là qu'on trouve la vérité. Mais je suis sûr que notre chère Mme Eiken et notre cher petit Karl se débrouilleront très bien tout seuls pour dégoter des infos croustillantes sur le chef et sa famille, au lieu de me demander de tout leur servir sur un plateau d'argent.

Comme à son habitude, Evald Johannisen livre ses discours outrecuidants avec un sourire jusqu'aux oreilles, toujours prêt à sortir par la petite porte et affirmer que tout n'était que plaisanterie. Mais cette fois, il y a un nouveau mordant dans ses paroles, quelque chose dans le ton de Johannisen que Karl ne reconnaît pas. Comme s'il décochait un coup bas et en était bien conscient.

— Et moi, je suis sûr que tu es suffisamment bon flic pour partager ce que tu sais si ça peut faire avancer l'enquête, dit Karl. Même si tu es un connard, ajoute-t-il, d'une voix un peu plus dure que prévu.

— Merde alors ! Tu ne supportes plus qu'on te taquine. Le petit Kalle serait-il vexé ?

Il esquisse un nouveau sourire qui se change en un rictus sinistre.

— Loin d'être aussi vexé que toi, Evald. Donne-lui au moins une chance, à Karen. Elle n'a pas demandé à être cheffe, et personne n'aime devoir fouiller dans les affaires de famille de Smeed.

Evald Johannisen regarde droit devant lui sans répondre.

Il a l'air fatigué, se dit Karl en notant les poches noires sous les yeux de son collègue. Pâle et fatigué. Ça laisse des traces, d'être aussi amer.

— Tu sais aussi bien que moi que nous sommes obligés de considérer Jounas comme n'importe quel suspect potentiel jusqu'à ce que l'affaire soit élucidée. Ce qui implique d'envisager tous les mobiles possibles et de s'intéresser aux histoires les moins reluisantes. Le fait que Karen choisisse de lui parler seule au lieu de le faire ici est déjà une concession pleine d'égards.

— Ouais, si tu le dis… Mais je n'ai plus le temps de discuter le bout de gras avec toi, lance Johannisen en jetant un coup d'œil à sa montre. Nous avons un meurtrier à trouver pour que notre vrai chef de service puisse revenir. Et toi, tu n'as pas de pain sur la planche ? Tu n'es que le faire-valoir de la matriarche ? Aïe ! Ouille ! Bordel !

Evald Johannisen grimace de douleur. Il saisit son bras gauche de sa main droite, émet un râle et s'effondre sur son bureau. Karl sursaute quand le front de son collègue heurte le clavier.

22

Il est étendu sur une chaise longue à côté de la piscine, vêtu d'un jean et d'un pull en laine d'agneau, une casquette de base-ball posée comme un couvercle sur sa tête. Ses pieds nus pendouillent au bout du transat. S'approchant, Karen distingue un léger ronflement. Comment le réveiller ? Elle gravit d'un pas pesant les trois marches qui mènent à la terrasse en bois. Elle toussote. Pas de réaction. Avec un soupir silencieux, elle se place en biais derrière le dossier et observe l'homme endormi. Les ronflements ont cessé, mais on ne devine aucun mouvement hormis les respirations régulières qui lèvent et baissent son ventre sous la laine. Elle se racle à nouveau la gorge, un peu plus fort, cette fois.

— Tu te déplaces toujours aussi discrètement ?

Karen sursaute, surprise de cette voix qui jaillit de sous la casquette. Jounas Smeed reste immobile et elle aperçoit un grand verre rempli d'un liquide pétillant et d'une rondelle de citron sur le bois sous la chaise longue.

Un gin-tonic, se dit-elle. Merde alors !

Une seconde plus tard, une main se tend, tâtonne dans l'air, trouve ce qu'elle cherche et se referme sur le verre. Puis Smeed ôte la casquette, se redresse à moitié en prenant appui sur l'accoudoir, et vide le verre en trois grosses gorgées.

— Du calme, ma petite Eiken, lance-t-il en voyant le visage résigné de Karen. Perrier citron, rien d'autre. Qu'est-ce que tu veux ?

— Tu le sais. Il faut qu'on parle.

— Oh là là ! Ce n'est pas ma phrase préférée sortant de la bouche d'une femme…

— Allez, arrête. Est-ce que tu peux t'asseoir correctement ?

Avec une docilité surprenante, il se relève lentement, se frotte les yeux avec ses poignets et émet un rot sonore.

— Désolé. Les bulles, dit-il, en se caressant le ventre.

— Est-ce qu'on peut rentrer ? plaide-t-elle avec un signe de la tête vers la maison. La conférence de presse est quasiment terminée, les journalistes vont débarquer ici d'une minute à l'autre. Je me sentirais plus à l'aise à l'intérieur.

— Ah bon, mais alors rentrons, rentrons ! C'est important qu'on soit à l'aise tous les deux, lâche-t-il d'une voix traînante.

Il se lève, demeure un instant statique et regarde vers l'allée. Karen constate que la menace liée à l'arrivée des journalistes a eu l'effet escompté. Maintenant, le reste de sa stratégie doit être mis à l'épreuve.

Sans un mot, elle lui emboîte le pas, franchit la porte-fenêtre et se laisse tomber sur le même canapé que la veille. Jounas Smeed s'arrête au milieu de la pièce.

— Un café ? demande-t-il en indiquant la cuisine d'un geste de la tête.

— Tu vas continuer encore longtemps ton petit spectacle ? Je t'avoue que je commence à me lasser.

Il se fige, mais ne répond pas.

— Alors ? reprend-elle en le regardant droit dans les yeux. Tu veux parler de ce qui s'est passé ? C'est ça que tu veux ? Je te donne cinq minutes pour déverser tes allusions et tes remarques grivoises.

Ou dis-moi le temps qu'il te faut pour évacuer tout ce qui semble te tracasser. Après on pourra discuter sérieusement.

— Eh ben ! Tu as l'air d'une humeur massacrante !

— Ça t'étonne ? Je viens ici pour essayer de t'interroger, tu sais que je suis obligée de le faire, et toi tu fais du sabotage. Alors d'accord, mettons tout à plat, histoire d'en être débarrassés. Je commence ?

— Calme-toi, bordel, Eiken...

Jounas adopte un ton d'avertissement. Ou est-ce de l'insécurité que Karen perçoit ?

— Voici ce qui s'est passé : on avait bu, on n'avait pas les yeux en face des trous, plus aucun discernement. La manière dont on s'est retrouvés à l'hôtel, je n'en ai que quelques souvenirs, mais je me rappelle qu'on a baisé. C'était une connerie, et vraiment pas un épisode mémorable, donc tu peux peut-être lâcher l'affaire maintenant ?

— J'étais à ce point minable ? J'avais plutôt l'impression que tu...

— Si tu veux vraiment le savoir, eh bien oui. Le peu dont je me souviens était d'un ennui ! Ça ne se reproduira pas. Et si tu continues avec tes allusions, c'est surtout toi qui vas en pâtir.

Elle le voit se figer, circonspect. Lentement, il se dirige vers elle et pose son séant sur le bord de la table basse. Sa tête est à cinquante centimètres au-dessus de la sienne. Mais pourquoi s'est-elle assise, bon sang ? Il opine lentement du bonnet et esquisse un sourire satisfait.

— Tu me menaces, Eiken ? s'esclaffe-t-il. Ah bon ! Et maintenant tu vas dire que tu n'étais pas d'accord. Que je t'ai forcée...

— Arrête ça ! siffle-t-elle en se levant d'un bond, l'obligeant à se pencher en arrière pour ne pas être renversé.

Elle se poste un peu plus loin, les bras croisés.

— C'était une énorme connerie, mais j'étais consentante. Ce que je veux dire, c'est que si on oublie tout ça, je ne serai pas la seule à y gagner.

— Ah bon, c'est ce que tu crois ?

— Oui, je ne suis pas sûre que ça profite à ta carrière. Tout le monde saura à quel point tu manques de discernement. Que tu sois capable d'amener tes subordonnées à l'hôtel pour les baiser quand tu as un peu bu... Tu pourrais perdre pas mal de crédibilité.

— Espèce de sal...

Il s'interrompt.

— Continue, n'aie pas peur ! Il faut que ça sorte ! Pendant que tu y es, parle des féministes mal baisées qui ont besoin d'un vrai mec, tu verras que tu te sentiras mieux. Lâche-toi, ça fait quatre ans que j'endure ces conneries.

— Gare à toi, dit Jounas en se levant lentement. N'oublie pas que je serai à nouveau ton chef dès qu'on en aura terminé avec toute cette merde.

— J'en suis bien consciente, mais pour l'instant, tu ne l'es pas. Si tu n'as rien à cacher, c'est le moment de coopérer. Plus vite on en aura fini, plus vite tu pourras retrouver ton poste et recommencer à me pourrir la vie. OK ?

Jounas Smeed s'avance vers la fenêtre et observe le jardin, dos à elle. Elle sait qu'elle ne doit pas en dire davantage, elle sait qu'elle a gagné. De manière temporaire. Seulement ce round. Mais cela lui suffit.

Il finit par se retourner et s'apprête à ouvrir la bouche, mais elle le devance.

— Est-ce que ta proposition de café tient toujours ?

Un quart d'heure plus tard, elle pose sa tasse sur la table basse.

— Parle-moi de Susanne.

— Que veux-tu savoir ?

La voix de Jounas est fatiguée, mais dépourvue d'animosité.

— Tout, j'imagine. Commence par votre couple. Comment vous êtes-vous rencontrés ?

Il se laisse tomber en arrière avec un long soupir.

— En mai 1998, au mariage de ma sœur. Elles étaient dans la même classe au lycée et ont gardé contact après.

— Alors tu avais déjà vu Susanne ?

— Oui, plusieurs fois, avec Wenche, ma sœur. Mais j'ai deux ans de plus qu'elle, sans compter que je suis parti à l'étranger un an après la fin de leur lycée. Quand je suis revenu quelques années plus tard, elle avait déjà rencontré Dag et les deux copines s'étaient éloignées. Elles ne se fréquentaient plus beaucoup. Mais effectivement, j'avais déjà vu Susanne à quelques rares occasions, avant qu'elle ne me mette le grappin dessus.

Karen ignore le ton amer de Jounas.

— Wenche et Susanne ont-elles continué à se côtoyer après le lycée ?

Karen note mentalement de contacter Wenche Smeed au plus vite.

— Oui, de temps à autre. Suffisamment pour que Wenche invite Susanne à son mariage en tout cas. C'est là que nous nous sommes vraiment connus.

— Comment était Susanne à cette époque ?

Jounas Smeed écarte les bras, paumes vers le ciel, dans un mouvement qui indique que la question lui semble superflue.

— Elle était canon. Incroyablement sexy. À l'époque…

Karen se retient de soupirer.

— Quel chanceux tu étais. Je pensais surtout à son caractère.

— À cette époque ? Gaie, conciliante, pas chiante.

La femme idéale de Smeed, songe Karen. Sexy, gaie, conciliante. Bientôt il ajoutera reconnaissante et obéissante.

— Votre relation était harmonieuse ? Au début, je veux dire.

Jounas éclate d'un rire sec et amer.

— Au début ? Oui, on pourrait dire ça.

— Suffisamment pour que vous vous mariiez.

Il acquiesce.

— Oui, l'automne de la même année. Toujours la même histoire.

— Susanne était tombée enceinte ?

— Oui, au bout de quelques semaines. Elle n'a pas traîné, on ne peut pas lui enlever ça.

— Enfin, vous étiez deux, dit Karen d'un ton mordant.

— C'est ce qu'elle prétendait, en tout cas.

Karen change de sujet. Elle n'a pas la force d'écouter ce que pense Jounas de la contraception et de la responsabilité des deux membres du couple dans la procréation.

— Sigrid est votre seul enfant ?

Elle connaît déjà la réponse, mais elle veut donner l'impression qu'elle l'interroge comme elle interrogerait n'importe qui.

— Oui. Elle est née à la fin du mois de janvier.

Karen jette un rapide coup d'œil à ses notes.

— Ce qui veut dire qu'elle avait environ huit ans quand vous vous êtes séparés.

Jounas hausse les épaules sans faire de commentaire.

— Nous avons parlé avec Sigrid, qui nous a dit qu'elle vivait alternativement chez toi et chez Susanne jusqu'à ce qu'elle quitte le domicile familial.

Nouveau haussement d'épaules. Karen se demande si c'est parce qu'il pense à sa fille qu'il adopte sa gestuelle. Il faut des questions concrètes, se remémore-t-elle, sinon tu n'auras pas de réponses.

— Elle nous a aussi dit que Susanne et toi vous disputiez beaucoup. À quel propos ?

— Eh bien, pourquoi s'engueule-t-on en général ? Tu as aussi un mariage brisé derrière toi…

L'espace d'un instant, Karen se sent sombrer, tente désespérément de se raccrocher, plante ses ongles dans quelque chose de rugueux. Puis elle est de retour à la surface.

— Ce n'est pas de moi que nous parlons. Réponds à la question, je te prie.

Il la regarde d'un air résigné.

— Tout était sujet de dispute. Tout.

Karen observe Jounas qui fixe le vide devant lui. Il secoue lentement la tête et finit par poursuivre :

— Le choix de la maison, le lieu des vacances. Sigrid, son école, ses activités extrascolaires. L'argent aussi, bien sûr. Et mon travail. Surtout mon travail. Ou plutôt, mon choix de métier…

Il paraît réfléchir à ce qu'il vient de dire, puis il émet un petit rire.

— Non, Susanne ne pensait pas devenir une femme de flic lorsqu'elle a épousé un Smeed. Pas étonnant qu'elle ait été contrariée.

Karen convoque ses souvenirs. Ils furent sans doute nombreux à lever un sourcil surpris lorsque le fils d'Alex Smeed décida, au lieu de marcher dans les pas de son père, d'embrasser une carrière bien moins noble et lucrative au sein de la police. Mais sa mémoire des on-dit lui fait défaut. Elle sortait de l'école de police l'année où il y entra. Ils ne s'étaient pas connus jeunes, Jounas et elle. Elle avait grandi à la campagne et lui, à Dunker. Écoles différentes, cercles d'amis différents, vies différentes, bien qu'ils aient le même âge. Ils ont sans doute dû se retrouver une ou deux fois à la même fête ou du moins dans l'un des bars ou discothèques de la capitale. La ville n'est pas si grande que ça.

Or, si elle n'avait à l'époque jamais entendu parler de Jounas Smeed, il en allait autrement de son illustre père, connu comme le loup blanc sur l'archipel. Alex Smeed et son frère Ragnar avaient administré avec brio l'héritage de leur père. Grâce aux affaires d'Alex dans l'investissement foncier et immobilier et au cabinet d'avocats de Ragnar, les deux frères avaient considérablement accru la fortune léguée.

L'engagement politique de Ragnar et ses quelques mandats au Parlement avaient porté leurs fruits : les obstacles qui ne pouvaient être levés par l'exploitation rusée des lacunes juridiques pouvaient dès lors être contournés grâce aux amis influents dans l'administration judiciaire ou la politique. On murmurait que la famille Smeed détenait un tiers de Heimö et la moitié de Frisel. « Ce que les Smeed ne possèdent pas aujourd'hui, ils le voleront demain », avait coutume de dire le père de Karen. Elle se souvient de la jubilation de son papa lorsqu'il lui avait annoncé par téléphone que le fils d'Alex était entré à l'école de police.

— Il va devenir flic, comme toi, Karen. L'a pas plus d'ambition que ça, l'jeune Smeed !

Mais Susanne n'avait pas dû être surprise du choix de carrière de Jounas. Il devait déjà être à l'école de police lorsqu'ils s'étaient rencontrés. Ne le savait-elle pas ?

Jounas répond à la question sans qu'elle ait besoin de la poser.

— Je n'ai pas commencé tout de suite après la fin du lycée. Je suis allé à la fac, puis j'ai arrêté, j'ai suivi différents cours sans savoir ce que je voulais faire. Si j'ai intégré l'école de police, c'était surtout pour contrarier mon père. Ce choix de carrière était diamétralement opposé à ce qu'il espérait.

— Ça a marché ?

— Et comment ! Le vieux a menacé de me déshériter et tout le toutim. Le problème, c'est que ça ne me plaisait pas plus que ça. La formation était intéressante, mais après…

— Arrêter des ivrognes et intervenir dans des querelles de voisinage… moi non plus, je ne me suis pas amusée pendant cette période.

— J'ai tenu plus longtemps que toi, au moins : presque deux ans.

— Oui, ça, je l'ai bien compris.

— Mais après, j'ai quitté l'île.

— Qu'est-ce que tu as fait ?

— La version courte ?

Karen hoche la tête.

— J'ai voyagé en Amérique du Sud, puis aux États-Unis. J'ai bossé au noir sur des chantiers. Dans des bars en Californie. J'ai passé les six derniers mois à New York. C'est là que j'ai vraiment réfléchi : je me suis rendu compte que vivre au jour le jour, ça ne marcherait pas dans la durée. J'ai décidé de rentrer et de me ranger. J'en avais assez d'être constamment à sec.

— Et tu as choisi la carrière de policier ? Pas bête !

L'espace d'un instant, ils échangent un sourire de connivence.

— Non. D'abord, je suis allé voir mon père, la queue entre les jambes. Je lui ai promis d'oublier tous mes projets précédents et les années à l'école de police ont été passées sous silence. Visiblement, mon père trouvait cela encore plus embarrassant que mes mois de fumette de l'autre côté de l'Atlantique. Alors je me suis inscrit en droit à l'université. À côté, j'ai commencé à bosser pour le cabinet d'avocats de mon oncle en échange de la promesse de finir mes études, puis de me mettre à la disposition de mon père. Du népotisme pur et dur, en somme. J'avais du fric et un grand appartement rue Freyr que mon père avait acheté.

Jounas se lève d'un bond et contemple Karen.

— Si on doit continuer à fouiller dans mon passé, je crois que je vais avoir besoin d'un petit remontant. Je ne te propose pas ?

— Non, malheureusement, je ne peux pas boire en service sous le regard de mon chef.

Cette phrase est une politesse tactique. Elle est consciente que l'inversion des rôles n'est que temporaire. Pour la première fois, il a dit volontairement plus de deux phrases d'affilée. Elle ne veut pas risquer qu'il se referme comme une huître.

— Bien dit, Eiken, lance-t-il.

La commissure de ses lèvres semble frémir, il fait volte-face et sort de la pièce. À son retour, Karen fixe avec envie le verre couvert de buée dans lequel de petites bulles perlent autour de deux glaçons et d'une rondelle de citron. Cette fois, c'est un gin-tonic. Sans aucun doute. Elle peut presque flairer l'odeur des baies de genévrier et sentir le goût amer sur sa langue lorsque Jounas en avale une lampée. Une salade à midi et maintenant, ça. Combien de semaines s'est-elle promis de suivre cette vie ascétique ?

— Continue, l'encourage-t-elle. Tu étudiais le droit et tu travaillais pour ton oncle. C'est à ce moment-là que tu as connu Susanne ?

— En plein dans le mille. J'étais résigné à faire ce qu'on attendait de moi, j'approchais la trentaine, j'ai dû baisser la garde. C'est là que Susanne a planté ses griffes dans le seul fils d'Alex Smeed.

— Alors tu n'étais qu'une pauvre victime… de ton père d'abord, puis de Susanne ?

Jounas la foudroie du regard par-dessus son verre, mais poursuit.

— C'est plutôt elle qui se considérait comme une victime. Elle cherchait un avocat et trouva un flic. Elle fut sacrément déçue, ça, je peux le dire.

Il sourit, satisfait de sa paraphrase d'Edith Södergran[1], et Karen se laissa aller à rire. Alors comme ça, il connaît ses classiques scandinaves, songe-t-elle. Au moins, il a de beaux restes de l'école.

— Comment exprimait-elle cette déception ?

— Évidemment, elle m'en a fait voir de toutes les couleurs quand j'ai laissé tomber le droit six mois après notre mariage. Ça me déplaisait depuis longtemps et j'ai fini par craquer, tout simplement.

---

1. Référence à *Le jour fraîchit*, poème d'Edith Södergran : « Tu cherchais une femme / Et trouvas une âme, / Tu es déçu », in *Poèmes complets*, traduction Régis Boyer, Pierre Jean, Oswald éditeur, 1973.

Jounas Smeed avale une gorgée de son breuvage et Karen attend la suite en silence.

— Mon père et Susanne rivalisaient de ruse pour me convaincre de revenir sur ma décision. Pendant un temps, ils étaient dans le même camp. Mais quand le vieux a menacé de me déshériter, elle est devenue folle de rage contre lui aussi. Puis, il m'a informé froidement qu'il allait vendre l'appartement de la rue Freyr et que nous devions déménager.

— Alors que vous aviez un enfant ? Était-il vraiment si dur ou voulait-il te faire peur ?

— Il était dur. Mais je le comprends. Pourquoi nous aurait-il aidés financièrement alors que je n'étais pas prêt à respecter sa volonté ? En tout cas, je n'avais pas l'intention de continuer le droit pour faire plaisir à mon père ou à mon épouse. D'ailleurs, je crois que mon oncle était content de se débarrasser de moi. Ça n'a jamais été mon truc.

— Tu as donc choisi de revenir dans la police. Tu as de nouveau enfilé l'uniforme…

— En effet. J'ai passé six mois à Ravenby puis quelques mois à Dunker à l'ordre public avant que le poste de chef de service se libère. C'était rapide de gravir les échelons à l'époque, je crois qu'on avait une réorganisation par an.

— Mais Susanne était déçue, alors ?

— C'est peu dire ! En une année de mariage avec moi, elle était passée d'un six-pièces rue Freyr à un trois-pièces à Odinswalla-Est. Sans compter que j'avais réduit à néant à la fois la perspective de faire une brillante carrière dans la justice et celle d'hériter de l'empire de mon père. Nous nous sommes à peine adressé la parole pendant un an.

— Et pourtant vous êtes restés mariés pendant plusieurs années après cet épisode ?

— Oui, du moins sur le papier. Et il y a eu des périodes où ça ne marchait pas trop mal. J'ai été promu et nous avons troqué notre trois-pièces contre une maison à Sande. Nous vivions de mieux en mieux. Le problème, c'est que, pour Susanne, ce n'était jamais suffisant. Elle n'arrivait pas à oublier tout ce que nous aurions pu avoir et m'en voulait, car nous n'étions jamais invités chez mes parents. Mais pour une obscure raison, elle ne voulait absolument pas divorcer. Et moi, eh bien, je trouvais que…

C'était plus pratique, pense Karen.

— Qu'il valait mieux attendre que Sigrid soit un peu plus âgée. Aujourd'hui je me demande si c'était la bonne décision. Toutes ces disputes l'ont beaucoup affectée, malheureusement. Tu l'as rencontrée, ajoute-t-il comme si cela pouvait expliquer ce qu'il entendait par là.

— Sigrid n'est pas anormale, dit Karen prudemment, bien consciente que le moindre mot de travers peut le faire sortir de ses gonds. Elle a l'air un peu en colère, c'est vrai, ce qui n'est peut-être pas étonnant.

— *Un peu en colère ?* Tu es sûre de l'avoir rencontrée ? Tu as vu son anneau dans le nez ? La gamine ressemble à une espèce de taureau, si tu veux mon avis !

— Je m'en passerais bien, merci. En revanche, je voudrais que tu me parles davantage de Susanne. Que s'est-il passé après votre divorce ?

— Que veux-tu savoir ? C'était une garce calculatrice, obsédée par le fric. Ça ne te suffit pas ?

Jounas avale la fin de son gin-tonic, pose le verre sur la table avec un peu trop de force et jette un coup d'œil à sa montre. Karen l'observe avec un calme apparent ; elle est loin d'en avoir fini avec ses questions. Si elle n'obtient pas toutes les réponses dont elle a besoin, elle sera contrainte de l'amener au poste, ce qu'elle souhaite à tout prix éviter.

— D'accord, dit-elle en le regardant droit dans les yeux. J'ai bien compris que ta relation avec Susanne était… glaciale. Et d'après Sigrid, ça ne s'est pas amélioré après votre divorce. Puis-je demander quel était l'objet de vos disputes à ce moment-là ? Après votre séparation ?

— L'argent, toujours l'argent, siffle Jounas. Tout était question de fric pour Susanne. Elle ne pensait qu'à ça.

Karen songe à la maison de Susanne, à Langevik. Rien à voir avec celle dans laquelle elle se trouve. Deux chambres à coucher, des étagères en mélaminé blanc et un canapé Ikea. Propre et soigné, mais à des années-lumière de cette gigantesque villa de Thingwalla avec de véritables tapis d'Orient, de l'art et une piscine. Visiblement, son regard circulaire révèle ses pensées.

— Ça s'appelle le régime de la séparation de biens, déclare sèchement Jounas. Très équitable. On récupère ses billes quand le mariage prend fin, ni plus ni moins.

— Elle a accepté ce contrat de mariage ? Comme ça ?

— Non, mais elle n'a pas eu le choix. Moi non plus, si nous voulions un toit. Ce qui était nécessaire, avec un gamin en route. C'est l'idée de mon père du début à la fin : sans contrat de mariage, pas d'appartement, pas d'aide financière, pas de travail. Bien sûr, j'aurais pu le modifier par la suite, une fois que j'avais rompu avec le vieux. Susanne m'a tanné pour que je le fasse ! Mais… je ne voulais pas lui faire plaisir. J'avais envie de la faire chier, tout simplement.

— Et quand vous avez divorcé…

— Elle n'a pas eu une miette. Pas un radis, à part les quelques objets que nous avions achetés au cours de notre vie commune. En revanche, je lui versais du fric tous les mois. Un bon paquet, je dois dire. Volontairement, en plus, car je ne suis pas à ce point insensible. En tout cas tant que Sigrid vivait encore chez elle. L'argent devait garantir que Sigrid ait un niveau de vie acceptable, même les semaines où elle n'habitait pas chez moi. Mais comme un imbécile, je n'ai jamais contrôlé la manière dont elle le dépensait.

— Qu'en faisait-elle ?

Jounas s'ébroue avec mépris et écarte les bras, faisant tinter les glaçons contre la paroi du verre.

— Bah ! Qu'est-ce que j'en sais ! Des pédicures, des fringues, des liposuccions, toutes les conneries auxquelles vous vous consacrez, vous les gonzesses. Sans oublier les voyages : la Thaïlande, New York, l'Espagne, même la Turquie.

Et les chaussures, songe Karen.

— Et sa maison à Langevik, d'où vient-elle ?

— Elle appartenait à ses parents. Sa mère était déjà décédée quand nous nous sommes rencontrés, mais son père ne l'a quittée que quelques mois avant le divorce, pour être hospitalisé. Le pavillon était vide, ça tombait à pic pour Susanne : elle n'avait qu'à emménager.

Ça tombait à pic pour vous deux, se dit Karen, qui s'étonne de la capacité de Jounas de prononcer chaque mot à propos de Susanne comme une accusation directe ou indirecte. Même après sa mort, il est incapable de contenir son mépris.

Son père était donc à l'hôpital ? Il y est mort ?

Jounas hausse les épaules, comme si cela ne l'intéressait plus.

— Oui. Apparemment il buvait. Le foie a fini par lâcher. Mais je ne sais pas grand-chose des parents de Susanne, elle ne voulait jamais en parler. J'imagine qu'ils n'étaient pas non plus à la hauteur de ses espérances.

— Une dernière question avant que je parte. Comment se fait-il que nous ayons trouvé tes empreintes digitales chez Susanne ? Selon les techniciens, il y a des empreintes récentes à plusieurs endroits de la maison.

L'espace d'un instant, elle a l'impression qu'il va exploser, ou imploser, plus exactement, songe-t-elle en voyant le visage de son chef passer du blanc à l'écarlate. Puis il éclate de rire.

— Ha, tu joues à ça, Eiken ! Tu as gardé le meilleur pour la fin ! Mais ne t'excite pas trop. Ce n'est pas aussi croustillant que tu le penses.

— Contente-toi de répondre, s'il te plaît, fait-elle d'une voix lasse.

— Parce que je suis allé chez elle, bien sûr. Il y a moins d'une semaine.

— Pour quelle raison ? Rien de ce que tu viens de dire ne laisse transparaître que tu aurais eu envie de la voir.

— Parce qu'elle m'a appelé. Elle a prétendu vouloir parler de Sigrid. C'était important, selon elle. Bien sûr, j'avais mes doutes, mais elle a insisté, disant que nous devions être capables de parler de notre fille sans nous disputer, qu'elle avait découvert quelque chose d'inquiétant. Et elle paraissait vraiment préoccupée, alors…

Il marque une pause.

— Alors tu y es allé ? demande Karen, incrédule.

— Oui, éructe-t-il. Mais *toi*, comment pourrais-tu comprendre que l'inquiétude pour un enfant peut nous faire oublier tout le reste ?

Et elle se sent tomber, tomber dans le vide, les oreilles sifflantes, bourdonnantes, assourdies par un bruit si fort que les mots de Jounas semblent lointains et étrangers.

— Mais ce que je peux te dire, Eiken, c'est que pour Sigrid je pourrais faire des choses bien plus graves que d'aller discuter avec une grognasse cinglée. Parce qu'elle s'est révélée aussi cinglée que d'ordinaire. Elle m'a encore servi le même baratin : Sigrid devrait faire des études au lieu de bosser dans un bar… Et elle m'a parlé de son petit ami, un voyou apparemment. Il paraît qu'il vole, se drogue, et je ne sais quoi encore. Tout à coup, c'était bien commode que je sois dans la police ! Elle a exigé que je lui mette des flics au cul. Quand j'ai refusé d'entrer dans son jeu, elle a pété les plombs.

Karen, la tête penchée, ferme les yeux en attendant que le vacarme se dissipe pour pouvoir à nouveau distinguer les mots de Jounas.

— ... alors je me suis barré. Depuis, je ne l'ai pas vue, et je ne lui ai pas parlé. Et je ne l'ai pas tuée non plus, même si j'en ai eu plusieurs fois les raisons et l'envie.

Elle demeure silencieuse quelques instants de plus, retenant ses larmes. Elle ne peut pas pleurer, pas ici, pas maintenant. Puis elle exhale une longue expiration et se lève sur des jambes engourdies. Elle doit sortir avant de craquer.

— D'accord. Alors je vais y aller.

— Comme ça ?

— Oui, comme ça. Je te recontacte.

Elle claque la porte. Il était moins une.

Il ne peut pas être au courant, tout de même, se demande-t-elle un quart d'heure plus tard en essuyant le mascara sous ses yeux à l'aide de mouchoirs en papier. Elle tourne la clef de contact. Il ne sait rien de moi, tente-t-elle de se convaincre. Ce n'était pas une attaque personnelle.

Ce qui ne l'empêche pas d'être un salaud ! Elle repense au ton agressif de Jounas Smeed quand il parlait de son ex-épouse. La plupart des gens s'abstiennent de dire du mal des morts ; dans toutes les enquêtes auxquelles Karen a participé, même les criminels les plus aguerris devenaient doux comme des agneaux aux yeux de leur entourage dès qu'ils cassaient leur pipe. À vrai dire, elle ne se souvient pas avoir jamais entendu quelqu'un afficher pour un proche décédé un tel mépris. Ou plutôt, une telle haine. Se peut-il qu'il l'ait haïe au point de prendre sa voiture pour aller l'assassiner ? Elle ne le pense pas. Dans ce cas, n'aurait-il pas cherché à minimiser son aversion pour Susanne ? Et aucun mobile direct n'est ressorti. En tout cas, pas encore.

En outre, je sais très bien où se trouvait ce connard hier matin, se dit-elle en tournant à droite dans la rue Valhalla. Jounas Smeed dispose, c'est rare, d'un alibi en béton jusqu'à 7 h 20. Mais après ? Il dit avoir quitté l'hôtel vers 9 h 30, c'est-à-dire environ deux heures plus tard, « avec une gueule de bois carabinée ». Elle le croit sur ce dernier point. Maintenant, il faudrait trouver un témoignage qui étaye ses déclarations. Sinon, elle devra elle-même lui fournir un alibi pour une partie de la matinée.

Il n'a parlé à personne, à part un ivrogne sur la plage. Il n'aurait pas pu trouver témoin moins crédible, même s'il s'en était donné la peine. Cet homme est probablement impossible à dénicher. Et de même que lorsqu'elle s'est faufilée hors de l'hôtel, il n'y avait personne à la réception, ce qui ne confirme ni n'infirme ses affirmations. Mais peut-être qu'il y avait quelqu'un, même si Jounas ne l'a pas vu ? Il va falloir qu'elle vérifie cela dès aujourd'hui. Si seulement quelqu'un pouvait corroborer ses propos ! S'il dit la vérité, il peut être exclu de l'enquête et personne n'aura besoin de savoir où il a passé la nuit. Ni avec qui.

S'il a quitté d'hôtel au moment où il le prétend, il n'a pas pu tuer Susanne. En revanche, argue une petite voix agaçante dans sa tête, s'il est parti juste après elle, il peut être coupable. Elle interrompt le cours de ses pensées et freine à un feu rouge.

Au même moment, la sonnerie de son téléphone la fait sursauter. D'une main, elle fouille dans son sac tout en surveillant le feu de signalisation. Pendant sa visite chez Jounas qui a duré environ une heure, son portable a sonné quatre fois et elle a rejeté les appels en voyant le nom apparaître : Jon Bergman. Apparemment, l'attaché de presse a fait son travail, empêchant les journalistes de la contacter – mais Jon a son numéro privé. Elle jette un coup d'œil à son téléphone, persuadée qu'il s'agit encore du reporter, mais non. Le nom de Karl Björken se détache sur l'écran et elle décroche immédiatement.

— Salut, Karl, du nouveau ?

Il ne perd pas de temps avec d'inutiles salutations.

— Tu peux rayer Johannisen de la liste des enquêteurs : il vient d'avoir une crise cardiaque.

23

Avec un pincement au cœur de mauvaise conscience, Karen contemple l'étagère supérieure de la cabane à outils.

La satisfaction qu'elle a éprouvée après avoir calfeutré les sept fenêtres du rez-de-chaussée de la grande maison a laissé place à de la résignation. Il reste tout l'étage. Si elle ne s'en occupe pas avant qu'il ne soit trop tard, elle subira les courants d'air froids tout l'hiver. Mettre un peu de silicone ne suffit pas, en réalité. Il faudrait retirer chaque fenêtre, gratter la vieille peinture sur les cadres, passer une sous-couche, attendre qu'elle sèche, puis appliquer la peinture à l'huile bleue.

S'il y a bien une chose qui ne manque pas ici, c'est la peinture, constate-t-elle. Pour une obscure raison, feu son père s'est senti obligé de stocker une dizaine de gros pots installés en rang d'oignons sur l'épaisse planche de bois devant elle. Sans doute le résultat d'un troc avec quelqu'un qui était tombé sur quelques pots que « le cousin de quelqu'un avait trouvés quelque part ». Walter Eiken ne pouvait pas passer à côté d'une telle occasion ! Il s'arrangeait toujours pour ne pas se trouver aux premières loges lorsqu'une cargaison « tombait du camion », mais ne tardait pas à passer à l'offensive. L'héritage reçu par Walter Eiken de la famille de son père, originaire du Noorö, ne l'a jamais vraiment emporté sur le patrimoine maternel constitué, en plus d'une certaine probité, d'une maison à Langevik et du droit de pêche associé. C'était en tout cas suffisant pour qu'il se tienne du bon côté de la loi pendant les quarante dernières années de sa vie.

Karen laisse à nouveau courir son regard sur les étagères, les chevalets de sciage, les murs et le plafond, sans trouver ce qu'elle cherche. Si ce n'est pas ici, elle a dû le prêter. Mais à qui ?

Avec un soupir agacé, elle ferme la porte de la cabane et tourne la poignée en bois, fait quelques pas dans l'herbe et ramasse le râteau abandonné.

Immobile, le manche en bois à la main, elle contemple le jardin, s'arrêtant sur chaque bâtiment comme une mère regarde son fils mal élevé. Tant de tendresse et d'amour – et tant de tracas. Tous les problèmes qu'elle devrait régler. Sous la fenêtre de la cuisine gisent les débris d'une ardoise tombée du toit. Karen sait que si l'une dégringole, d'autres suivront. D'ici elle ne le voit pas, mais elle est bien consciente de l'état de délabrement du pignon nord du studio de jardin.

Elle se dirige à pas comptés vers la maison, arrachant au passage une grappe de baies du grand sorbier posté devant la fenêtre de la cuisine, et en observe les nuances. Pas encore tout à fait mûres, mais dès les premières gelées, elle confectionnera quelques bouteilles d'eau-de-vie. Elle peut faire ce petit effort. Quant à toutes les autres plantes qui, d'après les annotations soigneuses rédigées par sa grand-mère, devaient être récoltées à cette époque de l'année, elle va les laisser à la nature. Chiendent, réglisse des bois, bourse à pasteur, polypore des brebis, roquette de mer, cynorhodons...

Elle interrompt le cours de ses pensées et tourne la tête vers le rosier du Japon près du pignon de la maisonnette. Peut-être devrait-elle tout de même cueillir les cynorhodons. Ce n'est pas si difficile d'en jeter quelques poignées dans une casserole et de faire bouillir le tout. Et de faire sécher le reste. Le week-end prochain, peut-être ?

Karen appuie le râteau contre le tronc du sorbier ; rien ne sert de le ranger dans l'abri avant que les feuilles ne soient tombées. Et puis, il peut s'avérer utile pour décrocher les sorbes. C'est une question subsidiaire. Pour l'instant, elle doit passer des coups de fil pour demander : « C'est toi qui as emprunté ma scie sauteuse ? »

Par obligation morale, elle gratte ses bottes sur le paillasson avant d'ouvrir la porte et constate avec un nouveau soupir qu'elle devrait en huiler les gonds.

Tandis que la cafetière gargouille, Karen observe le paquet plat sur la table de la cuisine. Elle ne va évidemment pas chercher cette satanée scie ce soir. Cela fait tellement longtemps qu'elle ne l'a pas vue qu'elle pourrait être n'importe où. Peut-être peut-elle passer chez Grenå demain, au retour du travail, pour en racheter une. C'est vrai qu'il fait frais, mais d'ici à ce qu'elle installe la chatière, elle va devoir laisser la fenêtre de la cuisine entrouverte.

Je devrais au moins ouvrir l'emballage et étudier la notice, se dit-elle. Prendre des mesures pour savoir où la placer. Ou peut-être descendre dans la cave en quête de cette fichue scie.

L'idée est si repoussante qu'elle songe à téléphoner à sa mère à la place. La surprendre en lui passant un coup de fil supplémentaire, outre l'obligatoire appel du samedi matin. Être une meilleure fille qu'elle ne l'a été jusque-là.

L'instant d'après, elle a une révélation. Pourquoi n'y a-t-elle pas pensé plus tôt ? Elle pose le paquet au sol, se sert une tasse de café au lait, s'installe à table et attrape son portable.

— Il s'est passé quelque chose ?

La voix d'Eleanor paraît si tendue que Karen est assaillie par la mauvaise conscience. Un coup de fil spontané est tellement rare que sa mère imagine immédiatement le pire.

— Non, non, la rassure-t-elle, je voulais seulement te demander si tu savais…

Instinctivement, elle tait la vraie raison de son appel et cherche en quelques secondes une autre excuse.

— … comment se cuisinent les cynorhodons ?

Il y a un silence au bout du fil, puis la voix d'Eleanor se fait à nouveau entendre.

— Les cynorhodons ? répète-t-elle, incrédule. Tu veux savoir comment se cuisinent les baies de l'églantier ?

— Oui… je ne me souviens plus si on doit d'abord les décortiquer ou si on les cuit avec la peau et les poils.

— Et pour ça, tu appelles ta vieille maman au lieu de regarder sur Internet ?

La voix à l'autre bout du fil semble tellement amusée que Karen regrette d'avoir téléphoné. Comme par réflexe, elle s'entend répondre d'un ton renfrogné, comme un écho de son adolescence :

— Eh bien, *désolée* de t'avoir dérangée !

À présent Eleanor Eiken rit de bon cœur, à une distance libératrice de deux mille kilomètres, loin de ses quarante années de mère au foyer. Elle se racle la gorge et adopte un ton maternel.

— Les deux méthodes fonctionnent, mais si tu ne les épluches pas avant de les cuire, il faudra filtrer le tout après. Utilise la passoire aux mailles fines. Elle est suspendue à l'intérieur de la porte du garde-manger. Elle n'entre pas dans les tiroirs.

— Entendu, merci ! Et sinon ? Comment ça va de ton côté, avec… Harry ? Quoi de neuf ?

Karen remercie la providence de se souvenir de son prénom. Ils n'ont pas encore été présentés, mais ce n'est sans doute qu'une question de temps. D'un moment à l'autre, Eleanor pourrait bien débarquer sur le pas de la porte à Langevik au bras de son nouvel ami. Il ne fait aucun doute que sa mère est amoureuse,

Karen entend parler de Harry Lampart depuis le jour où il s'est installé dans la copropriété de sa mère sur la Costa del Sol, en Espagne. À présent, ils passent le plus clair de leur temps ensemble.

— Depuis samedi, tu veux dire ? s'esclaffe Eleanor. Non, rien de neuf. Et si tu me disais la véritable raison de ton appel ? Je te connais, tu sais.

Karen soupire et avale une gorgée de café.

— Tu te souviens de Susanne Smeed ?

— Susanne ? Bien sûr. Pas une personne très sympathique, si tu veux mon avis. Elle ne me manque pas. Pourquoi cette question ?

— Elle est décédée il y a quelques jours.

Silence.

— Ce n'est pas croyable ! Elle avait ton âge !

— Elle avait même trois ans de moins.

— C'est terrible. Et moi qui casse du sucre sur son dos ! C'est le cancer ? Je crois qu'il a emporté son père. Le foie, si je ne m'abuse. Ou bien, dit Eleanor en baissant la voix, elle s'est suicidée ?

— Pourquoi demandes-tu ça ?

— Eh bien, vois-tu, ce genre de chose peut être héréditaire. La mère de Susanne était une femme tourmentée et la rumeur dit qu'elle a mis fin à ses jours. Mais je n'en suis pas sûre, évidemment. Les Lindgren n'ont jamais vraiment fait partie du village. Ils n'étaient pas d'ici.

Karen prend une profonde inspiration.

— Susanne a été assassinée.

Habituellement peu démonstrative, Eleanor pousse un petit cri d'épouvante.

— C'est le fils Smeed ? demande-t-elle, avec un tremblement dans la voix.

Karen laisse passer quelques secondes avant de répondre, du ton le plus neutre possible :

— Pourquoi penses-tu à lui en particulier ?

— Ils se volaient constamment dans les plumes, ça se savait, qu'on le veuille ou non. Ton père disait toujours qu'il ne devait pas être facile de vivre avec un Smeed. Mais je vais te dire une chose, ça n'a pas non plus dû être une sinécure d'être marié à la petite Susanne. Cette fille avait un grain, je peux le dire, même si elle est morte. Je me suis dit que Jounas avait fini par en avoir assez, tout simplement.

— Ils étaient divorcés depuis presque dix ans.

— Oui, tu as raison, suis-je bête ! Mais alors qui a fait ça ? Vous le savez ?

Karen décide d'entrer dans le jeu de sa mère. Elle feint de croire à sa distraction.

— Pas encore, mais ce n'est qu'une question de temps, ajoute-t-elle, regrettant que sa voix ne soit pas plus convaincante. En ce moment, nous essayons de mieux comprendre la vie de Susanne. Tu peux peut-être m'aider ? Tu étais au courant de ce qui se passait dans le village.

— Ah non, ma fille, je n'ai jamais été une commère, moi, s'écrie-t-elle d'un ton acerbe.

— Je veux seulement dire que tu as vécu ici longtemps. Tu connaissais la plupart des habitants du village. Tu devais connaître les parents de Susanne.

— Évidemment. Tout le monde connaissait les Lindgren de nom. Mais ce n'est pas la même chose que de vraiment les connaître. Ils étaient bizarres. Ils n'étaient pas du cru… et tu sais comment c'est.

— « Pas du cru » ? D'où venaient-ils ?

— De Suède, voyons. Mais la mère de Susanne était la petite-fille de Vetle Gråå. Tu dois te souvenir de lui. Non, suis-je bête, mais tu as dû en entendre parler. Il possédait beaucoup de terres. Des forêts et des pâturages. En tout cas, ils avaient hérité des possessions du vieux, donc d'une certaine manière on peut dire qu'ils avaient des attaches ici. Sinon ils n'auraient jamais été acceptés. Moi, je n'ai jamais compris de quoi ils vivaient. Ni de l'élevage ni de la pêche, en tout cas.

— Pourquoi sont-ils venus ?

— Bonne question ! Les premières années, ils habitaient la ferme de Lothorp. Pas uniquement les Lindgren, d'ailleurs. Ils sont apparemment nombreux à avoir tenté leur chance ici, mais seuls les Lindgren sont restés.

Ces mots éveillent des souvenirs d'enfance : les rumeurs sur la secte de Lothorp avaient marqué les esprits des enfants de Langevik. Avec horreur et fascination, la petite Karen écoutait les histoires abracadabrantes que racontaient ses camarades plus âgés à propos de ce qui se passait jadis là-haut : des rites secrets, des sacrifices d'enfants aux dieux. Et plus effrayant encore : que tous les membres de la secte étaient morts, mais revenaient hanter les environs.

Adulte, elle est frappée d'étonnement : pourquoi viendrait-on « chercher fortune » à Langevik ? Pourquoi voudrait-on s'y implanter volontairement ?

— Mais tout cela a eu lieu lorsque nous vivions encore à Noorö, ajoute Eleanor. Quand nous nous sommes installés à Langevik, ces pseudo-paysans avaient laissé tomber depuis longtemps.

Bien sûr, se dit Karen. Elle a beau se considérer comme une Langevikienne pur jus, ce n'est pas tout à fait exact. Durant ses premières années, sa famille vivait sur la côte ouest de Noorö, la terre natale de son père, battue par les vents. Elle n'a aucun souvenir propre de ce temps-là, tout ce qu'elle sait vient de sa mère. Ce n'est que lorsque Walter Eiken, aîné de la fratrie, hérita de la maison de ses grands-parents maternels que sa femme saisit l'occasion de quitter pour de bon cette île maudite. Eleanor Eiken, née Wood, fille de médecins de Ravenby, ne répugnait pas à vider le poisson jusqu'à s'en abîmer les mains ou à ramender les filets de pêche pendant des soirées entières. Non, ce qu'elle n'avait jamais pu supporter, c'était ce mélange hypocrite de non-respect des lois et de religiosité. Eleanor n'était ni hors la loi, ni particulièrement croyante, et elle ne voulait pas cela pour sa fille.

Imposer une distance de sécurité entre elle et la famille de son mari permettrait d'améliorer considérablement la qualité de vie d'Eleanor Eiken. Sa belle-mère, surtout, il valait mieux la voir de loin que de près. Et si la météo de la côte est de Heimös était rude, ce n'était rien comparé à la côte ouest du nord de Noorö.

Eleanor Eiken avait présenté tous ces arguments à son époux, ajoutant que s'il s'obstinait à vouloir vivre à Noorö alors qu'ils avaient enfin l'occasion d'en partir, il pouvait se mettre en quête d'une nouvelle femme. Finalement, que Walter Eiken ait pris au sérieux l'ultimatum de son épouse ou qu'il ait voulu lui aussi recommencer à zéro, ils avaient déménagé à Langevik. C'était en 1972 et Karen venait de fêter ses trois ans. À cette époque-là, la communauté de la ferme de Lothorp ne survivait que sous forme d'histoires colportées par les enfants de la contrée.

Certes, ils avaient manqué les premières années de la famille Lindgren à Langevik, mais sa mère devait tout de même posséder des informations sur Susanne.

En réponse à la question non posée, Eleanor poursuit :

— Franchement, je n'ai pas beaucoup de souvenirs d'elle, enfant. Il y en avait tellement dans le village ! Vu la manière dont on considérait ses parents, ça n'a pas dû être facile pour elle. Mais tu en sais sans doute plus que moi : vous étiez dans la même école.

— Elle avait trois ans de moins que moi et vivait à l'autre bout du village, mes souvenirs sont aussi assez flous. Et ensuite ? Tu te souviens d'elle adulte ?

— Pas vraiment. Elle a quitté le domicile familial assez tôt et s'est mariée avec un Smeed. Pendant ces années-là, je ne l'ai pas vue une seule fois. Mais il y avait des rumeurs, évidemment.

— Quel genre de rumeurs ?

— On racontait qu'elle s'était mariée par intérêt, bien sûr. Les gens étaient jaloux. Mais comme on disait quand j'étais jeune : « Te marier pour l'argent peut te coûter cher. » On devrait peut-être faire confiance aux vieux proverbes, s'esclaffe Eleanor. Enfin, ce n'est pas comme si Harry était si riche que cela, ce n'est pas ce que je voulais dire. Ce n'est pas non plus comme si on allait se marier…

Le babil nerveux d'Eleanor s'arrête brutalement, comme si elle prenait conscience du décalage entre la légèreté de son ton et la gravité du sujet de la conversation.

— Et son divorce, son retour au village, c'était en même temps que cet autre événement… Nous avions suffisamment de problèmes comme ça. Enfin, tu le sais bien.

En effet, songe Karen, je sais exactement.

24

Lorsqu'ils se retrouvent à nouveau en salle de réunion, l'ambiance est morose.

La veille au soir, Karen a appelé la femme de Johannisen qui l'a informée que leur collègue souffrait d'une angine de poitrine particulièrement sévère. Ce n'était donc pas une crise cardiaque. Les médecins lui ont prescrit des médicaments et du repos. Il va bien, au demeurant, a ajouté sa femme. Johannisen souffre du même mal que Harald Steen, a pensé Karen. Mais il a vingt ans de moins. Au minimum.

Une demi-heure avant la réunion, elle a informé Viggo Haugen de l'arrêt maladie de son collègue. Haugen s'est montré encore plus inquiet que d'ordinaire.

— Quelle poisse ! Ça ne pouvait pas plus mal tomber… N'hésite pas à utiliser les ressources des autres services.

— Oui, peut-être plus tard. Pour le moment, des gens qui courent dans tous les sens, c'est plus gênant qu'autre chose.

Persuadée que son chef allait la pousser à agrandir son équipe, elle avait préparé sa réplique. Elle a été finalement surprise de son caractère accommodant.

— Bon, d'accord. Après tout, c'est toi qui diriges cette enquête. C'est *ta* responsabilité, Eiken.

Un quart d'heure plus tard, elle a compris. L'attaché de presse Johan Stolt était venu lui dire que la conférence de presse avait été un flop monumental. Après la présentation initiale des faits et quelques questions de suivi restées sans réponse, les journalistes avaient refusé de parler au commissaire général et critiqué l'absence de tout agent ayant un rôle opérationnel. Les représentants des médias avaient quitté la salle en bougonnant et, de dépit, avaient balancé leur badge de visiteur sur la table du hall d'accueil. *Un communiqué de presse aurait suffi pour ces maigres informations ! À quoi bon annuler mon déjeuner, si je n'obtiens rien en retour !*

— Prépare-toi tout de même à quelques contacts avec les médias, lui avait dit Johan Stolt, résigné.

Elle avait posé sur lui un regard sceptique, et pas uniquement parce qu'il portait ce jour-là une veste en tweed tartan à double boutonnière.

— Moi ? Mais Haugen m'a interdit de m'exprimer devant eux.

— Il a changé d'avis. Je m'occupe du gros des questions. Nous devrons rester en contact rapproché pour décider ce qu'on doit dire ou taire. Mais s'il y a une autre conférence de presse, nous aurons besoin de toi. Tu as déjà reçu une formation aux médias ?

Pour le moment, le grand manitou s'est retiré pour panser ses plaies après le fiasco de la conférence de presse ; mais ce n'est qu'un répit. Je suis sur un siège éjectable, se dit Karen. Si nous n'élucidons pas cette affaire dare-dare, Viggo Haugen désignera quelqu'un d'autre pour diriger l'enquête et fera de moi un bouc émissaire.

Elle s'arrête sur le seuil de la salle de réunion et contemple la longue table autour de laquelle sont installés les membres de l'équipe et l'attaché de presse. Après quelques instants d'hésitation, elle boude sa chaise habituelle et s'installe en tête de table.

Mon enquête. Ma responsabilité.

— Tout le monde est là ? Cornelis, peux-tu fermer la porte ?

Cornelis Loots s'exécute et se laisse tomber sur la chaise à côté d'Astrid Nielsen. Ils fixent Karen, attentifs, tandis que Karl Björken attrape un verre en plastique et une carafe de café. Aujourd'hui encore, une assiette de sandwiches de pain rassis est posée sur la table. Jambon cuit et poivrons, note Karen, et elle frissonne en voyant le filet de lavasse s'écouler dans le gobelet.

Elle résume les informations fournies par la femme d'Evald Johannisen, soulagée de ne plus avoir à le supporter. Espérons que mon expression ne trahit pas ces sentiments, se dit-elle.

— Bien sûr, je resterai en contact avec son épouse. Elle a promis de me donner des nouvelles. Il ne se fera opérer que demain, à moins qu'il y ait une urgence d'ici là.

— On devrait peut-être envoyer des fleurs ? suggère Astrid Nielsen.

Karen pousse un soupir silencieux. Elle aurait pu y penser !

— Bonne idée. Ce sera la première mission de Björn Lange, lance-t-elle avec un signe de tête vers Cornelis, qui prend docilement des notes. Qu'il achète un gros bouquet et qu'il nous trouve une carte que nous pourrons tous signer.

Elle se tourne vers Johan Stolt. Ils se sont mis d'accord pour que l'attaché de presse participe à la réunion du jour, mais par la suite uniquement en cas de besoin, ou s'il se passe quelque chose de décisif.

— Y a-t-il des informations livrées pendant la conférence de presse que le groupe d'enquêteurs a besoin de connaître ? s'enquiert Karen.

— Pas vraiment. Le commissaire général a présenté les faits – mais il n'y avait pas grand-chose à dire. Les journalistes ont posé les questions attendues : quel a été le *modus operandi*, quelle arme a été utilisée, Jounas Smeed est-il suspect, y a-t-il d'autres suspects…

— Et qu'avez-vous répondu ? demande Karl Björken.

Johan Stolt soupire, résigné, et esquisse un sourire.

— Que nous ne pouvons rien dire pour protéger l'enquête. Ce qui n'empêchera pas les journalistes de chercher d'autres moyens d'obtenir des réponses. J'ai tenté de joindre Smeed toute la journée pour savoir s'il a reçu la visite de journalistes. Nous devrions peut-être prévenir sa fille aussi, si ce n'est déjà fait. Mais prudence. Il ne faut pas donner l'impression que nous voulions bâillonner qui que ce soit.

— J'ai déjà parlé à Jounas, dit Karen. Il connaît les règles du jeu. Quant à sa fille, je ne l'ai pas prévenue, mais elle ne semble pas très bavarde ; pas vraiment du genre à se confier dans une interview.

— Elle a peut-être besoin de l'argent…

— Oui, et on ne pourra pas l'en empêcher. Mais on devrait peut-être la prévenir, pour son propre bien, pour qu'elle ne soit pas choquée. S'ils sont désespérés, ils peuvent aller jusqu'à occuper sa cage d'escalier. Tu peux lui passer un coup de fil, Karl ? Juste après la réunion, si possible.

Il hoche la tête en silence.

— Bien, assez parlé de cela. Puisque Evald n'est pas là, dit Karen en se tournant vers Astrid Nielsen, tu peux peut-être nous parler de ta visite au…

Elle consulte ses notes.

— … centre de soins Le Jardin du Soleil ?

Astrid Nielsen présente avec assurance l'entretien avec la directrice du Jardin du Soleil, Gunilla Moen. D'après elle, Susanne Smeed travaillait depuis quatre ans comme assistante administrative au centre de soins. Elle s'occupait du versement des salaires et de la gestion des factures fournisseurs. Avant de travailler là, Susanne était secrétaire dans un cabinet d'architectes. Elle avait dû arrêter quand l'entreprise s'était délocalisée au Royaume-Uni. C'est ce que croyait savoir Gunilla Moen, en tout cas. Elle n'était arrivée au Jardin du Soleil que près d'un an plus tôt et avait « hérité » de Susanne Smeed, comme elle l'a exprimé.

— Evald et moi avons eu l'impression qu'elle n'aimait pas Susanne, dit Astrid Nielsen. Mais impossible de lui faire dire quoi que ce soit de directement négatif. Elle a été tellement choquée quand elle a appris le drame qu'il a été difficile de lui arracher des informations utiles.

— Avez-vous parlé à d'autres employés ?

— Oui, à quelques aides-soignantes, mais elles n'étaient pas vraiment en contact avec Susanne. Apparemment, Susanne restait dans son coin, par snobisme, peut-être, d'après une des employées. Elle ne voulait pas se mêler au personnel soignant. Elle ne fréquentait pas non plus Gunilla Moen ni les membres de l'équipe de direction.

Il va falloir y retourner, songe Karen. Un des collègues de Susanne doit bien savoir quelque chose. Astrid leur a présenté des données factuelles – historique d'emploi, congés maladie. Dommage qu'ils ne puissent pas entendre ce que pense Johannisen de sa visite au Jardin du Soleil. C'est une teigne, oui, mais il a de l'expérience. Et il est malin comme un singe, se dit Karen en remerciant Astrid.

Elle se tourne vers Cornelis Loots.

— Quelles sont les nouvelles des techniciens ?

— Harald Steen avait sans doute raison à propos de la voiture. Le démarreur est dans un état lamentable. Il est probable que Steen et son aide à domicile aient entendu la bagnole de Susanne Smeed.

— OK, intervient Karl. Susanne a donc été tuée entre 8 h 15, moment où toi, Karen, tu es passée en voiture et l'as vue, et quelques minutes avant 10 heures, lorsque le vieux Steen a entendu la voiture.

— Cela correspond aux hypothèses de Brodal, dit Karen. Autre chose ?

Cornelis Loots jette un coup d'œil à ses notes et lève les yeux.

— Oui. Nous n'avons pas trouvé d'ordinateur. En revanche, nous avons découvert l'emballage et le ticket de caisse d'un PC portable de la marque HP, acheté il y a trois ans. Ça peut vouloir dire que le coupable l'a emporté. Même si, de nos jours, la durée de vie de ces machines ne dépasse guère trois ans.

— Il n'a peut-être pas fait attention à son âge, suggère Astrid.

— Toujours pas de téléphone mobile ?

— Non, mais il y avait un chargeur de Samsung sur la table de l'entrée. Et bonne nouvelle : grâce à la triangulation, on a pu localiser le téléphone portable professionnel de Susanne Smeed juste au nord de Moerbeck. Les techniciens viennent de m'en informer.

Cornelis s'attend à une réaction positive de ses collègues, mais ils présentent tous une mine dépitée.

— Tu viens de Noorö, n'est-ce pas ? demande Karl.

— Oui…, concède Cornelis, hésitant, comme si la réponse risquait de lui attirer des ennuis.

En effet, Cornelis Loots est né et a grandi sur la plus septentrionale des îles doggerlandaises. À la différence de Karl, il ne vit dans la capitale du pays, sur l'île de Heimö, que depuis qu'il a été muté à la brigade criminelle, il y a six mois. Il a d'ailleurs fallu une campagne de persuasion de près de trois semaines, d'âpres négociations et la promesse de fêter à la fois Pâques et Noël chez la belle-famille pour que sa femme, Lise, accepte le déménagement.

— Pas plus de cinq ans, avait-elle insisté. Je ne veux pas que nos enfants grandissent à Heimö.

Pourtant, au bout de deux petits mois dans leur appartement à Gaarda avec vue sur le commerce de drogue dans le square d'en bas, Lise avait découvert sa grossesse. Elle avait posé un nouvel ultimatum.

— Soit nous achetons une maison, soit je rentre chez moi.

Le pavillon sur deux étages avec trois chambres et un jardin exposé plein sud à Sande engloutit quasiment tout le salaire de Cornelis, malgré l'augmentation associée à sa promotion. Impossible d'épargner le moindre shilling. Mais Lise est satisfaite. Chaque soir, lorsque Cornelis voit sa femme enceinte jusqu'aux yeux assise sur le canapé, la mine réjouie, avec sa tasse de thé posée sur son énorme ventre, il se dit que le jeu en vaut la chandelle.

Troublé, il promène à présent son regard sur les visages de ses collègues.

— À quelques kilomètres au nord de Moerbeck, il y a une grande gravière, explique Karen. Une gravière profonde et aujourd'hui remplie d'eau.

— Et, ajoute Karl, s'ils réussissent contre toute attente à repêcher le fichu appareil avant qu'il ne s'éteigne, je doute qu'on puisse en tirer grand-chose.

— Mais l'opérateur pourra nous fournir les listes d'appels, non ? demande Astrid.

Cornelis opine du chef.

— La procureure l'a ordonné ; TelAB est en train de les préparer.

— TelAB ? Merde alors ! D'ici à ce que ces fainéants se sortent les doigts, on peut attendre plusieurs mois, s'exclame Karl en jetant son stylo, qui roule sur la table et achève sa course par terre avec un petit cliquetis.

Personne ne réagit ; tout le monde sait que Karl a raison, même s'il exagère un peu. TelAB n'est connu ni pour son esprit de coopération ni pour sa diligence.

— Il faudra leur mettre la pression, dit Karen. Avez-vous quelque chose à ajouter ?

Tout le monde secoue la tête.

— Parfait, la séance est levée. J'ai un point rapide avec Viggo Haugen et Dineke Vegen demain à 8 heures, mais ça ne devrait pas durer plus d'une demi-heure. Donc, rendez-vous ici à 8 h 30. Et appelez-moi s'il y a du nouveau d'ici là.

25

Il fait nuit noire et les phares des voitures errent sur le grand parking à la recherche d'une place libre. La température a rapidement baissé pendant la journée : la chaleur presque estivale a été supplantée par un crachin glacial. Transis de froid dans leur veste de mi-saison, les Doggerlandais pris au dépourvu se sont précipités dans leur cave ou leur grenier en quête de manteaux et de gants.

Derrière la rangée de voitures se dressent les grands bâtiments cubiques qui constituent le centre commercial de Grenå. On trouve ici, outre les deux hypermarchés concurrents, un grand magasin de matériaux de construction, des vendeurs de meubles, des jardineries, et toutes les grandes chaînes de vêtements, ainsi que l'objectif de la virée de Karen à Grenå ce soir-là. À en juger par le parking bondé, la frénésie de consommation des Doggerlandais n'a été jugulée ni par le froid ni par les festivités du week-end passé. Quels que soient l'heure ou le jour, une visite à Grenå implique des queues aux caisses, des cris d'enfants et des mâchoires crispées derrière des caddies menaçant de déborder. Ici se joue la version moderne de la chasse aux grands fauves d'autrefois ; épuisés et baignés de sueur, les héros triomphants retournent à leur logis transportant leur butin dans le coffre de leur voiture. Dans le rôle du gibier abattu, les sacs de provisions joufflus ou, lorsque la chasse a été particulièrement bonne, l'écran plat vachement plus grand que celui que le voisin a acheté l'an dernier.

Après deux tours de parking au ralenti, Karen aperçoit une Nissan qui sort à reculons d'un emplacement. Avec une dextérité que le conducteur du véhicule derrière elle prendra pour de l'effronterie, elle parvient par un coup de frein et une marche arrière de cinq mètres à se faufiler à la place tant convoitée. C'est avec un mélange de crainte et de pugnacité que Karen Eiken Hornby se dirige d'un pas résolu vers le grand magasin le plus éloigné.

Une demi-heure plus tard, elle est parvenue à grand-peine à charger le lourd carton à l'arrière et rabat le hayon avec un bruit sec. Elle frissonne et se laisse tomber sur le siège conducteur. La route du retour ne sera pas une partie de plaisir avec cette météo. On ne voit pas à cinquante centimètres. Dès qu'elle quittera l'autoroute, il lui sera impossible d'éviter les nids-de-poule.

Il ne lui en faut pas davantage pour tendre la main vers la boîte à gants. La trappe fait des siennes ; d'un geste exercé, elle lui décoche un coup sec et constate que ses souvenirs sont exacts : s'y trouve bel et bien un paquet de cigarettes non entamé dont elle a omis de se débarrasser. Elle l'a vraiment acheté vendredi dernier ? Elle a l'impression que ça fait une éternité.

Sans grand effort, elle refoule une bouffée de mauvaise conscience, s'appuie contre le dossier et inspire profondément la fumée. Pendant quelques minutes, elle reste dans le noir, immobile, à observer les faisceaux lumineux des véhicules qui cherchent une place de parking. Un vagabond en quête de quelques shillings s'approche des clients en train de charger leur voiture et leur demande leur chariot pour empocher la pièce. La plupart acceptent, reconnaissants de ne pas avoir à ramener le caddie, mais une femme semble opposer un refus catégorique. Karen voit leur échange houleux à travers le pare-brise comme une pantomime, mais n'a aucune difficulté à s'imaginer les insultes qui fusent lorsque l'homme s'éloigne en traînant le pas, la tête rentrée dans les épaules, visiblement frigorifié sous son manteau ruisselant. La femme le regarde s'éloigner. Puis elle pousse le caddie qui roule sur quelques mètres avant de s'immobiliser contre un lampadaire, elle monte dans sa Mercedes et démarre en trombe.

— Quelle vieille bique, maugrée Karen.

Elle tire une dernière fois sur sa cigarette, l'écrase et met la clef dans le contact. Elle sort quelques blondes du paquet et les pose délicatement sur le siège passager.

Lorsqu'elle arrive à la hauteur du clochard, elle baisse la vitre et lui fait signe d'approcher. Elle lui tend un billet de cinquante marks et la fin du paquet.

— Ne restez pas sous la pluie, vous allez choper une pneumonie, dit-elle en frissonnant au contact de sa main glacée.

Avant de quitter le parking, elle jette un coup d'œil dans le rétroviseur et avise la partie supérieure du grand carton qui dépasse derrière les dossiers. Viggo Haugen sera probablement fou de rage quand elle lui présentera la facture, mais elle est prête à défendre sa cause.

26

Quarante-cinq minutes plus tard, lorsqu'elle pousse la porte du pub *The Hare and the Crow*, elle y retrouve son atmosphère caractéristique. Un mélange de chaleur, de murmures de voix et de relents de moisissure. Ce soir-là, dans le seul débit de boissons qui subsiste à Langevik, les clients sont étonnamment rares. Une vingtaine seulement, installés autour des tables. Mais au comptoir, pas de surprise : les trois piliers de bar qui constituent la colonne vertébrale de l'établissement sont au rendez-vous. À eux seuls, Egil Jenssen, Jaap Kloes et Odd Marklund permettent de dégager la marge bénéficiaire qui fait tourner la boutique. Karen les reconnaît de dos, assis sur leurs postérieurs aussi imposants que leurs carrures. Tous les trois originaires du village, tous les trois anciens travailleurs de la pêche : Jenssen et Kloes comme pêcheurs de morue et Marklund comme contremaître à l'usine de Loke, où il était responsable du décorticage et de l'emballage des crevettes.

Après une légère hésitation, Karen s'approche du bar. Dès l'instant où elle prendra place auprès des trois hommes, elle devra endurer leurs doléances à propos du développement du village, de la fermeture des commerces, de l'invasion de Dunker par les cols blancs ; sans compter les épanchements de Marklund autour du devenir de l'usine de Loke, du fait que les crevettes sont aujourd'hui envoyées en Lettonie, en Pologne ou en Tunisie pour être décortiquées et mises en saumure. D'un autre côté, ces trois gentlemen aux derrières proéminents représentent une intarissable mine d'informations sur tout et sur tout le monde. Pour une fois, elle est ici pour écouter les ragots.

— Bonsoir, Arild, lance-t-elle en tambourinant sur la table. Qu'est-ce que tu as comme nouveautés à la pression ?

Arild Rasmussen lève la tête de derrière sa caisse enregistreuse, l'air renfrogné. Il n'aime pas qu'on se moque de sa carte. Rasmussen se fiche bien que les pubs de Dunken exhibent une variété astronomique de bières. Son offre de bières – que le développement exponentiel des brasseries locales n'a pas modifié – est le reflet de la démographie doggerlandaise, avec son peuple d'origine scandinave, britannique et néerlandaise. Cela lui suffit amplement. Les clients ont le choix entre la Carlsberg, la Heineken et la Spitfire – ou la Bishops Finger. Les rares clients qui penchent pour le vin doivent trancher entre rouge et blanc, c'est tout. L'alternative leur est présentée d'un ton si péremptoire que l'idée de poser des questions embarrassantes à propos du pays ou du millésime est tuée dans l'œuf. De toute façon, on ne vient pas ici pour boire du vin ni pour manger – même si le ragoût d'agneau d'Arild Rasmussen est tout à fait honnête.

La recette lui vient de son épouse Reidun. Il y a huit ans, on pouvait encore entendre son singulier mélange de chansons populaires et de langage fleuri en provenance de la cuisine. Durant les trente-deux années où ils servirent ensemble du ragoût d'agneau et des bières dans leur modeste établissement, les Rasmussen n'eurent de cesse de se disputer. À tel point que parfois les clients se tortillaient sur leur chaise et reluquaient leur montre en entendant des assiettes se fracasser au sol et des insultes fuser : « Sale truie ! », « Grognasse ! » « Salopard ! », « Bon à rien ! »

Pourtant, le jour où Reidun fit un accident vasculaire cérébral, tout le monde s'inquiéta de l'avenir du pub. Arild réussirait-il à mener la barque tout seul ? Le dernier pub du patelin allait-il subir le même sort que *L'Ancre*, le bar du port qui avait dû mettre la clef sous la porte ?

Le Hare and the Crow était resté fermé pendant onze jours puis, un beau matin, Arild avait retourné la pancarte et rouvert les portes. Avec une carte amputée, certes. Outre le traditionnel ragoût d'agneau, on avait désormais le choix entre du poisson pané industriel servi avec de la purée de pommes de terre et des petits pois, ou un burger tout aussi industriel avec des frites. La rumeur dit que Reidun continue de donner des ordres de son lit dans l'appartement au-dessus du pub où elle vit avec Arild.

Quoi qu'il en soit, ici, les robinets des tireuses à bière sont toujours propres et une pinte coûte quelques shillings de moins qu'à Dunker.

Arild saisit une chope et lève un sourcil.

— Comme d'habitude ? demande-t-il en posant la main sur le robinet du fût de Spitfire.

Karen acquiesce. Au lieu de prendre sa bière et de se laisser tomber à sa place préférée au fond de la salle à droite de la cheminée, elle tire une des chaises hautes et suspend son sac au crochet sous le comptoir. Arild Rasmussen dépose un sous-bock floqué du logo de Shepherd Neame et y pose la pinte. Karen le remercie d'un large sourire. Il n'y a que deux manières de faire parler Arild Rasmussen : lui adresser des compliments ou le faire boire un ou deux verres.

— C'est joli ce que tu as fait, dit-elle.

Elle esquisse un geste de la tête vers les tables agrémentées d'un chemin de table en reps à motif écossais et de chauffeuses dans des bougeoirs verts.

— Ah, tu as remarqué, marmonne Rasmussen. J'ai acheté quelques décorations pour Oïstra, ajoute-t-il en dissimulant un rictus satisfait.

— C'est très élégant, et ça crée une atmosphère chaleureuse, poursuit Karen avant de tremper les lèvres dans la mousse.

La brève conversation a attisé la curiosité des trois piliers de bar. Jaap Kloes se tourne à présent vers Karen.

— Alors comme ça notre sergent de la maréchaussée nous rend une petite visite. Ou devrais-je dire *sergente* ?

Comme à l'accoutumée, Kloes réussit à multiplier les insolences dans une même phrase. Mais elle ne se formalise pas ; ici, on bâtit sa grandeur en piétinant les autres. Une fois qu'on a creusé derrière les mots, il ne reste généralement pas de malveillance.

— Eh bien, nous avons changé de nom il y a près de trente ans, répond-elle avec un sourire faussement peiné. Mais je comprends que monsieur ait du mal à suivre toutes ces innovations ! D'abord le droit de vote, et ensuite les femmes dans la police, mais jusqu'où irons-nous ?

Kloes grommelle quelque chose et retourne à sa bière sous les ricanements de ses comparses.

— Un-zéro, lance Odd Marklund. On est en forme ce soir, à ce que je vois ! Alors, jusqu'où irons-nous ?

— Ne vous excitez pas, je ne vais pas rester longtemps. Juste une bière ou deux et quelques ragots. Pour ça, vous êtes toujours partants, non ?

— Ah, ça veut parler de la dame Smeed ?

Karen hoche la tête et avale à nouveau une gorgée. Puis elle essuie la mousse sur sa lèvre supérieure du revers de la main.

— Alors, qu'est-ce que vous pouvez me dire sur Susanne ? Je veux tout savoir.

Au bout d'une demi-heure de conversation avec les quatre hommes, l'image de Susanne paraît infiniment plus nette. Les trois habitués et le propriétaire sont unanimes : Susanne était une femme susceptible et aigrie qui avait une forte propension à se mettre à dos son entourage. Si Karen est agacée par les accusations et le ton condescendant utilisé par les hommes pour la décrire, elle doit avouer que cette vision confirme sa propre impression.

Peut-être Susanne traîne-t-elle son mauvais caractère depuis l'enfance et l'adolescence ; Karen a des souvenirs très vagues d'elle à cette époque. Une fille blonde qui vivait de l'autre côté de Langevik. Les trois ans d'écart étaient une véritable ligne de partage des eaux, en tout cas aux yeux de Karen. Lorsque Susanne est entrée en primaire, Karen en était presque déjà sortie. Susanne y était encore lorsque Karen découvrit les joies et les défis du secondaire : nouvelles matières, nouveaux professeurs, et surtout les garçons de la classe du dessus. Tout cela avec l'impression vertigineuse d'entrer dans le monde des adultes. Obsédée qu'elle était par ses propres défauts, la supériorité des autres et par Graham, le garçon de troisième, et ses éventuels sentiments pour elle, elle n'avait pas une minute à consacrer aux mioches des classes inférieures.

Bien que Susanne et elle n'aient grandi qu'à quelques kilomètres l'une de l'autre, la distance entre elles était infinie et ne s'était bizarrement pas raccourcie avec le temps. Elles se connaissaient de nom et de vue, se saluaient et échangeaient quelques mots quand elles se croisaient à l'âge adulte, mais rien de plus. Jusqu'à cet épisode quatre ans plus tôt.

Juste après la nomination de Jounas comme chef de la brigade criminelle, Karen et Susanne s'étaient retrouvées côte à côte dans la queue de la jardinerie un jour du début du mois d'avril. La file avançait avec une lenteur si désespérante qu'il était impossible de ne pas échanger quelques paroles. Cramponnée à la poignée de son caddie plein de violettes, Susanne avait répondu par monosyllabes aux tentatives de conversation polies de Karen. Puis, après une longue pause gênante, elle avait lâché :

— Attention à tes fesses, Karen. Jounas a toujours pris des libertés avec les femmes comme… les femmes de ton espèce, tout bonnement.

Puis elle avait fait volte-face avec son chariot, arguant un oubli, pour s'éloigner vers les boutures et les sacs de terre. Karen avait payé et était rentrée chez elle avec deux pruniers et la désagréable impression de savoir de quelle espèce de femmes Susanne parlait.

D'après l'image unanime dessinée ce soir-là au Hare and the Crow, Susanne Smeed avait certes été une « vraie bombe », mais elle était aussi irascible, rancunière et aigrie. Avec le temps, elle était devenue une plaie aux yeux de son entourage.

— Elle faisait des scènes pour tout et n'importe quoi, explique Jaap Kloes. Les bus qui n'éteignent pas leur moteur, la comptabilité de l'organisme chargé de l'entretien des routes, les dos-d'âne devant l'école, les gosses des voisins. Et d'après ma femme, c'était la même rengaine au boulot : personne ne la supportait, ni les aides-soignantes ni les chefs. La seule chose que l'on puisse dire pour sa défense, c'est que tout le monde était logé à la même enseigne. Une vraie peau de vache, voilà ce qu'elle était.

— Par exemple, son esclandre à propos des éoliennes, complète Egil Jenssen. On était tous contre au début, mais les gens ont fini par comprendre que ça ne servait à rien.

Surtout ceux qui ont été grassement payés pour leurs terres, songe Karen.

— Je comprends qu'elle ait pété une durite quand ils ont installé ces mastodontes, poursuit Kloes. Elle habitait juste au-dessous. Mais elle n'a jamais lâché le morceau ! Des jérémiades à n'en plus finir, des lettres envoyées aux journaux, au conseil municipal. Qu'est-ce qu'elle croyait, qu'on allait démonter ces chiennes d'éoliennes juste parce qu'elles la dérangeaient ?

— C'est assez tragique, en réalité. Une femme seule contre les propriétaires terriens et les entreprises du secteur de l'énergie. Elle n'avait aucune chance, tempère Odd Marklund en secouant la tête.

À la différence de Jenssen et Kloes, Marklund parle de Susanne avec empathie, ce qui n'étonne pas Karen. Odd Marklund s'était montré aussi bienveillant que réfléchi déjà à l'époque où elle avait effectué son premier job d'été à l'épluchage de crevettes, à l'usine de Loke où il était contremaître. À la différence du patron zélé qui surveillait la chaîne de décorticage comme un faucon guette sa proie et qui, avec un plaisir mal dissimulé, appliquait des retenues sur le salaire pour négligence, Odd Marklund ne se formalisait pas s'il restait quelques menues épluchures sur les crustacés.

Karen avait été surprise lorsque le poste de Marklund avait été supprimé dans un souci de rationalisation. Les propriétaires norvégiens avaient exigé que la grande entreprise de pêche gagne en efficacité et toutes les tâches qui n'étaient pas effectuées par des machines menaçaient le rendement. Odd Marklund était devenu superflu.

Il sait exactement ce que c'est que de se battre contre plus grand et plus puissant que soi. Qui mieux que lui peut comprendre cette lutte stérile entre Susanne Smeed d'un côté et le géant de l'éolien Pegasus de l'autre ?

Susanne était loin d'être seule dans son combat ; les dernières années avaient été marquées par plusieurs exemples de ces conflits virulents. Vingt ans plus tôt, le débat qui avait précédé la décision du gouvernement doggerlandais de sauver l'économie et de garantir la croissance future en investissant massivement dans l'éolien en vue d'exporter vers l'Europe du Nord avait été plus que houleux.

Avec le temps, les oppositions, les recours et les manœuvres dilatoires avaient été vaincus à mesure que les propriétaires fonciers voyaient leur compte épargne gonfler.

Certes, ce projet n'était pas sans conséquences, notamment sur la faune, dans plusieurs régions de l'archipel. La rumeur court toujours que l'entreprise emploie des gens pour ramasser les oiseaux marins disloqués par les turbines. Mais peu de gens en parlent.

Et s'il est vrai que le géant énergétique s'en met plein les poches, la propriété semi-publique a aussi permis une vraie croissance économique pendant deux décennies. Dans ces conditions, la plupart des gens sont prêts à fermer les yeux sur le fait que la moitié des bénéfices sont engloutis par les investisseurs.

Susanne Smeed n'avait visiblement pas été du même avis, se dit Karen en indiquant d'un signe de la tête à Arild Rasmussen de lui servir une autre bière. Elle s'est battue contre des moulins à vent – littéralement. Bien que, d'après ce qu'elle vient d'entendre, elle ne fût pas propriétaire des terres concernées.

— Elle se battait contre les propriétaires terriens, dites-vous ? Je pensais que la famille de Susanne possédait toute la parcelle, jusqu'au haut de la colline.

— Ça, et beaucoup plus, oui. Toute la colline et une bonne partie de la forêt de l'autre côté, répond Arild. Et tout aurait été à elle si son père ne l'avait pas vendu. Per Lindgren a réussi à vendre, hectare après hectare, tout ce que sa femme lui avait légué.

Arild essuie le contour du verre avec une serviette-éponge verte avant de le poser devant Karen.

— Oui, ça a même commencé avant le décès de sa femme. C'est sans doute ainsi qu'ils finançaient leur *communauté*. Une bande de vagabonds qui vivait dans la vieille propriété de Gråå.

Karen tente de se souvenir de ce que sa mère lui racontait et des histoires rocambolesques de la ferme de Lothorp.

— Ces cinglés n'ont tenu qu'un an avant de se disperser, dit Egil Jenssen. Mais les Lindgren sont restés et ils ont continué à vendre les terres au lieu de trouver un travail honnête. Tout ce qu'il faisait, Lindgren, c'était peindre des tableaux dont personne ne voulait. Jusqu'à la fin. On se demande bien comment sa femme et la petite Susanne le supportaient. Ils n'avaient pas d'autres revenus et il fallait bien manger et s'habiller, ils ont donc vendu lopin par lopin tout l'héritage.

— J'ai moi-même acheté une bande de forêt, une parcelle contiguë à la mienne, en 1974 ou 1975 si j'ai bonne mémoire. Une super affaire, ça, je peux vous le dire.

Visiblement égayé par les souvenirs et les commérages, Jaap Kloes esquisse un demi-sourire, lève son verre et boit goulûment avec la mine satisfaite d'un nourrisson au sein.

— Ils sont fous, ces Suédois, continue Kloes, le verre reposé et la bouche essuyée. Vous vous souvenez quand ils ont acheté des oies ? Ils pensaient qu'elles pouvaient rester dehors la nuit. Les renards les ont prises dès le premier été. Mais vous connaissez le proverbe : « On a beau pimenter avec des Bretons, des Frisons, et des Flamands…

— … la soupe doggerlandaise pue toujours autant le Scandinave », complète Karen avec un sourire las.

Jaap Kloes ricane, enchanté.

— Enfin, il y avait aussi des Britanniques et des Hollandais dans cette communauté, dit Egil Jenssen d'un ton caustique en se tournant vers Karen. Moi, ce qui m'étonne le plus, c'est la longévité de leur projet. Ton père avait misé cent shillings que tout le monde serait parti avant le premier été. C'était une coquette somme, à l'époque.

— Mon père ? Mais pourquoi ?

— Pas seulement lui ; tout le monde pariait sur eux à *L'Ancre*. Harald Steen jouait le bookmaker. Et quel bordel quand il a fallu décider comment répartir l'argent lorsqu'il s'est avéré que les Lindgren étaient restés, mais pas les autres ! En quelle année sont-ils arrivés, déjà ? En 1969 ?

— En 1970, répond Kloes. L'année de la naissance de mon benjamin. Je me souviens encore quand ils sont arrivés avec leurs bonnets tricotés du Pérou. Ils disaient qu'ils voulaient cultiver sans pesticides, vivre de ce que leur donnait la terre, et tout ce bla-bla. Ils allaient tout partager, voilà ce qu'ils disaient.

— La Lindgren a bassiné ma femme avec ses leçons sur l'agriculture sans produits chimiques, les teintures végétales, et je ne sais quoi, dit Jenssen. Ils ne devaient pas fumer que du tabac, j'imagine. Franchement, je me suis toujours demandé ce que ces hippies étaient venus faire ici.

— La vague verte, déclare Odd Marklund. Ils sont assez nombreux à avoir débarqué, ces années-là. Notamment à Frisel. Le retour à la terre. Non, mais je vous jure ! Remarquez, ça a au moins profité à quelques paysans, là-bas : ils leur ont vendu un mauvais lopin et une maisonnette à un prix surestimé puis ont racheté le tout moins cher lorsqu'il s'est avéré que la vie à la campagne n'était pas une sinécure. C'était impossible de vivre de leurs maigres récoltes.

— En tout cas, Lindgren n'avait pas besoin d'acheter de la terre, lui. Sa femme, Anne-Marie, je crois, avait hérité de tous les biens du vieux Vetle Gråå, son grand-père paternel, même si, à ma connaissance, elle n'avait jamais mis le pied sur l'île auparavant. Un vrai grippe-sou, le Vetle, tu te souviens de lui, Karen ? Le dos voûté comme une faucille, ce qui ne l'empêchait pas d'inspecter ses terres jusqu'au matin de sa mort. Il avait deux fils : l'alcool a tué le premier, et le deuxième a épousé une Suédoise. On comprend pourquoi le bonhomme était grincheux, dit Jaap Kloes.

— Le père d'Anne-Marie, si je vous suis bien, dit Karen. Qu'est-il devenu ?

— Ce n'est pas lui qui est mort en tombant d'un échafaudage à Malmö ? demande Odd Marklund.

— Si ! opine Jaap Kloes, triomphant. Malgré toutes les lois bizarres sur le bien-être au travail qu'ils ont là-bas ! Après ça, tout Scandinave qu'il était, le vieux Vetle n'a plus porté notre voisin de l'Est dans son cœur.

Karen secoue la tête. Bien sûr qu'elle a entendu parler de Vetle Gråå. Comme sa mère le lui a raconté, son nom lui a survécu. En revanche, elle se moquait bien de savoir qui possédait quoi, et qui a roulé qui dans la farine au cours des successions, ventes ou trocs dont parlaient ses parents autour de la table de la cuisine. Mais tout le village, les vieux comme les jeunes, savait que les terres du vieux Gråå s'étendaient à perte de vue.

— Donc la mère de Susanne était la petite-fille de Gråå, avance-t-elle, prudente. Et pourtant Susanne n'a rien hérité d'autre que la maison, c'est ce que vous dites ?

— Il ne restait des biens de Gråå que le terrain autour de la maison en pierre où vivait Susanne, celle où les Lindgren avaient emménagé après la dissolution de leur « communauté ». C'est à ce moment-là qu'ils ont vendu la ferme près de Lothorp et les terres environnantes. Et ce qui restait, le lot qui allait jusqu'à Kvattle et les bois, Per Lindgren l'a vendu morceau par morceau au fil des ans. Quand il a cassé sa pipe, il lui restait à peine un brin d'herbe.

— Et cette communauté... elle était grande ? Combien de personnes y vivaient ?

— Je n'en sais rien, je ne suis pas allé les compter, dit Egil Jenssen. Il y avait les Lindgren, bien sûr, et une autre famille suédoise. Et une Danoise, si je ne m'abuse. Je crois que ma femme lui a parlé quelques fois et la trouvait plutôt sensée. Elle était plus distinguée que les autres.

— Je crois qu'il y avait des Anglais aussi, ou des Irlandais, peut-être. Du moins, je les ai plusieurs fois entendus parler anglais entre eux au village. Je ne sais pas exactement, mais ils devaient être huit ou dix adultes. Il y avait aussi des mômes. Quant aux noms, je ne saurais te dire...

Odd Marklund se tourne avec un visage interrogateur vers ses camarades de boisson qui secouent tous les deux la tête.

— Ce que je peux dire, c'est que la deuxième Suédoise était une beauté, affirme Jaap Kloes. On passait des heures au pub du port à imaginer ce qui devait se tramer là-bas, une fois la lumière éteinte. Faut dire qu'on était curieux, avec toutes ces histoires de liberté sexuelle à la suédoise.

— Parle pour toi, moi je n'ai jamais eu le temps de fureter vers Lothorp la nuit, dit Arild Rasmussen avant de disparaître dans la cuisine avec un bac en plastique rempli de chopes vides.

Karen contemple ces hommes usés. Ces histoires remontent à près de quarante ans. Ils devaient avoir autour de trente ans lorsque les Lindgren et les autres membres de la communauté sont arrivés. Ils avaient le même âge qu'eux, mais venaient de mondes diamétralement opposés. Pour un homme de trente ans dont le dos et les articulations portent déjà la trace de quinze années de pêche en mer du Nord, il fallait être fou à lier pour abandonner une vie confortable et s'en aller cultiver des légumes sur une île battue par le vent au beau milieu de la mer. Pour ceux qui avaient grandi avec des poêles à bois et des lampes à pétrole, vivre sans le confort moderne n'avait rien de romantique ; et renoncer volontairement à ce que les autres trimaient pour obtenir n'avait aucun sens. À cette époque, les déménageurs allaient dans l'autre sens. Une personne saine d'esprit pouvait-elle vraiment troquer la Suède si moderne contre le Doggerland ?

Karen se représente très bien tous ces fantasmes autour des membres de la communauté ; les jeunes femmes devaient incarner l'exotisme si on les comparait avec les femmes de pêcheurs de Langevik, vieilles avant l'âge. Sans doute les villageoises n'avaient-elles pas été aussi enthousiastes à la vue de ces femmes libérées en robes de batik et sans soutien-gorge. D'ailleurs, même les hommes à l'imagination débridée n'avaient pas accueilli les nouveaux arrivants à bras ouverts. En dépit de leur curiosité, ils semblaient avoir éprouvé envers les membres de la communauté de la jalousie, et même de la satisfaction lorsqu'ils ont échoué. Malgré cette hostilité, Per et Anne-Marie Lindgren sont restés. Qu'est-ce qui leur a permis de tenir ?

À présent, toute la famille a disparu. Personne n'a l'air de les pleurer, se dit Karen avec un malaise croissant. Même à propos de Susanne qui a grandi à Langevik, personne n'a rien de positif à dire. Comment était-ce pour elle de grandir dans le village ?

— Sait-on quelque chose du fonctionnement de la communauté ? Ils sont tout de même restés un an. Ils étaient proches les uns des autres et partageaient tout, dites-vous ? Y avait-il des rumeurs de désaccord ou de disputes ?

Kloes hausse les épaules, comme si le sujet ne l'intéressait plus.

— Bah ! Ils ont fini par partir : même pour eux, ça devait faire trop d'amour libre et de conneries écolos, dit Jenssen. Moi je n'apprécierais pas de devoir partager ma femme. Enfin, pas sûr que quelqu'un veuille d'elle, ajoute-t-il avec un rire qui se change immédiatement en quinte de toux.

Odd Marklund pose son verre et se tourne vers Karen.

— Ils étaient nombreux à vouloir changer de vie à l'époque ; certains cherchaient un nouvel avenir, d'autres fuyaient leur passé. Au fil du temps, beaucoup de gens sont venus, beaucoup sont partis, n'est-ce pas ?

Il sait, se dit Karen en fixant sa main cramponnée au comptoir qui laisse une empreinte humide sur le bois sombre.

— Ça n'a pas l'air d'aller, ma petite.

Odd Marklund la contemple, l'air inquiet. Elle le rassure d'un sourire.

— J'ai la tête qui tourne, rien de grave. Je n'ai rien mangé depuis ce midi, je crois qu'il est grand temps pour moi de rentrer.

Elle se tourne vers Arild Rasmussen qui est revenu de la cuisine.

— Une dernière question. Tu as dit que Susanne n'était plus propriétaire des terres contiguës à son jardin, là où se trouvent les éoliennes. Pourtant, elle était en conflit avec le producteur d'électricité ?

— Eh oui, c'est bien le problème : elle ne savait pas que les terres avaient été vendues. Jusqu'à ce que les arpenteurs et des ingénieurs débarquent sans prévenir sur les terres qu'elle pensait posséder. C'était juste après son divorce et son retour dans sa maison d'enfance, elle n'avait peut-être pas tout suivi. Peu après, son père est décédé. C'est là qu'elle a compris que tout avait été vendu depuis longtemps.

— Pas étonnant qu'elle se soit sentie bernée, constate Karen. Ce qu'elle pensait être ses terres avait été vendu et allait être revendu. Elle allait avoir un parc éolien comme nouveau voisin.

— Même pas ! Le nouveau propriétaire n'a pas vendu. Ce vieux roublard est parvenu à négocier un contrat de location avec Pegasus. Un contrat de cinquante ans avec partage des bénéfices et tout le tralala. Il a eu le beurre et l'argent du beurre ! On se demande comment il a réussi son coup !

La voix de Rasmussen témoigne d'un mépris mêlé d'admiration. Quant à Karen, les malheurs de Susanne la mettent surtout très mal à l'aise.

— Oui, indubitablement, c'est une bonne affaire. Et qui est ce « vieux roublard » ? Tu le sais aussi ?

— Le fils d'Alex Smeed, Jounas, bien sûr.

27

— Attends, je vais t'aider.

— Non, ça va, j'ai une bonne prise. Mais tu peux me tenir la porte, s'il te plaît ?

Cornelis Loots s'exécute. Il se dirige à pas rapides de l'ascenseur vers les portes en verre dépoli qui donnent sur les bureaux de la brigade criminelle. Avec le sentiment d'être inutile, il regarde l'inspectrice Karen Eiken Hornby, le visage écarlate, franchir la porte en crabe, titubant sous le poids de l'énorme carton qu'elle transporte.

— Et merde ! marmonne-t-elle lorsque son énorme sac à main glisse de son épaule.

Cornelis Loots ne trouve rien de mieux à faire que de soulever le sac de sa cheffe tandis qu'elle porte péniblement son fardeau, les jambes écartées, le dos cambré. Lorsqu'elle bifurque vers la petite cuisine, il n'y tient plus. Unissant leurs forces, ils déposent le mastodonte au sol sans bruit inquiétant. Karen lui adresse un sourire reconnaissant et masse ses paumes endolories.

— Heureusement que tu étais là ! Sans toi, je n'aurais jamais pu ouvrir la porte. D'ailleurs, tu es bricoleur ? Tu peux m'aider à installer ce machin avant que les autres arrivent ?

Elle esquisse un grand geste vers le carton et Cornelis voit enfin ce que l'image représente.

— Merde alors ! Quel colosse ! Combien coûte un truc pareil ?

— Tu ne veux pas le savoir, mais le chef nous a dit clairement que nous aurions toutes les ressources nécessaires.

— Tu ne crois pas qu'il parlait de ressources humaines ?

— Mon jugement professionnel est que nous ne pouvons pas continuer l'enquête avec ce jus de chaussette dégueulasse comme seul combustible.

Karen esquisse un geste vers la cafetière marron posée sur le plan de travail. La verseuse en verre sale a été replacée sur la plaque chauffante et l'odeur aigre et familière du café de la veille flotte dans la petite cuisine.

Vingt minutes plus tard, Cornelis Loots repose le tournevis sur le plan de travail et déroule ses manches de chemise tandis que Karen et lui contemplent leur œuvre commune. Avec un respect mêlé d'étonnement, elle l'a regardé brancher la machine à l'eau et à l'électricité, lui évitant ainsi d'appeler le gardien et d'écouter ses jérémiades comme quoi il a mieux à faire qu'installer des appareils électroménagers. Karen s'approche, essuie une empreinte de pouce sur la surface chromée et donne une pichenette à la buse vapeur qui pivote sur elle-même. Ça va provoquer un scandale au département des achats, se dit-elle.

— Il ne faut pas un café spécial pour ce truc ?

Les factures sont envoyées trente jours plus tard… peut-être que Smeed sera revenu d'ici là ? Elle repousse cette idée et adresse à Cornelis un large sourire. Elle sort de son sac posé sur la table deux sachets de cinq cents grammes de café en grain.

— Tu mets en route la machine ? Moi je dois faire un saut de l'autre côté de la rue. J'ai une petite réunion avec Vegen et Haugen dans… (elle jette un coup d'œil à sa montre) depuis deux minutes.

28

— Mais alors Smeed devrait pouvoir être disculpé ; je ne vois pas ce qui l'empêcherait de reprendre son poste.

Viggo Haugen contient rapidement le petit tremblement dans sa voix et termine sa phrase en voix grave de poitrine. Ils se sont retrouvés au bureau de la procureure et sont installés dans les fauteuils au fond de la pièce.

Karen pousse un soupir silencieux et échange un coup d'œil rapide avec Dineke Vegen. La procureure Vegen connaît son boulot ; un frémissement à la commissure de ses lèvres atteste qu'elle comprend parfaitement que ce n'est pas aussi simple que ce que le commissaire général veut bien faire entendre, mais son haussement de sourcil révèle qu'elle prévoit de laisser l'inspectrice Eiken s'occuper de cette lutte. Pour l'instant, elle n'a pas encore trouvé de raison de reprendre la direction de l'enquête.

— Je vois ce que vous voulez dire, répond Karen en plongeant le regard dans les yeux bleu glacé de Haugen. Bien sûr, ce serait super de pouvoir mettre Jounas hors de cause dès maintenant, mais il reste encore quelques points d'interrogation.

Viggo Haugen ouvre la bouche comme pour l'interrompre, mais la referme aussitôt en l'entendant continuer avec une conviction qu'il ne lui connaît pas.

— Tout comme vous, j'ai beaucoup de mal à croire que Jounas puisse être coupable de l'assassinat de Susanne, mais cela ne suffit pas. Il lui manque encore un alibi formel pour l'heure du crime et nous avons malheureusement quelques faits qui peuvent être interprétés en sa défaveur. Il s'est récemment rendu chez Susanne, selon ses propres dires six jours avant sa mort, et leur relation était compliquée, c'est le moins qu'on puisse dire.

— Mais bon sang ! Ce n'est pas suffisant. Si tous les hommes qui ont une relation « compliquée » avec leur ex-femme sont automatiquement considérés comme suspects...

Viggo Haugen esquisse des guillemets avec les doigts puis lève les paumes au ciel.

— Karen a raison.

La voix de Dineke Vegen interrompt cette joute verbale.

Haugen se tait, le front barré d'une ride d'étonnement.

— Lorsque l'enquête préliminaire sera rendue publique, poursuit la procureure, et tu peux être sûr qu'elle sera épluchée par tous les journalistes du pays, il ne peut pas y avoir le moindre détail qui laisse penser que la position de Jounas ait pu influencer l'enquête. Au contraire, nous devons être le plus rigoureux possible, prendre en compte le moindre détail qui pourrait être retenu contre Jounas Smeed.

Viggo Haugen se racle la gorge et réfléchit fébrilement. Il émane de Dineke Vegen, à la différence de Karen, le type d'autorité féminine qu'il respecte. L'incarnation de l'élégance cultivée et pas de la... bonne femme hargneuse. Il se tourne vers la procureure, tout sourire.

— Bien sûr, je ne voulais pas dire que nous devons...

— Y compris pour le bien de Jounas, intervient Karen. S'il n'est pas à cent pour cent blanchi, ce sera l'enfer pour lui à son retour. Et croyez-moi, je ferai tout ce qui est en mon pouvoir pour le blanchir.

Viggo Haugen réplique comme par réflexe en lançant un regard de biais à Dineke Vegen.

— Il faudrait surtout que vous vous attachiez à trouver le vrai coupable. Ce serait la meilleure chose pour Jounas.

— C'est exactement ce que je voulais dire, marmonne Karen. Je me suis mal exprimée.

— Ce n'est pas la première fois. Bon, j'entends bien ce que vous dites et je vais en informer Jounas dès la fin de notre réunion.

Dineke Vegen hausse une fois de plus ses sourcils parfaitement épilés.

— Seulement s'il prolonge son congé sans solde. Cela va sans dire. Très bien, faisons comme ça, conclut-il en se levant.

Karen jette un nouveau coup d'œil à Dineke Vegen et croit discerner un petit sourire.

29

Langevik, mai 1970

— Jamais je n'aurais cru que nous aurions à supporter des vermines de cette espèce au village. Le pauvre Gråå se retournerait dans sa tombe s'il voyait ce qui se trame dans sa ferme.

Tout en maugréant, la quincaillière enfonce les touches de la caisse enregistreuse d'un geste décidé, presque agressif, puis lève les yeux vers son client pour obtenir son assentiment.

Entre les rayons où se pressent des pots de peinture, d'huile pour le bois et de térébenthine, Anne-Marie Lindgren s'est figée au moment où elle allait saisir des pinceaux, penchée en avant, honteuse.

Savent-ils qu'elle est ici ? Veulent-ils qu'elle entende ou ne l'ont-ils pas vue entrer ? Ses joues brûlent, les mots sont pareils à une gifle.

Le client maugrée quelque chose en réponse ; l'instant d'après, la voix de la vendeuse s'élève à nouveau.

— Vous les avez vus ? Ils s'habillent tous comme des drogués, avec leurs longues robes et leurs cheveux longs. Quatre-vingts shillings, s'il vous plaît. Et des marmots, ils en ont plein ! Dieu sait comment ils réussissent à s'en occuper. Iront-ils à l'école du village quand ils auront l'âge ? Joueront-ils avec nos enfants ?

Non, des gens comme eux ne devraient pas avoir le droit de procréer, c'est tout. Oui, je sais, je suis dure…

Apparemment, l'homme venu acheter deux sacs de vis dit à nouveau quelque chose de rassurant, car la vendeuse reprend la parole d'un ton plus calme.

— Oui, Arthur dit la même chose, soupire-t-elle. Maximum six mois, c'est ce qu'il dit. Voici votre monnaie, vingt shillings, et le ticket, merci beaucoup. Le printemps et l'été, c'est une chose, mais quand arriveront les tempêtes d'automne, ils abandonneront et rentreront chez eux, croyez-moi. C'est ce que dit Arthur, mais moi je ne sais pas…

Le client marmonne à nouveau quelque chose d'inaudible avant que la vendeuse ne reprenne.

— Ah bon, si vous le dites. Eh bien, espérons-le. Merci beaucoup et à bientôt.

Sans un mot, Anne-Marie se redresse, fait volte-face et sort de la boutique au pas de course. Elle sent leurs regards lui brûler le dos lorsque la clochette de la porte retentit. Ils vont croire que j'ai volé quelque chose, se dit-elle. Ajouter une accusation à leur litanie. Ils finiront par gagner. Nous ne pourrons pas continuer à vivre ici ; je n'en aurai pas la force.

Revenue en courant, consciente des regards réprobateurs de tous les villageois qu'elle croise, elle entre dans la maison principale, hors d'haleine, clignant des yeux pour en chasser les larmes. Elle ne veut pas raconter ce qui s'est passé, ne veut pas qu'on balaie tout cela d'un revers de manche en lui disant qu'elle est trop sensible, qu'elle devrait faire fi de ce que pensent les gens. Elle ne veut pas les inquiéter ; ils s'inquiètent toujours pour elle.

Per et Theo sont assis à la table de la cuisine, Disa en train de teindre des draps dans une grande marmite. À l'aide de la louche, elle soulève un morceau de tissu et contemple la couleur jaune. Une odeur de haricots secs, d'oignon et d'épices émane d'une autre cocotte. La fenêtre est embuée. Brandon est affalé sur la banquette de cuisine, comme toujours avec la guitare, et Mette essaie de l'aider à pincer les cordes. Et voilà Ingela qui descend les marches avec Orian dans les bras.

— Egarde ! s'écrie le petit en empoignant le cordon orné de coquilles de moules qu'il porte autour du cou. Coier !

Personne n'a entendu Anne-Marie entrer ; pourtant, Per se retourne instinctivement, comme s'il avait senti sa présence. Son sourire se change en rictus préoccupé lorsqu'il aperçoit les joues rouges et les yeux brillants de sa femme ; et l'instant suivant, tout le monde a vu. On s'inquiète, on l'assied à table, on lui apporte une tasse, du thé, du miel. Et elle leur assure qu'elle est juste essoufflée à cause du dénivelé, le chemin pour revenir du village est abrupt, elle se sent épuisée, peut-être qu'elle a attrapé le rhume dont les enfants souffraient la semaine passée ? C'est là qu'elle prend conscience que Per l'observe avec des yeux qui ne parviennent pas à dissimuler l'espoir ; l'espoir absurde, l'espoir désespéré qu'elle soit enceinte.

Non, elle ne raconte rien. Rien de ce qu'elle a entendu lorsqu'elle était au village pour acheter des pinceaux afin de peindre le contour des fenêtres ; rien de cette prise de conscience soudaine que cette idylle qu'ils vivent dans la ferme de Lothorp va être brisée en mille morceaux. La menace est si évidente, lui fait froid dans le dos, comme si une petite brise annonciatrice de tempête avait pénétré dans la maison. Elle ignore d'où cela vient et le temps qu'il leur reste – elle sait seulement que c'est beaucoup plus grave qu'une commère dans une quincaillerie.

30

Au moment où elle pose la main sur la poignée, elle est assaillie de doutes. Était-ce vraiment une bonne idée ? Peut-être penseront-ils qu'elle veut se faire bien voir ? Qu'elle tente de s'acheter une popularité en leur graissant la patte au moyen d'une machine à café.

Au lieu d'entrer directement, Karen demeure quelques instants dans la cage d'escalier, perdue dans ses pensées. N'est-ce pas une sorte de pot-de-vin ? Une tentative désespérée pour souder le groupe autour d'elle ?

Au moins, Evald Johannisen n'est pas là, se remémore-t-elle en se redressant. Songer aux remarques acerbes qu'il se serait permises suffit à la faire grimacer de dégoût. Peut-être les autres lui auraient-ils emboîté le pas.

— Merde ! s'exclame-t-elle.

Le mot résonne dans la cage d'escalier.

Sans compter qu'il faudra la payer, cette satanée machine ! Dans trente jours, j'en connais d'autres qui vont faire la gueule, se dit-elle. Vingt-neuf, plutôt. Et elle ouvre la porte.

Avant même d'avoir franchi le seuil, l'arôme de café lui chatouille les narines.

Au fond du couloir de la brigade criminelle, un faible brouhaha de voix s'échappe de la porte entrouverte de la salle de réunion. Elle traverse rapidement l'open space jusqu'à son bureau, sort un dossier du premier tiroir, puis continue d'un pas décidé, voire agacé, vers la salle de réunion. Elle ouvre la porte.

Ce que les gens peuvent être ingrats, pense-t-elle.

Quelques instants plus tard, elle se laisse tomber sur sa chaise, les joues brûlantes, sous une pluie d'applaudissements, avec devant elle une assiette de brioches à la cannelle.

— Excellente initiative, Eiken ! lance Karl. Mais tu vas te faire engueuler, j'imagine.

— À chaque jour suffit sa peine, répond-elle avec un vague sourire.

Elle plante les dents dans une brioche démesurée.

— On commenche ? demande-t-elle en léchant quelques perles de sucre sur son index.

Elle résume la conversation avec les piliers de bar du Hare and the Crow et conclut :

— Donc nous pouvons établir que Susanne était peu appréciée ; elle était loin d'être la chouchoute du village. Ses collègues et ses supérieurs hiérarchiques disent la même chose.

— Et sa fille, ajoute Karl Björken. Jounas n'a sans doute pas non plus chanté ses louanges.

— Non, c'est vrai. Jusqu'à maintenant, personne ne l'a décrite de manière positive, et c'est un euphémisme. La question est de savoir à qui elle a pu échauffer la bile au point qu'il ou elle la tue. Est-ce qu'elle aurait fait du chantage à quelqu'un ? Renfrognée et désagréable, ça, on le sait, mais était-elle du genre à fourrer son nez dans les affaires des gens ? Qu'en pensez-vous ?

Silence. Tout le monde réfléchit.

— Je dirais plutôt impitoyable, lance Astrid Nielsen. En tout cas d'après sa cheffe et les quelques collègues avec qui Johannisen et moi avons pu nous entretenir. Susanne Smeed semblait être le genre de personne à souligner les erreurs d'autrui. Le genre à moucharder.

— Cornelis et Astrid, vous retournerez au Jardin du Soleil aujourd'hui pour dénicher le plus d'informations possible. Quant à moi, je vais rencontrer Wenche Hellevik. C'est la sœur de Jounas, et l'une des seules amies que Susanne semble avoir eues, ajoute Karen en croisant des regards interrogateurs. Peut-être qu'elle nous donnera une vision plus nuancée. Mais je dois y aller avec quelqu'un. Karl, tu as le temps ?

Il opine du chef et Karen se tourne à nouveau vers Cornelis Loots.

— Tu as des nouvelles des techniciens ? Et le reste, ça avance ?

— Oui, j'ai parlé avec Larsen ce matin ; pour l'ADN et les empreintes digitales, l'analyse est en cours. Nous devrions avoir une réponse dans la journée. Sauf concernant les empreintes qui appartiennent à Jounas Smeed, ajoute-t-il, embarrassé. Et nous attendons toujours la réponse de la banque de Susanne et du navire de croisière.

— Quelles sont les nouvelles de ce côté-là, d'ailleurs ? Où en êtes-vous ?

— Nous avons envoyé des demandes de renseignements concernant tous les passagers, c'est-à-dire à tous les pays scandinaves, aux États-Unis, aux Pays-Bas et en Italie. En Allemagne aussi, d'ailleurs ; l'un des Danois a aussi la nationalité allemande, explique Cornelis Loots, le nez dans ses papiers.

— Et... ?

— Jusqu'à maintenant, pas d'information sur quelqu'un qui aurait commis un crime, si l'on entend par là une infraction passible d'une peine de prison de plus d'un an. C'est vrai que les sanctions diffèrent d'un pays à l'autre, mais si l'on inclut toutes les personnes qui ont été derrière les barreaux on a...

Cornelis feuillette ses documents.

— ... un homme d'affaires suédois, Erik Björklund, incarcéré pendant six mois pour délit d'initié, et un Américain, Brett Close, derrière les barreaux pendant six ans pour homicide. En fouillant un peu, nous avons découvert qu'il s'agissait d'un cas de conduite en état d'ivresse ayant provoqué la mort d'une fillette de trois ans. Aujourd'hui, Brett Close a soixante-douze ans et tout cela s'est passé au milieu des années soixante-dix. Depuis, il est irréprochable et, d'après le chef de la sécurité du bateau, lui et sa femme sont profondément religieux. Je crois qu'il a parlé de l'Église épiscopale.

— Cela ne veut strictement rien dire. On a déjà vu des hommes très pieux commettre des crimes terribles, réplique Karen sèchement. N'oubliez pas le pasteur de Noorö qui a tué sa femme et ses quatre enfants pour les « sauver d'une vie dans le péché ». Mais je vois ce que tu veux dire, Brett Close n'est pas notre suspect numéro un. Autre chose ?

— Non, c'est tout ce que nous avons pour le moment, mais la consultation des fichiers n'est pas terminée et nous n'avons pas encore reçu de réponse des Italiens. Je les appellerai juste après la réunion.

Karen pousse un soupir. Les chances d'obtenir quelque chose d'utilisable du côté du navire de croisière étaient déjà maigres, et elles se réduisent comme peau de chagrin. Une fois que Loots et Nielsen auront reçu les réponses de tous les pays, ils pourront sans doute laisser tomber cette piste et se concentrer sur autre chose.

La question est : sur quoi. Les vingt-quatre premières heures sont toujours critiques ; les statistiques montrent que les chances d'élucider un crime diminuent drastiquement à chaque heure qui passe. Près de soixante-douze heures se sont écoulées et ils n'ont pas l'ombre d'une hypothèse sur le coupable, encore moins un mobile clair.

Quatre-vingts pour cent des affaires d'homicide élucidées sont résolues au cours des soixante-douze premières heures.

Que l'homicide de Susanne Smeed ait été ou non prémédité, les chances pour qu'il fasse partie des quatre-vingts pour cent sont de plus en plus minces. Après un tour de table qui n'a rien donné de substantiel, les spéculations habituelles sur le possible déroulement des événements et le mobile, ainsi que la distribution des tâches, Karen conclut la réunion. Elle se tourne vers Karl Björken, lui explique qu'elle a une course à faire ce matin et lui donne rendez-vous sur le parking à 13 heures.

Vingt minutes plus tard, elle passe la porte à tambour de l'hôtel Strand.

31

Karen observe le jeune réceptionniste et soupire en silence. Truls Isaksen, un jeune homme d'environ vingt-cinq ans au physique ordinaire, la regarde avec un air mêlant politesse affectée et suffisance, courant chez le personnel de service de sa génération. Ses cheveux noirs sont soigneusement attachés en une queue-de-cheval discrète et les petites fentes verticales dans ses lobes d'oreille révèlent qu'il y porte des boucles lorsqu'il ne travaille pas.

Dès qu'elle se présente et explique les raisons de sa venue, le sourire du jeune homme s'évanouit et les sourcils haussés se détendent, lui donnant un air moins guindé. Si son travail exige une certaine dose de politesse vis-à-vis des clients, personne ne lui a demandé de faire des courbettes aux policiers.

Ils se sont installés dans la petite cuisine derrière la réception et Truls s'est servi un café, puis lui en a proposé un. Elle a répondu par la négative. Tout en grignotant des biscuits au chocolat, il tourne son paquet de cigarettes impatiemment entre ses doigts. Visiblement, il part du principe que leur conversation sera vite terminée pour qu'il puisse aller se griller une clope bien méritée dans l'arrière-cour. Karen lui aurait proposé de l'accompagner pour continuer la conversation dehors si elle avait été de meilleure humeur, ou si Truls Isaksen avait été plus sympathique. Elle feint de ne pas voir le paquet de cigarettes à présent posé sur la table ; le jeune homme joue maintenant avec un petit briquet rouge en plastique qu'il allume et éteint avec une grande concentration.

L'entretien commence : Karen pose ses questions sans céder aux provocations, sans se laisser démonter, et Truls répond de plus en plus sèchement avec un désintérêt grandissant et un mépris manifeste. Elle sent son humeur s'assombrir peu à peu.

Non, il n'a pas la moindre idée de l'heure à laquelle le client de la chambre 507 est parti dimanche matin ; la chambre avait été payée à l'avance et la carte magnétique qui sert de clef a pu être déposée sur le comptoir de la réception n'importe quand. Qui plus est, ils n'ont pas l'habitude d'espionner leurs clients ; non, il n'est pas présent à la réception à chaque instant, il a le droit de manger, d'aller pisser, et même de fumer une cigarette lorsque c'est calme. De surcroît, il y a une sonnette si les clients ont besoin d'aide. Oui, c'est sans doute lui qui s'est occupé du check-in du client de la chambre 507, personne d'autre n'était en service à 23 h 30. Non, il ne se souvient pas de l'homme. Non, ce n'est pas spécialement étonnant ; pendant Oïstra, les demandes de chambres sans réservation préalable ne sont pas rares : cinq ou six samedi dernier. Et on sait bien pourquoi ils sont là.

— Des hommes qui ont le feu aux fesses, avec une femme qui attend près des ascenseurs pour qu'on ne la voie pas, dit Truls Isaksen avec l'air blasé de celui à qui on ne la fait pas. On en voit aussi les week-ends classiques, mais c'est pire pendant Oïstra. Un tas de gens de quarante ou cinquante ans complètement soûls et chauds comme la braise.

Karen se tortille intérieurement en entendant cette description ô combien exacte, mais elle ne laisse rien transparaître ; garder le masque est une obligation et une compétence qu'elle a acquise au fil du temps et des interrogatoires. Pourtant, la phrase suivante du jeune homme la fait sursauter.

— Mais d'ailleurs, vous n'êtes pas venue aussi ? J'ai l'impression de vous reconnaître.

Karen dévisage avec scepticisme le jeune homme. Comment se fait-il que ce garçon qui n'a ni vu ni entendu quoi que ce soit, qui ne se souvient ni des clients ni des horaires et qui a probablement dormi pendant la moitié de son service se souvienne d'elle en particulier ? À présent, il la regarde avec un regain d'intérêt aussi inattendu qu'embarrassant.

— Ce n'est pas vous qui êtes partie aux aurores dimanche matin ? Vers 7 heures ? Je revenais tout juste des toilettes quand je vous ai vue sortir…

Karen le contemple, les sourcils levés. Peut-être interprète-t-il cela comme de l'étonnement ou du mécontentement d'être face à une personne assez bête pour prendre une flic pour une cliente de l'hôtel. Quoi qu'il en soit, l'intérêt passager qu'il lui porte s'émousse vite. Il s'affale contre son dossier avec un long soupir, comme si ce souvenir l'avait vidé de ses forces. Les mots suivants procurent à Karen un soulagement immédiat.

— Bah, ça devait être quelqu'un d'autre. En réalité, elle avait plus l'air d'une bécasse bourrée que d'une policière. Mais elle vous ressemblait un peu. Sans vouloir vous vexer.

Karen se racle la gorge, affichant un sourire figé.

— Une dernière question avant que vous n'alliez fumer, dit-elle avec un signe de tête vers le paquet de cigarettes. Il n'y a donc aucune manière de savoir exactement à quelle heure un client quitte l'hôtel, dans le cas où la chambre a été payée et que le réceptionniste ne voit pas quand la carte-clef a été déposée ? Il n'y a pas de caméra ?

— Seulement dans le parking. Si le type avait une voiture…

Truls Isaksen a à peine prononcé ces mots qu'il semble le regretter. Va-t-il être obligé de lui montrer où sont conservés les enregistrements ? Non, ça, c'est le chef qui s'y colle.

— Malheureusement non, répond Karen. Pas dans le parking de l'hôtel, en tout cas.

Elle se lève et lui tend la main.

— Merci de m'avoir accordé du temps.

Truls Isaksen lui serre la main ; de l'autre, il extrait la cigarette tant désirée. Il se retourne, sort de la petite cuisine et descend à grandes enjambées un couloir qui doit mener à l'arrière-cour. Il n'a, semble-t-il, aucune intention de raccompagner Karen à la sortie. Elle le suit du regard. Par la porte entrouverte qui donne sur la cour pavée, elle entrevoit une femme en train de fumer. Elle a l'air frigorifiée dans sa blouse de nettoyage bleu clair et ses sandales orthopédiques ; elle entoure sa taille de ses bras comme pour empêcher la chaleur de quitter son corps. Puis la porte claque et Karen se tourne pour se diriger vers le lobby de l'hôtel. La voix de Truls Isaksen l'arrête.

— Hé ! Au fait…

La porte de la cour s'est à nouveau ouverte ; dans l'embrasure, le jeune homme lui fait signe de venir tout en soufflant un petit nuage de fumée avec un air de profonde satisfaction.

— Je viens d'y penser… peut-être que Rosita sait quelque chose.

— Rosita ?

— Oui, c'est elle qui faisait le ménage dimanche matin.

Il se décale sur le côté, révélant à nouveau la femme en bleu.

32

Quelques minutes plus tard, Karen obtient toutes les informations qu'elle espérait, et plus encore.

Rosita Alvarez se lance dans l'explication de son travail quotidien. Karen écoute attentivement, sans presser son interlocutrice.

— Vous savez, il y a des gens qui vomissent, et pas toujours dans les toilettes. Parfois sur le sol. Et ils ne nettoient pas toujours. Un jour, il y en avait plein la baignoire, je suis allée voir la patronne pour lui demander plus de temps. Nous n'avons qu'un quart d'heure par chambre si le client s'en va le jour même, et sept minutes s'il reste la nuit suivante.

Karen ne demande pas si le ménage de la chambre 507 a nécessité plus de temps elle ne veut pas le savoir. Au lieu de cela, elle écoute avec un effroi croissant le récit d'une journée de travail d'un agent d'entretien dans un hôtel. Sans exagération, Rosita Alvarez parle des serviettes dérobées dont le vol doit être déclaré pour que le personnel de ménage ne soit pas accusé, mais aussi des vols véridiques, imaginés ou inventés par les clients – évidemment, les soupçons se portent immédiatement sur le personnel ; elle parle des différents types de taches sur les draps, des clients qui se permettent des gestes déplacés, des insultes, et de l'injonction constante de travailler plus vite. Elle raconte qu'elle commence le plus tôt possible le matin pour rentrer retrouver son mari et son fils de treize ans à Moerbeck.

— Je commence toujours par le dernier étage, je nettoie les chambres libres en descendant. Puis je fais l'inverse pour mon deuxième tour, et enfin je m'occupe des dernières chambres en descendant à nouveau. Généralement j'ai besoin de trois ou quatre tours pour nettoyer toutes les chambres.

Rosita lui tend son paquet de cigarettes.

— Merci, pourquoi pas, dit Karen en se servant. Donc vous devez passer plusieurs fois à chaque étage ?

— Oui, il y a toujours des gens qui font la grasse matinée ; certains prennent leur petit déjeuner dans leur chambre et d'autres suspendent le panneau « Ne pas déranger » à leur porte. Dans ce cas, il n'y a qu'à attendre.

— Est-ce que, par hasard, vous vous souvenez de dimanche matin ? J'aurais besoin de savoir à quelle heure le client de la chambre 507 est parti.

— Je n'en ai aucun souvenir, évidemment, affirme Rosita avant d'inspirer une dernière bouffée de cigarette. Nous avons cinquante-cinq chambres et je ne peux pas me souvenir de tout.

Elle se penche vers une table de jardin et écrase le mégot contre un pot en terre retourné qui sert de cendrier.

— Mais je peux jeter un coup d'œil à mon carnet, reprend-t-elle avec un grand sourire en réponse à l'air dépité de Karen. Je note tout, avec les heures exactes, pour savoir quelles chambres j'ai terminées. Je ne suis plus toute jeune, ajoute-t-elle en se frappant le front avec le poing. Si vous m'accompagnez quand vous aurez fini de fumer…

— Vous gardez toutes les notes ? s'enquiert Karen.

Elle écrase sa cigarette à moitié entamée en remerciant le ciel.

— Pas *ad vitam æternam.* Un mois environ, répond Rosita en poussant la porte. Au cas où il y aurait des plaintes des clients plus tard. Ou de la direction, d'ailleurs, ajoute-t-elle, l'air renfrogné en essuyant quelques miettes sur sa blouse.

Ah ! Si tout le monde était comme Rosita, songe Karen un quart d'heure plus tard en s'approchant du parking en face de l'hôtel de police. Elle a donné rendez-vous ici à Karl pour qu'ils se rendent ensemble chez Wenche Hellevik. Jetant un coup d'œil à sa montre, Karen remarque qu'elle a sept minutes d'avance. Elle s'adosse au mur du bureau de tabac au coin de la rue de l'Église et de la rue de l'Hôtel-de-Ville et regarde vers l'entrée de l'hôtel de police.

Avec un sourire, elle repense à sa rencontre avec l'éminente femme de chambre de l'hôtel Strand, Rosita Alvarez. On devrait lui décerner une médaille !

Le panneau « Ne pas déranger » était suspendu à la porte de la chambre 507 lorsque Rosita était venue à 9 heures passées de quelques minutes dans le couloir du cinquième étage, ce matin-là. Elle avait donc fait le ménage des chambres 501 et 503, dont les hôtes étaient déjà partis. Une fois ces chambres terminées, une demi-heure plus tard, la plaque de porte avait été retirée et Rosita Alvarez avait fait le ménage de la chambre 507 entre 9 h 35 et 9 h 50, d'après ses notes.

Karen passe à nouveau en revue la chronologie des événements. Jounas semble avoir dit la vérité lorsqu'il a affirmé avoir quitté l'hôtel vers 9 h 30. Théoriquement, il a pu quitter l'hôtel juste après que Rosita a vu la plaque « Ne pas déranger » sur la porte de la chambre 507, un peu après 9 heures ; il reste une plage d'une demi-heure pendant laquelle Rosita a fait les autres chambres. Selon Kneought Brodal, Susanne est morte au plus tard à 10 heures, mais plus vraisemblablement avant 9 h 30. Admettons que Jounas ait quitté l'hôtel juste après 9 heures, réfléchit Karen. Dans ce cas, il aurait pu arriver à Langevik avant 10 heures et tuer

Susanne ; l'heure concorderait avec l'estimation la plus tardive de Brodal.

Mais d'abord, il a dû marcher jusqu'au parking près de l'hôtel de ville pour aller chercher sa voiture : au moins cinq minutes de plus. Il reste quarante-cinq minutes. C'est vrai qu'elle a déjà parcouru ce tronçon en une demi-heure, les fois où elle était vraiment pressée, mais elle n'a pas respecté les limites de vitesse. En conduisant pied au plancher, il aurait pu avoir le temps ; mais pourquoi risquerait-il de se faire arrêter en cas de contrôle ? Une course contre la montre n'avait aucune raison d'être.

Merde, se dit-elle. Cela ne suffit pas.

Karen détourne le regard, offre son visage au doux soleil automnal et ferme les yeux. Elle est à deux doigts de pouvoir rayer son chef de la liste des suspects. À deux doigts, mais cela ne suffit pas. Il existe encore une possibilité théorique. À quelques minutes, quelques secondes près, il a pu le faire. Et le mobile ? Quel aurait pu être le facteur déclencheur ? Peut-il s'être passé quelque chose à l'hôtel après mon départ ? s'interroge-t-elle. Un coup de téléphone, un SMS, un mail : quelque chose qui a réveillé Jounas et qui l'a rendu furieux ? Ou qui lui a fait peur ?

— Alors, on bronze ? Ta voiture ou la mienne ?

La voix de Karl la fait sursauter. La mienne, naturellement, pense-t-elle, mais elle réfrène son impulsion. Elle est toujours mal à l'aise sur le siège passager, mais aujourd'hui elle devrait laisser Karl conduire.

— Je te laisse volontiers le volant, j'ai besoin de réfléchir.

33

L'autoroute de Dunker à Ravenby traverse la plaine du Sörland. Sur des dizaines et des dizaines de kilomètres, des terres ingrates et des forêts de feuillus alternent avec des landes de bruyère qui s'étendent à perte de vue. À l'extrémité ouest, là où la route bifurque vers le nord, on distingue l'horizon. D'ici, à l'intérieur des terres, on peut déjà deviner que la côte ouest de l'île plonge à pic dans la mer. Sans défense, implacablement. Rares sont ceux qui croient encore à la légende selon laquelle le géant Frendur, dans un accès de colère, trancha Heimö en deux de son épée, graciant la partie orientale et laissant la partie occidentale, où vivaient dans le péché sa femme adultère et celui qu'elle faisait passer pour son frère, se faire engloutir par l'Atlantique. Or, de même que la Terre peut paraître plate et le ciel ressembler à une cloche à fromage en verre bleu par un beau jour d'été, la côte ouest de Heimö semble avoir été découpée à l'épée dans un accès de rage.

La conduite de Karl est rapide, mais agréable. Au bout d'environ une heure, ils ont avalé cent dix kilomètres d'autoroute puis emprunté la départementale 20, et ils suivent à présent les panneaux indiquant la presqu'île de Hellevik. Le temps se gâte à nouveau, songe Karen en se penchant en avant pour scruter les nuages gris venus de l'ouest qui s'agglutinent au-dessus d'eux.

— C'est un hasard ? s'enquiert Karl en jetant un coup d'œil au GPS. Je veux dire, qu'ils s'appellent Hellevik et qu'ils vivent sur la presqu'île du même nom.

— Je ne pense pas, répond Karen. Je crois que le mari de Wenche est issu d'une grande famille. Sans doute possédaient-ils tout le village autrefois. Ce n'est pas si rare.

— Ici, peut-être, mais à Frisel, ça n'existe pas. Personne ne possède plus que son lopin de terre. Et encore.

— Non, vous les Friseliens n'êtes pas connus pour votre folie des grandeurs. Ni pour aimer vous tuer à la tâche, ajoute Karen en lançant à Karl un regard taquin.

Karl feint l'indignation. Ce n'est pas la première fois qu'il entend cela. Plus on monte vers le nord de l'archipel, plus les populations sont honnêtes et travailleuses. Les habitants de Noorö ont pour la plupart des racines en Suède ou en Norvège. On les décrit comme zélés, taciturnes et pieux tandis que leurs cousins de l'île la plus méridionale descendent des Danois et des Néerlandais et ont la réputation d'être étourdis et de laisser les filets de pêche trop longtemps en mer. Entre les deux se trouve Heimö avec son désastreux mélange de Britanniques, de Scandinaves et d'Européens continentaux. Les gens y sont venus de divers horizons et pour différentes raisons. S'il est sans doute vrai que Heimö représenta jadis un sanctuaire pour les personnes obligées de quitter rapidement leur patrie pour une raison quelconque, l'ampleur du phénomène a été exagérée. Et si la part de voleurs, assassins et autres malfaiteurs n'a jamais été aussi élevée que ce que l'on raconte, l'île principale est peuplée, à en croire les cousins de Noorö et Frisel, d'industriels de la pêche, de propriétaires terriens, d'armateurs et d'autres personnes qui s'enrichissent aux dépens des autres. Évidemment, c'est à Dunker que la proportion de profiteurs est la plus forte.

Au Doggerland, c'est la même chose que dans la plupart des autres pays : zèle au nord, paresse au sud, capitale pleine d'escrocs et de m'as-tu-vu.

— Ce n'est pas étonnant, maugrée Karl Björken, la fille d'Alex Smeed ne pouvait pas épouser un gueux. Si on est né avec une cuillère d'argent dans la bouche, on doit se marier dans la haute. Je te parie qu'ils sont pleins aux as.

— Il n'y aura qu'à leur demander, réplique sèchement Karen.

Mais même avant de franchir les grilles ouvrant sur la propriété des Hellevik, il est évident que le couple roule sur l'or – du moins au sens figuré. Le terrain de tennis à droite est agrémenté d'un club-house et de gradins sur deux étages ; quant à la piscine en forme de haricot, Karen n'en a jamais vu d'aussi grande chez un particulier. Elle entend Karl marmonner quelque chose à propos de l'oncle Picsou en apercevant le plongeoir à deux étages. Ils roulent vers l'imposante maison de maître et s'arrêtent près d'une fontaine vert-de-gris qui parachève l'allée. Karl coupe le moteur et se penche vers le pare-brise pour embrasser du regard la façade.

— Tu crois qu'on peut se garer ici ? Peut-être qu'on est censés passer par l'entrée de service ?

Karen n'a pas le temps de répondre : une femme élancée apparaît au coin de la maison et s'avance jusqu'au bas du grandiose perron, suivie à la trace par deux yorkshires terriers dégoulinants. Les chiens deviennent euphoriques à la vue des visiteurs. Tour à tour agressifs et joueurs, ils bondissent entre les pieds de leur maîtresse et la voiture de Karl. Un peu plus loin, Karen distingue un autre chien tout aussi humide, mais beaucoup plus calme, qui ressemble à un setter irlandais. Il trotte jusqu'à sa maîtresse et s'assied à ses pieds. Elle pose comme par réflexe une main sur sa tête couleur acajou.

Karl et Karen ouvrent leur portière simultanément et descendent de la voiture.

34

— Bienvenue ! s'écrie Wenche Hellevik. Allez, allez, du calme, les enfants.

Elle ne vient pas à la rencontre de ses hôtes, mais elle affiche un large sourire. Ils se hâtent de la rejoindre pour saisir la main qu'elle leur tend. Le plus discrètement possible, Karen examine la sœur de Jounas. Ses cheveux d'un blond presque blanc sont coiffés en un chignon banane aussi strict que sa tenue : veste de tailleur vert foncé sur polo blanc, jupe verte à carreaux sous le genou, boucles d'oreilles en perles et vernis à ongles rose nacré. Seule entorse à son style, une paire de bottes tout juste rincées d'où jaillissent ses jambes comme de maigres tiges de fleurs.

Ils se serrent la main et se présentent.

— Il me semblait bien avoir entendu une voiture. Nous rentrons d'une petite promenade ; nous avons dû nous rincer dans l'arrière-cuisine. Non, j'ai dit. Pas sauter ! Voulez-vous un café ? Ou un thé ? Vous devez être épuisés après votre long trajet en voiture. Non, vilain chien !

Elle prononce les trois derniers mots d'un ton particulièrement vigoureux à l'adresse du setter irlandais qui semble ne pas comprendre pourquoi on lui interdit de s'ébrouer à côté d'elle. Wenche Hellevik gravit le large escalier de pierre et passe la double porte en chêne massif richement sculptée ; Karl et Karen lui emboîtent le pas. La différence de luminosité entre le soleil automnal et l'obscurité à l'intérieur est telle que Karen met quelques secondes à remarquer que la gigantesque entrée est recouverte de plastique et de papier kraft. Au milieu du capharnaüm d'escabeaux, de pots de peinture, de spatules, rouleaux et pinceaux, deux hommes en combinaison blanche discutent avec un troisième, remarquablement grand, en costume bleu. Tous trois affichent une mine soucieuse. L'un d'entre eux pointe du doigt le plafond.

— Excusez le désordre, intervient Wenche, nous avons eu un dégât des eaux dans l'une des salles de bains au premier étage. Nous allons devoir rénover toute l'entrée. Mon chéri, la police est là, viens les saluer avant de partir.

La conversation avec les peintres se conclut rapidement et l'homme de grande taille les rejoint. Avec un sourire il serre la main de Karen, puis celle de Karl.

— Magnus Hellevik, se présente-t-il. Si j'ai bien compris ce que m'a dit ma femme, vous êtes ici à cause de ce qui est arrivé à Susanne. Quelle tragédie !

— Oui, effectivement, nous avons besoin de parler avec le maximum de personnes qui la connaissaient, explique Karen.

— Je ne sais pas si je peux vous être utile, mais le cas échéant je reste bien sûr à votre disposition. Si cela ne vous ennuie pas, je vous demanderai de commencer par moi. J'ai une urgence à Ravenby. J'aurais dû partir depuis un moment déjà, mais nous avons eu quelques problèmes, comme vous pouvez le constater.

D'un geste ample, Magnus Hellevik montre les escabeaux et les pots de peinture tandis que son regard oscille entre Karl et Karen, comme s'il se demandait lequel des deux a le rang le plus élevé, alors même qu'ils viennent de se présenter.

— Connaissiez-vous Susanne ? demande Karen.

— Pas du tout. C'est vrai que nous nous fréquentions un peu, en famille, à l'époque où elle était mariée à Jounas, mais rien depuis. Et cela fait déjà plusieurs années que leurs chemins se sont séparés.

Karen hoche la tête.

— Dans ce cas, nous ne voulons pas vous stresser davantage. En tout cas, pas aujourd'hui. C'est surtout avec Wenche que nous souhaitions discuter, mais nous vous recontacterons si nous avons besoin de vous poser des questions.

Magnus Hellevik semble soulagé et s'excuse avec un sourire et un léger baiser sur la joue de sa femme.

— Nous y allons… ?

Wenche désigne les portes coulissantes à sa droite et précède ses invités.

— Installez-vous, je reviens tout de suite. Thé ou café ?

Quelques minutes plus tard, elle est de retour avec trois tasses, une carafe isotherme et une assiette de muffins au citron sur un grand plateau. Elle s'assied à une extrémité d'un canapé ivoire et se tourne vers ses hôtes, installés dans des fauteuils en chintz à fleurs.

— Servez-vous. Alors, en quoi puis-je vous être utile ? Du lait ?

Elle ne ressemble pas à son frère. Le même nez et la même morphologie, peut-être, mais hormis cela, ils sont très différents – heureusement. Pour le moment, nulle trace d'amertume ou d'arrogance sur le visage de la sœur de Jounas. Karen accroche le regard de Karl et d'un signe de tête lui indique de commencer.

— Pouvez-vous nous raconter comment vous avez connu Susanne ? Si j'ai bien compris, vous étiez à l'école ensemble ?

— Oui, c'est ça, mais seulement à partir du lycée. Susanne vivait à Langevik et y a suivi le primaire et le collège. Le lycée a été pour elle l'occasion tant attendue de quitter la maison.

— Ah bon, intervient Karen, elle ne prenait pas le bus jusqu'à Dunker comme les autres ?

L'espace d'un instant, elle est propulsée trente ans en arrière, dans le bus jaune bringuebalant de Layland ; elle se souvient de la nausée perpétuelle, soit parce qu'elle révisait ses cours dans le bus, soit parce que les gens fumaient en l'attendant.

— Non, et c'est en réalité comme ça que nous sommes devenues amies, poursuit Wenche. Papa possédait des appartements qu'il louait rue Neuve ; il a mis à ma disposition un petit deux-pièces à condition que je paye le loyer. C'est une chose à laquelle il tenait.

Elle sirote son thé et replace lentement la tasse avant de poursuivre.

— J'avais une bourse d'études et je travaillais le week-end. Mais ça ne suffit pas quand on veut faire la fête et s'acheter des vêtements ; donc au bout de quelques mois, j'ai décidé de chercher une colocataire et j'ai affiché une petite annonce dans le lycée. Susanne a dû être la première personne à la voir ; j'imagine qu'elle l'a arrachée immédiatement. En tout cas, elle est venue me voir à la pause le jour même et… elle s'est installée chez moi quelques jours plus tard.

— Et vous êtes devenues amies. Vous étiez proches ?

Karl se penche pour saisir un muffin et Karen remarque que l'expression hostile qu'il affichait jusqu'à maintenant s'est adoucie. Peut-être qu'il apprécie le fait que son petit papa ne lui ait pas prêté l'appartement gratuitement, qu'elle ait dû prendre un job étudiant pour payer son loyer, se dit Karen. Par ailleurs, Wenche Hellevik semble plutôt terre à terre, malgré la piscine et le terrain de tennis.

— Proches ? Moui, peut-être. C'est facile de se faire des amis quand on est jeunes. Avant d'avoir formé sa personnalité, si vous voyez ce que je veux dire. Plus tard dans la vie, on se forge une opinion sur différents sujets, mais à la fin de l'adolescence on s'intéresse surtout aux garçons, aux vêtements, à la musique et aux injustices des professeurs.

Karen hoche la tête. Elle se souvient que dans le bus cahotant, ces thèmes occupaient leurs discussions.

— Et les jeunes sont tellement conformistes, même s'ils se croient rebelles. La plupart d'entre eux veulent à tout prix entrer dans le moule et ressembler à leurs copains. Mais pour répondre à votre question, oui, nous étions aussi proches que peuvent l'être deux adolescentes. Meilleures amies, comme on dit.

— Pouvez-vous nous parler un peu plus de Susanne, de sa personnalité ?

Le regard de Wenche Hellevik devient fuyant, comme si elle fouillait les tréfonds de sa mémoire.

— Elle était de nature inquiète, finit-elle par dire. Elle était gentille, aimait se rendre utile, voulait toujours faire plaisir et s'adapter. Elle n'était pas bête du tout, mais les études ne l'intéressaient pas ; elle préférait cultiver ses relations.

— Est-ce qu'elle était populaire ?

— Susanne était très belle, elle pouvait avoir tous les garçons qu'elle voulait. Mais parmi les filles elle n'était pas aussi populaire, et elle n'a jamais cherché à se faire d'autres amies que moi. Pour je ne sais quelle raison, elle semblait m'admirer ; elle avait tendance à me copier : elle se faisait la même coupe de cheveux que moi, se les décolorait comme moi. Enfin, moi, je suis naturellement blonde, se corrige Wenche Hellevik, mais vous voyez ce que je veux dire. Elle m'imitait, tout simplement, elle s'achetait les mêmes vêtements, dans la mesure de ses moyens.

— Et qu'en pensiez-vous ?

Wenche Hellevik esquisse un léger haussement d'épaules qui rappelle à Karen Jounas et Sigrid.

— Ça pouvait parfois m'agacer, mais je n'en faisais pas une montagne. Au fond, je devais me sentir un peu flattée. Je crois surtout qu'elle était impressionnée par ma famille et qu'elle avait honte de la sienne. Elle voulait laisser son passé derrière elle.

— Parlait-elle de sa famille ?

— Au début, très peu, mais au fil du temps, j'ai compris qu'elle n'avait pas eu une enfance très heureuse. Pas qu'elle ait été maltraitée, non, mais plutôt... Comment dire ? J'avais l'impression qu'elle n'éprouvait aucun respect pour ses parents. Ils étaient très différents, et ça ne devait pas être facile de sortir du lot à l'époque, surtout dans un petit village comme Langevik.

— Ah bon ? Pourquoi dites-vous qu'ils étaient différents ? s'enquiert Karl.

Il feint la surprise avec brio alors même que Karen a relaté pendant le trajet en voiture les dires de sa mère et des clients du Hare and the Crow sur la communauté installée dans la ferme de Lothorp. Elle note mentalement de demander aux techniciens de rendre au plus vite l'album photo qu'elle et Karl ont trouvé dans la chambre à coucher de Susanne.

— Ils étaient ce qu'on appelait des hippies, je crois, répond Wenche Hellevik, hésitante. Ses parents sont venus de Suède et si j'ai bien compris ils vivaient dans une sorte de communauté, les premières années.

— Est-ce qu'elle parlait de cette période ?

— Non, elle était si jeune qu'elle ne se souvenait sans doute pas de la communauté. Mais elle était gênée par d'autres choses, même après.

— Par quoi ?

— Eh bien, par exemple, le fait que ni son père ni sa mère n'aient jamais eu un vrai métier. Susanne en avait honte. Les parents des autres enfants du village étaient marins-pêcheurs, lamineurs, exerçaient une profession « honorable », mais le père de Susanne restait dans le jardin à peindre des tableaux.

Cela correspond bien à ce que disaient Jaap Kloes et les autres, pense Karen. Si le souhait le plus cher de Susanne était de rentrer dans le moule, cela n'avait pas dû être facile pour elle d'appartenir à la famille Lindgren.

— Sa mère est morte bien trop jeune, poursuit Wenche, donc c'est un peu gênant de dire ça, mais je sais que Susanne avait honte d'elle.

— Honte ? Pourquoi ?

La voix de Karl doit dénoter un trop grand enthousiasme, car Wenche Hellevik répond sèchement, sur un ton légèrement ironique.

— Malheureusement, je n'ai pas de scoop. C'est juste que la mère de Susanne était du genre à attirer l'attention et à faire fi des conventions : elle s'habillait différemment des autres mamans, pratiquait le yoga, s'intéressait aux médecines alternatives, ce genre de choses. Susanne aurait sans doute préféré avoir une mère comme toutes les autres. Une qui ne faisait pas de vagues. Mais je n'en sais pas plus, à vrai dire.

Elle affiche un sourire aimable, mais son ton autoritaire montre très clairement qu'elle n'a rien d'autre à ajouter sur l'enfance de Susanne Smeed. Karen décide de changer de piste.

— D'après ce que j'ai compris, la famille vivait de la vente de terres qu'ils avaient apparemment héritées d'un parent de la mère de Susanne.

— Oui, je suis au courant, mais je suis sûre que Susanne n'en savait rien à l'époque. Elle croyait sans doute qu'ils vivaient sur les économies du vieux Gråå. Mais il n'avait rien à la banque, je l'ai compris plus tard, il avait tout investi dans des terres.

Elle marque une pause pour boire un peu de thé, puis reprend.

— Elle savait bien sûr qu'elle avait des racines sur l'île, et elle savait sans doute aussi que sa mère était l'héritière de son propre grand-père paternel qui était un grand propriétaire foncier. Mais elle n'a compris que bien plus tard, après la mort de son père, que l'héritage avait été vendu, hectare par hectare, pour permettre à la famille de vivre. Quant à moi, je l'ai appris plusieurs années plus tard, quand mon frère m'en a parlé en lien avec le divorce.

— Alors Jounas était au courant avant Susanne ?

Wenche Hellevik prend un air gêné.

— Je crois, oui. C'est notre père qui avait acheté une grande partie des terres de Lindgren, à un prix bien trop bas, je crois. J'ai honte de le dire. Le père de Susanne était loin d'être un homme d'affaires et il croyait pouvoir faire confiance à la famille de son beau-fils. Quand notre père est décédé, c'est Jounas qui a hérité de toutes les terres.

— Jounas a hérité ? Et vous ?

— Moi aussi, mais nous avons partagé l'héritage : Jounas a reçu la plupart des terres et j'ai repris l'entreprise de papa. En tant que policier, Jounas n'avait ni le temps ni l'envie de diriger une entreprise, tandis que Magnus et moi, oui.

Karen réfléchit à ce qu'elle vient d'entendre : cela signifie que le vieil Alex Smeed a dû continuer à acheter des terres aux parents de sa belle-fille alors que Susanne et Jounas étaient mariés. Il a fait l'acquisition systématique de ce dont Susanne aurait dû hériter pour le donner à son fils. Jounas savait-il tout cela depuis le début, contrairement à ce qu'a dit Wenche ? Ou bien Alex a-t-il aussi agi derrière le dos de son fils ?

Comme si Wenche avait lu dans ses pensées, elle plonge les yeux dans ceux de Karen.

— Papa était dur, affirme-t-elle. Il ne supportait pas les « bohémiens, les Friseliens et autres tire-au-flanc », comme il disait, et il est toujours parti du principe que ses enfants devaient marcher dans ses pas et partager ses valeurs. C'est Jounas qui s'est rebellé, pas moi. Ça a été un coup dur pour papa quand son seul fils est entré à l'école de police au lieu d'administrer l'empire qu'il avait bâti. Et lorsque Jounas a épousé Susanne, qui venait d'une famille si bizarre… je crois qu'il a abandonné tout espoir. Au lieu de miser sur Jounas, il a décidé de se concentrer sur la génération suivante. Magnus et moi n'avons pas eu d'enfants. Sigrid est sa seule descendance.

— Ce n'est donc pas son fils qu'il entendait protéger, mais sa petite-fille, dit Karen, pensive.

— Oui, je crois qu'il se rendait compte qu'il était plus sûr que les terres soient entre les mains de Jounas plutôt que de Susanne. Elle s'était mariée pour l'argent, disait-il, en plus d'être la fille de tire-au-flanc suédois qui n'avaient aucune idée de la valeur de l'argent. Je crois qu'il supposait qu'ils allaient divorcer, et l'avenir lui a donné raison.

Et ils avaient signé un contrat de mariage, songe Karen ; Alex Smeed s'en était assuré. C'était la condition qu'il avait posée pour fournir à son fils et sa belle-fille un logement, d'après ce que lui a raconté Jounas. Tout cela correspond bien à la réputation d'Alex Smeed : un homme insensible, prêt à tout pour faire une bonne affaire. Il n'a pas hésité à s'attaquer à sa belle-fille en achetant son héritage futur au rabais pour s'assurer qu'il se retrouverait là où il voulait, c'est-à-dire entre les mains de Sigrid, sa petite-fille, son unique héritière.

Karen revoit Sigrid, assise sur son canapé, les bras croisés et l'air hargneux. Avec ses tatouages et son piercing dans le nez, elle est loin de l'image qu'on se fait de l'héritière de toute la fortune des Smeed. Sans doute pas la petite-fille dont rêvait Alex Smeed, songe-t-elle. Pas non plus la fille modèle à laquelle Jounas et Susanne aspiraient lorsqu'ils l'avaient inscrite au centre équestre et à des cours de danse. Comment se sent-on lorsqu'on déçoit tout le monde ?

— Voyez-vous parfois Sigrid ? demande Karen.

— Je ne l'ai pas vue depuis longtemps. Elle a quasiment coupé les ponts avec ses parents le jour où elle a quitté le domicile familial. En fait, elle a rompu avec tout son passé, pourrait-on dire.

— Savez-vous pour quelle raison ?

Wenche Hellevik semble hésiter quelques instants.

— Mon frère n'a pas toujours bon caractère, il peut être dur, impitoyable, et il l'était surtout avec

Susanne. En retour, elle était aigrie et querelleuse. Il y avait constamment des conflits et des disputes. Ils utilisaient Sigrid comme messagère et la forçaient à prendre parti. Pour finir, elle n'a vu qu'une seule porte de sortie : prendre ses distances avec les deux et fuir cette situation.

Exactement comme Susanne, songe Karen. Elles ont toutes les deux quitté le domicile parental le plus tôt possible. Voilà une chose qu'elles ont en commun.

— Remontons un peu dans le temps, dit Karl. Votre amitié avec Susanne a-t-elle continué ?

— Oui et non, répond Wenche avec soulagement, comme heureuse de changer de sujet. Nous n'avons jamais été en froid, mais quand je suis partie étudier aux États-Unis, nous avons perdu contact, tout simplement. C'est vrai que nous nous voyions pendant les vacances, mais il est devenu de plus en plus clair que nos chemins avaient divergé.

— Comment ça ?

— Pour moi, faire des études a toujours été une évidence, alors qu'elle a commencé à travailler dès la fin du lycée. Elle a pris ce qui se présentait sans avoir une idée précise de ce qu'elle voulait faire. Elle a même signé quelques contrats de mannequinat. C'est vrai qu'elle était très belle, et grande.

— Ah bon, du mannequinat, dites-vous ? fait Karen, étonnée.

— Enfin, pas de gros contrats, mais elle a fait quelques photographies de mode et quelques publicités, je crois. Elle ne pouvait pas en vivre, malheureusement, mais elle a continué à en rêver et c'est peut-être la raison pour laquelle elle n'a jamais suivi d'études. Mais les contrats étaient si rares dans la mode qu'elle devait accepter d'autres emplois pour boucler les fins de mois.

— Quand vous êtes rentrée des États-Unis pour de bon, avez-vous continué à vous fréquenter ? s'enquiert Karl.

— Oui, de temps en temps, surtout dans les périodes où aucune de nous n'avait de petit ami. Vers vingt-cinq ans, pendant un ou deux ans nous sommes beaucoup sorties, nous traînions dans des clubs, faisions la fête. Bien sûr que nous nous sommes amusées, mais très honnêtement j'ai toujours senti qu'elle avait davantage envie de me voir que l'inverse. Quand j'ai rencontré Magnus, j'ai eu moins de temps pour elle et pour mes autres amis. J'étais tellement amoureuse. Je me souviens qu'elle l'avait mal pris.

— Et comment le montrait-elle ?

De nouveau, il y a dans le regard de Wenche quelque chose de distant, comme si elle était transportée dans le passé.

— C'est sans doute à ce moment-là que l'image que je me faisais de Susanne a vraiment commencé à changer, constate-t-elle, pensive. Chaque fois que nous nous voyions, elle me mettait mal à l'aise, je me sentais coupable ; elle disait souvent que j'avais tout et elle rien. Elle a même eu des mots durs, comme quoi je ne la trouvais pas assez bien pour moi. Et puis, elle n'avait presque plus de travail comme mannequin : elle devait avoir l'impression que son avenir était bouché alors que j'avançais dans la vie.

— Vous avez cessé de vous voir ?

— Non. J'avais mauvaise conscience de passer tout mon temps avec Magnus, alors j'ai toujours eu à cœur de l'inviter à des fêtes ou de lui proposer de boire un verre de temps en temps. Je voulais probablement lui prouver qu'elle avait tort de croire que je me sentais supérieure à elle. Au bout d'un an et quelques, Magnus m'a demandée en mariage, et nous l'avons évidemment conviée. Jounas vous a peut-être dit que c'est à notre mariage qu'ils se sont rencontrés ?

— Oui, il nous l'a dit. Et apparemment elle s'est retrouvée enceinte au bout de quelques mois seulement.

Wenche laisse échapper un ricanement qui tranche avec son amabilité et sa maîtrise de soi. Elle se lève et lisse quelques plis invisibles sur sa jupe.

— *S'est retrouvée enceinte ?* Permettez-moi d'en douter.

Elle s'approche d'une console qui regorge de bouteilles et de carafes en cristal. Elle interroge du regard Karen et Karl qui secouent la tête.

— Eh bien, moi, j'ai besoin d'un petit remontant.

Elle saisit une bouteille et se sert un verre, en avale une gorgée et regagne sa place sur le canapé. Assise, elle retrouve son sourire avenant. Elle porte à nouveau son verre à ses lèvres et le repose sur la table basse.

— Alors vous ne pensez pas que la grossesse de Susanne ait été involontaire ? reprend Karen.

— Personne n'y a cru. Désolée si j'ai l'air indignée, mais j'ai ressenti cela comme une intrusion, comme si elle s'insinuait consciemment dans ma famille.

— Vous ne pensez pas qu'elle et Jounas aient pu être vraiment amoureux ?

Wenche Hellevik hausse légèrement les épaules et soupire.

— Jounas était évidemment attirée par elle, mais je ne pense pas qu'il aurait songé à l'épouser s'il n'y avait pas été contraint. Et du côté de Susanne, je suis d'accord avec mon père : je pense qu'elle était séduite par l'argent et le statut de la famille Smeed. Peut-être qu'elle était vraiment amoureuse de Jounas, mais il n'y a jamais eu d'alchimie entre eux. Pas d'étincelle. Je ne les ai jamais vus s'embrasser spontanément ou se lancer des coups d'œil complices. Pourtant, elle semblait étonnamment satisfaite de la situation. Elle ne manquait jamais une occasion de me rappeler que nous allions être belles-sœurs.

— Et après le mariage, comment décririez-vous leur relation ?

— Je crois que les deux premières années ont été relativement harmonieuses, surtout grâce à la petite

Sigrid qu'ils adoraient tous les deux. Mais quand Jounas a arrêté le droit pour reprendre sa carrière de policier, c'est devenu l'enfer. Papa était furieux, Susanne hystérique et Jounas têtu comme une mule. Ça nous a tous affectés, notre famille a failli être déchirée. Après, rien n'est jamais redevenu comme avant. Nous avons continué à nous voir pour les fêtes et les anniversaires, mais le reste du temps, Susanne et Jounas étaient isolés de la famille. Papa a cessé de les aider financièrement et ils ont dû quitter leur magnifique appartement rue Freyr. Je crois que je ne leur ai rendu visite qu'une seule fois dans leur trois-pièces d'Odinswalla. Susanne n'était plus la même.

— Comment ça ?

— Elle était aigrie, déçue. Elle avait déjà cette tendance, mais là j'ai eu l'impression que ça l'avait engloutie tout entière. Je ne l'avais jamais vue aussi désabusée, aussi résignée. J'ai presque ressenti de la pitié. Et pour être honnête, Jounas se comportait comme un vrai salaud. Je peux comprendre qu'il ait eu envie de suivre sa propre voie, qu'il ait refusé d'obéir aux ordres de papa. Mais il n'a pas pris en compte son entourage, il n'a consulté personne, pas même sa femme. Ironiquement, il est devenu clair que lui et papa étaient faits de la même étoffe ; profondément égoïstes et prêts à tout pour obtenir ce qu'ils désirent.

Une demi-heure plus tard, Karl et Karen sont de retour dans la voiture, plongés dans leurs pensées. Karl finit par briser le silence.

— Tu ne crois pas que… Je veux dire, pouvons-nous vraiment être sûrs que le chef dormait sur son canapé quand Susanne a été assassinée ?

— Pas suffisamment.

— Qu'est-ce que tu veux dire ?

Karen prend une profonde inspiration et souffle l'air lentement.

— Bon, que cela reste entre nous : Jounas a dormi à l'hôtel Strand la nuit d'Oïstra.

Karl tourne la tête si violemment que la voiture fait une embardée.

— Merde alors, Eiken ! Pourquoi ne nous l'as-tu pas dit dès le début ? Tu as raconté au groupe qu'il était rentré chez lui !

— Je sais très bien ce que j'ai dit, et tu as raison : il est rentré chez lui à pied, mais seulement le lendemain matin.

— Tu nous as menti.

— Je n'ai pas dit toute la vérité, mais j'ai bien fait attention à ne pas vous mentir directement.

— Ah bon, pas directement. Vraiment sympa de ta part, dit Karl d'un ton sarcastique.

Karen jette un coup d'œil dans sa direction : il fixe la route, mais ses mâchoires serrées trahissent sa colère.

— Écoute-moi, Karl. Je ne voulais pas raconter à tout le groupe qu'il avait passé la nuit à l'hôtel avec une femme. Mais l'hôtel Strand m'a donné l'heure à laquelle il a quitté sa chambre. Il a eu maximum quarante-cinq minutes pour marcher jusqu'à l'hôtel de ville, prendre sa voiture, conduire jusqu'à Langevik et tuer Susanne. Ça te paraît crédible ?

— Pas vraiment.

Le silence s'installe tandis qu'ils parcourent quelques kilomètres. À nouveau, c'est Karl qui rompt le silence.

— Mais ce n'est pas impossible.

35

Devant la fenêtre, Karen regarde le parking de l'autre côté de la rue. Les arbres imposants du parc des Hollandais se balancent au gré du vent et des feuilles jaunes rejoignent en masse les châtaignes sur le sol. À presque 19 heures, il fait nuit noire, mais dans le halo des réverbères on voit que le trottoir est humide de pluie.

— Ah non, c'est pas vrai ! marmonne Karen en s'approchant de la vitre.

Au même moment, un flocon blanc atterrit sur le carreau où il fond et dégouline. Oui, elle a bien vu : de la neige mouillée. Début octobre. Au moins un mois trop tôt, même pour le Doggerland.

À gauche sur l'aire de stationnement, elle aperçoit sa Ranger ; il serait grand temps de la garer sous l'hôtel de police, se dit-elle. Bientôt il vaudra mieux affronter l'ambiance triste du parking souterrain, avec ses néons clignotants, que s'asseoir dans un véhicule glacial. Et puis, c'est gratuit pour les employés.

Il se fait tard, pense-t-elle, je devrais rentrer avant que la météo se dégrade encore.

Mais elle reste devant la fenêtre. L'autoroute détrempée l'attire aussi peu que sa maison sombre et déserte. Elle voudrait plutôt se laisser envelopper par la chaleur du bar le plus proche, au milieu d'inconnus, écouter le brouhaha et s'enivrer. Rester en ville et venir au bureau aux aurores. Ou bien, scénario plus plausible, dormir une heure de plus demain matin.

Je n'ai pas besoin de rentrer, se dit-elle. La fenêtre de la cuisine est entrouverte, il y a suffisamment de croquettes et d'eau : il s'en sortira seul une nuit. Au même instant, elle se dit qu'elle devrait éviter de laisser la fenêtre ouverte par ce temps, et qu'elle devrait rentrer chez elle installer cette fichue chatière. Refoulant une bouffée de mauvaise conscience, elle attrape son téléphone portable et pianote pour retrouver l'un des numéros les plus composés.

— Salut, trésor ! s'exclame une voix agréablement surprise. Je te croyais morte.

— C'est quasiment ça… Tu es encore en ville ?

— Non, hélas, je suis dans la voiture, presque arrivée. Et toi ?

— Encore au bureau, mais je pensais partir et j'espérais avoir un peu de compagnie.

— Tu m'l'aurais dit plus tôt ! répond Marike avec son fort accent danois. Je n'ai pas le cœur de faire demi-tour avec ce temps. Ils parlent de pluie verglaçante. En octobre ! C'est du jamais vu !

— Vraiment ? J'ai encore moins envie de prendre le volant. Ça te dérange si je dors dans ton atelier cette nuit ?

— Pas du tout, tu as les clefs. Il doit y faire bien chaud, j'ai éteint les fours juste avant d'partir, ils étaient allumés depuis hier. Au fait, comment ça s'organise pour samedi ?

Karen fouille plusieurs secondes dans sa mémoire avant de percuter : dans un moment de faiblesse, elle a invité quelques amis à venir fêter son anniversaire, le dernier du bon côté de la barre des cinquante ans.

— Merde ! Ça m'était complètement sorti de l'esprit !

— Sorti de l'esprit ?

— J'avais d'autres choses en tête. Tu n'as pas lu les journaux ?

— Seulement les pages culture, tu me connais. Non, sérieusement, même moi je n'ai pas pu passer à côté du meurtre de Langevik. Pauvre femme ! Tu travailles sur cette affaire ?

— Pire, je dirige l'enquête.

Marike émet un sifflement admiratif.

— Chic ! Tu nous raconteras les détails les plus croustillants samedi.

Karen hésite avant de répondre.

— Franchement, je ne sais pas si j'aurai le temps. Et il n'y a pas grand-chose à fêter. L'an prochain, en revanche...

— Ce sera une sorte de veillée mortuaire alors. Tu nous as promis des moules.

— Je n'avais pas toute ma tête. Ce qui se passe à Oïstra reste à Oïstra.

— À propos, Kore m'a dit que tu avais dragué un type après mon départ. C'était qui ?

— Personne. Ça n'a rien donné.

Une réponse du tac au tac, trop affirmative pour être crédible.

— C'est ce qu'on dit...

— En tout cas, je n'ai pas le courage d'en parler maintenant.

— Ah, un salopard, comme d'habitude. Tu n'as jamais pensé à baiser avec quelqu'un qui te plaît vraiment ?

Avant que Karen n'ait le temps de répondre, Marike reprend :

— J'arrive à l'embranchement, je te laisse. On en reparlera. Mais si tu as vraiment changé d'avis pour samedi, passe un coup de fil à Eirik et Kore ; je sais qu'ils se faisaient une joie.

Voyons voir..., se dit Karen. Elle est capable de cuisiner des moules les yeux fermés et elle peut acheter du vin un soir en rentrant du boulot. S'il n'y a pas d'urgence dans l'enquête, ça peut coller. Sans compter qu'un peu de compagnie lui ferait le plus grand bien.

— Non, tu as raison. Évidemment que vous devez venir. Mais je n'aurai pas le temps de faire le ménage. Tu prendras du bon pain en ville ? Il n'y a plus de boulangerie digne de ce nom à Langevik. Et s'il se passe quelque chose, je serai obligée de vous abandonner à vos moules.

Quarante-neuf ans, se dit-elle après avoir raccroché. Où sont passées toutes ces années ?

36

Vingt minutes plus tard, elle a traversé le bar bruyant du restaurant *Le Cloître* pour s'installer à une table pour deux. Après un coup d'œil au tableau noir, elle appelle le serveur et commande un cabillaud au beurre fondu et au raifort.

— Et une demi-bouteille du rouge de la maison.

Elle jette un regard circulaire. Au comptoir, les dos forment un mur compact d'où dépassent des bras pour attirer l'attention du barman et passer commande avant la fin de la *happy hour*. Dans la partie restaurant, en revanche, à peine la moitié des tables sont occupées. Feignant de s'intéresser à la décoration, elle observe les autres clients.

Le Cloître se trouve à deux pas du Théâtre national et c'est sans doute là-bas que la plupart des convives continueront la soirée ; peut-être ce couple d'une cinquantaine d'années à qui on vient de servir le dessert ; clairement les quatre femmes d'environ soixante-cinq ans qui, au milieu des rires, commandent une autre bouteille de blanc avec l'addition. Peut-être aussi cet autre couple d'environ trente-cinq ans, même si Karen est moins sûre. La femme s'exprime avec passion tandis que l'homme mastique son entrecôte en jetant des regards envieux vers le bar. À intervalles réguliers, il pousse de petits grognements affirmatifs mais désintéressés. Karen a la même impression que lorsqu'elle voit un parent blasé pousser son marmot sur une balançoire le dimanche matin avec un sourire absent aux lèvres qui signifie : ne va-t-il pas bientôt se lasser ? Ou quelqu'un qui promène son chien et attend patiemment qu'il ait fini de renifler et de faire ses besoins.

La femme ne remarque-t-elle pas le désintérêt de son compagnon ? Y est-elle indifférente ? Est-elle heureuse qu'il la sorte comme un caniche ?

Le serveur apporte l'assiette et un petit poêlon en cuivre empli de beurre fondu. Les pommes de terre fument, le cabillaud montre ses plus beaux atours. Luisant et salé à la perfection. À peine Karen l'a-t-elle effleuré de sa fourchette qu'il se décompose en lamelles. Elle sent le raifort brûler derrière ses paupières et sourit en mastiquant. L'aversion qu'elle pouvait éprouver à aller au restaurant toute seule a disparu au fil des ans et elle ignore les regards intéressés ou compatissants qui se posent sur elle depuis le bar de plus en plus tumultueux. Lorsque la femme du couple assis à côté d'elle lui jette un coup d'œil navré, Karen lève son verre dans sa direction avec un sourire si joyeux que la femme baisse immédiatement les yeux et murmure quelque chose à l'oreille de son mari. Ce dernier tourne rapidement la tête vers Karen et la dévisage avant de reprendre sa position initiale et de continuer à mâcher. Nous sommes deux femmes qui avons pitié l'une de l'autre, songe Karen.

Puis elle repense à Karl. Sa colère lorsqu'il a compris qu'elle n'avait pas dit toute la vérité à propos des agissements de Jounas la nuit précédant le meurtre est retombée, mais une certaine distance s'est immiscée entre eux. Le reste de la journée, il a conservé un ton formel, comme une petite punition. Et pendant la dernière réunion il a été si avare de paroles que c'en était presque inquiétant.

Karl Björken est son collègue le plus proche. C'est vers lui qu'elle se tourne pour discuter, échanger des idées ou pour boire une bière après le boulot. Certes, il n'a jamais ouvertement protesté contre le jargon misogyne employé depuis plusieurs années dans le service, mais il n'a jamais tenu de propos salaces ou insultants. Si je perds sa confiance, se dit Karen, ce boulot va se changer en véritable calvaire.

Arrivée au milieu du cabillaud, elle se fige. Une silhouette familière se découpe près du bar. Dans un instant de panique, elle tourne la tête et se demande comment elle va pouvoir l'esquiver. L'instant suivant, il a fait volte-face et l'a aperçue. Jon Bergman approche à grands pas, le visage radieux. Dans des circonstances ordinaires, elle aurait été heureuse de le voir ; mais aujourd'hui elle doit le faire partir.

— Tiens, tiens, Karen ! Bonsoir ! Tu es seule ? Je peux m'asseoir ?

— Il n'en est pas question, répond-elle en martelant chaque mot.

Il a déjà posé une main sur le dossier de la chaise en face d'elle pour la tirer, mais il interrompt son mouvement. L'air hésitant, il reste debout à côté de la table. Karen pose ses couverts et se penche en arrière.

— Tu sais que je ne peux pas te parler pendant une enquête.

— Je vois, répond-il. Mais tu peux me dire une chose au moins. Smeed est-il toujours suspect ?

— Qui prétend qu'il est soupçonné ?

— Eh bien, quand une femme se fait tuer, il y a fort à parier que c'est par son mari ou son ex-mari. Sauf si vous avez trouvé un autre coupable, bien sûr. C'est peut-être le cas… ?

Karen pousse un profond soupir.

— Je t'en prie, Jon, je ne compte pas révéler quoi que ce soit. Est-ce que je peux manger tranquille maintenant ?

— Alors il y a quelque chose à révéler ? C'est comme ça que je dois interpréter tes paroles ?

— Tu dois interpréter ça ainsi : j'aimerais bien manger mon poisson avant qu'il refroidisse. Et seule.

Jon Bergman ignore son geste vers l'assiette, avale une gorgée de bière et pose son verre sur la table.

— Dis donc ! Ton franc-parler légendaire aurait-il disparu ? Tu n'hésitais pas à dire le fond de ta pensée à l'époque !

— Un peu trop peut-être.

Elle regrette immédiatement ses mots, elle sait que Jon va mordre à l'hameçon sans hésiter.

— Ah ! Ils t'ont bâillonnée ? Tu peux diriger l'enquête, mais pas t'exprimer. C'est pour ça que ce crétin de Haugen s'est occupé de la « conférence de presse ».

Il esquisse des guillemets avec les doigts – elle déteste quand les gens font ça. Puis elle se dit que son plat a eu le temps de refroidir et demande l'addition au serveur.

Heureusement que Jon Bergman est reporter TV et non journaliste pour la presse, elle ne risque pas de lire des citations déformées dans le journal. Ça lui a tout de même coupé l'appétit. Elle sait que d'un moment à l'autre il lui reparlera de ce qui s'est passé plus de quatre ans plus tôt. Une histoire d'amour d'été courte, mais intense, quelques semaines où ils avaient à peine quitté le lit, suivies de quelques mois de rencontres sporadiques. Une aventure sympathique à laquelle elle ne pense presque pas, dans la mesure où Jon et elle fréquentent des cercles différents et ne se croisent que rarement. Or, même si tout cela est du passé, sa crédibilité en prendrait un sacré coup si leur flirt devenait un sujet de discussion à l'hôtel de police. Les fuites dans les médias sont bien trop nombreuses et l'identité de ceux qui ne savent pas tenir leur langue est un sujet de conversation intarissable.

Il est hors de question qu'elle soit assise à la même table que Jon Bergman à boire un verre de vin tant que cette enquête n'est pas terminée. Si tu laisses échapper un seul mot, il ne te lâchera jamais la grappe, pense-t-elle. Elle attrape son sac sous la table et en sort son portefeuille.

— Si tu ne t'en vas pas, c'est moi qui vais partir. De toute façon, je suis pressée, ajoute-t-elle pour tempérer sa sévérité.

— Merde alors, détends-toi, Karen ! Tu peux bien me donner quelque chose, en souvenir du bon vieux temps...

Sans répondre, elle tend sa carte bleue au serveur qui pianote quelques chiffres sur le terminal de paiement, le pose sur la table devant Karen et jette un coup d'œil à l'assiette.

— Ce n'est pas à cause du plat, j'espère ? demande-t-il en contemplant les restes de cabillaud et le beurre qui a durci.

— Nullement, répond Karen. J'ai une urgence.

Elle se lève et esquisse un petit sourire au serveur. Jon Bergman a reculé d'un pas et regarde Karen enfiler son manteau.

— Je ne voulais pas gâcher ton dîner. Est-ce que je peux t'offrir un verre au bar au moins ? Ailleurs peut-être ?

— Pas le temps.

Elle se dirige vers la sortie, le journaliste sur les talons.

— Tu as mon numéro, crie-t-il au moment où elle pousse la porte. Passe-moi un coup de fil.

Elle se retourne, un sourire aux lèvres.

— Oui, Jon, c'est promis. Le jour où je perds ma lucidité, je t'appelle. Mais après la fin de l'enquête.

37

À peine a-t-elle franchi le seuil que la chaleur laissée par les fours éteints l'enveloppe. L'espace d'un instant, elle a envisagé de rentrer à Langevik, sa soirée en ville ayant été abruptement interrompue, mais elle s'est rendu compte qu'elle avait eu le temps de boire presque toute la bouteille de vin. La mauvaise conscience d'avoir pris le volant avec une gueule de bois et une alcoolémie sans doute trop forte dimanche matin la hante toujours. Dans l'archipel, les gens n'hésitent pas à conduire après avoir bu ; la législation est laxiste, les amendes faibles tant qu'il n'y a pas d'accident, et les contrôles rares. Mais Karen Eiken Hornby a prêté serment : maximum un verre avant de conduire. Les clefs de l'atelier de Marike dans le vieux port de Dunker ont scellé cette promesse.

Elle jette son manteau et son sac sur une banquette côté boutique et entre dans la grande salle rectangulaire à l'arrière, là où la belle argile est transformée en art – cette argile si particulière au ton bleu-vert qui a poussé Marike à quitter Copenhague pour Heimö et à y acheter des terres. Un terrain détrempé éloigné de la mer où l'on ne peut ni cultiver ni construire et qui n'est même pas joli, mais qui sous la surface recèle des tonnes de ce qui vaut de l'or à ses yeux.

C'est comme ça que Karen et Marike se sont connues : le propriétaire des terres en question n'était autre que le cousin de Karen, Torbjörn. Un samedi après-midi il y a près de sept ans, Karen était justement chez lui quand une grande femme au regard déterminé avait débarqué sans prévenir dans son vestibule.

La femme portait une carte de la région sur laquelle elle avait entouré au feutre rouge le lopin qu'elle devait acquérir *à tout prix*. Son danois était difficile à comprendre, mais dès lors que Torbjörn avait compris qu'elle y *mettrait le prix*, une étincelle s'était allumée dans ses yeux.

Les négociations avaient ressemblé à une farce. Une fois passé l'étonnement que quelqu'un s'intéresse à ce lopin incultivable au sud-ouest de sa propriété, Torbjörn avait vu là une aubaine. Il s'était vite avéré que la Danoise ne connaissait ni les prix du foncier doggerlandais ni les conditions requises pour bâtir la maison qu'elle voulait. Sans compter la confusion linguistique, liée surtout aux règles de numération danoises incompréhensibles et au système monétaire doggerlandais tout aussi abscons pour un étranger. Tout cela les avait poussés à capituler et à passer à l'anglais, n'en déplaise à leur parenté scandinave.

D'abord amusée, Karen avait écouté les tentatives d'escroquerie de son cousin. Mais elle avait fini par craquer. En dépit des coups d'œil furieux du propriétaire, elle avait révélé la faible valeur de cette parcelle argileuse et inconstructible. Elle avait aussi suggéré que la bande de terre limitrophe donnant sur la rivière Portland, qui historiquement appartenait au même lot, soit cédée en même temps. La Danoise pourrait au moins y construire sa maison et aurait même une très belle vue – du moins d'un côté.

La proposition avait valu à Karen six mois de brouille avec son cousin et une amitié durable avec Marike Estrup.

À présent, Karen soulève un pan de la bâche qui couvre l'une des grandes auges de l'atelier, arrache un petit bout d'argile et le fait rouler entre le pouce et l'index. La terre est douce et élastique entre ses doigts. Elle contemple les sculptures déjà cuites alignées devant la grande baie vitrée. Elle a vu toutes les étapes du processus de création, du début à la fin ; Marike, chaussée de bottes en caoutchouc jusqu'aux genoux qui extrait l'argile du sol derrière sa maison, qui la nettoie soigneusement dans plusieurs eaux, la laisse patiemment sécher et enfin, de toute la force de ses bras, la frappe pour la rendre malléable avant de la transporter dans son atelier à Dunker. C'est là que commence la véritable mutation. Karen est fascinée par la force et la détermination de son amie quand elle crée ; des formes qui semblent sortir du néant, des couleurs qui se transforment dans la chaleur de plus de mille degrés. Elle a vécu le suspense au moment de l'ouverture du four, suivi les yeux inquiets de Marike lorsqu'elle passe au crible les résultats de ses efforts.

Il est néanmoins difficile de comprendre que les sculptures exposées dans de prestigieuses galeries du monde entier proviennent du même morceau de terre poisseux qu'elle a entre les doigts.

Rattrapée par la réalité, Karen se dit que l'assassinat de Susanne Smeed est son propre morceau de terre poisseux. Prendra-t-il forme un jour ? La rencontre avec Wenche Hellevik a nuancé quelque peu l'image de Susanne Smeed ; grandir à Langevik n'a pas dû être facile pour une fillette dont la famille détonnait autant qu'un paon dans un vol de goélands. Cela peut, en partie du moins, expliquer le travail assidu de Susanne pour se conformer, s'intégrer, voire entrer par effraction dans une famille en tout point différente de la sienne. Et son amertume quand tout s'est brisé. Le divorce, le retour forcé au village et la prise de conscience que les terres dont elle aurait dû hériter avaient été vendues et appartenaient désormais à cet homme qu'elle haïssait tant : Jounas Smeed. Il n'aurait pas été étonnant qu'elle lui fracasse la tête à coups de crochet de fer, songe Karen. Mais l'inverse ? Non, il n'y a pas de mobile. Et pourtant, la possibilité théorique existe. Ces quelques minutes agaçantes où il aurait pu, théoriquement, le faire. Si ce n'est pas lui, alors qui ?

Pendant la réunion de la fin d'après-midi, Cornelis Loots et Astrid Nielsen ont présenté un compte rendu exemplaire par sa précision et son niveau de détails de leur seconde visite au centre de soins où travaillait Susanne Smeed. Ils ont interrogé les collègues directs de Susanne, le personnel médical, les agents d'entretien, et à nouveau la directrice, Gunilla Moen. La moitié n'avait rien à raconter sur Susanne, ne la connaissant que de nom et de vue, et n'avait eu que des contacts épisodiques avec elle. L'autre moitié s'accordait pour dire que Susanne, qui gérait les factures, les salaires et les congés, était minutieuse et bien organisée, mais faisait montre d'un manque patent de flexibilité. Elle ne rendait jamais service, même dans des cas d'urgence. Elle n'avait jamais levé le petit doigt pour sortir quelqu'un d'une situation délicate. Une demande de congé déposée sur le bureau de Susanne une minute trop tard n'était jamais acceptée, même si les employés payés à l'heure se pressaient pour assurer les remplacements. Les avances sur salaire étaient systématiquement refusées. Elle avait la fâcheuse habitude de se mêler des affaires des autres, de pointer du doigt les défauts et de toujours remettre en cause les décomptes des heures supplémentaires et les demandes de nouveaux vêtements de travail. Pour résumer en reprenant l'expression d'une des femmes de ménage, Susanne Smeed était une vraie peau de vache.

Personne n'avait pu en revanche fournir de détails sur sa vie privée. Peut-être n'y avait-il rien à raconter. Peut-être qu'aucun des employés du Jardin du Soleil ne s'était intéressé aux passe-temps de Susanne. La plupart savaient qu'elle était divorcée et vivait à Langevik ; les collègues les plus âgés connaissaient même le nom de son ex-mari et savaient qu'ils avaient une fille. Certains savaient que Susanne partait en vacances à l'étranger, mais que les voyages s'étaient faits rares ces dernières années ; cela faisait bien longtemps qu'elle n'était pas rentrée bronzée d'un séjour en Méditerranée ou en Thaïlande.

— Je crois qu'elle avait du mal à joindre les deux bouts, ce qui n'est pas étonnant vu nos salaires, avait dit Gunilla Moen.

Quelques autres informations étaient ressorties de la visite. Environ un an plus tôt, Susanne avait postulé pour le poste de directrice adjointe. Elle ne l'avait pas obtenu, bien qu'elle eût à quelques occasions remplacé Gunilla Moen. Son manque de flexibilité et les difficultés de collaboration soulignées par plusieurs employés étaient trop importants. Après cet épisode, Susanne Smeed s'était isolée, déjeunait toujours seule, déclinait les rencontres entre collègues si elles ne relevaient pas directement du travail. Elle arrivait à 8 heures précises, partait à 17 heures. Ni plus, ni moins.

Mais quand la direction avait décidé d'interdire l'utilisation du portable professionnel à des fins personnelles, elle était sortie de ses gonds. Quatre personnes ont pu témoigner qu'elle avait hurlé à Gunilla Moen qu'elle « savait des choses sur cette institution » et qu'ils « devraient se méfier ». Personne, ni Mme Moen ni les autres, ne disait comprendre de quoi il pouvait s'agir. Certains expliquaient la crise de Susanne par des problèmes de boisson, d'autres par la ménopause.

Si Susanne n'a jamais recommencé ni reparlé de cet épisode humiliant, il a contribué à accroître les tensions avec ses collègues. Quelqu'un avait fini par déposer une plainte, à cause de la dégradation de l'environnement de travail. Susanne avait été convoquée par le directeur des ressources humaines d'Eira pour discuter d'une éventuelle mutation dans l'un des huit autres centres de soins détenus par l'entreprise. Susanne avait refusé. Après un avertissement ferme, elle avait été autorisée à rester au Jardin du Soleil.

Au cours des derniers mois, les absences de Susanne avaient été si nombreuses que Gunilla Moen avait dû recontacter les ressources humaines. Aucune mesure n'avait été prise. Le lundi précédant son assassinat, Susanne avait à nouveau téléphoné pour se faire porter pâle. Cette fois, elle n'avait pas donné de raison. Elle avait simplement laissé un message sur le répondeur. Depuis, elle n'était plus retournée travailler.

Par ailleurs, Karen a reçu le rapport du service informatique sur l'ordinateur professionnel de Susanne. Après que le Jardin du Soleil eut interdit les appels privés sur les téléphones mobiles professionnels, les échanges de mails et l'utilisation d'Internet à des fins privées avaient cessé. Avant, il s'agissait surtout d'achats de vêtements et de produits de beauté en ligne, de quelques plaintes adressées à l'entreprise éolienne, de recours pour des amendes dont elle avait écopé à cause d'arriérés de paiement. Et quelques conversations par mail avec sa fille, souvent unilatérales.

Un message sortait de l'ordinaire. Un e-mail personnel resté sans réponse. Une femme du nom de Disa Brinckmann avait envoyé un e-mail à susanne.smeed@jardindusoleil.dg à la fin du mois de mai, dans un suédois mêlé de danois. Karen a fait passer la feuille imprimée autour de la table.

Chère Susanne,

Tu ne te souviens sans doute pas de moi, la dernière fois que nous nous sommes vues, tu étais très jeune. Mais tes parents t'ont peut-être parlé de moi. Nous avons vécu pendant quelques années dans une communauté à Langevik. J'ai des informations qui pourraient être très importantes pour toi ; pourrais-tu me contacter dès que possible ?

Amicalement,
Disa Brinckmann
0046 40 682 33 26

— Le mail a été envoyé par dbrinckmann@gmail.com, a dit Karen. Susanne n'y a pas répondu, en tout cas pas de son adresse professionnelle.

— Elle peut avoir une messagerie privée. Elle a pu écrire à partir de son propre ordinateur, si elle en avait un, a suggéré Karl. Ou bien elle lui a téléphoné. On a localisé le numéro ?

— Oui, on a une adresse à Malmö. Au sud de la Suède.

— Merci, on sait où se trouve Malmö.

— J'ai essayé d'appeler, a dit Karen sans faire attention à Karl, dont la colère ne s'était visiblement pas apaisée. Mais ça sonne dans le vide. Il n'y a pas de répondeur, je n'ai pas pu laisser de message. Nous allons évidemment continuer à téléphoner, mais vu le caractère asocial de Susanne et l'aversion qu'elle avait pour le style de vie de ses parents, il y a peu de chances qu'elle ait saisi la perche tendue par cette Disa Brinckmann.

La réunion s'est achevée sur un mode mineur. Un vent de découragement, léger, mais bien manifeste, s'est mis à souffler sur le groupe, comme une flatuosité nauséabonde que tout le monde sent mais choisit d'ignorer. D'une voix faussement convaincue, Karen a tenté de remonter le moral des troupes : la conversation avec Disa Brinckmann pouvait donner quelque chose, et ils devaient bien sûr chercher à confirmer si Susanne avait vraiment des informations qui pourraient porter préjudice à Gunilla Moen, au Jardin du Soleil ou au propriétaire. Karen avait aussi souligné que l'enquête n'en était qu'à ses balbutiements, qu'à peine soixante-douze heures s'étaient écoulées. Mais tout le monde savait que ces soixante-douze heures-là étaient cruciales dans l'avancée d'une enquête. Personne ne l'a dit et peut-être qu'elle se fait des idées, mais n'y avait-il pas dans l'air cette supposition : « Si Smeed avait été là, nous aurions progressé davantage » ?

Karen repose le petit morceau d'argile dans le grand bac et essuie ses mains humides sur son jean. Elle entre dans la cuisine exiguë qui jouxte l'atelier et ouvre le réfrigérateur. Elle n'est pas déçue par les provisions de Marike. Certes, sur l'étagère supérieure il n'y a qu'un demi-fromage, quelques bananes, une brique de lait périmée, quelques pellicules photo et une boîte d'olives, mais juste au-dessous elle voit ce qui accompagne à merveille les olives : trois bouteilles de gin et une de vermouth. Des produits de base, pour Marike. Karen ouvre le freezer et en sort un verre à martini.

Elle récupère ensuite son sac sur la banquette dans la boutique, retourne dans l'atelier et s'installe sur le canapé avec un verre plein à ras bord. Dès la première gorgée, elle ressent l'appel de la cigarette. Avec agacement, elle sent qu'elle va devoir tenir sa promesse : elle a remis ses dernières clopes à un clochard au centre commercial de Grenå. Elle envisage un instant de ressortir, de remonter jusqu'à la rue du chantier naval où le tabac ferme tard. Mais elle choisit de s'abstenir, ouvre son sac et en retire un grand sachet plastique au contenu pesant. Elle s'assied en tailleur, se penche en arrière et pose le paquet sur ses genoux. Doucement, elle tire le zip et sort l'album photo qu'elle et Karl ont trouvé dans la commode de Susanne Smeed. Les techniciens en ont enfin terminé l'examen.

Elle contemple l'épais cahier, passe la paume dessus ; la couverture est savamment peinte pour ressembler à du cuir brun, mais les coins abîmés révèlent les couches successives de papier pressé. Puis elle ouvre l'album et inspire l'odeur familière de vieille colle et de poussière.

38

Karen possède trois ou quatre albums photo datant de différentes époques, mais cet album-ci semble renfermer toutes les photographies de la famille Lindgren sur plusieurs décennies. Peut-être a-t-on rassemblé les clichés les plus importants avant de quitter la Suède. Les plus anciens, des photos de studio couleur sépia, remontent au début du XXe siècle. Probablement les aïeux d'Anne-Marie et de Per. Karen lit les noms suédois et les dates soigneusement inscrits sous les portraits : Augusta et Gustav, 1901 ; Göta et Albin, 1904. Dans les deux cas, la femme en robe noire et chignon serré se tient derrière son mari endimanché, assis sur une chaise à barreaux. Des noms, une date, mais aucune explication quant à l'identité des personnes.

Les pages qui suivent rassemblent des images des parents et amis de la famille Lindgren tout au long du XXe siècle ; plus le temps passe, moins les pauses sont solennelles, plus on trouve des motifs quotidiens : un homme, Rudolf, en costume et bottines, appuyé contre une Ford T, 1927 ; Anne-Greta, une femme plantureuse et hilare en robe des années trente et chaussures blanches dans le jardin d'une maison. Date : 1933. Une autre photographie, probablement prise à la même occasion, montre un jeune homme, Lars-Erik, en casquette de bachelier, le bras autour de la même femme, sur le perron d'un pavillon en bois jaune. La mère et le fils, se dit Karen.

L'année suivante, une dénommée Ulla exécute des mouvements de gymnastique sur une poutre ; puis un cliché représente les garçons Karl-Artur et Eskil qui, en 1935, sautent d'un ponton en compagnie d'enfants anonymes. Des photos miniatures prises durant les années de guerre montrent de jeunes hommes en uniforme au visage sérieux. Quelques femmes en vêtements des années quarante ont l'air transies de froid sur un quai de gare hivernal. L'une d'entre elles agite la main vers l'objectif. Les autres distribuent de la soupe à des hommes en uniforme qui font sagement la queue. L'image est légendée : Katrine-holm, 1943.

Puis Karen découvre une toute petite photographie au paysage familier : elle semble avoir été prise devant une cabane de pêcheur à Langevik. On y voit un couple âgé en train de repriser des filets : Vetle et Alma Gråå, 1947.

À sa grande surprise, elle est émue. Plusieurs de ces images pourraient être extraites de ses albums de famille ; le sentiment d'appartenance qui la frappe soudainement, la conscience de l'absurdité de la vie, de son caractère éphémère, tout cela lui noue la gorge. Des rangées de femmes, d'hommes et d'enfants aux visages sérieux ou aux sourires gais, témoins de différentes époques. Aujourd'hui, tous ces gens doivent être morts. Des générations et des générations qui se sont battues pour leur survie et leur perpétuation – et peut-être pour quelques miettes de bonheur. Tous ces aïeux dont les peines et les joies ne peuvent plus se deviner que sur des photographies pâlissantes. Des gens qui, un jour, ont été aimés, et qui pourtant seront pour la plupart oubliés en quelques générations.

Certains d'entre nous encore plus vite, pense Karen en vidant son verre.

L'irrésistible envie de tabac déferle à nouveau sur elle. Succombant à la tentation, elle gagne la cuisine et ouvre le placard au-dessus du comptoir. Marike s'en grille une de temps à autre, elle le sait. Comme Karen, elle essaie constamment d'arrêter et craque à chaque obstacle en travers de sa route ; la dernière fois que Karen l'a vue fumer, c'était le soir d'Oïstra, en pleurant son émail raté.

Karen laisse courir son regard sur les étagères regorgeant de tasses, verres, assiettes et bols, palpe les endroits inaccessibles aux yeux et là, derrière un saladier à bec verseur en glaise rouge, elle effleure quelque chose de familier. Avec un sentiment de triomphe à peine teinté de culpabilité, elle extrait de sa cachette un demi-paquet de Camel.

Après avoir préparé un deuxième martini dry, ouvert deux fenêtres et enfilé un gilet, elle s'assied à nouveau sur le canapé. Elle envoie un SMS à Marike lui expliquant qu'elle s'apprête à vider sa réserve de cigarettes d'urgence. Elle replace l'album sur ses genoux et poursuit l'examen des photographies. Lars-Erik pourrait être le père de Per Lindgren, songe-t-elle. Pour la famille d'Anne-Marie, c'est plus délicat. Ni les noms de famille ni les liens de parenté ne sont mentionnés. Karen observe avec une curiosité croissante ce chapelet de visages anonymes et de pauses artificielles.

À présent, c'est l'espoir de l'après-guerre qui émane des clichés. S'ils restent en noir et blanc, avec l'entrée dans les années cinquante, les motifs sont de plus en plus proches de ceux d'aujourd'hui : des enfants qui jouent dans une fontaine, trois jeunes filles aux tailles fines, aux coiffures sophistiquées et aux moues séductrices. Un jeune homme en jean et blouson en cuir accroupi près d'une mobylette : Per, 1957. Puis quelques avis de décès : la plantureuse Anna-Greta Lindgren était décédée en 1955 à l'âge de soixante-quatorze ans, regrettée par « son époux, ses enfants et ses petits-enfants ». Encore quelques portraits scolaires ; une fille à la coiffure impeccable et au sourire hésitant : Anne-Marie, 1959. Sur la photographie voisine, un jeune homme aussi soigné, aux cheveux blonds bien peignés, les pommettes émaillées de cicatrices d'acné.

Karen allume une autre cigarette, sirote son martini et tourne la page. Elle est à présent dans les années soixante. Les souvenirs de la famille Lindgren sont transmis dans une explosion de couleurs atténuée par le voile jaune caractéristique qui flotte comme de la brume sur les images. À cette époque, l'appareil photo a été adopté par les particuliers ; la spontanéité donne de la légèreté aux clichés, mais la qualité en souffre. Les photos sont mal cadrées, certains sujets sont coupés en deux. Ce côté brouillon se retrouve dans l'absence de légendes. Noms et dates font défaut. Qu'importe. On reconnaît les années soixante. Les sujets plus âgés portent, certes, des habits qui étaient à la mode dix ou vingt ans plus tôt, ce qui ne fait que renforcer l'impression que la décennie a imprimé sa marque sur la jeune génération. À présent, on retrouve surtout un homme et une femme entre vingt-cinq et trente ans. Anne-Marie et Per. Visiblement très amoureux, ils prennent la pose dans différentes situations, elle en minijupe, lui en pantalon ajusté, parfois seuls, plus souvent avec un groupe d'amis. L'un d'entre eux semble attaché à immortaliser chaque rencontre ; fêtes, dîners, vacances en commun. De plus en plus de femmes enceintes et, à mesure que le temps passe, des bambins. Un jeune homme et une jeune femme donnent la main à un petit garçon jovial qu'ils hissent entre eux ; une jeune femme aux longs cheveux allaite son enfant sur une couverture dans l'herbe verte. Bien que son visage soit à moitié dissimulé, on voit qu'elle sourit.

Karen lâche l'album photo du regard et ferme les yeux. Avait-elle aussi eu ce sourire bienheureux aux lèvres ? À ce moment-là, avant que la colique, la grippe, la varicelle, les otites ne mêlent à la béatitude une inquiétude latente. Là, avant les briques de Lego qui s'enfoncent dans les pieds nus, avant la période d'opposition qui fait de chaque habillage une lutte, avant que la maison ne s'emplisse de ses remarques continuelles, à propos de gants et d'écharpes, de devoirs et de télévision, et pour-l'amour-du-ciel-ne-mange-pas-tes-céréales-à-même-le-paquet, John-peux-tu-lui-apprendre-à-lever-la-lunette-des-W-C et assure-toi-qu'il-porte-sa-ceinture-de-sécurité-tu-sais-bien-qu'il-la-détache-dès-qu'on-a-le-dos-tourné.

Avait-elle aussi contemplé le petit paquet dans ses bras avec un sourire mélancolique, presque triste, comme agité déjà d'un mauvais pressentiment ? Ce qui allait se produire si elle baissait la garde un seul instant ; si elle parvenait à se convaincre de ne pas s'inquiéter pour tout ; si elle n'arrivait pas à éviter le danger.

Mécaniquement, sans même remarquer que ses larmes coulent, elle les essuie d'un revers de main sur le menton et renifle. Sa main ne tremble qu'un peu lorsqu'elle approche le briquet d'une troisième Camel. Quand elle porte son verre à la bouche, ses doigts ont retrouvé leur stabilité. Toujours aussi souvent, pense-t-elle, mais pas aussi longtemps. Ça va mieux.

Avec un gros soupir, elle retourne aux photographies. Elle contemple les images avec une distance toute nouvelle, constate objectivement que la famille Lindgren respecte la mode de la fin des années soixante : pantalons évasés, chemises étriquées, longues robes colorées, raie au milieu. Une dizaine de photos de jeunes gens souriants devant un ciel d'un bleu profond.

Certains de ces jeunes avaient-ils accompagné les Lindgren au Doggerland ? Sont-ils ceux que les clients fidèles du Hare and the Crow avaient décrits en des termes méprisants ? Karen tourne les pages plus vite à présent, jusqu'à tomber sur l'image qui, enfin, relie la vie de Per et Anne-Marie Lindgren en Suède à leur nouvelle existence dans une communauté, bien loin de là.

Une photographie de groupe sur le pont d'un ferry. Karen reconnaît immédiatement le logo vert de l'armateur que l'on aperçoit à l'arrière-plan : le poisson stylisé au-dessus d'une vague orne toujours les navires qui assurent la liaison entre Dunker et Esbjerg.

Trois femmes, deux hommes, trois enfants. Une fillette souriante d'environ cinq ans donne la main à une femme. Une autre femme porte un nourrisson dans une grande écharpe nouée autour de son corps et l'un des hommes tient une poussette dans laquelle est assis un bébé d'environ un an. Les longs cheveux volent au vent et les jupes s'enroulent autour des chevilles.

Ils ont dû demander à un autre passager de prendre la photo, se dit Karen, à moins que leur groupe ait compté une personne de plus. En contemplant les sourires pleins d'espoir, elle est secouée d'un frisson. Certains d'entre eux rentreront en Suède moins de deux ans plus tard. Ceux qui sont restés à Langevik sont aujourd'hui décédés.

La page suivante ne comporte qu'une image intitulée : LANGEVIK, 1970. Sur le cliché, entouré de fleurs et du symbole *peace and love* en plusieurs couleurs, apparaissent huit adultes, quatre hommes et quatre femmes sur deux rangées, postés sur un escalier en pierre qui mène à la porte d'entrée verte à deux battants de la grande maison. Sur l'herbe, à leurs pieds, quelques enfants.

Sous l'image, des noms : Disa, Tomas, Ingela, Theo. Visiblement les personnes du rang supérieur.

Karen s'approche pour examiner la femme à l'extrémité gauche : Disa Brinckmann. C'est à cela qu'elle ressemble. Ou plutôt, *ressemblait* il y a près de cinquante ans. Aujourd'hui, elle doit être septuagénaire. Karen observe à présent la deuxième rangée et lit les noms : Per, Anne-Marie, Janet et Brandon.

Per et Anne-Marie, les parents de Susanne Smeed, songe-t-elle en regardant les visages souriants avec un malaise croissant. La photographie a été prise avant la naissance de Susanne, et, heureusement, les personnes représentées n'auront pas eu connaissance de sa mort tragique.

Les noms de la dernière rangée : Orian, Mette et Love. Orian est un garçon d'une douzaine d'années. Mette, une fillette d'environ cinq ans, tient dans ses bras Love. Fille ou garçon, impossible de le déterminer.

Trois des femmes, deux des hommes et les trois enfants sont probablement les mêmes que sur la photo du ferry. Les autres visages sont nouveaux. Et il n'y a évidemment aucun nom de famille, constate Karen, déçue.

Les autres photographies de l'album ne sont pas collées, mais simplement glissées entre les dernières pages. Quelques paysages pris depuis le port de Langevik, quelques vues de la ferme de Lothorp : la grande maison principale, les deux plus petites, les dépendances, le poulailler et quelque chose qui ressemble à un petit champ de pommes de terre à peine plantées. Un cliché représente un homme aux cheveux longs et aux lunettes rondes posté torse nu sur un toit, un marteau à la main. En le comparant à la photographie de groupe, Karen déduit qu'il doit s'agir de Brandon.

La photographie suivante, un peu floue, représente une femme, possiblement plus âgée que les autres, en train de touiller le contenu d'une grande marmite. Sa longue crinière blond cendré est ramassée en une épaisse tresse qui retombe sur une épaule. Elle porte une robe qui descend jusqu'aux chevilles. Elle se tourne vers l'objectif avec un sourire gêné sans lâcher la cuillère en bois. Nouvelle comparaison avec le groupe. Oui, il s'agit bien de Disa.

Un autre cliché : une femme à la chevelure teinte au henné et au ventre rond sous sa robe en batik se tient le dos, l'air fatigué. Sans doute la même femme que sur le bateau venant de Suède, celle qui portait un nourrisson en écharpe, se dit Karen, en observant la photo de groupe. Ingela. Au moins l'un des enfants doit être à elle et elle est de nouveau enceinte. Pas étonnant qu'elle ait l'air épuisée.

La dernière image représente deux des femmes, assises sur le perron. Il s'en dégage encore, quarante ans plus tard, un sentiment de malaise. L'atmosphère paraît tendue. Anne-Marie, la tête entre les mains, détourne le visage. La rousse, Ingela, lève une paume vers le photographe comme pour l'empêcher de presser le déclencheur.

Une autre vie, songe Karen, c'est sans doute tout ce qu'ils souhaitaient. Une nouvelle époque, de nouveaux idéaux, un nouveau pays.

Ils cherchaient probablement, comme tant d'autres, une vie meilleure. Une existence fraternelle pleine de joie, comme ils se l'imaginaient alors. Pour la trouver, ils avaient embarqué pour un long voyage ; ils avaient tout misé pour toucher du doigt leur rêve. Ils avaient eu le courage et la volonté de bâtir de leurs propres mains l'existence à laquelle ils aspiraient. Pourtant, le mirage s'était dissipé au bout d'un peu plus d'un an.

Manifestement, quelque chose est allé de travers là-bas dans la ferme de Lothorp, songe Karen. Mais quoi ? Soudain, il lui semble plus impérieux que jamais de contacter Disa Brinckmann.

39

Langevik, août 1970

Son cœur est serré dans un étau de mauvaise conscience. La douleur irradie dans son estomac. Per Lindgren se penche en avant et prend de courtes inspirations pour apaiser la crampe. Au bout de quelques instants, il se redresse et se remet à marcher le long du chemin sans avoir la force d'essuyer ses larmes. Comment a-t-il pu faire ça ? Merde ! Comment a-t-il pu ?

La réponse, il la connaît déjà. Cet été ne fut que de longs préliminaires. La bouche rieuse d'Ingela, ses lèvres rouges et pulpeuses si différentes du sourire triste d'Anne-Marie. Ingela qui, les mains noires de la terre du potager, se versait de l'eau de pluie puisée dans la grande cuve sur le front et le dos luisants de sueur. Le regard de Per sur les formes sensuelles qui s'esquissaient sous l'étoffe humide de son débardeur. La joie insouciante d'Ingela, aux antipodes de l'angoisse permanente d'Anne-Marie.

Le regard d'Ingela quand il rencontre le sien ; ses doigts qui lui effleurent l'échine chaque fois qu'elle passe à côté de lui, sa cuisse contre la sienne sous la table, sa langue malicieuse qui lèche le vin sur sa lèvre supérieure en le fixant.

Et lui. Lui qui sait à chaque instant où elle se trouve. Ses yeux qui cherchent les siens en permanence, qui cherchent une reconnaissance et la trouvent toujours. Lui qui un soir, quelques semaines plus tôt, avait ébouriffé les cheveux d'Anne-Marie en riant lorsqu'elle lui avait demandé des comptes. À nouveau. Pourquoi fixe-t-il Ingela comme ça ? Croit-il qu'elle ne le voie pas ? A-t-il couché avec elle ? La femme de Tomas ? L'épouse de son meilleur ami ? Elle veut la vérité. L'a-t-il fait ?

— Ammi, voyons…

Il avait répondu avec un petit rire surpris, si convaincant qu'il était conscient de pouvoir la trahir facilement. Dès cet instant, alors qu'il ne s'était encore rien passé pour de vrai. Il avait utilisé son surnom et une voix si douce que sa colère s'était muée en larmes.

— Tu es jalouse ?

— Dis-moi la vérité, c'est tout.

Il avait nié en bloc et tout retourné contre elle. Non, il n'y avait rien entre lui et Ingela, bien sûr que non. C'est toi qui t'imagines des choses. Et même s'il y avait eu quelque chose, Anne-Marie n'avait aucun droit de l'incriminer. Ils avaient dit que personne ne possédait l'autre. N'était-ce pas justement ce type de valeurs petites-bourgeoises qu'ils cherchaient à fuir ?

— Mais pourquoi ne me dis-tu pas la vérité ? avait-elle insisté.

Quand il l'avait accusée de l'étouffer, elle avait fini par battre en retraite, par céder, par lui dire qu'elle le croyait. Percevant l'inquiétude dans les yeux de sa femme, il s'était promis de s'abstenir de contempler la poitrine et les lèvres d'Ingela. C'était la femme de Tomas, bon sang ! Et il aimait Anne-Marie. Du fond du cœur.

Oui, je l'aime, se dit-il en fixant la mer. Vraiment. Elle ne doit jamais savoir, sinon je la perdrai. Et Tomas aussi. Je perdrai tout ce qu'on a construit ensemble. Soudain, une rage déraisonnable s'empare de lui.

Pourquoi doit-il être si durement jugé ? Brandon, ce vicelard, zieute aussi Ingela dès que Janet a le dos tourné. Et Dieu sait ce qu'il a fichu avec la sœur de Theo quand elle est venue lui rendre visite deux semaines plus tôt.

D'ailleurs, n'était-ce pas Tomas qui avait plaidé pour l'amour libre ? Affirmant qu'on ne peut posséder autrui, que l'amour n'a pas de frontières. N'avait-il pas accepté Ingela après trois ans de séparation lorsqu'elle est revenue, la queue entre les jambes, à la recherche de sécurité ? Ne l'a-t-il pas aimée bien qu'elle ait eu des rejetons avec un autre ? N'a-t-il pas dit que tous les enfants sont les enfants de tous ? Il s'est occupé des gosses d'Ingela comme s'ils étaient les siens. Il les a nourris, portés, changés, et tout le tralala.

C'est ce qu'ils avaient déclaré. Nous partagerons tout : la propriété, le pain, le vin, le travail, les bonheurs et les malheurs. L'esprit de communauté, la liberté et l'honnêteté devaient marquer leur vie à la ferme. Et l'amour. Pour le reste, tout irait bien.

Le problème, c'est que personne n'était vraiment réglo ; ni Brandon qui trompait Janet, ni Theo qui cachait l'herbe la plus pure dans son matelas. Ni même Anne-Marie qui disait le croire alors que ses yeux la trahissaient.

Et lui, surtout. Lâche, comme un voleur au milieu de la nuit, il avait tiré parti de l'absence de Tomas qui avait dû rentrer en Suède.

Mon meilleur ami laisse sa famille dans ma ferme pour aller enterrer sa mère et j'en profite pour baiser sa femme ! songe Per en se vautrant dans la honte. Et pas seulement une fois ; ils avaient continué après le retour de Tomas ; ils avaient trouvé en pouffant de rire des occasions, des lieux, jouissant de leur secret, échangeant des regards à table lorsque personne ne les voyait.

Personne ne les voyait, n'est-ce pas ?

Plus jamais, se promet-il. Plus jamais, dit-il à voix haute.

Personne ne doit apprendre que l'enfant qu'attend Ingela n'est pas celui de Tomas. Cette fois-ci non plus.

C'est ton enfant, Per, lui avait-elle dit. J'en suis sûre.

Il n'avouera rien, ni à Anne-Marie ni à Tomas. Pourquoi devrait-il être intègre quand les autres ne le sont pas ? Ingela ne doit pas parler non plus. Elle sait qu'Anne-Marie serait brisée.

Et Tomas… Cette fois, il ne pardonnerait peut-être pas aussi facilement, lui a suggéré Per. S'ils crachent le morceau, tout sera perdu : la ferme, leur amitié, sa relation avec Anne-Marie.

Ingela a fini par promettre de garder le silence. Oui, elle a juré.

Le problème, c'est qu'elle est tellement… imprévisible.

Per fait demi-tour et se dirige vers la ferme. Je dois lui parler à nouveau, pense-t-il. Maintenant, avant qu'il ne soit trop tard.

40

— Sérieusement, qui fait de la randonnée en Espagne ? Encore une de ces lubies suédoises !

Karen se penche en arrière dans son fauteuil avec une telle force qu'il roule vers l'arrière et vient heurter le bureau inoccupé de Johannisen.

Personne ne répondait chez Disa Brinckmann à Malmö, mais Astrid Nielsen a réussi à dénicher une certaine Mette Brinckmann-Grahn, la fille de Disa, qui vit à Lomma, non loin de Malmö, avec son fils de vingt-trois ans. Lorsque Karen a appelé, elle est justement tombée sur le fils, Jesper Grahn.

Malgré le dialecte du sud de la Suède difficilement compréhensible, elle est parvenue à saisir que Jesper Grahn ne savait rien des contacts éventuels entre sa grand-mère et une Susanne Smeed au Doggerland. En réalité, Jesper Grahn ne semblait guère intéressé par les faits et gestes de la vieille dame. Peut-être était-elle en Espagne.

— Une randonnée pour trouver Jésus. Un truc dans le genre, a-t-il dit en diphtonguant chaque voyelle. Vous demanderez à ma mère, elle rentre dans une heure.

Et lorsque Karen a finalement parlé à Mette Brinckmann-Grahn environ une heure plus tard, elle a confirmé l'information. Disa Brinckmann était partie à Saint-Jacques-de-Compostelle. Elle serait sans doute de retour dans une dizaine de jours.

— Ma mère est très dévote. Ça doit être la troisième fois qu'elle fait le pèlerinage. Ce n'est pas un voyage organisé. En général, elle reste deux, voire trois semaines. Mais je crois qu'elle a des places pour un concert à Malmö le week-end prochain. Elle devrait au moins être rentrée à ce moment-là.

— D'accord. Est-ce que votre mère possède un téléphone portable ? Je n'ai pas trouvé de numéro.

— Oui, mais il est à mon nom ; c'est moi qui paie les factures. Elle l'a eu à Noël et il est ici, sur la table de ma cuisine. Quand je l'ai conduite à l'aéroport, elle m'a priée de le conserver.

— Pourquoi ?

— Elle ne voulait pas l'allumer pendant son pèlerinage : il s'agit d'un temps de silence et de réflexion. Et puis, elle devait avoir peur de le perdre. Je lui ai demandé comment la joindre en cas d'urgence et elle m'a répondu que l'expérience serait gâchée si son portable sonnait. Dans ces cas-là, ça ne sert à rien d'insister. Voulez-vous quand même le numéro ? Puisqu'elle sera bientôt de retour.

Avec un soupir silencieux, Karen a noté le numéro et changé de sujet.

— Est-il vrai que vous et votre mère avez vécu dans une communauté à Langevik au début des années soixante-dix ?

Mette Brinckmann-Grahn a marqué une pause de quelques secondes avant de répondre d'une voix un brin moins chaleureuse.

Elle est sur ses gardes, s'est dit Karen.

— Oui, tout à fait, mais cela fait plus de quarante ans. Nous sommes rentrées en Suède avant que je commence l'école. Pourquoi ces questions ?

Karen a présenté la situation : une certaine Susanne Smeed avait été retrouvée morte et la police du Doggerland savait que Disa avait cherché à la joindre quelques mois plus tôt. À présent, ils posaient des questions de routine à tous ceux qui avaient été en contact avec Susanne Smeed au cours des derniers mois.

— Savez-vous pour quelle raison votre mère a contacté Susanne ?

Cette fois-ci, la réponse est venue du tac au tac.

Karen a patienté, laissant Mette Brinckmann-Grahn développer.

— Elle cherche sans doute à renouer des liens avec d'autres personnes de cette époque. Ma mère est un peu… comment l'exprimer ? Elle est très attachée aux années soixante-dix, en quelque sorte. Mais elle vous en dira davantage lorsqu'elle sera rentrée.

Mette a promis de demander à sa mère de contacter Karen dès son retour, voire plus tôt si, contre toute attente, elle donnait de ses nouvelles depuis l'Espagne.

Karen ferme les yeux, repense aux mots de Jesper Grahn, « une randonnée pour trouver Jésus », et part d'un petit rire. Oui, c'est une façon de le dire. Elle a lu des articles sur le pèlerinage de Saint-Jacques-de-Compostelle, vu de somptueuses photographies des différents chemins. Mais l'expérience ne l'a jamais tentée. Les quelques onces de foi héritées de sa famille – pendant les semaines d'été qu'elle passait avec ses cousins à Noorö, ses grands-parents paternels avaient consenti quelques maigres efforts pour la rapprocher de Dieu – avaient volé en éclats un mardi de décembre onze ans plus tôt.

Non, un pèlerinage à pied n'est pas à l'ordre du jour pour Karen Eiken Hornby. Et comment diable une femme qui doit avoir soixante-dix ans bien sonnés a-t-elle la force d'arpenter les routes poussiéreuses d'Espagne pendant plusieurs semaines ?

— Et comment peut-on être remis sur pied seulement quelques jours après une crise cardiaque, maugrée-t-elle.

Agacée, elle foudroie du regard le bureau de Johannisen avant de rouler jusqu'au sien.

L'épouse d'Evald Johannisen les a informés qu'il sortirait de l'hôpital le lendemain. Dans le meilleur des cas, il sera de retour au boulot quelques semaines plus tard.

— Une angine de poitrine, corrige Karl. Ce n'était pas une crise cardiaque. Mon vieux se shoote aussi à la nitroglycérine et aux inhibiteurs calci…

— Oui, oui, mais ton père est dentiste, pas flic ! l'interrompt-elle sévèrement. Johannisen devrait profiter de l'occasion pour partir à la retraite. Il n'était déjà pas dans une forme olympique avant de s'effondrer. Comment imagine-t-il qu'il va tenir le coup ?

— La question est surtout comment toi tu vas tenir le coup. Tu as l'air légèrement sur les nerfs, déclare Karl tranquillement. Tu as déjeuné ?

— Pas faim. Tu m'étonnes que je suis sur les nerfs. On pédale dans la semoule ! Ça fait presque une semaine et on n'a toujours rien !

— Ça fait quatre jours, nuance Karl en se levant. Il peut encore se passer beaucoup de choses, comme tu l'as dit toi-même à la réunion d'hier.

— Je mentais.

— Oui, j'ai cru comprendre que ça t'arrivait.

— Je croyais qu'on en avait fini avec cette histoire, bordel !

Karl a sans doute raison. Un léger vertige l'informe que l'hypoglycémie la guette.

— Du calme, Eiken.

— Pardon. J'en ai assez que nos pistes ne mènent nulle part ! À chaque fois, on se retrouve le bec dans l'eau. Quelqu'un a assassiné Susanne Smeed ; nous ne savons ni qui ni pourquoi !

— Bah, elle n'était pas très populaire. Pas impossible que quelqu'un ait eu un mobile.

— Je ne suis pas très populaire non plus, mais personne ne m'a fracassé le crâne à cause de ça.

— Pas encore..., ricane Karl. Johannisen ne serait pas contre. Moi non plus, parfois.

— Je suis sûre que Haugen va refiler le bébé à quelqu'un d'autre si nous ne proposons pas bientôt quelque chose qui ressemble de près ou de loin à une théorie. Et puis j'ai l'impression que le groupe est déjà à bout de souffle.

— Moi, en tout cas, j'ai faim et je vais manger à *L'Entrepôt*. Tu m'accompagnes ? Ils ont du sprat en ce moment, c'est exquis...

Avec un soupir, elle se lève et attrape son manteau sur le dossier de la chaise.

Un quart d'heure plus tard, ils sont attablés à côté de la fenêtre. Il est près de 14 h 30 et le rush de midi est passé. Avalant une gorgée de bière, Karen contemple le port.

Les grands bateaux de pêche mouillent désormais à Ravenby, mais les chalutiers et les petits fileyeurs sont amarrés ici, à côté des canots légers en aluminium des pêcheurs d'huîtres. Des plongeurs regroupés au bord du quai discutent et gesticulent, visiblement indignés. Peut-être pestent-ils encore contre la concurrence des parcs à huîtres de Frisel ? Un peu plus loin, Karen aperçoit un homme qui pousse un caddie où il stocke des canettes à consigner. Elle le reconnaît : c'est le vagabond qu'elle a vu dormir sur la plage, le lendemain d'Oïstra.

Il s'est passé tellement de choses depuis qu'elle s'est réveillée dans une chambre d'hôtel aux côtés de son chef qu'elle a à peine eu le temps de se vautrer dans les remords. À l'évocation mentale de cet épisode, un malaise l'envahit. Elle détourne rapidement la tête.

— À la bonne heure, fait Karl avec satisfaction quand le serveur apporte leurs assiettes et une corbeille de pain.

Karen sent son ventre gargouiller lorsqu'elle hume les effluves de poisson croustillant, de beurre à l'ail, de citron et de persil. Et de pain au levain encore chaud. L'ail est un ajout tardif ; les anciens dégustent toujours leur sprat avec du saindoux fondu, un filet de vinaigre et de l'ail des ours haché, si la saison l'autorise. Avec satisfaction, elle note le léger craquement quand la fourchette s'enfonce dans le premier poisson.

— Tu avais raison, Karl, reconnaît-elle avec un sourire. J'étais affamée.

Ils mangent en silence. Karl sauce les dernières gouttes de beurre fondu avec un morceau de pain, avale quelques gorgées de bière, se penche en arrière et observe Karen en dissimulant un hoquet derrière sa main.

— Tu crois que Jounas est coupable ? demande-t-il. On dirait que tout le monde se pose la question. Tu le penses vraiment ou tu veux juste le faire bisquer ?

— Le faire bisquer ? Ce n'est pas moi qui ai décidé de le suspendre ! Même Haugen s'est rendu compte que c'était la seule chose à faire.

— Je sais, répond Karl calmement. Mais c'est toi qui as interrogé Smeed. Tu es la seule à pouvoir déterminer si son alibi pour dimanche tient la route. Et tu as l'impression que non.

— Je suis la première à en être chagrinée, crois-moi. Je n'ai jamais demandé à me retrouver dans une telle situation.

— Alors tu n'as pas pour ambition de devenir cheffe à la place du chef ? Avoue que l'idée ne te déplaît pas.

Leurs yeux se rencontrent. Elle ne sourit pas.

— Pas de cette manière. Soit Jounas revient et me mène la vie impossible, soit il ne revient pas. Dans les deux cas, je n'obtiendrai pas le poste de manière permanente.

— Pourquoi pas ? Parce que tu dilapides l'argent en achetant des machines à café de luxe ?

— Parce que cela voudrait dire que j'ai contribué à accuser Jounas d'assassinat. Et parce que la famille Smeed exerce son influence jusque dans la direction de la police. Tu sais que l'oncle de Jounas est marié à la sœur de Haugen ?

— Tu insinues que c'est pour ça qu'il a obtenu le poste ?

— Pas seulement. Jounas est un excellent flic. Antipathique et arrogant, mais rusé comme un renard, tu le sais aussi bien que moi. Et les mecs l'adorent. Johannisen lui lécherait les pompes s'il le lui demandait.

— Alors, qu'est-ce qui ne tient pas dans son alibi ? Reprenons la chronologie.

— J'ai vérifié avec l'hôtel où Jounas a passé la nuit : ils confirment qu'il a quitté sa chambre au plus tôt à 9 h 05. La femme de ménage a vu la pancarte « ne pas déranger » sur sa porte.

Karen boit une gorgée de bière et poursuit :

— Sa voiture était garée près de l'hôtel de ville. Il a pu marcher jusque-là en maximum six ou sept minutes. Il lui resterait quarante-cinq minutes pour rejoindre Langevik et assassiner Susanne. Selon Brodal, elle a pu être tuée à 10 heures, même si cela s'est probablement passé plus tôt. Tu as entendu comme moi qu'il ne peut pas donner un horaire plus précis. Personnellement, il m'est déjà arrivé de rallier Langevik depuis Dunker en un peu moins d'une demi-heure, mais généralement il faut plutôt quarante minutes.

— Dix minutes, ce serait la fenêtre de tir.

— Oui.

— Qu'en pense Haugen ?

— Il est agacé, bien sûr, mais la procureure Vegen se montre prudente. Elle se rend bien compte qu'on ne peut pas éliminer Smeed de l'enquête tant que cette fenêtre n'est pas refermée.

— Et que dit Jounas ?

— Qu'il a quitté l'hôtel à 9 h 30 et qu'il est rentré chez lui immédiatement. Personne ne l'a vu partir, ça peut très bien être vrai. Le type de la réception n'était pas cloué à sa chaise, loin de là.

— Et avant 9 heures, tu as pensé à cette éventualité ? Selon Brodal, il est possible que Susanne Smeed ait été assassinée vers 8 heures. Jounas a pu quitter l'hôtel aux aurores et faire l'aller-retour Dunker-Langevik. S'il était si facile de traverser la réception sans se faire remarquer, c'est une éventualité. Tu as parlé à la femme avec qui il a passé la nuit ?

Karen, qui vient de porter son verre à la bouche, se fige si soudainement que la bière lui éclabousse la main. Elle feint de tousser, vain effort pour dissimuler son embarras. Karl la dévisage, les yeux écarquillés, l'air interrogateur. L'instant d'après, il percute.

— Ce n'est pas possible ! Dis-moi que je rêve !

— De quoi tu parles ?

Elle repose son verre sans croiser son regard. Sa voix est calme, mais ses joues sont brûlantes. Elle sait que ça se voit. Il a lu dans son jeu en moins d'une seconde. Lui aussi, c'est un flic perspicace.

À présent, il la contemple en silence. Elle se prépare à la pluie de sarcasmes qui va s'abattre sur elle. Il ne le répétera pas, les collègues n'en sauront rien, mais l'idée que Karl soit au courant suffit. Karen Eiken Hornby a passé la nuit avec le chef.

Il ne la pousse pas à avouer, il sait que ça ne sert à rien de lui demander s'il a raison.

— À quelle heure as-tu quitté l'hôtel Strand ?

— 7 h 20.

— OK, alors ma théorie ne tient pas. Tu en veux une autre ? Moi j'en ai besoin en tout cas.

Il fait signe à la serveuse et commande deux bières après avoir enregistré le hochement de tête las de Karen.

— Eh bien, dit-il en se tournant à nouveau vers sa collègue. Tu regrettes ?

— À ton avis ?

— Je ne vais pas te demander comment c'était. J'imagine que tu ne dois pas t'en souvenir.

— Oïstra, tu sais..., répond-elle en s'efforçant de sourire, mais sans y parvenir. Tu ne dis rien à...

— Si, bien sûr, je vais de ce pas en parler à Haugen. Puis j'appellerai Jounas pour lui demander si tu es un bon coup. Pour qui me prends-tu ?

— Pardon. Merci.

Nouvelle ébauche de sourire qui se change en rictus nerveux. Elle accueille avec reconnaissance la nouvelle bière apportée par la serveuse. Ils boivent en silence, puis Karl reprend la parole.

— Bah, si on m'avait donné cinq marks pour chaque mauvais plan cul, je serais riche. Mais, plus sérieusement, Eiken, toi et Smeed... jamais je n'aurais pu l'imaginer. Tu as dû te payer une gueule de bois carabinée dimanche !

Il semble frappé par une autre idée.

— Et juste à ce moment-là, Haugen t'appelle pour te dire que la femme de Smeed a été refroidie.

— Ex-femme, le corrige Karen.

Karl Björken se penche vers elle avec un petit sourire narquois.

— Je vois, je vois. C'est pour ça que tu insistais pour aller voir Jounas seule. Tu m'as bien eu ! « C'est par égard pour Jounas », que j'ai dit à Johannisen.

Les yeux rivés sur la table, Karen ne dit rien.

— Tu as dû passer un sale quart d'heure, Eiken. Ça te fera les pieds !

Vers 15 heures, ils sont de retour à l'hôtel de police. Karen s'efforce de refouler sa honte en épluchant les rapports reçus au cours de la journée. Tous les pays interrogés ont désormais répondu concernant le casier judiciaire des passagers du ferry. L'Italie a indiqué qu'un de ses ressortissants avait été condamné plusieurs fois pour exhibitionnisme devant des écoles, la dernière fois à huit mois de prison ouverte. Il a ensuite pu rejoindre sa femme et ses enfants dans sa villa proche de Palerme. Aujourd'hui, écrit Cornelis Loots, il souffre de graves rhumatismes. Il se déplace parfois en fauteuil roulant.

Quelques instants plus tard, Karen jette un coup d'œil à sa montre et constate que la réunion de l'après-midi commence dans six minutes. Abattue, elle se dirige vers la machine à café. Quelque chose s'agite dans un coin de son cerveau lorsqu'elle fixe le café bien noir en train de couler dans sa tasse. Quelque chose de proche, qui disparaît dès qu'elle essaie de l'attraper. Une vague impression d'avoir entendu ou vu quelque chose d'important, mais de ne pas avoir tiré le fil jusqu'au bout.

41

— Cinq numéros seulement reviennent régulièrement, avec des appels entrants et sortants. Le numéro direct de Gunilla Moen, celui du directeur des ressources humaines, le standard du Jardin du Soleil, le portable de Jounas Smeed et celui de Sigrid. Il y a aussi des appels passés ou reçus de différents vendeurs et livreurs. Et puis une conversation avec un numéro de téléphone suédois à abonnement et trois avec un téléphone à carte prépayée.

De ses grandes mains criblées de taches de rousseur, Cornelis Loots feuillette à nouveau la liasse au format A4, l'historique des communications du portable professionnel de Susanne Smeed. Lorsque le document est arrivé, quelques heures plus tôt, même Karl Björken a dû admettre que TelAB avait été plus réactif que d'ordinaire.

À présent Cornelis Loots dépose les feuilles agrafées sur la table et lève les yeux vers ses collègues. Ils le contemplent avec espoir.

— Et, ajoute-t-il lentement, comme s'il jouissait de se trouver pour une fois au centre de l'attention, la carte prépayée a été vendue en Suède. À Malmö, plus exactement.

— Ah oui. À Disa Brinckmann, je vous le parie dix marks, rétorque Karl en se penchant en arrière avec un soupir.

Karen, qui s'est emparée de la liste d'appels, tourne à présent les pages, s'arrête et secoue la tête.

— Non, ce n'est pas le portable de Disa Brinckmann, déclare-t-elle. En revanche, le numéro associé à un abonnement lui appartient. Elle a donc finalement réussi à entrer en contact avec Susanne. Elles ont parlé pendant près d'une heure le 21 juin.

— Alors qui est l'autre personne qui l'a appelée ? Quelqu'un qui vit aussi à Malmö ? Est-ce vraiment crédible ? Non, je suis sûr que cette carte prépayée appartient aussi à Brinckmann.

— Susanne n'avait pas le droit d'utiliser son téléphone professionnel pour des appels privés, dit Astrid Nielsen. Elle devait donc en posséder un autre. Toutes les informations intéressantes doivent être contenues dans l'autre portable.

— Oui, c'était sans doute plus qu'un portable alibi, affirme Karl.

Karen interroge Karl du regard.

— Un portable alibi ?

— Oui, pour faire croire à l'employeur qu'on possède un portable personnel : on n'est pas obligé de l'utiliser autrement que pour surfer sur des sites pornos ou pratiquer le chantage par téléphone.

— Tu en détiens un aussi ? Un « portable alibi » ?

— Il ne manquerait plus que ça ! Je suis en service vingt-quatre heures sur vingt-quatre, ricane Karl. Les quelques coups de fil personnels que je passe peuvent bien être payés par le contribuable.

— Moi j'ai un portable personnel que j'utilise, intervient Astrid. Nous souscrivons un abonnement familial avec plusieurs numéros associés.

Ça m'aurait étonnée, se dit Karen. La famille Parfaite fait tout comme il faut : footings, alimentation équilibrée et abonnement familial. Sans doute vont-ils à la messe aussi. Mais au même moment, elle remarque qu'Astrid a l'air beaucoup plus pâle que d'ordinaire.

Elle repousse d'un geste las une mèche qui s'est échappée de sa queue-de-cheval.

— Pour revenir à Susanne, elle a reçu trois appels du portable à carte prépayée sur son téléphone professionnel, continue patiemment Cornelis Loots. Deux appels fin juin : le premier a duré presque une demi-heure et l'autre seulement deux minutes. Plus rien pendant près de trois mois, puis un appel du même numéro. Il semble être allé directement sur le répondeur.

Cornelis marque une pause théâtrale et reprend :

— Cet appel date du 27 septembre à 7 h 15.

— Le 27 ? Mais c'était vendredi !

Le silence règne pendant exactement quatre secondes. Quelqu'un a téléphoné à Susanne deux jours avant son assassinat. Quatre secondes de silence. Cornelis Loots se racle la gorge.

— TelAB nous a également aidés à déterminer d'où a été passé le dernier coup de fil ; il semblerait qu'il soit passé par une antenne-relais située dans le centre de Copenhague.

— Dans ce cas-là, ça ne peut pas être Disa Brinckmann. Elle s'est envolée pour l'Espagne le – Karen feuillette ses notes – justement le 27. Elle n'a pas pu faire un petit saut à Copenhague le jour où elle a pris l'avion pour Bilbao.

Astrid Nielsen, qui pianotait sur son téléphone mobile en silence, tend à présent le bras pour attraper la carafe d'eau tandis que, de l'autre main, elle extrait un antalgique de sa plaquette. Elle paraît exténuée, pense Karen. Je devrais lui parler, lui demander comment elle va. Astrid avale discrètement le comprimé avec de l'eau et prend la parole.

— Ça pourrait très bien être elle. Le trajet Malmö-Copenhague en train ne prend pas plus d'une demiheure. Et il y a beaucoup plus de vols au départ de l'aéroport de Kastrup à Copenhague que depuis

Malmö. Ça aurait pu être la façon la plus rapide de se rendre à Bilbao pour Disa.

— *Si* elle est allée en Espagne, dit Karl. En fait, elle est peut-être venue ici. Je crois que nous disposons de toutes les listes de passagers du 27. Peut-être qu'on trouvera une Disa Brinckmann sur le vol de Kastrup à Dunker.

Cornelis hoche la tête et se lève.

— Je vérifie de ce pas.

La salle de réunion s'est tout à coup emplie de quelque chose que Karen n'a pas ressenti depuis plusieurs jours : l'espoir. Peut-être ont-ils enfin attrapé un fil sur lequel il vaut la peine de tirer.

Dix-huit minutes plus tard, l'espoir s'est effondré avec le retour de Cornelis Loots.

— Pas de Disa Brinckmann dans un vol à destination de Dunker le 27, informe-t-il le groupe d'un air navré.

— Elle a pu arriver plus tôt, vérifions les vols des jours précédents.

— Ça ne servirait à rien, malheureusement, explique Cornelis Loots. Selon SAS, une Disa Brinckmann a bien pris place à bord du vol de 9 h 04 de Malmö à Bilbao le 27 septembre.

Une fois de plus, le silence s'abat sur la pièce.

— Alors la bonne femme se trouvait bel et bien en route vers l'Espagne lorsque cet appel a été passé, dit Karl d'une voix étouffée, mettant des mots sur ce que tout le monde a réalisé. Ça n'était pas Disa Brinckmann. Mais alors qui ?

42

Karen quitte l'autoroute et se dirige vers le centre commercial de Grenå. À bientôt 18 h 30, Tema ne désemplit pas. La cohue des vendredis après-midi dans les magasins est devenue tellement insupportable depuis quelques années que de plus en plus d'îliens font leurs courses pour le week-end dès le jeudi soir. Visiblement, le marathon commence maintenant dès le mercredi. Si ça continue, songe Karen en jetant un coup d'œil sombre à son ticket d'attente au rayon vins et spiritueux, on commencera nos emplettes pour le week-end dès le dimanche soir.

La discipline des Doggerlandais en matière d'achat d'alcool est néanmoins rigoureuse et l'efficacité remarquable. Si au rayon charcuterie les clients sont autorisés à hésiter entre le pâté et le serrano, si à la poissonnerie on leur pardonne de prendre tout leur temps, au rayon alcool, c'est une autre histoire. On sait ce qu'on veut. On passe commande rapidement et sans bafouiller, on règle par carte bleue, on empoche son ticket de caisse et on récupère les bouteilles quelques minutes plus tard au guichet de retrait des articles. Un mode d'achat à la chaîne qui permet de faire défiler rapidement les numéros. Pour une bouteille de vin ou quelques bières, les supérettes au choix limité font l'affaire. Mais pour les achats plus importants, direction les hypermarchés Tema ou Freyja. Justement, c'est ce que Karen a prévu. Elle a beau organiser un dîner sans prétention, il est hors de question qu'elle manque de boisson. Sans compter qu'elle doit reconstituer ses réserves.

Vingt minutes plus tard, elle traverse l'asphalte inégal du parking, manœuvrant son chariot qui émet des cliquetis métalliques.

Elle charge dans le coffre de sa voiture deux caisses de vin, une caisse de bière, deux bouteilles de gin, une bouteille de whisky et un sac rempli d'oignons, d'ail, de beurre et de crème. Satisfaite, elle plante les dents dans une tablette de chocolat qui lui faisait de l'œil juste avant les caisses. Puis elle fait volte-face pour aller ranger son chariot.

Voyons voir… Les moules, elle pourra les acheter vendredi au port. Marike lui a promis de prendre du pain frais en ville. Il faudrait un dessert, non ? Pourquoi n'y a-t-elle pas pensé plus tôt ? L'idée de s'engouffrer à nouveau dans le magasin est loin de la séduire.

Un jeune homme portant l'uniforme rouge de Tema vient de détacher une longue chaîne de caddies et les pousse vers l'entrée. De la tarte aux pommes, se dit-elle, j'ai des tonnes de pommes à la maison. Parfait.

— Excusez-moi, est-ce que vous pouvez prendre celui-ci aussi ?

Le jeune homme se retourne, visiblement fâché d'avoir été interrompu. Avec un soupir, il attrape le chariot de Karen, l'emboîte au début de la file indienne. Avec un effort considérable, il fait redémarrer le long train métallique et Karen observe la silhouette voûtée en pensant au repas du samedi. Une tarte pomme cannelle, classique, ou pourquoi pas une tarte Tatin…

Elle se fige ; l'instant suivant, elle a sorti son téléphone de sa poche de manteau et elle fait défiler ses contacts.

Jounas Smeed répond à la cinquième tonalité.

— Salut Eiken, quel bon vent t'amène ?

Si les mots sont impeccablement sympathiques, son ton acerbe trahit son mécontentement d'être dérangé par son appel. Refusant de se laisser affecter, elle ne s'embarrasse pas de préambule.

— Le type que tu as croisé dimanche matin, celui qui t'a demandé des clopes… Tu te souviens d'autre chose le concernant ?

— Mais enfin, laisse tomber ce truc ! Je t'ai dit que non. Tu sais combien d'alcoolos traînent dans cette ville ? Haugen m'a dit que vous n'avanciez pas, mais ça, c'est le pompon. Vous n'avez rien de mieux que ça ?

— Tu ne te souviens vraiment de rien ? insiste-t-elle. N'importe quoi. Allez, un petit effort !

— Tu veux dire, à part l'odeur de sueur et de vieille cuite ? Je t'en prie, Karen, tu n'es pas assez belle pour être si conne.

Il ricane, visiblement satisfait de sa double insulte, et elle est tentée de lui raccrocher au nez. Ce serait tellement facile d'ignorer tout ça. Ce n'est pas pour Jounas qu'elle renouvelle sa tentative.

— Tu m'as dit que vous vous étiez croisés sur la promenade littorale. Tu as vu d'où il venait ?

— Comment j'aurais pu le savoir ? Il se trouvait au bout de la rue, avant la descente vers la plage. Il tenait à peine debout. Qu'est-ce que tu cherches à savoir, au juste ?

Quelque chose a changé dans la voix de Jounas ; une once de curiosité transparaît sous l'indifférence feinte. Elle hésite avant de poser la question, ne voulant pas l'influencer.

— Est-ce qu'il transportait quelque chose, par exemple ?

Un soupir irrité signale que l'infime intérêt en passe de fleurir s'est fané aussitôt.

— Qu'est-ce que j'en sais ! Je crois qu'il poussait un grand caddie, comme ils ont l'habitude de voler dans les supermarchés, mais je n'ai pas cherché à savoir ce qu'il y avait dedans. Sérieusement, Eiken...

Elle raccroche sans un mot.

43

La rue de la Filature semble déserte lorsque Karen contourne le parc de l'hôtel de ville et continue la rue du Valhalla vers l'ancien établissement de salaison. Elle scrute les environs par les fenêtres latérales en écoutant le vrombissement monotone des essuie-glaces qui, toutes les quatre secondes, chassent la bruine du pare-brise. Arrivée devant le parking souterrain derrière le marché couvert, elle trouve ce qu'elle cherche. Elle freine d'un coup sec, se penche vers la vitre passager et la baisse.

La femme qui s'apprêtait à passer sous la barrière jaune du parking s'arrête en entendant les freins de la voiture. Elle pivote sur ses talons. Instinctivement, elle bombe le torse et esquisse une petite moue, mais cesse immédiatement son petit jeu dès qu'elle découvre qui se trouve au volant.

— Salut, Gro, crie Karen, tu montes te réchauffer ? J'aimerais te poser une question.

Après un instant d'hésitation, Gro Aske s'approche du trottoir, faisant claquer ses bottines à talon. Elle se penche en avant et esquisse un sourire crispé qui révèle l'absence d'une molaire dans sa mâchoire supérieure.

— Mazette ! Tu parles comme les clients !

Ses cheveux décolorés aux racines plus foncées dégoulinent de pluie et le manteau court en fausse fourrure est sans doute un très mauvais choix vestimentaire pour un jour comme celui-ci.

— Tu n'aurais pas un truc à boire ? demande Gro Aske, pleine d'espoir, une fois installée sur le siège passager. J'aurais besoin de quelque chose pour me réchauffer.

Elle souffle sur ses doigts engourdis.

En tout cas, elle a eu le bon sens de laisser la minijupe à la maison aujourd'hui, songe Karen en contemplant le jean qui moule les cuisses maigrichonnes de la femme.

— Non, désolée, répond Karen. Mais je te donne une cigarette, ajoute-t-elle en attrapant le paquet qu'elle vient d'acheter.

Si elle savait ce que je transporte à l'arrière, se dit-elle en songeant aux bouteilles de vin, de bière et de whisky empilées dans son véhicule. Elle ne peut s'empêcher de sourire en entendant le gargouillis qui s'échappe des entrailles de Gro Aske quand elle inspire sa première bouffée et lâche un juron qui se termine en quinte de toux. Cela fait près de dix ans que Karen voit Gro faire le trottoir, mais ce n'est qu'à présent, de près, qu'elle se rend compte à quel point elle est usée : maigre, les yeux caves, la peau grisâtre. Possible qu'elle n'ait même pas trente ans, pense Karen, tentant de dissimuler son malaise.

— Il ne serait pas temps d'arrêter ? demande-t-elle.

— La clope, tu veux dire ? fait Gro avec un sourire ironique.

— Tu sais ce que je veux dire.

— Et faire quoi ?

— Je ne sais pas. Se réveiller sans gueule de bois. Ne plus être obligée de faire le trottoir pour te payer ta came. Peut-être revoir ta fille. Tu aurais une place à Lindvallen si tu voulais te faire aider.

— Je sais. J'avoue que j'y pense tous les matins, dès que j'ai pris mon premier shoot, mais le soir, c'est reparti, j'en cherche à nouveau. Tu sais comment c'est…

Est-ce que je sais ? se demande Karen.

Que sais-je de ces femmes et de ces jeunes filles aux jupes bien trop courtes et aux jambes bleues de froid qui se penchent vers les vitres baissées des voitures ? Que sais-je de ces mères incapables de dormir, imaginant une fourchette plantée dans le tableau électrique, ces appartements sans chauffage où s'entassent les camés, redoutant l'appel qui leur annoncera l'overdose de leur enfant ? Karen sait-elle vraiment à quel point la marche est haute pour se sortir de cette merde ?

En réalité, sa propre incapacité à reprendre le contrôle sur sa vie est peut-être plus proche de celle de Gro qu'elle ne le pense.

Karen décide de ne pas y aller par quatre chemins.

— J'ai besoin de ton aide. Tu connais la plupart des sans-abri ici, non ?

Gro esquisse une moue d'assentiment, mais fixe le bout incandescent de la cigarette sans répondre.

— Je cherche un type qui se promène avec un gros caddie, poursuit Karen.

— Ils sont nombreux à pousser des chariots. On appelle ça les « déambulateurs à clodo ».

Karen s'esclaffe malgré elle.

— Cet homme-là traîne vers la plage et ramasse des bouteilles et des canettes vides.

Gro tire profondément sur sa cigarette, garde la fumée quelques instants dans les poumons avant de la souffler bruyamment.

— Je ne suis pas une balance, tu le sais.

— Oui, je sais, je ne veux pas le coffrer. Si c'était le cas, je ne t'aurais pas demandé.

— De quoi s'agit-il alors ?

— Il peut éventuellement fournir un alibi à quelqu'un, rien d'autre. Je te promets, Gro.

— Et tu n'as rien à boire ?

Karen pose une main sur la clef de contact.

— Tu comptes m'aider ou pas ? Sinon je vais chercher ailleurs.

Gro Aske avale une dernière bouffée de fumée, ouvre la portière, jette le mégot sur le trottoir et la referme.

— Tu parles sans doute du nouveau gars, Leo Friis. Il est plutôt du genre solitaire, mais parfois il traîne dans le parc du Parlement avec les vieux. Vu le temps, ça m'étonnerait qu'il y soit aujourd'hui.

Leo Friis, ce nom m'est vaguement familier, songe Karen. Il a dû passer plusieurs fois par la cellule de dégrisement.

— Et sinon ? Tu sais où il a l'habitude de traîner ?

— Il n'a rien fait de mal, tu es sûre ?

— Promis.

Karen lui tend le paquet de cigarettes, l'invitant à se resservir, et Gro une main bleuie de froid.

— Apparemment il est un peu claustro... Tu es allée voir au Nouveau-Port ? Sous les quais de déchargement ?

44

Son téléphone sonne au moment où elle quitte l'autoroute en direction de Dunker. Karen baisse le son de la radio qui diffuse le journal de 7 h 30 et branche son kit mains libres.

Hier soir, sa tentative pour trouver Leo Friis s'est soldée par un échec. Après vingt minutes à faire le tour des entrepôts et des quais de déchargement avec les phares allumés tels des projecteurs, elle a laissé tomber. La vieille zone portuaire, qui n'a de Nouveau-Port que le nom, n'est pas très grande par rapport à d'autres, mais difficile à fouiller. Si Leo Friis avait élu domicile dans l'un des innombrables espaces, il y aurait plus de chances qu'il la voie avant elle que l'inverse. Et si, comme tous les autres SDF, il était capable de reconnaître un flic à cent mètres, il aurait préféré ne pas se montrer.

En revanche, l'idée d'appeler Sara Inguldsen avait été un coup de génie. Elle avait répondu que non, elle n'était pas en service, mais chez elle, sur le point d'aller se coucher. Mais le lendemain matin elle et Björn commençaient à 5 h 30, et bien sûr qu'ils pouvaient chercher un sans-abri avec un chariot de supermarché dans le coin du Nouveau-Port.

— Il ne s'agit pas de l'amener au poste, avait répété Karen avant de raccrocher. Tenez-vous à distance et dites-moi où il se trouve. J'irai lui parler moi-même.

Et là, ce matin, Sara Inguldsen vient d'appeler Karen, l'informant qu'ils avaient aperçu un homme correspondant au signalement qui remontait du port vers l'avenue de l'Ancienne-Ferme.

Il lui faut six minutes pour le localiser. Le dos voûté, enveloppé dans une couverture en laine grise tirant sur le marron, Leo Friis progresse sur le faux plat de l'avenue, en direction du centre-ville. Karen le dépasse, s'arrête un peu plus loin et descend de voiture. Elle sort son paquet de cigarettes et farfouille dans son sac. Quelle chance que je n'aie pas réussi à arrêter de fumer, se félicite-t-elle. Je pourrais peut-être faire passer mes clopes en notes de frais.

— Excusez-moi, lance-t-elle en voyant Leo Friis s'approcher. Vous n'auriez pas un briquet ?

Il s'arrête et regarde autour de lui, l'air déconcerté, comme s'il se demandait à qui s'adressait sa question.

— Ah non, le voici ! fait-elle, honteuse de son mauvais jeu d'actrice. Vous en voulez une ?

Elle tend le paquet et Leo Friis semble hésiter. Impossible qu'un type comme lui se fasse arrêter dans la rue par une femme qui lui propose une clope sans qu'il y ait anguille sous roche.

— Qu'est-ce que vous me voulez ?

— Leo Friis ?

— Et vous, vous êtes qui ?

— Karen Eiken, répond-elle en lui tendant la main.

Il ne la serre pas. Tiraillé entre l'élan raisonnable qui le pousse à prendre la poudre d'escampette et l'irrésistible envie de fumer qui le taraude depuis la veille au soir, il garde les yeux rivés sur le paquet de cigarettes dans l'autre main de Karen. Elle essaie à nouveau :

— Je suis de la police et, non, du calme, vous n'avez rien fait de mal, je veux juste vous poser une question.

— Je n'ai rien à dire.

Leo Friis amorce un geste pour mettre en route le chariot. Karen jette un coup d'œil à son contenu : des sacs de canettes et de bouteilles vides, quelque chose qui ressemble à un duvet replié, une paire de bottes d'hiver et quelques paquets au contenu douteux. Sans lui barrer tout à fait la route, Karen se décale légèrement pour qu'il soit au moins obligé de la contourner.

— Pas même si vous pouvez m'aider à innocenter quelqu'un d'un crime qu'il n'a sans doute pas commis ?

Leo Friis ne répond pas.

— Vous avez faim ? Je vois que le bistrot là-bas est ouvert, dit-elle aussi vite qu'un opérateur en télémarketing. Un café, des tartines, je vous invite. Et une cigarette. Je vous donne tout le paquet.

Elle indique de la tête le café de l'autre côté de la rue et Leo Friis suit son regard.

— Et vous croyez qu'ils me laisseront entrer ? Vous rêvez.

— Ils vous laisseront entrer si je le demande.

Il mange avec bon appétit en jetant de temps à autre un coup d'œil au caddie garé devant la fenêtre. Heureusement, il a aussi laissé la couverture, et Karen l'a même vu se passer la main dans les cheveux pour avoir l'air plus présentable avant de franchir le seuil. Karen a installé son invité près de la fenêtre et a commandé du café, deux verres de lait, deux tartines au fromage et une au gigot d'agneau d'une voix si assurée que la serveuse s'est abstenue de tout commentaire. Karen ne peut rien changer aux regards méfiants des autres clients, mais Leo Friis ne semble pas les remarquer. Ou peut-être qu'il s'en moque. Heureusement, il n'y a pas foule, et les quelques clients qui entrent choisissent des tables aussi éloignées que possible de ce couple mal assorti.

Elle laisse Leo manger en silence et l'observe en buvant son café. De loin, elle lui aurait donné soixante ans, au moins. En l'examinant de plus près, elle ne lui en donne pas beaucoup plus de quarante. Ses grandes mains couleur lie-de-vin témoignent d'un trop grand nombre de nuits passées dehors. Son visage est à moitié dissimulé par sa barbe, mais le contour de ses yeux est étonnamment peu ridé. Une vague odeur de transpiration et de moisissure émane de lui chaque fois qu'il tourne la tête pour vérifier que ses précieuses affaires n'ont pas bougé.

— Le lendemain d'Oïstra, le matin, se lance-t-elle une fois qu'il a fait passer la dernière bouchée de tartine à l'aide du verre de lait, vous avez dormi sur la plage, c'est juste ?

— Pourquoi ? C'est interdit ?

— Pas que je sache. Je crois que c'est vous que j'ai vu juste après 7 heures. Je me trouvais en face de l'hôtel Strand. J'ai cru vous apercevoir sur la plage. Je me trompe ?

Leo Friis croise son regard au-dessus de sa tasse de café. Il avale une gorgée et hoche brièvement la tête.

— Ce n'est pas impossible. J'ai pu y dormir tout l'été. On n'a ce temps pourri que depuis quelques jours.

— Oui, je me souviens qu'il faisait déjà chaud et je me suis dit que celui qui dormait là, sur la plage, n'allait pas se sentir très frais au réveil. Pour tout vous dire, je ne me sentais pas non plus dans mon assiette ce matin-là.

Leo Friis ne se fend d'aucun commentaire, ni sur la chaleur ni sur le fait que la femme qui lui fait face lui parle de son état ce matin-là.

— Quoi qu'il en soit, quelques heures plus tard, je crois que vous avez repris du poil de la bête et que vous avez remonté la pente qui mène à la promenade. Ce que je voudrais savoir, c'est si vous vous rappelez avoir croisé quelqu'un à cet endroit-là. Une personne à qui vous avez essayé de taxer une cigarette.

Il affiche une expression ahurie, les yeux vides, comme s'il n'avait pas compris la question. C'est une bouteille à la mer, que personne ne va récupérer. Comment a-t-elle pu imaginer qu'un homme qui vit comme Leo Friis puisse se rappeler où il était et avec qui il a parlé cinq jours auparavant ? Il doit déjà se féliciter de se souvenir de ce qu'il a fait une heure plus tôt.

— Et si c'était le cas..., répond-il, la voix traînante.

— Alors, c'est oui ou non ?

— Écoutez, je ne suis pas complètement à l'ouest. Pas encore. Oui, je me rappelle avoir parlé avec un gars.

— Vous êtes sûr ? À quoi ressemblait-il, vous vous souvenez ?

— Non, enfin, c'était un type normal. Un de ces mecs en costume qui traînait en ville à la mauvaise heure. Mais à part ça, il avait l'air sacrément attaqué. Pas beaucoup plus en forme que moi.

— En costume, vous dites ?

— Oui, mais je ne peux pas vous dire la marque. Armaaani peut-être ou Hugo-nazi-Boss.

Leo Friis prononce ces noms d'une voix nasale et Karen s'étonne qu'il connaisse les créateurs de mode. Mais après tout, pourquoi pas ; quelque chose lui dit que cela ne fait pas très longtemps que Leo Friis vit à l'écart de la société. Les marques laissées par l'alcool ne sont pas encore très profondes.

— OK, dit-elle avec un sourire, passons sur les détails vestimentaires. Par contre, j'aimerais savoir si vous avez une idée de l'heure qu'il était. Je comprends que vous ne vous souveniez pas exactement, mais...

— 9 h 40.

Karen le dévisage, sceptique.

— 9 h 40 ? Et vous vous en souvenez, comme ça ?

— Oui, comme ça. Réfléchissez un peu, madame la flic.

Quelque chose dans sa voix lui fait ravaler sa question suivante et obéir. Elle réfléchit. Qu'est-ce qui peut faire qu'un type qui a cuvé son vin sur la plage pendant la nuit, qui vient de se réveiller en sueur et avec la gueule de bois, se souvienne exactement de l'heure qu'il était ? Elle y est.

— Les magasins de proximité ! Ils ouvrent à 10 heures le dimanche.

— Bingo. Quatre bières et un petit paquet de clopes. Et un saucisson ! Ce matin-là, j'étais particulièrement riche. Il y avait des bouteilles et des canettes vides partout sur la plage ! Le problème, c'est que quand je me suis réveillé, les supérettes n'étaient pas ouvertes pour les consigner.

Leo attrape la cafetière et se sert une tasse avant de continuer.

— Je surveillais l'heure sur le clocher de l'église Sainte-Marie en remplissant mon caddie. Et quand ce type s'est pointé, je me souviens m'être dit qu'il fallait attendre encore vingt minutes avant de pouvoir acheter des clopes. J'avais tellement envie de fumer que je lui aurais fait les poches s'il ne m'en avait pas donné de son plein gré.

45

— Magnifique ! J'appelle Jounas de ce pas pour lui annoncer la bonne nouvelle ! Bon boulot, Eiken, bravo !

Dans le bureau de la procureure Dineke Vegen, Viggo Haugen, le visage radieux, esquisse un mouvement pour s'arracher à son fauteuil. Il s'interrompt, s'enfonce à nouveau dans l'assise confortable et se tourne vers le siège d'à côté. La tête inclinée sur le côté, il pose sur Karen un regard navré.

— Jounas Smeed peut donc reprendre ses fonctions. Je vous félicite pour votre contribution, Eiken, mais plus rien n'empêche désormais Jounas de diriger cette enquête. Vous saviez bien que ce remplacement était temporaire, n'est-ce pas ?

Karen lui lance un regard étonné. Oui, Smeed peut reprendre sa place comme chef de service, mais elle n'avait pas envisagé qu'il puisse diriger l'enquête.

Dineke Vegen se racle la gorge.

— Attends un peu, Viggo, réplique-t-elle. Jounas peut être rayé de la liste des suspects, c'est une excellente nouvelle. Mais il ne peut pas s'occuper de cette enquête.

Viggo Haugen se penche en avant, prêt à protester, mais elle l'en empêche d'un geste de la main.

— Même si aucune suspicion ne pèse plus sur lui, il a des liens très étroits avec la victime. Si j'ai bien compris, vous n'avez toujours pas de suspect ni de théorie concernant un mobile ?

Karen opine du chef avec réticence. Dineke Vegen a raison, elle en est amèrement consciente. Viggo Haugen saute sur l'occasion.

— C'est justement pour *ça* que nous avons besoin de Smeed ! Ce n'est pas contre vous, Eiken, mais cela fait cinq jours sans aucun progrès.

— Non, Viggo, répond Dineke Vegen, patiente, c'est justement pour ça que Jounas ne doit pas prendre part à l'enquête. Il faut procéder à d'autres auditions, élargir le cercle. On ne peut pas lui demander d'interroger les membres de sa famille. Sa fille, par exemple.

— Sa fille, râle Viggo Haugen. Elle a déjà été entendue, non ? Et son petit ami aussi, si j'ai bien compris le rapport de ce matin.

— C'est vrai, Karl Björken a parlé à Samuel Nesbö hier soir. Il a confirmé la version de Sigrid, avec le concert tardif et la dispute. Ce qui ne veut pas dire, en effet, qu'ils ont un alibi pour le dimanche matin. Cela signifie seulement qu'elle n'a pas menti sur ce qu'elle a fait le samedi soir. Sauf s'ils racontent tous les deux des craques, ajoute Karen.

Haugen la foudroie du regard.

— Pour le moment, nous ne pouvons exclure ni la fille ni son petit ami, affirme Dineke Vegen.

Viggo Haugen ne lâche pas le morceau.

— Et quel serait le mobile, selon vous ? Susanne ne laisse pas beaucoup d'argent, et cette maison…

— Ce n'est pas l'objet de notre discussion, l'interrompt la procureure, d'un ton tranchant. Que ce soit bien clair : il est hors de question que Jounas participe à cette enquête. Encore moins qu'il la dirige. Tu sais que je n'aime pas me mêler du travail de la police sur le terrain, bien que, en tant que procureure, j'aie aussi le droit de superviser l'enquête. Cette fois-ci, je n'hésiterai pas à agir si j'y suis obligée.

— Espérons que nous n'en arriverons pas là. Nous réussissons habituellement à nous entendre, pas vrai ?

Karen évite de regarder le commissaire général : quand un homme de son rang se fait rabrouer par une supérieure hiérarchique, une subalterne ne devrait pas être présente. Avec son manque de professionnalisme criant, Haugen les a plongés tous les trois dans une situation embarrassante. C'est moi qui vais payer, songe-t-elle. Tôt ou tard.

Haugen a tout de même à moitié raison, se dit Karen en se laissant tomber dans son fauteuil de bureau un quart d'heure plus tard. Sans doute faudrait-il confier cette enquête à un tiers. Pas à Smeed, bien sûr, mais à une autre personne, une personne qui aura la force de s'y confronter. Elle se sent complètement dépassée. À une autre époque, cette affaire aurait été aussi alléchante pour elle qu'un os à moelle pour un terrier. À une époque où elle rêvait de faire carrière, de gravir les échelons, de devenir cheffe pour changer les choses. Aujourd'hui, elle sait que ça ne sert à rien.

Le retour de Jounas Smeed lui fiche le moral dans les chaussettes. Elle reste chargée de l'enquête, devra contourner son supérieur pour faire son rapport directement au commissaire général et à la procureure : ça ne va guère réchauffer sa relation avec Jounas. Son absence lui a procuré un bref répit, une petite bulle d'oxygène où elle a pu respirer, travailler avec bonheur, comme avant. La bulle vient d'éclater. Ce qui s'est passé entre eux à l'hôtel Strand la poursuivra à jamais. Le maigre respect que Jounas lui témoignait est parti en fumée. Mais ce que Karen redoute plus encore, c'est qu'il ne tienne pas sa langue, que les autres l'apprennent. Peut-elle vraiment rester avec cette épée de Damoclès suspendue à un fil fragile au-dessus de sa tête ?

Non, je ne suis pas la bonne personne pour mener cette enquête, soupire-t-elle. La procureure elle-même pourrait peut-être insuffler une nouvelle dynamique au groupe, aborder l'affaire sous un angle inédit. Ou Karl, songe-t-elle. En tout cas, il a encore la passion. Au même moment, Karl Björken se matérialise à côté d'elle.

— Qu'est-ce qu'ils ont dit ?

— Jounas reprend ses fonctions de chef d'unité, mais ne participera pas à l'investigation. Haugen allait l'appeler quand je suis partie.

Karl opine du chef.

— Ça ne m'étonne pas. Je pensais que Haugen allait se battre bec et ongles pour que Jounas dirige l'enquête, puisqu'il est totalement blanchi.

Karen hésite. Faut-il lui dire la vérité ou lui faire croire que Haugen a de lui-même pris une sage décision ?

— Non, on continue comme avant. On garde le même groupe, je reste responsable.

— Bien. Et puis, tu peux maintenant oublier… (il jette un regard à la ronde dans l'open space avant de poursuivre en baissant la voix) ce qui s'est passé entre vous cette nuit-là, puisqu'il a un autre alibi, non ? Alors pourquoi as-tu l'air au fond du gouffre ?

Elle pivote lentement sur sa chaise et le fixe intensément.

— Parce que je ne sais absolument pas dans quel sens aller.

Au même moment, la sonnerie de son téléphone retentit. C'est Kneought Brodal. Il explique brièvement que les résultats ADN sont arrivés et que la défunte est bien Susanne Smeed.

— Comme l'identification est achevée et que la cause de la mort ne fait aucun doute, le corps peut être rendu à la famille pour l'inhumation, déclare-t-il d'une voix neutre qui ne révèle pas qu'il connaissait la victime.

« La famille », songe Karen. Il n'y a que Sigrid. Susanne n'avait pas d'autre famille. Comment la jeune fille va-t-elle réussir à organiser des funérailles ? Il n'y aura sans doute pas de veillée mortuaire ; pas sûr que Sigrid veuille respecter les vieilles traditions. Mais l'enterrement en soi est déjà suffisamment difficile à arranger. Espérons qu'elle aura la sagesse de se tourner vers son père. Même si Jounas est un salaud à l'insensibilité manifeste, il serait prêt à donner un coup de main à sa fille si elle le lui demandait, se dit Karen. En tout cas, il y a urgence pour suivre la règle des sept jours : le défunt doit être enseveli dans la terre doggerlandaise dans la semaine suivant son décès. À Frisel, c'est plutôt cinq jours, même si les jeunes générations respectent de plus en plus la tradition scandinave ; enfin, norvégienne et danoise, plus exactement. Pour éliminer le risque d'une situation à la suédoise, où le corps peut mariner jusqu'à deux mois à la morgue, une nouvelle loi a été adoptée : si les proches n'ont pas le temps de s'occuper des obsèques dans les cinq jours ouvrables et deux week-ends impartis, les services sociaux les prennent en charge et l'enterrement se fait en l'absence de la famille.

Les funérailles se tiendront sans doute samedi, songe Karen. J'y enverrai Karl, si je n'ai pas le temps d'y assister moi-même. Même si ce n'est pas comme à la télévision, où l'assassin furète entre les arbres du cimetière, il peut être bon de s'y rendre. Peut-être y aura-t-il dans l'assemblée une personne digne d'intérêt ; un vieil ami de Susanne qu'ils ont omis d'interroger.

46

À 15 h 40, le vendredi après-midi, le groupe d'enquête se réveille à nouveau.

Pendant une semaine de travail, ils ont piétiné comme des lévriers dans une boîte de départ tandis que l'heure tournait impitoyablement. Peu à peu, les aboiements se sont calmés ; l'un après l'autre, les moments critiques sont passés ; les vingt-quatre premières heures, au cours desquelles quatre-vingt-dix pour cent des coupables négligents et désespérés sont identifiés ; les soixante-douze heures, durant lesquelles les malfaiteurs les plus malins réussissent à tromper les enquêteurs. Et à présent, au sixième jour, il n'y a même plus d'espoir que des éléments ADN ou techniques puissent faire avancer l'investigation. Tout ce qu'ils ont est devant eux. Personne n'espère plus qu'un témoin intéressant apparaisse comme un *deus ex machina*. Rien de ce qu'ils ont découvert au cours de leur enquête ne semble pouvoir les aider à aller de l'avant. Sauf peut-être Disa Brinckmann. Un premier contact a été établi avec la police espagnole, mais au vu de l'accueil mitigé qui leur a été réservé, elle aura sans doute le temps de rentrer chez elle de son propre chef avant qu'un collègue de là-bas l'ait localisée. La question est de savoir quel rapport une femme de soixante-dix ans passés pourrait avoir avec cet homicide. Il est clair qu'elle ne l'a pas commis, mais leur seul espoir est qu'elle raconte quelque chose sur Susanne. Quelque chose qu'ils ne savent pas déjà.

C'est à ce moment-là que Cornelis Loots fait signe à Karen de le rejoindre.

Une information leur avait échappé à tous : un cambriolage dans une maison de campagne près de Thorsvik, au nord de Heimö. Cornelis l'a découvert plus ou moins par hasard en passant en revue leur système interne qui répertorie les infractions rapportées au cours des trois dernières semaines. Le cambriolage a eu lieu non loin du débarcadère, côté ouest, le samedi 21 septembre, c'est-à-dire une grosse semaine avant l'assassinat de Susanne Smeed. La police de Ravenby a par la suite remplacé l'intitulé du délit par « vol avec effraction et tentative d'incendie volontaire ». C'est ce nouvel élément qui a attiré l'attention de Cornelis Loots.

Le départ d'incendie avait été éteint par un voisin qui, sentant l'odeur de fumée, avait franchi la barrière qui séparait la propriété de la sienne pour voir lequel de ces crétins de vacanciers avait décidé d'allumer un feu par ce temps. Mais loin de découvrir un estivant affairé à brûler du bric-à-brac, il avait vu sortir de la maison un jeune homme muni d'un sac à dos. Il jetait des coups d'œil furtifs par-dessus son épaule comme pour s'assurer que le feu était bien en train de prendre.

Le voisin, un certain Hadar Forrs, avait à contrecœur pris la bonne décision. Au lieu de se lancer à la poursuite du jeune pyromane qui s'éloignait au guidon d'une moto jaune, Forrs avait appelé les secours. Il avait ensuite brisé une fenêtre et éteint les flammes à l'aide du tuyau d'arrosage, avant même l'arrivée des pompiers.

Le propriétaire, un dénommé David Sandler, qui avait décidé de passer un dernier week-end dans sa maison de campagne pour profiter de l'exceptionnelle récolte de girolles, était parti acheter du beurre et de la crème à Kvick, au centre de Thorsvik, lorsque le casse avait eu lieu. De retour au bout d'une heure et demie, il avait pu constater que le sol de la cuisine toute neuve était inondé et que l'odeur de fumée que dégageaient les rideaux imprégnerait la bâtisse pendant des semaines. Son nouvel ordinateur portable et la vieille Rolex de son père, posés sur la table de chevet, s'étaient volatilisés et il se retrouvait avec une dette envers son insupportable voisin. David Sandler était mécontent, cela ressortait clairement du rapport de police.

— Il lui aurait peut-être fracassé la cervelle à coups de tisonnier s'il avait été présent, observe Karl Björken, formulant à haute voix ce que tout le monde pense tout bas.

Karen a convoqué une réunion extraordinaire. L'histoire du cambrioleur pyromane semble donner une bouffée d'espoir au groupe. Autour de la table, tous les collaborateurs fixent intensément Karen, le dos droit, prêts à prendre des notes.

— Essayons de ne pas trop nous emballer. Nous devons chercher d'autres liens possibles entre cet événement et l'homicide de Susanne Smeed. Nous devons passer au crible tous les vols avec effraction, en examiner les moindres détails. Commençons aujourd'hui et remontons dans le temps. Je vais dresser une liste de mots-clefs pour vous aider dans vos recherches.

Ce type de tâche s'accompagne d'ordinaire de soupirs et de lamentations. Cette fois-ci, Karen a à peine le temps de conclure la réunion que tous les enquêteurs se sont précipités à leur poste pour se connecter au système.

Une heure et trente-cinq minutes plus tard, Astrid se lève et hèle ses collègues. Ils ne comprennent d'abord pas ce qui l'a fait tiquer. Un autre cambriolage, à Noorö cette fois, juste au nord du débarcadère, entre le 17 et le 20 septembre, dates auxquelles le propriétaire était en déplacement. Le voleur n'a pas tenté de mettre le feu à la maison. Il a dérobé deux ordinateurs portables et des bijoux en or – dont le nombre est sans doute fortement exagéré par la victime. La police sait bien que les gens de Noorö volent comme des pies ; les cambriolages sont nombreux et peu de cas sont résolus. Il n'y a rien de particulier dans cette affaire si ce n'est un petit détail : parmi les objets subtilisés figure une Honda Africa Twin CRF1000L jaune.

À nouveau, Karl Björken énonce l'évidence :

— C'est le même gars. Il a volé la moto à Noorö et l'a utilisée lors du casse à Thorsvik. Y a-t-il des caméras de surveillance sur le ferry ?

Pareilles à un gaz invisible et impossible à arrêter, les pensées se diffusent dans le groupe. L'assassinat de Susanne Smeed n'était-il qu'un cambriolage qui a mal tourné ? Le type qui a mis le feu à la maison près de Thorsvik a-t-il fait la même chose à Langevik une semaine plus tard ? Peut-être avait-il réuni des informations sur les propriétaires des maisons, et savait-il que Susanne partait souvent en vacances pendant Oïstra. Peut-être l'a-t-il tuée en désespoir de cause, découvrant qu'elle était chez elle. Peut-être savent-ils maintenant comment et pourquoi Susanne Smeed a trouvé la mort. Dans ce cas, ils ne tarderont pas à retrouver le coupable. Ce n'est qu'une question de temps.

S'il y a bien une personne à qui cette nouvelle met du baume au cœur, c'est Viggo Haugen. Karen peut le constater en quittant son bureau, une demi-heure plus tard.

— Excellente nouvelle ! répète-t-il en frappant du plat de la main sur la table.

La dernière chose qu'elle entend avant de fermer la porte derrière elle, c'est le bruit du combiné téléphonique que l'on décroche.

47

La climatisation dans la salle de réunion du groupe d'enquête s'éteint à 20 heures. Le ronronnement s'interrompt. Les épaules de Karen s'abaissent. Le gobelet en carton brun contenant un fond de whisky qu'elle a dérobé dans le bureau de Jounas Smeed assouvit une vengeance étonnamment satisfaisante en ce dernier jour comme cheffe de service. Lundi, Smeed reprendra son poste après une semaine d'absence.

D'un moment à l'autre, elle se lèvera et ira chercher les deux sacs de moules qu'elle a réussi à caser dans le réfrigérateur de leur petite cuisine. Elle avait pour la deuxième fois oublié sa soirée d'anniversaire lorsqu'elle a reçu un SMS d'Eirik qui voulait savoir quoi apporter le lendemain. « Rien du tout. À demain ! » avait-elle répondu. Après quoi, elle avait couru jusqu'au port avant la fermeture des stands. Puis elle était revenue à son bureau.

À présent, seule dans la salle, les pieds sur la table, elle contemple de loin le tableau d'affichage adossé à l'un des longs murs de la pièce rectangulaire. En haut, une rangée de photographies de Susanne Smeed : tout à gauche, un portrait relativement récent que leur a donné l'entreprise Eira ; tous les employés portent un badge avec photo sur leur uniforme, et il n'a fallu à Gunilla Moen que quelques minutes pour leur en imprimer une. À droite d'une Susanne sérieuse se trouvent plusieurs images d'elle morte, étendue au sol, ainsi que des photos de sa cuisine, prises sous différents angles.

Sous la rangée de clichés, Karen a tracé une ligne verticale regroupant les quelques repères chronologiques connus.

Vendredi 20 sept. 16 h 30 : Susanne quitte son travail au Jardin du Soleil.

Lundi 23 sept. 7 h 45 : Susanne appelle le Jardin du Soleil, informant qu'elle est malade.

Vendredi 27 sept. 7 h 15 : appel entrant sur le téléphone professionnel de Susanne, depuis Copenhague.

Samedi 28 sept. : pas d'observations.

Dimanche 29 sept. 8 h 30 - 10 h 00 : moment où s'est produit l'homicide selon Kneought Brodal.

Dimanche 29 sept. vers 9 h 45 : Angela Novak arrive chez Harald Steen.

Dimanche 29 sept. vers 9 h 55 - 10 h 00 : Harald et Angela entendent une voiture quitter le domicile de Susanne.

Dimanche 29 sept. 11 h 49 : Harald Steen appelle le 112.

Dimanche 29 sept. 12 h 25 : Sara Inguldsen et Björn Lange arrivent sur place.

Consciencieusement, ils ont même indiqué les noms des quelques personnes qui étaient plus ou moins proches de Susanne Smeed : Jounas Smeed, leur fille Sigrid et son petit ami Samuel Nesbö, Wenche et Magnus Hellevik, Gunilla Moen. Le nom de Disa Brinckmann est suivi d'un point d'interrogation. Il n'y a rien d'autre sur le tableau, aussi a-t-il été éloigné de la table.

À présent, deux noms peuvent être rayés de la liste des suspects.

Il ressort en effet du rapport de Karl Björken quelques heures plus tôt que Sigrid n'a pas dit toute la vérité. Elle aurait pourtant dû, dans son propre intérêt.

Karl est retourné dans l'immeuble de la jeune fille à Gaarda pour y faire du porte-à-porte. Son voisin, un homme d'une cinquantaine d'années qui empestait l'alcool et le poisson fumé, a dit avoir été réveillé un peu avant 8 heures le dimanche matin par une dispute dans la cage d'escalier. Il ne décolérait pas en racontant comment Samuel Nesbö était rentré chez lui en titubant et avait trouvé l'entrebâilleur à chaîne fermé. Le petit ami de Sigrid – le voisin l'avait reconnu par le judas – avait alors obstinément enfoncé la sonnette avant de se mettre à hurler pour qu'elle lui ouvre. Elle a fini par le laisser entrer. Ils se sont engueulés comme du poisson pourri jusqu'à ce que le jeune homme claque la porte environ une heure plus tard, furibond.

— Se sont-ils battus, à votre avis ?

Karl s'était demandé pourquoi personne n'avait appelé la police, mais il connaissait déjà la réponse. À Gaarda, les prises de bec familiales sont loin d'être rares et on fuit la flicaille comme la peste.

— Qu'est-ce que j'en sais ! En tout cas, elle était en vie quand il est parti. Elle continuait à gueuler comme un putois.

Même si Karen n'a jamais soupçonné Sigrid, elle et son petit ami sont désormais officiellement hors de cause. Il reste deux fils ténus auxquels se raccrocher : identifier le conducteur de la Honda jaune et trouver Disa Brinckmann. Peut-être l'un d'entre eux pourra-t-il faire avancer l'enquête ? Mais impossible d'ici le retour de Smeed. Une semaine sans progrès concrets, il fera tout pour me le rappeler, songe-t-elle, amère. Elle laisse son regard vagabonder par la fenêtre, au-delà des filets d'eau qui dégoulinent le long de la vitre. Les gens se sont déjà lassés de parler du changement brutal de temps. D'une chaleur rare pour une fin d'été, on est passé à des gelées nocturnes précoces et à un crachin interminable. Les météorologues n'offrent point de consolation : les dépressions atmosphériques font la queue dans l'Atlantique, attendant d'arriver au-dessus de l'archipel doggerlandais pour l'arroser.

Karen contemple le kaléidoscope de gris sur le carreau en passant mentalement en revue ses notes. Elle les connaît par cœur et n'a aucune raison de sortir son carnet noir.

En pensée, elle l'ouvre à la page consacrée à la personnalité de Susanne. Le mot « conflit » est omniprésent. Plusieurs conflits avec Jounas, pendant et après leur vie conjugale, surtout pour des questions d'argent et de propriétés foncières. Des conflits avec sa fille à cause des disputes incessantes avec le père de celle-ci. Et puis, Susanne déplorait que la petite danseuse de ballet en tutu soit devenue une jeune femme au nez percé et aux bras tatoués. Des conflits avec son employeur à propos de l'utilisation de son portable professionnel et d'un poste qu'elle convoitait, mais n'a pas obtenu ; avec l'entreprise Pegasus à propos des terres et du boucan des éoliennes installées près de chez elle ; avec Wenche Hellevik à qui elle reprochait de ne pas lui consacrer suffisamment de temps.

S'il n'y a pas de dissensions connues avec Samuel Nesbö, il ne doit pas la porter dans son cœur non plus, vu la relation entre Sigrid et sa mère. Susanne Smeed et Disa Brinckmann étaient-elles en mauvais termes ? Karen l'ignore encore.

Par ailleurs, il y avait des accrochages avec les collègues, la compagnie d'autobus et différents fournisseurs dont Susanne Smeed se plaignait. Elle semble avoir eu maille à partir avec la plupart des gens qu'elle rencontrait.

Avec moi aussi, songe Karen en se remémorant leur rencontre à la caisse de la jardinerie. Susanne avait clairement une dent contre Karen Eiken Hornby, bien avant d'avoir une vraie raison. Ce qu'il s'est passé dans la chambre 507 de l'hôtel Strand, elle ne l'apprendra jamais.

La question est de savoir si l'un de ces conflits avait été suffisamment grave pour qu'on veuille tuer Susanne. Avait-elle rendu la vie impossible à quelqu'un au point qu'il ou elle ait perdu son sang-froid ? Savait-elle quelque chose qui pouvait représenter une menace pour quelqu'un ? Sans en avoir aucune preuve, Karen a le sentiment que ce n'est pas impossible. Susanne Smeed a-t-elle pu pratiquer le chantage ?

À quoi bon se poser ces questions ? se dit-elle en sirotant son whisky. À en juger par l'excitation dans la voix de Viggo Haugen quelques heures auparavant, l'affaire Susanne Smeed est résolue.

— Ça jette une lumière bien différente sur la situation. Même toi tu ne peux le nier, lui a-t-il dit. Il y a une explication plausible à toute cette tragédie.

Moui, pourquoi pas, songe Karen en avalant encore une gorgée. En tout cas, le même gars a cambriolé les maisons de Noorö et Thorsvik. Pour une raison inconnue, il a fait monter la tension d'un cran en allumant le feu lors du deuxième casse. Ce n'est pas impossible qu'il ait continué sa tournée à Langevik. Peut-être que la présence de Susanne l'a déstabilisé. Peut-être voulait-il frapper plus fort, dans une escalade de violence. Un cas classique d'insensibilisation. Le besoin d'une stimulation de plus en plus poussée. Le phénomène n'est pas rare, surtout chez des criminels présentant des traits psychopathiques. Mais ce processus d'intensification dure habituellement beaucoup plus longtemps qu'une semaine.

— Bon week-end !

La voix venant de la porte surprend Karen qui envoie valser la fin de son whisky.

— Tu es encore là ? Je croyais qu'il ne restait que moi, marmonne-t-elle en essuyant son jean.

— Désolée si je t'ai fait peur, dit Astrid Nielsen en remontant la fermeture à glissière de sa parka.

Elle a l'air exténuée, songe Karen avec une pointe de mauvaise conscience. Du fait des dernières découvertes, il a fallu visionner les vidéos de surveillance de toutes les traversées des ferries et élargir les recherches à celles qui pouvaient être liées aux deux cambriolages. Comme la police locale rechigne à utiliser le STII – ce nouveau système de transmission interne des informations, qui selon le département informatique souffre encore de « maladies infantiles » bien qu'il ait déjà onze mois –, ils devront appeler tous les commissariats pour une vérification supplémentaire. Astrid Nielsen est chargée de la coordination.

— J'espère que ce ne sont pas mes méthodes esclavagistes qui t'empêchent de retrouver ton mari et tes enfants un vendredi soir, dit Karen avec un sourire.

Astrid hésite un instant puis semble prendre son élan.

— Non, ce n'est pas ta faute. Les enfants sont chez mes parents et Ingemar... Eh bien, autant te le dire. Vous l'apprendrez tôt ou tard, de toute façon. Ingemar et moi allons divorcer.

Karen descend ses pieds de la table et se redresse.

— Entre. Tu veux t'asseoir un moment ?

Astrid paraît à nouveau hésiter, mais rabaisse le zip de sa parka. Sans un mot, elle se laisse tomber sur une chaise, les lèvres pincées.

— Raconte-moi ce qui s'est passé.

En une demi-heure, Karen comprend que la vie d'Astrid Nielsen n'est pas aussi idyllique qu'elle le croyait. Et son mari pas aussi bigot.

48

L'église de Langevik n'est pas comble, mais Karen s'étonne tout de même de la taille de l'assemblée venue assister à la mise en terre de Susanne Smeed en ce samedi après-midi.

Sigrid et Jounas sont installés à côté de Wenche et Magnus Hellevik au premier rang. Par égard pour la famille, le deuxième est vide. Plus loin, Karen reconnaît Gunilla Moen en compagnie d'une femme qui doit être une collègue du Jardin du Soleil.

Plusieurs voisins du village ont pris place sur les bancs inconfortables de l'église ; même Harald Steen s'est traîné jusqu'ici. Odd Marklund, Jaap Kloes, Egil Jenssen et sa femme aussi. Karen se demande qui de l'assistance est là par respect pour la défunte et qui par simple curiosité. Elle ne peut que formuler des hypothèses. Elle s'est installée presque tout au fond, à gauche. Sigrid et Jounas ne l'ont sans doute pas remarquée mais Wenche Hellevik lui a adressé un signe de tête assorti d'un vague sourire.

Sigrid était pâle et tendue quand elle est entrée dans l'église, suivie de près par son père. À présent, pendant l'homélie, elle garde la tête baissée et se détourne chaque fois que Jounas tente de lui glisser quelques mots.

Le pasteur récite les psaumes habituels ; son discours est bref, heureusement. Il va à l'essentiel.

Lorsqu'il jette une poignée de terre sur le couvercle du cercueil, Karen entend un sanglot étouffé en provenance des premiers rangs. Elle ne voit plus Sigrid. Il lui faut quelques secondes pour comprendre que la jeune fille est recroquevillée sur elle-même. Jounas Smeed se tortille, nerveux. Wenche Hellevik pose une main sur le dos de sa nièce pour la retirer aussitôt.

En une demi-heure, c'est plié. Karen sort de l'église parmi les derniers. Elle aperçoit Sigrid et Jounas sur le petit parking en contrebas. Wenche et son mari discutent avec le pasteur sur le parvis de l'église. Jounas et Sigrid échangent des propos vifs. Il ouvre la portière, l'invite à monter, mais elle secoue la tête. Il indique la voiture de la main, agacé cette fois, mais elle reste à côté, les bras croisés, l'air renfrogné. Puis, sans préavis, elle tourne les talons et se dirige vers le cimetière en ignorant les récriminations de son père.

Smeed saute dans la voiture et claque la portière avec une telle violence que tout le monde se retourne. Wenche Hellevik jette un coup d'œil inquiet en direction de son frère. Elle met un terme à sa conversation avec le pasteur et se hâte vers le parking, son époux sur les talons.

Juste avant qu'ils arrivent à hauteur de sa voiture, Jounas effectue une marche arrière puis démarre en trombe, éclaboussant de graviers les véhicules garés à côté.

Wenche semble hésiter, suivant du regard alternativement la voiture de Jounas et sa nièce qui part dans la direction opposée, à travers le cimetière. Visiblement exaspérée, elle secoue la tête et glisse quelques mots à son mari. Ils montent dans leur Volvo bleu métal, Magnus Hellevik la sort calmement du parking et s'éloigne de l'église.

Avant de s'installer elle aussi dans son véhicule, Karen voit la mince silhouette de Sigrid disparaître derrière un massif d'ifs.

49

Karen hisse le seau plein de moules pour le renverser dans l'évier en acier. Le vacarme chasse Rufus, qui se réfugie sur le canapé du séjour. Il sera bientôt de retour, pense Karen. Elle ajuste ses gants en caoutchouc comme un chirurgien avant une opération et contemple les coquilles noires et luisantes. Elle saisit le couteau à lame courte, et se met à l'ouvrage. Plus de cinq kilogrammes de moules doivent être débarrassées de leur barbe et des graviers ; ça va prendre un certain temps, mais les invités ne sont attendus que dans deux heures au moins. Ils seront huit ou neuf ce soir : Kore, Eirik et Marike bien sûr ; Aylin s'est d'abord montrée réservée – il fallait quelqu'un pour garder les enfants – mais a finalement confirmé sa venue avec Bo. Zut, s'est dit Karen, Bo va faire la tronche quand il découvrira le genre de soirée. Avec une bande de nanas et un couple gay. Davantage par considération pour Aylin que pour Bo, elle a aussi invité son cousin Torbjörn et sa femme Veronica. Cela mettra Bo de meilleure humeur. Éminent juriste aux ambitions politiques naissantes, Bo a déjà un bon réseau, mais il appartient au même parti que Veronica et il a soif de pouvoir. Je le fais pour Aylin, se persuade-t-elle.

Si elle veut continuer à voir son amie, elle est obligée de se coltiner son mari et de veiller à ne pas le froisser. Du moment que Marike ne la ramène pas trop, tout ira bien. Seul problème, cette dernière le considère comme « une vraie charogne avec un besoin maladif de tout contrôler ».

— Je suis sûre qu'il la bat, avait-elle dit l'été précédent. Pourquoi porte-t-elle toujours des manches longues ?

Karen avait posé la question de but en blanc à Aylin. Elle était passée chez elle à un moment où elle savait Bo absent et, après deux cafés, lui avait fait part de ses inquiétudes. Son amie avait éclaté de rire. Non, Bo avait ses mauvais côtés, mais il ne la frappait pas. Certainement pas.

Karen y pense encore.

Le portable posé sur le plan de travail se met à sonner. Karen s'essuie les mains. C'est un SMS d'Astrid : *Je n'ai pas le courage de venir, désolée. Je n'ai pas dormi de la nuit et j'ai beaucoup de choses à régler. Mais merci pour l'invitation et joyeux anniversaire !*

Sur un coup de tête où se mêlaient surprise et empathie, Karen a invité sa collègue. Madame Parfaite et son informaticien de mari toujours bien coiffé vont divorcer. Pour cause d'adultère. Astrid l'a découvert par hasard. La classique lettre adressée à l'époux ouverte par mégarde ; un regard au relevé de compte et une prise de conscience glaçante. Deux repas au restaurant, une nuit d'hôtel. À Paris.

Astrid avait noir sur blanc la preuve qu'Ingemar n'avait pas passé le week-end à Londres avec ses copains pour un match de Premier League.

Il avait immédiatement reconnu les faits. Le précédent week-end footballistique avait aussi été un coup monté, mais il n'y en avait pas eu d'autres – ce qu'il avait répété avec une emphase sentimentale, comme si cela pouvait lui rapporter quelques points.

— Mais est-ce que c'est vraiment sérieux entre lui et l'autre femme ? avait demandé Karen, regrettant sur-le-champ sa question.

— Tu trouves que ça a de l'importance ? Je dois attendre qu'il ait fini de s'amuser et qu'il rentre la queue entre les jambes une fois qu'il se sera lassé ?

Non, bien sûr, pense Karen, même si, avec les années, elle a de plus en plus de mal à croire à la fidélité éternelle. Ne peut-on vraiment pas pardonner et passer à autre chose ? Une petite incartade n'est pas ce qui peut arriver de pire à une famille. Contrairement à un poids lourd qui fait une embardée sans prévenir.

À haute voix, elle répond :

— Non, bien sûr. Depuis quand es-tu au courant ?

— Depuis mardi soir. L'idée était d'envoyer les enfants chez mes parents pour que nous puissions parler ce week-end. Mais je n'en ai aucune envie. Je viens de réserver une chambre au Rival. Si seulement j'avais une bouteille, je ne serais même pas obligée de sortir de ma chambre. Mais je peux passer la soirée au bar de l'hôtel. Je vais ramener un mec pour me venger.

L'espace d'un instant, Karen avait songé à aller chercher la bouteille de whisky dans le bureau de Jounas pour la donner à Astrid, mais boire toute seule dans une chambre était sans doute la dernière chose dont elle avait besoin. Au bar de l'hôtel Rival, ce n'était pas beaucoup mieux, mais elle aurait au moins de la compagnie. Il serait facile d'y rencontrer un homme.

Et Karen avait laissé échapper l'invitation :

— Si tu peux attendre pour te venger, tu es la bienvenue chez moi demain soir.

Astrid hésitait ; peut-être irait-elle voir sa sœur à Ravenby, même si elle était casse-pieds. Karen lui avait répondu qu'elle pouvait se décider au dernier moment.

C'est sans doute sage de ne pas venir, se dit Karen en frappant doucement du couteau sur une moule ouverte. Astrid a des choses plus importantes à régler aujourd'hui ; par exemple, réfléchir à la manière d'annoncer la nouvelle aux enfants. Et aux parents d'Ingemar à Noorö, qui, d'après Astrid, sont très croyants. Je n'étais pas complètement à côté de la plaque, pense

Karen, même si la vision stricte du caractère sacré du mariage semble avoir sauté une génération dans la famille Nielsen.

Elle se redresse et regarde par la fenêtre. La bruine du matin a cessé et un vol de jaseurs boréaux en a profité pour prendre ses quartiers dans le sorbier. D'ici une heure, il ne restera plus une seule grappe rouge, mais la scène qui s'offre à elle vaut bien un hiver sans gelée de sorbe. Elle observe sans bouger leurs petits dos soyeux, quand tout à coup Rufus bondit sur le plan de travail avec un miaulement agressif pour reluquer les oiseaux avec envie.

— Non, mon minou, prends plutôt une moule.

Le chat et sa maîtresse contemplent quelques instants le festin des jaseurs boréaux jusqu'à ce que l'animal, lassé, saute à terre. Karen retourne à ses mollusques et laisse ses pensées vagabonder, bercées par le cliquetis du couteau. Ils devront s'installer dans la cuisine, bien qu'ils risquent de s'y sentir un peu à l'étroit s'ils sont neuf – dans le cas peu probable où Astrid changerait d'avis. Et pourquoi pas la terrasse, puisqu'il y a un toit et qu'on a gagné quelques degrés ? Non, il fait tout de même trop froid pour être dehors. C'est pour ce genre d'occasions que j'aurais dû aménager le cabanon de pêche comme tous les autres, songe Karen. Je devrais peut-être faire acte de pénitence et m'atteler à la tâche. M'en occuper au printemps pour que cela soit prêt pour l'été.

Trois coups de klaxon interrompent le fil de ses pensées.

Les oiseaux quittent précipitamment leur arbre. La voiture de Marike fait son entrée cahin-caha dans le jardin pour se garer sur l'allée de gravier à côté de celle de Karen. Sans ôter ses gants en caoutchouc, elle regarde le derrière proéminent de son amie qui, penchée en avant, sort de la banquette arrière plusieurs sacs et un bouquet de fleurs. Elle se retourne avec un grand sourire aux lèvres et se met à entonner :

— Aujourd'hui, c'est ton anniversaire. Pour Karen, hip hip hip, hourra ! Plein d'cadeaux tu auras, plein d'gâteaux et d'chocolat !

Karen écoute patiemment la chansonnette, et reçoit un bouquet de roses jaunes et une accolade.

— Merci, ma chérie. Seulement un couplet cette fois-ci ? Non, non, ça suffit.

— Quelle ingrate, celle-là ! rit Marike. Hé, salut trésor ! ajoute-t-elle à l'adresse du chat.

L'animal a suivi Karen sur le perron et se frotte à présent contre les bottes en caoutchouc de Marike. Cette dernière soulève ses gros sacs pesants et emboîte le pas à Karen dans la cuisine.

— Ça sort du four, dit-elle en posant trois miches de pain au levain sur la table. Ou du moins, il est de ce matin, selon le vendeur chez Bakker. Et voilà, ça aussi ça sort du four.

Après avoir déposé délicatement l'autre sac en papier sur la table, elle en retire un grand plat en céramique bleu et vert. Les couleurs se chevauchent et se mêlent, visiblement sur plusieurs couches, et l'épais glaçage crée une perspective tridimensionnelle qui donne l'impression de plonger le regard dans une mer peu profonde.

Karen reste sans voix. Sans un mot, elle prend Marike dans ses bras et la serre longtemps contre elle.

— C'est bon, ça suffit. Si on buvait un verre de vin ?

50

Une heure et demie plus tard, Karen Eiken Hornby entre dans le cabanon de pêcheur et contemple la métamorphose. Tout à l'heure, à peine avait-elle mentionné l'idée de réaménager le hangar à bateaux que Marike s'était mise à l'ouvrage. Un coup de fil à Kore et Eirik qui s'apprêtaient à monter en voiture, mais qui pouvaient évidemment passer par le studio ; un petit tour dans la maison et un dans la remise. Tout cela tandis que Karen coupait et faisait revenir l'oignon, l'ail et les carottes, puis versait du vin et de la crème dans la marmite avant d'y laisser fondre un bon morceau de fromage de brebis. Et pendant qu'elle coupait les pommes, les cuisait dans du beurre et du sucre, sortait la pâte feuilletée du congélateur et chemisait une plaque de papier sulfurisé, Marike, Kore et Eirik, tout juste arrivés, avaient descendu deux vieilles portes, quatre tréteaux et des vieux draps jusqu'à la rive.

Grâce à une rallonge serpentant dans l'herbe entre la prise du studio de jardin et la cabane de pêcheur de l'autre côté de l'allée en gravier, un radiateur électrique avait fait grimper le mercure d'au moins dix degrés.

La longue table ne supporterait sans doute pas qu'on danse dessus et les convives installés dos à la grande barque devront faire attention à ne pas tomber à l'eau. La lueur tamisée des bougies et des lampions dissimule aux regards les foènes, pelles, filets déchirés et autres cirés jaunes, ainsi que le vieux lit rouillé en fer avec lequel le père de Karen était un jour rentré, mais que sa mère n'avait jamais voulu à la maison : il aurait fallu lui passer sur le corps.

Des couvertures pliées sont posées sur les chaises de jardin, les quelques chaises de cuisine et le banc déniché dans la remise. Sur la table sont étendus deux draps blancs. Quelqu'un – sans doute Eirik – a confectionné une décoration qui court entre les verres et les assiettes : une bandelette de grillage ornée de ramilles de genévrier et de grappes de sorbes – celles que les jaseurs boréaux n'ont pas eu le temps d'engloutir.

— Joyeux anniversaire ! s'écrie Kore en riant de l'étonnement de Karen. Pas si bête d'avoir comme amis deux vaillants homos et une Danoise maniaque.

Quelques heures plus tard, une agréable ivresse s'est emparée des convives. C'est le genre de soirée qu'on doit garder en mémoire, pense Karen en observant à la dérobée les visages autour de la table. À côté d'elle, Kore bavarde avec Marike, penché vers elle. Le sujet doit être léger ; ils éclatent de rire. Peut-être que Kore a laissé échapper un détail indiscret de l'enregistrement d'hier chez KGB Production, le studio dont il est propriétaire avec deux Suédois et où des artistes de toute l'Europe, pour une raison que Karen n'a jamais comprise, affluent pour enregistrer leurs morceaux. Tant qu'elle parle avec Kore, pas de risque de prise de bec avec Bo.

Torbjörn et Bo se sont évidemment réfugiés côte à côte. Bo dessine à la fourchette sur la nappe. Torbjörn observe le tracé et opine du chef, intéressé, puis attrape la bouteille de vin pour les resservir tous les deux. En face, Eirik discute sérieusement avec Aylin, qui affiche un visage inquiet. Elle décortique, pensive, un morceau de pain. Peut-être est-ce parce qu'elle seule est totalement sobre dans l'assemblée – naturellement, c'est elle qui conduira ce soir. Ou peut-être parce qu'elle est mariée à un con, songe Karen. Ce soir, Bo ne montre aucune tendance agressive, en tout cas, et il ne s'est pas encore permis de commentaire dégradant à propos de sa femme.

Astrid n'est pas venue ; espérons qu'elle est chez sa sœur et pas au bar de l'hôtel Rival, se dit Karen en se levant pour débarrasser. Elle doit préparer le café et réchauffer sa tarte aux pommes.

— Ne bouge pas, dit Kore en la retenant.

Elle se tourne vers Veronica, qui regarde les autres en silence depuis un certain temps. Elle a aussi écopé du rôle de chauffeur ce soir et boit son verre de vin à minuscules gorgées. Ils ne risquent pas d'être contrôlés. Pour rentrer chez Torbjörn et Veronica, le plus rapide est de passer par la route étroite qui franchit la colline de Langevik où aucune voiture de police ne s'est aventurée depuis trente ans. Mais Veronica siège à la commission de santé publique du Parlement doggerlandais. Elle ne peut pas prendre de risques.

— À la tienne, Karen ! Plus qu'un an avant le grand jour ! C'est fou ce que le temps passe. Je commence déjà à appréhender, alors qu'il me reste encore quelques années.

— Eh oui, l'an prochain à cette date, je n'aurai plus qu'à me cacher pour mourir, répond Karen avec un sourire mélancolique.

Elle boit deux gorgées de son vin et poursuit :

— Comment ça va au Parlement, alors ? Vous avez avancé sur la garantie santé ?

Elle regrette aussitôt sa question. Les promesses électorales du Parti du progrès, garantir une chambre en maison de retraite médicalisée pour les plus de quatre-vingts ans, des soins bucco-dentaires gratuits pour les moins de dix-huit, une place en cure de désintoxication et un appartement pour les toxicomanes acceptant de signer un « contrat d'abstinence », ont certes rapporté les voix nécessaires pour partager le pouvoir avec les libéraux, mais ont été d'autant plus difficiles à mettre en œuvre. Deux ans après la formation du gouvernement, les journaux publient encore maints articles sur ces personnes âgées à qui on refuse un lit en maison de retraite. Le nombre de toxico-dépendants prêts à se soumettre aux exigences requises pour obtenir une place en cure est si faible que c'en est embarrassant. Sans compter que la tendance se confirme, d'après les nouvelles du matin.

Veronica Brenner, sourire aux lèvres, répond comme la politicienne qu'elle est.

— Oui, bien sûr, je crois que les parents des ados de ce pays sont heureux d'échapper aux factures dentaires.

Effectivement, pense Karen. Les médias ont souligné l'augmentation exponentielle du nombre de jeunes ayant *besoin* d'un traitement orthodontique. Bientôt la moindre dent de travers sera éradiquée dans l'archipel doggerlandais. Dommage qu'aucune des deux autres réformes plus significatives n'ait porté ses fruits.

Elle se contente de dire :

— Il faut laisser le temps au temps.

— En parlant de temps, rebondit Veronica, comment se passe votre enquête ? Vous avez avancé ?

Sans attendre la réaction de Karen, elle poursuit :

— J'ai entendu dire que Jounas Smeed allait reprendre le travail lundi. Ça doit être un soulagement pour toi, non ?

— Qui t'a dit cela ?

Veronica Brenner semble déconcertée.

— Eh bien, dit-elle lentement comme si elle se demandait si sa réponse pouvait être compromettante. Ça doit être Anniken Haugen. La femme de Viggo. Elle et moi nous connaissons depuis longtemps, nous nous sommes rencontrées à la fédération des jeunes du parti, comme tu le sais. C'est elle qui a dû me dire que Jounas allait reprendre les choses en main. Façon de parler.

— C'est vrai que Jounas revient lundi, reconnaît Karen. Mais il ne se mêlera pas de l'enquête sur l'assassinat de son ex-épouse. Le reste du groupe et moi-même continuerons comme avant.

Veronica laisse échapper un petit ricanement.

— Enfin, peut-être pas comme avant. Espérons-le, en tout cas. Il est grand temps de découvrir qui a tué cette pauvre Susanne.

— Tu la connaissais ?

— Pas vraiment, mais nous nous croisions de temps en temps, lors d'événements sociaux, quand elle était mariée à Jounas.

— Et ces dernières années ? Est-ce que tu as continué à la voir après le divorce ?

— Non..., répond Veronica avec étonnement, comme si la question était étrange. Non, enfin je l'apercevais parfois en ville et nous échangions quelques mots. Du moins au début, juste après le divorce, mais pas ces dernières années. Mais je ne manquais jamais de la saluer, ajoute la femme de Torbjörn.

Sympa de ta part, pense Karen. Elle n'a jamais été très proche de son unique cousin du côté de sa mère, même s'ils n'habitent pas très loin l'un de l'autre. Ils se croisaient évidemment à des événements familiaux, mariages et enterrements, mais pas beaucoup plus souvent que cela.

Adulte, elle a quelquefois tenté d'intensifier leur relation en passant prendre un café chez lui à l'improviste et en l'invitant avec Veronica. Karen avait fait abstraction de sa vision arrogante du monde et de ses économies de bouts de chandelles. Il y a chez ce cousin bourru quelque chose qu'elle apprécie. Peut-être parce qu'il n'est jamais dans la représentation : il assume ses préjugés et son avarice. À la différence de sa femme, il ne cherche pas à se faire bien voir ni à réseauter en toutes circonstances. Il n'est pas non plus rancunier ; s'il a gardé le silence pendant six mois après que Karen eut aidé Marike à acheter ses terres à bon prix, il n'a ensuite plus jamais abordé le sujet ou paru en tenir rigueur à sa cousine.

Avec Veronica, c'est une autre paire de manches. À la différence de son mari, Veronica Brenner adore lancer des piques, l'air de rien, en les ponctuant d'un petit sourire. Jamais elle n'a commenté le fait qu'ils auraient pu vendre les terres deux fois plus cher si Karen n'était pas intervenue. Mais alors même qu'elle vit à deux pas de chez Marike Estrup depuis près de sept ans, elle continue d'appeler l'artiste d'un mètre quatre-vingts internationalement reconnue « Marita Estrup », « Marike Ernstrup » ou tout simplement – quand elle parle d'elle avec Karen – « la p'tite Danoise » ou « ta copine danoise ».

Peut-être y a-t-il quelque chose dans l'expression de Karen qui pousse Veronica à poursuivre.

— J'aurais évidemment salué Susanne samedi, mais elle ne m'a pas vue, je crois. Et ensuite… eh bien…

— Que dis-tu ? fait Karen en posant son verre de vin. Tu as vu Susanne ?

— Oui, en réalité, je l'ai aperçue la veille de sa mort. J'y ai pensé quand j'ai entendu la nouvelle… que c'était la dernière fois. C'est effrayant de se dire qu'on ne sait jamais quand on voit une personne pour la dernière fois.

— Quand et où était-ce exactement ?

Une ride réprobatrice apparaît entre les sourcils de Veronica, qui n'a pas l'air d'apprécier le ton impérieux de Karen. Ce qui ne l'empêche pas de répondre sans broncher.

— Sur le parking près du débarcadère, samedi matin. Alice arrivait d'Esbjerg par l'un des premiers ferries du matin, et voulait qu'on vienne la chercher. Elle fait ses études à Copenhague, mais elle avait envie de rentrer pour Oïstra. C'est évidemment sa mère qui s'y colle même s'il est 7 heures et qu'une petite grasse matinée ne m'aurait pas fait de mal après une semaine de travail de soixante heures.

Veronica hausse légèrement la voix et jette un coup d'œil éloquent à son mari. Ce dernier continue sa conversation avec Bo, ignorant la remarque caustique.

— Tu as vu si elle attendait quelqu'un ou si elle venait d'arriver par le ferry ?

Karen pose la question alors même qu'elle est assez sûre de la réponse. Certes, Susanne était en congé maladie et aurait pu en profiter pour partir, mais son nom ne figure sur aucune des listes de passagers qu'ils ont épluchées.

— Non, je n'y ai pas réfléchi. Je n'ai vu que sa tête dépasser au-dessus des voitures. Mais elle n'aurait pas été garée sur le parking non surveillé si elle revenait du Danemark. Toi qui es flic, tu dois savoir que si on commet cette erreur, il faut s'attendre à ne plus avoir de jantes à ses roues en revenant.

C'est vrai, se dit Karen. Depuis la construction du parking couvert près du terminal, l'aire de stationnement gratuit à l'ouest du port est surtout utilisée comme dépose-minute. Ou par les employés du port. Si Susanne n'était pas arrivée elle-même en ferry, elle avait dû y retrouver quelqu'un. Probablement la personne qui l'avait appelée à 7 h 15 pour l'informer de son arrivée.

— Et tu n'as pas vu si elle était accompagnée ?

Veronica hésite.

— Je ne sais pas. Je n'ai vu personne d'autre, mais j'avais l'impression qu'elle parlait à quelqu'un.

51

Le fracas du verre dans le conteneur est assourdissant. Karen serre les mâchoires lorsque la dernière bouteille de vin s'écrase sur les autres débris. Elle a eu beau y aller mollo, hier, la soirée s'est prolongée. Ils ne se sont pas endormis avant 3 h 30. Eirik, insupportablement matinal, est parvenu à les tirer du lit dès 9 h 30 en dressant la table du petit déjeuner d'où émanait un délicieux fumet de café.

Marike, Eirik et Kore ont proposé leur aide pour ranger, mais Karen a décliné ; ils en avaient assez fait la veille et aucun d'entre eux n'avait l'air en forme pour le ménage. D'ailleurs, il lui tardait de se retrouver seule chez elle pour replonger sous les couvertures.

— Rentrez chez vous, avait-elle dit en voyant ses amis cuver leur vin le nez dans leur café. Achetez une pizza, allongez-vous sur le canapé, je m'occuperai de la vaisselle ce soir.

Mais dès que la dernière portière a claqué, elle est retournée dans la cuisine et s'est attelée à la tâche, étonnamment pleine d'énergie. En une demi-heure, elle a terminé la vaisselle et il lui a fallu à peu près le même temps pour ranger le cabanon. Elle a laissé les tables et les chaises de jardin, mais a traîné les chaises de cuisine jusqu'à la maison. Après avoir défait le lit de Kore et Eirik, qui avaient dormi dans le studio de jardin, et jeté les draps dans le lave-linge, elle a ramassé les bouteilles vides et quelques semaines de journaux. Elle a tout entassé dans la voiture puis a conduit jusqu'à l'espace de manœuvre où la route se termine. C'est toujours comme cela qu'on dit dans le village : la fin de la route. Pour d'autres, c'est le *début* de la route de Langevik.

À présent, elle plie le dernier sac en papier, l'enfouit dans le conteneur de recyclage et remonte dans sa voiture. La fatigue l'accable à nouveau. Elle a chaud, elle se sent poisseuse à force d'avoir transbahuté des chaises et des bouteilles. Et cette bruine interminable, songe-t-elle en levant les yeux vers le ciel de plomb. Après une brève interruption hier, la pluie s'est remise à tomber alors qu'ils dînaient dans le cabanon. Ils ont dû courir, pliés en deux, avec une bâche sur la tête pour aller chercher du café, plus de vin ou pour utiliser les toilettes.

Une petite bière au Hare and the Crow, voilà ce qu'il lui faut. Elle trouvera sans doute le journal du soir sur le zinc ; les premiers piliers de bar arrivent généralement dès midi à cette saison, avec le *Kvellsposten* sous le bras. À l'intérieur du pub, la lumière et la chaleur humaine sont d'autant plus attrayantes que le temps est morose. Au cours des prochains mois, le propriétaire du pub, Arild Rasmussen, se frottera les mains des commandes plus nombreuses, se délectera du doux bruit de l'argent qui entre dans la caisse sous toutes ses formes. Les froufrous des billets de marks et les tintements des shillings, les bips du terminal à carte bleue et les *scritch* du ticket qu'on déchire.

Karen jette un coup d'œil à sa montre – bientôt 13 h 30. Elle tourne la clef dans le contact, regarde dans le rétroviseur et fait demi-tour.

Huit minutes plus tard, elle ralentit et se penche sur le siège passager pour mieux voir. Une brusque sensation de déjà-vu s'empare d'elle. Elle est ébranlée. Mais cette fois, la silhouette voûtée qui grimpe le jardin pentu n'est pas Susanne Smeed. Il y a quelqu'un d'autre. Une personne qui fait des allers-retours entre la maison et le jardin, transportant d'encombrants objets qu'elle entrepose en tas sur l'herbe.

Karen s'arrête au bord de la route. Elle a entendu Karl appeler la fille de Susanne pour l'informer que l'examen technique de la maison était terminé et que la police n'avait plus besoin d'y accéder. Mais pour une obscure raison, elle n'avait pas songé que Sigrid voudrait s'y rendre. Karen observe pendant quelques minutes la frêle silhouette qui s'est assise sur le perron, visiblement incapable de poursuivre sa corvée. Elle semble seule. Karen patiente quelques instants encore, pose la main sur le levier de vitesses, mais interrompt son mouvement. Quelque chose dans la vision de cette figure solitaire l'empêche de continuer sa route. Avec un juron étouffé, elle extrait les clefs du contact et ouvre la portière.

Penchée en avant, la tête dans ses bras croisés, Sigrid ne remarque Karen que lorsqu'elle se trouve à quelques mètres. La jeune fille paraît vouloir se lever, mais se ravise.

— Bonjour, Sigrid, c'est juste moi, Karen.

La fille de Susanne hoche la tête sans répondre. Son visage est pâle comme la mort, ses yeux, brillants. La douleur, songe Karen. Voilà ce qu'il exprime. À pas rapides, elle rejoint la fille et s'assied à côté d'elle. Sigrid tourne lentement la tête et croise le regard de Karen, mais une quinte de toux lui fait détourner le visage. Ces yeux embués, ce n'est pas seulement à cause des larmes. Sigrid est fiévreuse.

— Eh bien, ça n'a pas l'air d'aller fort, ma grande.

Au moins, elle a eu la sagesse d'enfiler un imperméable, pense Karen. Ses longs cheveux ruisselants lui collent aux tempes et aux joues. Karen repousse délicatement la frange et pose une main sur son front.

— Sigrid, tu es brûlante. Tu ne peux pas rester ici.

Saisissant fermement son corps menu, elle l'aide à se lever et la guide jusqu'à la porte ouverte. Au lieu d'entrer dans la cuisine, elle continue dans le salon et assied Sigrid sur le canapé. Cela fera des taches hideuses, songe Karen en suivant des yeux les gouttes qui dégoulinent le long de l'imperméable pour être absorbées par le tissu clair.

— Depuis quand as-tu de la fièvre ?

— Seulement aujourd'hui, je crois.

Sa voix vacillante ne porte aucune trace de l'insolence avec laquelle elle avait répondu à Karl et Karen lorsqu'ils étaient allés chez elle à Gaarda.

— Tu as pris un médicament ?

Sigrid tousse et secoue la tête.

— Attends, je reviens.

Karen grimpe les marches quatre à quatre. Espérons que Susanne a autre chose que des somnifères dans l'armoire à pharmacie, songe-t-elle.

Quelques minutes plus tard, elle regarde Sigrid, obéissante, placer un Tylenol entre ses lèvres et saisir le verre d'eau que Karen lui tend. Elle avale le comprimé avec une grimace.

— Tu as mal la gorge ?

Sigrid acquiesce.

— Tu es ici depuis quand ?

— Depuis hier. Je pensais trier… Il faut bien que je m'occupe de…

Sa voix se brise et elle n'a pas la force de terminer sa phrase. Au lieu de cela, elle laisse tomber sa tête contre l'accoudoir du canapé, tout en gardant au sol ses pieds chaussés de bottes en caoutchouc. Une tache d'humidité se forme sur le coussin décoratif rose sous ses longs cheveux noirs.

Karen s'installe dans un fauteuil en face du canapé et contemple la pauvre enfant. Elle a dû venir juste après l'enterrement. C'est ici qu'elle se dirigeait quand elle a quitté Jounas sur le parking pour traverser le cimetière. Que faire ? se demande Karen en réfléchissant à ses options. Elle ne peut pas laisser Sigrid ici, elle est trop mal en point pour rester seule. Personnellement, Karen n'a aucune envie de rester dans la maison de Susanne à jouer la garde-malade. Elle se sentirait mal à l'aise. Sans compter le problème éthique. Peut-elle, en tant que responsable de l'enquête, passer la nuit chez la victime – même si l'examen technique est achevé ? Appeler Jounas pour lui demander de s'occuper de sa fille la dérange pour plusieurs raisons. Sigrid semble rejeter tout contact avec son père ; et Karen elle-même n'a aucune envie de lui parler. Quant au petit ami, Samuel Nesbö – si tant est qu'ils soient encore en couple –, elle n'a pas son numéro. Et elle ne connaît pas les autres amis de Sigrid. Aussi vite que l'éclair lui viennent des excuses : Sigrid peut très bien s'en sortir toute seule si je l'aide à se mettre au lit. Certes, elle est malade, mais pas à en mourir. Si je n'étais pas passée par là, elle n'aurait eu d'autre choix que de se débrouiller.

Et pourquoi diable me suis-je arrêtée ?

Elle se lève.

— Sigrid, tu ne peux pas rester ici, je t'emmène chez moi.

Sa réponse inaudible est engloutie par une quinte de toux.

— As-tu la force de marcher jusqu'à ma voiture ? Elle est garée au bord de la route.

À sa grande surprise, Sigrid se dresse lentement sur son séant et hoche la tête.

— J'ai vu ton sac à dos dans l'entrée, tu veux apporter autre chose ?

Sigrid fait non de la tête.

Les clefs de la porte sont posées sur la console dans l'entrée. Karen vérifie que la cuisinière et la cafetière ne sont pas restées allumées, puis elle éteint la lumière et ferme la porte. Elle jette un coup d'œil vers le jardin : vêtements, coussins décoratifs, rideaux et draps à fleurs sont entassés à même le sol sur la pelouse boueuse. À côté se trouve un grand carton de déménagement imprégné d'eau qui menace de se déchirer d'un instant à l'autre. Des bibelots que Karen se souvient avoir vus chez Susanne, un pied de lampe et quelques photographies encadrées en dépassent. Il faudrait recouvrir cela d'une bâche, se dit Karen, on ne peut pas exclure qu'un voisin curieux passe en revue les objets, mais elle bazarde l'idée en voyant Sigrid prostrée, secouée par une nouvelle quinte de toux. Ce qui importe à présent, c'est que la gamine soit au chaud et au sec, dans un lit.

Une demi-heure plus tard, Karen contemple la fille abandonnée au sommeil depuis le seuil de la chambre d'amis. Ses cheveux sont encore humides : Karen a tenté avec un succès mitigé de braquer sur elle le sèche-cheveux en lui faisant avaler à contrecœur un peu de soupe aux baies d'églantier. Pas le temps de changer les draps : Sigrid peut dormir dans ceux de Marike – du moins jusqu'au lendemain. Le thermomètre indiquait 39,8. Certes, après quelques cuillerées de liquide chaud, mais avec un antalgique dans le corps. Il faudra surveiller sa température dans quelques heures, mais, pour l'instant, il n'y a pas grand-chose à faire. Aussi silencieusement que possible, Karen ferme la porte de la petite chambre, fait machine arrière, la laisse entrouverte et descend l'escalier.

52

Depuis maintenant une semaine, la pluie battante alterne avec la bruine. Les sols sont déjà saturés d'eau et les routes secondaires changent de couleur, adoptant la nuance marron de la boue qui s'échappe des fossés. Les gens s'emmitouflent dans leur manteau ou leur blouson coupe-vent fonctionnel, mais inesthétique.

Les trottoirs éclairés par des réverbères vacillants, les aires de jeux abandonnées, les parcs silencieux et déserts seront bientôt le théâtre d'une lutte de plusieurs mois contre les éléments. Les vents violents et les pluies verglaçantes fouetteront le pays, des crêtes de Noorö jusqu'aux landes étendues de Frisel. Les tempêtes se déchaîneront puis se calmeront, déracineront les clôtures et abattront les murs que des hommes aux doigts transis devront réparer. Les branches des feuillus et de certains conifères seront arrachées. Les navires devront rentrer au port et les pêcheurs devront attendre avec une crainte mêlée d'impatience une nouvelle occasion de sortir en mer.

Les femmes seront tiraillées entre le soulagement de voir les bateaux immobilisés et l'inquiétude de ne pas joindre les deux bouts en l'absence de produits de la pêche. Elles porteront leurs lourds cabas de provisions au milieu des rafales avec des jurons étouffés, se plaindront de l'inflation, du remboursement de l'emprunt immobilier, et prieront pour que les économies suffisent jusqu'au prochain salaire.

Mais de l'obscurité jaillira aussi autre chose. On éclairera les fenêtres noires de couronnes lumineuses, d'étoiles et de croissants de lune. On décorera les balcons de branches de pin et de guirlandes ; on placera des lanternes à bougie devant chaque maison, on fouillera les greniers ou les boutiques pour trouver bougeoirs et candélabres ; on renouvellera les piles des détecteurs de fumée, on entendra crépiter les poêles à bois et les cheminées.

Karen a réglé son réveil à 6 heures, mais elle ouvre les yeux une demi-heure plus tôt. Les bruits de pas, ayant traversé plusieurs strates de sommeil, finissent par l'atteindre. Une bouffée d'angoisse l'assaille. Puis un accès de toux rocailleuse dans la pièce contiguë lui rafraîchit la mémoire. Sigrid. Karen trottine jusqu'à la chambre d'amis, s'arrête sur le pas de la porte et contemple la jeune fille assise au bord du lit.

— Bonjour. Comment ça va ?

— Qu'est-ce que je fais ici ? On est chez toi ?

— Oui, tu es chez moi à Langevik, seulement à quelques kilomètres de la maison de ta mère. Je t'ai conduite ici hier, tu ne te rappelles pas ?

Sigrid fait non de la tête et grimace de douleur.

— Tu étais très malade. Tu es très malade, rectifie-t-elle en fronçant les sourcils lorsque le corps fluet devant elle est à nouveau secoué par une crise de toux.

— Je me souviens vaguement d'avoir pris la voiture, dit Sigrid dans un râle une fois la toux calmée. Et d'avoir mangé de la soupe de baies de genévrier. J'ai horreur de ça.

— D'accord, je ne t'en donnerai plus.

— J'ai la tête qui va exploser. Est-ce que tu aurais un antalgique ?

— Ce doit être à cause de la fièvre. Tu as pris ta température ce matin ?

Elle secoue à nouveau la tête, plus doucement cette fois. Karen opine, se dirige vers la table de chevet où est posé le thermomètre.

— Fais-le. Je vais te chercher un médicament. Et à boire.

Une bonne heure plus tard, Karen a bordé Sigrid et monte dans sa voiture. La fièvre est descendue à 39,2 et continuera à baisser grâce au Tylenol que Karen lui a apporté, agrémenté d'un thé au miel et d'une tartine. Mais elle n'a rien mangé.

— Appelle-moi quand tu veux, lui a dit Karen en griffonnant son numéro sur un bout de papier qu'elle pose près de la tasse. Sers-toi dans la cuisine si tu as faim, mais surtout repose-toi.

Sigrid s'est endormie avant la fin de la phrase.

À 7 h 20 pétantes, Karen sort de l'ascenseur au quatrième étage de l'hôtel de police de Dunker ; elle ne commence jamais aussi tôt, mais aujourd'hui elle a voulu venir aux aurores. Elle veut pouvoir lever les yeux et afficher une expression légèrement étonnée quand son chef entrera en flânant vers 9 heures, comme à son habitude. Habitude qu'elle partage, d'ailleurs. Après une semaine d'absence, Jounas Smeed reprend du service.

Deux minutes plus tard, elle balance son sac sur son bureau avec un juron.

53

Il est déjà assis à son bureau. Par la porte en verre, Karen voit qu'il s'est servi un café et qu'il examine à présent quelque chose, l'air concentré. On dirait bien que Jounas Smeed est là depuis un certain temps, et il ne semble pas remarquer son arrivée. Étouffant un second blasphème, elle suspend son manteau au crochet derrière son bureau.

Autant se débarrasser de cette corvée, se dit-elle. Son chef ne disparaîtra pas, quand bien même elle prierait toute la nuit. Avec un soupir, elle se dirige vers son bureau, hésite un instant à la porte, puis frappe trois coups brefs. Au bout de quelques secondes, Smeed s'arrache à son écran et tourne la tête.

Il gratifie Karen du petit regard étonné qu'elle prévoyait de lui lancer, puis il esquisse un signe de tête qu'elle interprète comme une invitation à entrer.

— Bonjour, Eiken. Assieds-toi.

Elle obéit.

— Eh bien, bon retour parmi nous, dit-elle.

Sans répondre, il désigne l'écran.

— Tu as regardé le STII ?

— Ce matin, tu veux dire ? Non, je viens d'arriver.

— L'officier de permanence cette nuit m'a téléphoné vers 5 heures du matin. Il s'est passé pas mal de choses depuis hier soir.

Malgré l'absence de professionnalisme de sa réaction, elle ne peut s'empêcher de réagir au fait qu'on ait appelé Jounas au lieu d'elle.

— Pourquoi toi ? Tu n'as repris tes fonctions que ce matin.

Smeed éclate d'un petit rire et lève les mains au ciel.

— Ouh là là, on se calme. Ils ont dû entendre dire que j'étais sur le point de revenir et ont préféré m'appeler directement. Estime-toi heureuse d'avoir pu faire la grasse matinée !

La « grasse matinée » ! Je suis debout depuis 5 h 30 à m'occuper de ta gosse souffrante, songe-t-elle, amère. Une aide qu'elle n'accepterait sans doute pas venant de lui. Cette dernière pensée la réconforte un brin.

— Que s'est-il passé ?

— Deux jeunes femmes ont été brutalement agressées et violées : l'une la nuit dernière dans un fourré près de l'allée piétonne qui donne sur l'arrêt de bus de Moerbeck-Centre ; l'autre dans un local à vélos de la cave du 122 rue de la Carpe, cette nuit.

— Bon sang ! Mais c'est tout de même un peu étrange qu'ils t'aient appelé au milieu de la nuit pour deux viols.

Au même moment, elle comprend pourquoi on a contacté le chef de la brigade criminelle. Jounas Smeed hoche la tête en voyant son expression.

— C'est un homicide. La fille de la rue de la Carpe a succombé à ses blessures dans l'ambulance.

Il se penche en arrière et saisit une tasse frappée du logo du club de football de Thingwalla.

— Un délice, conclut-il après une gorgée. J'imagine que je vais recevoir la facture ? C'est moi qui vais casquer ?

— Je trouve que c'est un bon investissement. Mais si j'ai fait une erreur d'appréciation, je peux toujours rapporter la machine chez moi et la payer de ma poche.

— À propos d'appréciation, réplique Jounas sans commenter sa proposition. Nous allons devoir, comme tu le comprendras, revoir nos priorités du fait de ce qui s'est passé à Moerbeck. J'ai déjà prévenu les personnes avec qui je souhaite travailler. Cornelis Loots et Astrid Nielsen vont être transférés : il est bon d'avoir une femme dans ce genre d'affaires. Tu en tires les conséquences pour ton enquête. Il faut tout simplement que l'on partage nos ressources.

Alors, tu ne prends pas Karl, pense Karen, dissimulant son étonnement. Hormis elle-même et Evald Johannisen, Karl est de loin le plus expérimenté. Tu n'oses pas travailler avec quelqu'un qui pourrait te contredire. D'autant plus que Johannisen n'est plus là pour te lécher le derrière.

Tout fort, elle dit :

— Alors je ne garde que Karl. Comment crois-tu que nous allons pouvoir avancer ? L'enquête ne fait que commencer.

— Moui, ça fait déjà plus d'une semaine que tu planches dessus. Et on ne peut pas dire que vous ayez avancé, même si tu as eu toutes les ressources à ta disposition. Il faut établir des priorités, même toi, tu peux saisir ça. Surtout qu'Evald est absent. Mais je lui ai parlé. Heureusement il sera bientôt de retour : nous reverrons l'organisation à ce moment-là.

Si tu me mets Johannisen dans les pattes, je claque la porte, pense-t-elle.

— D'accord. Mais qu'en dit Haugen ? C'est à lui et à Vegen que je dois faire un rapport pour cette affaire, pas à toi.

— Eh bien, tu lui poseras la question. Il va t'appeler ce matin, c'est ce qu'il m'a dit quand nous nous sommes parlé tout à l'heure.

Onze minutes plus tard, le téléphone sonne. C'est Viggo Haugen. Il lui dit ce qu'elle s'attendait à entendre, ce qu'elle trouve juste au fond d'elle-même. Il faut réorganiser les ressources en fonction de la nouvelle priorité. Cette fois, la procureure Dineke Vegen est du côté du commissaire général. Toutes les actions opérationnelles doivent se concentrer sur Moerbeck.

— En plus, tu as dit toi-même qu'il semblait y avoir des liens clairs entre le meurtre de Susanne Smeed et les cambriolages, explique Viggo Haugen, qui n'a sans doute pas conscience du soulagement dont est teintée sa voix.

Après le fiasco de la conférence de presse, les médias se sont montrés encore plus critiques face à l'absence de progrès dans cette affaire. Le fait que toutes les informations soient données par l'attaché de presse n'a fait qu'attiser leur colère. Dorénavant, l'attention se focalisera sur une autre enquête et, cette fois, Jounas Smeed en sera responsable. Viggo Haugen peut enfin souffler.

— J'ai dit qu'il *pouvait* y avoir un lien, répond Karen, mais il ne semble pas très clair. Et quand bien même ce serait le cas, cela ne veut pas dire que nous avons identifié – et encore moins arrêté – le coupable.

— C'est vrai, mais maintenant qu'on sait comment ça s'est vraisemblablement passé, concentrez-vous sur cette piste. On ne devrait pas tarder à trouver le coupable. Bien entendu, tu auras accès à des ressources supplémentaires lorsque l'arrestation sera à l'ordre du jour. Ou bien si, contre toute attente, vous trouvez un autre suspect. On doit établir des priorités, assène Haugen en accentuant chaque mot.

Bien sûr, elle comprend. Les ressources sont très limitées et il est judicieux de les concentrer sur les deux viols, d'autant plus qu'il existe un fort risque de récidive. La vérité, c'est qu'elle donnerait tout pour pouvoir lâcher ce qui a trait à la famille Smeed, aux cambriolages et au vol de moto, pour retrouver le connard qui sévit à Moerbeck.

Björken et Karen participent à la première réunion sur les deux viols. Pour les enquêtes les plus importantes, tous les membres de la brigade criminelle doivent prendre connaissance des informations de base. Par ailleurs, même si rien ne permet de le dire en cette phase préliminaire, on ne peut exclure qu'il existe des liens entre les deux affaires. Ou que certaines des personnes interrogées dans le cadre d'une enquête aient des informations sur l'autre. Les nouvelles vont vite dans les réseaux criminels, plus vite que par le STII. La police a plus d'une fois pu en tirer avantage.

L'information a ébranlé tout le monde. La présentation de Kneought Brodal est accueillie par un silence de mort. Une bouteille en verre cassée a été utilisée dans les deux cas ; les victimes ont été lacérées au visage et aux seins, puis le coupable leur a enfoncé le tesson dans le vagin. La première victime a été retrouvée par un homme avec un chien dimanche vers 4 heures du matin. Elle errait, en sang et terrorisée. Par terre, non loin d'elle, se trouvaient les débris d'une Groths Old Stone Selection de trente-cinq centilitres. Sandrine Broe se trouve à présent à l'hôpital de Thysted, traumatisée mais en vie.

Loa Marklund n'a pas eu la même « chance ». À 7 h 30 le lundi matin, un habitant du 122, rue de la Carpe et son fils de huit ans, armés de cannes à pêche, ont pris l'ascenseur jusqu'à leur cave pour récupérer leurs vélos en vue de leur dernière partie de la saison dans le lac Svartsjön. Lorsque le père, en état de choc, a appelé le 112, cela faisait déjà six heures qu'on avait introduit et fait pivoter une Budweiser brisée dans le vagin de la victime. Malgré une hémorragie massive, elle était toujours en vie lorsque l'ambulance est venue la chercher. Quand le véhicule est arrivé à Thysted, elle ne l'était plus.

— Des traces de sperme ? s'enquiert quelqu'un à voix basse.

Kneought Brodal secoue la tête.

— Je me demande même si le coupable a eu une relation sexuelle avec elles. Les indices portent à croire qu'il se soit satisfait de voir les bouteilles faire le travail.

Un détraqué, si vous voulez mon avis. Impuissant aussi, sans doute.

Karen observe les membres de son ancien groupe d'enquête quand ils enregistrent les détails sordides des agressions de Moerbeck. Un silence de mort s'abat sur la pièce, comme lorsqu'ils ont vu pour la première fois les photographies de Susanne Smeed. Puis l'atmosphère change. On dirait un animal qui se lève lentement, s'ébroue et pousse un grognement étouffé. À présent, l'instinct de chasse s'est à nouveau éveillé, mais ce n'est pas la même victime. Les regards sont braqués ailleurs, vers une autre proie. Elle espère que cette enquête sera plus rapide que la sienne.

54

Karen clique sur la souris. La vidéo s'arrête. Elle s'appuie contre le dossier de sa chaise et ferme les yeux. Derrière ses paupières closes, les images continuent à s'enchaîner ; un flux en apparence ininterrompu de véhicules qui montent sur le ferry et en descendent en cahotant.

Le ferry de Noorö à Thorsvik passe toutes les dix minutes entre 6 heures et 23 h 50, et toutes les vingt minutes après minuit. Même vide, le bateau jaune brave le détroit. Des voix critiques se sont fait entendre de la part des partisans de plus en plus nombreux des baisses d'impôts : ils plaident pour un service à la demande, du moins la nuit, ce qui n'est pas du goût de tous.

Les habitants de Noorö ont pour l'instant réussi à parer la menace.

Si le flux de voyageurs nocturnes ne justifie guère un départ toutes les demi-heures, à d'autres moments de la journée le trafic est intense. Grosses et petites voitures, véhicules clairs et foncés ; le film en noir et blanc ne montre qu'une gamme de gris. On voit surtout des Volvo, des BMW, des Ford et des SUV de différents modèles. Le bus 78 traverse toutes les demi-heures ; des voitures individuelles, des camionnettes, des tracteurs, des chariots élévateurs portant le logo des abattoirs de Ravenby, des véhicules estampillés NoorOyl qui reviennent du port en eau profonde, transportant des hommes et des femmes épuisés qui viennent de terminer leurs trois semaines sur une des plates-formes pétrolières, des bicyclettes, des mobylettes, un quad. Et quelques motos. Malheureusement, pas de Honda Africa Twin CRF1000L. Karen a sur son bureau une image imprimée du modèle.

Le regard de Karen scrute tous les véhicules qui montent sur le ferry à l'embarcadère de Noorö et qui, après quelques secondes d'avance rapide, descendent à Thorsvik. Il y a deux caméras sur le ferry. Elles pointent dans des directions opposées. Les deux angles sont montrés en parallèle sur l'écran et Karen pense d'abord pouvoir surveiller les deux en même temps. Mais après deux départs seulement, une mobylette a déjà échappé à sa vigilance et elle se dit qu'il vaut mieux examiner les deux bandes séparément. Même une moto peut être facilement dissimulée derrière un camion, un chariot élévateur ou le bus 78.

Le cambriolage à Noorö a eu lieu entre 7 h 30 le mardi 17 septembre et 16 h 45 le vendredi 20 septembre. Plus de soixante-douze heures, des centaines de possibilités pour le jeune passager sur une moto volée de prendre le ferry et d'être immortalisé par l'une des deux caméras de surveillance.

Karen jette un coup d'œil vers son voisin. Karl Björken pose son téléphone, appuie sur le bout de son stylo à bille pour faire apparaître la mine et raye quelque chose sur un de ses documents, dépité. Encore un poste de police local qui n'a rien à raconter, songe-t-elle.

— On échange ? demande-t-elle. Je n'en peux plus de ces vidéos.

— De quoi te plains-tu ? Il ne doit pas y avoir plus de cent traversées par jour.

— Cent vingt-deux.

— Où en es-tu ?

— Je viens de regarder le départ de 9 h 40 le 18 septembre. Toujours pas d'Africa Twin. Pas une seule bécane depuis qu'une Kawasaki est montée à 7 h 20. Et toi ?

— Rien. Si j'avais du nouveau, je me serais manifesté. Mais je ne vais pas tarder à rentrer ; Arne et Frode ont tous les deux de la fièvre et Sara, la petite dernière, refuse de dormir dans son lit. Ingrid menace de divorcer si je n'arrive pas avant 18 heures. « Et je ne prendrai *pas* les enfants », ajoute Karl, en imitant sa femme.

— Alors tu ferais mieux d'y aller, répond Karen avec un sourire. Tu ne devais pas bientôt prendre un congé parental, d'ailleurs ?

— À partir du 1er novembre. Et non, ça n'a rien à voir avec la saison de la chasse à la martre.

Dans moins d'un mois, Karl sera parti, encore une raison pour laquelle Smeed ne l'a pas intégré dans son équipe.

— Il vaut mieux qu'on résolve cette affaire d'ici là, dit Karl en éteignant son ordinateur. Sinon, il y a des chances que tu te coltines Johannisen. Cela dit, il aurait peut-être une vraie crise cardiaque, cette fois.

— Ou moi. Je finis les traversées du mercredi, et je rentre aussi.

Vingt-quatre minutes plus tard, au moment où Karl Björken passe le seuil de sa maison mitoyenne du quartier de Sande, accueilli par des hurlements d'enfants, Karen se fige devant son écran. Elle se redresse, rembobine la bande de quelques secondes et observe à nouveau la séquence.

— Tiens, tiens, dit-elle lentement. Te voilà, toi !

55

Sigrid est assise dans la cuisine lorsque Karen passe la porte. Devant elle, sur la table, le chat lèche les restes d'une assiette creuse qui a dû contenir du yaourt et du muesli. Dans quel placard a-t-elle fouillé, se demande Karen, ça fait des années que je n'ai pas mangé de muesli. Au même instant, les images du petit déjeuner interrompu de Susanne Smeed lui reviennent à l'esprit, mais elle les en chasse aussitôt.

— Tu es debout, à ce que je vois, dit Karen. Comment ça va ?

Sigrid lève la tête avec un rictus qui ressemble à un sourire. Quelle transformation, songe Karen. Pour la première fois, Sigrid n'est ni agressive ni épuisée par la fièvre. Son visage reste pâle, ses yeux brillants, mais les plaques écarlates sur ses joues ont disparu et elle a attaché ses cheveux en queue-de-cheval.

— Ça va mieux, merci. Ce n'est pas un problème ? demande-t-elle en indiquant l'assiette d'un geste de la tête.

— Tu parles du yaourt ou de Rufus ? Ne t'en fais pas, ajoute-t-elle avec un sourire, il agit selon son bon vouloir, même quand je suis là.

Karen pose son sac de courses sur le plan de travail. Du coin de l'œil, elle remarque que Sigrid attrape doucement Rufus pour le poser au sol.

— Je suis passée chez l'Indien. Ça doit être froid, mais je peux réchauffer les plats au micro-ondes. Tu as assez mangé ou il te reste de la place pour quelque chose de plus consistant ?

Karen s'empare d'une assiette dans l'égouttoir à vaisselle et sort une barquette en aluminium du sac en papier.

— Ça va aller, je crois. Je n'ai plus faim. Mais merci.

Sigrid demeure silencieuse un instant. Elle observe Karen qui se sert une portion de curry sur une assiette et la place dans le micro-ondes.

— Je devrais rentrer, reprend la jeune fille en se levant. Ou du moins, retourner chez ma mère.

Karen s'arrête dans son mouvement, la main sur le bouton minuteur.

— Pourquoi ? Tu peux rester ici jusqu'à ce que tu sois remise sur pied. Tu as pris ta température ce matin, d'ailleurs ?

— Il y a une demi-heure. 38,6.

— Écoute-moi bien, Sigrid. Je ne sais pas ce que tu as chopé comme saleté, mais c'est clairement une infection des voies respiratoires. Enfin, tu vois bien.

Elle marque une pause tandis que Sigrid est secouée par une nouvelle quinte de toux.

— Bon, en tout cas, n'hésite pas à rester jusqu'à ce que tu te sentes mieux. Et le boulot, tu as appelé ?

— Je leur ai envoyé un message ce matin.

— Et ton petit ami, Sam ?

— Mon ex.

— Ah bon, c'est toujours fini entre vous. D'accord, alors je ne vois pas pourquoi tu es si pressée de partir.

Le micro-ondes sonne et Karen retire l'assiette.

— Tu es sûre ? fait-elle en indiquant le plat.

— Sûre.

Elle ouvre le garde-manger et en sort une bouteille.

— Je ne te propose pas de vin, mais je pensais en prendre un verre.

— Je viens d'avoir dix-huit ans, je vous signale.

— Bien, tu auras un verre quand tu seras guérie. Alors, tu restes ?

Cette fois-ci, aucun doute : c'est bien un sourire qui se dessine sur le visage pâle de Sigrid.

Une grosse heure plus tard, elle dort sur le canapé, enveloppée dans une couverture. Elle n'a pas voulu monter se coucher, préférant la compagnie de Karen qui, après le dîner, s'est installée dans un fauteuil avec des mots croisés. À présent, la respiration rauque de la fille emplit la pièce et, de temps en temps, elle tousse dans son sommeil. Karen baisse son journal et la contemple.

Le même âge, songe-t-elle. Nés la même année, quelques mois plus tard seulement. Il aurait aussi fêté ses dix-huit ans cette année, en décembre. Traîné dans les clubs, falsifié sa carte d'identité pour pouvoir boire une bière au bar. Il aurait sans doute aussi répondu de façon laconique à ses questions, tenté de dissimuler ses sourires, ne les partageant qu'à contrecœur. Son fils. Mathis.

Peut-être aurait-il rencontré Sigrid, pendant des vacances que John, Mathis et elle auraient passées au Doggerland. Ils auraient pu se croiser dans un des bars de Dunker, un soir d'été. Peut-être serait-il allé boire un verre là où elle travaille, aurait-il assisté à un de ses concerts.

Ça suffit.

Elle braque le regard sur ses mots croisés.

Rien n'y fait. Ses pensées sont indomptables. Peut-être que John et elle se seraient vraiment installés ici, plus tard dans leur vie. Mais elle ne le croit pas.

Elle adorait Londres, sa vie était là-bas, et sa nostalgie de l'île ne revenait que par moments. Des bouffées de mal du pays brèves, mais intenses. Alors, elle sentait dans son corps qu'il manquait quelque chose. La mer. Ils vivaient si loin de la mer.

— Mais enfin, on voit toute la Tamise de la fenêtre ! tenta John un jour.

Il ne répéta pas deux fois telle ineptie.

— Allons sur la côte, décréta-t-il pendant une autre de ses crises de nostalgie. On fourre tout dans la voiture et on passe le week-end chez ma sœur, à Margate. *Ça*, c'est la mer.

— Margate ? Mais ça n'a rien à voir !

Elle n'avait jamais su expliquer. Mais ça ne lui était jamais passé. Pourtant, elle se plaisait à Londres ; elle aimait la ville depuis qu'elle s'était installée en colocation à Clapham avec Scott, Elina et Ulrich. Bien qu'ils eussent dû isoler les fenêtres avec des collants pendant les mois d'hiver. Elle aimait les pubs, les grands magasins et les parcs. Elle aimait la London Met, l'université où elle avait appris les horreurs que les humains sont capables de faire subir à leurs prochains. Elle avait aimé John, puis Mathis. Oui, elle aimait du fond du cœur la ville qui lui avait donné un mari et un fils. La ville qui lui avait donné une vie.

Pourtant, sans l'ombre d'une hésitation, elle avait tout plaqué un jour de décembre il y aura bientôt onze ans.

Karen capitule et pose ses mots croisés. C'est pour cela que j'ai envie qu'elle reste ? s'interroge-t-elle en regardant Sigrid sur le canapé. Parce que la vie de la fille continue là où s'arrête celle de Mathis ? Parce qu'elle me permet d'imaginer l'avenir de mon fils ? Parce qu'elle m'aide à mc souvenir ?

56

Un avis de recherche a été lancé via le STII. C'est elle qui l'a introduit dans le système interne après avoir enfin trouvé la bonne séquence vidéo des caméras de surveillance du ferry. Les images du jeune homme sur le ferry de 23 h 20 le 18 décembre sont assez nettes et la plaque d'immatriculation de la moto correspond à celle du véhicule volé lors du cambriolage. Le problème, c'est le casque à visière qui dissimule efficacement le visage. Pour une raison quelconque, l'homme est descendu de la moto, s'est avancé vers le bastingage et penché par-dessus bord. Mais une camionnette le cachait à moitié et Karen a eu beau observer les images du film une par une, elle n'a pas réussi à voir s'il jetait quelque chose à l'eau ou s'il cherchait simplement à se dégourdir les pattes et à respirer un peu d'air frais. Il n'a pas ôté son casque.

À l'aide de points de repère, Karen a conclu qu'il mesure environ un mètre soixante-quinze et semble dégingandé, à la limite de la maigreur, dans son jean élimé et sa veste légère. Mais c'est un signalement beaucoup trop vague. La moto constitue l'élément central de l'avis de recherche que Karen a lancé. Si le modèle est assez courant, la couleur sort de l'ordinaire. Or, elle ne se voit pas sur les images en noir et blanc qu'elle a fournies. Mais peut-être que la photo de la

Honda Africa Twin jaune qu'elle a trouvée sur Internet et chargée dans le STII fera réagir un collègue. Ou pas.

— Tôt ou tard, le type fera une erreur et on le coincera, déclare Karl le lendemain matin.

Il souffle sur son café en s'avançant vers l'écran de Karen.

— Merde alors, ce qu'il a l'air jeune ! Seize, dix-sept ans tout au plus ?

— C'est vrai qu'il n'est pas vieux. Tu crois vraiment que ce garçon a pu tuer Susanne Smeed ? Au fond de toi, mon petit Kalle ?

Karl fronce ses sourcils obscurs, tant par aversion pour ce surnom que parce qu'il partage le scepticisme de sa collègue. La rage avec laquelle Susanne a été tuée ne cadre pas avec la théorie du cambriolage qui dégénère. Le lien a beau être évident pour Haugen et possible pour la procureure, Karl est loin d'être convaincu. Pour le moment.

Juste après le déjeuner, seulement trois minutes après que Karen a laissé un message agacé sur le répondeur du poste de police de Grunder, demandant à être rappelée immédiatement, le téléphone sonne. Karen et son équipe ont envoyé des e-mails à tous les commissariats pour s'enquérir des éventuelles petites infractions qui pourraient avoir un lien avec l'enquête. Seuls trois n'ont pas répondu, dont Grunder. Et le ton de leur mesasge vocal – cette prétendue frustration pour ne pouvoir répondre quand on est ouvert vingt-quatre heures sur vingt-quatre – confirmera sans doute l'image que se fait la police locale des collègues de Dunker. Des tyrans prétentieux.

Karen décroche. Enfoncée dans son fauteuil, elle écoute avec une impatience poliment dissimulée le discours-fleuve du commissaire Grant Hogan de Grunder sur le manque de personnel, la nécessité d'aller aux toilettes, les problèmes du STII et tous les petits délits commis au nord-est de Heimö pendant l'été. Pour éviter de creuser le fossé qui sépare l'administration centrale des postes de police locaux, elle lâche çà et là un *hum* d'approbation, tout en songeant qu'elle devrait appeler Sigrid pour prendre de ses nouvelles. Quelques minutes plus tard, Grant Hogan aborde enfin un sujet qui lui fait tendre l'oreille et descendre les pieds de son bureau. Elle appelle Karl Björken d'un geste de la main et pose son téléphone portable sur la table entre eux.

— Grant, je te mets sur haut-parleur, Karl Björken est là. Tu peux répéter ?

Ils l'écoutent patiemment. Karen fait signe à Karl de ne pas presser leur interlocuteur. Et là, au milieu des digressions et explications alambiquées, commencent à apparaître les éléments qui pousseront Karl Björken à se demander si Viggo Haugen n'a pas pour une fois raison.

Un pavillon à moitié brûlé à Ramsviken, dans le district de police de Grunder, à seulement trente kilomètres au nord de Langevik, deux jours avant Oïstra ; le couple de propriétaires était en vacances à Londres. Grant Hogan parle de « shopping et théâtre », « jeunes retraités », « ordinateurs et bijoux disparus », « maison isolée avec une vue magnifique », « l'incendie probablement parti des rideaux », « choqués à leur retour », « l'assurance couvre »... et enfin « aucun témoin ».

Karl lève les yeux et croise le regard de Karen lorsqu'ils entendent le collègue à l'autre bout du fil prendre une longue inspiration avant de poursuivre :

— En réalité, je m'apprêtais à vous appeler. Pas à cause de l'incendie, mais parce que hier j'ai discuté avec un chasseur. Yngve Lingvall, c'est son nom. On se connaît depuis plusieurs années. Je chasse aussi. Quand le boulot me le permet, cela va sans dire. C'est pour ça qu'il m'a téléphoné en pleine partie de chasse. Sinon il ne se serait pas embêté, je crois.

— Téléphoné à propos de quoi ?

Karl tambourine impatiemment sur la table. Karen l'admoneste d'un regard.

— Hier, un des types de l'équipe a découvert une moto accidentée au fond d'un ravin à trois kilomètres vers le sud. Apparemment, il s'y connaît en bécanes, il aurait bien voulu s'en occuper personnellement. Mais Yngve a préféré nous appeler d'abord. Un bon gars, Yngve. Je suis allé y faire un tour et, effectivement, il y a bien une moto dans la gravière, pas loin de l'échangeur de Kalv, à quelques kilomètres seulement de notre commissariat.

— De quelle couleur est-elle ? demande Karl. La moto, je veux dire, ajoute-t-il pour éviter d'entendre la couleur de la gravière.

— Jaune, je crois, mais elle est au fond du ravin et elle est dégueulasse. Je ne m'y connais pas trop en motos, mais selon le mec qui l'a découverte, il s'agirait d'une Honda, modèle Africa Twin. J'ai vu votre avis de recherche sur le STII et je comptais vous appeler, mais il fallait que je passe au petit coin avant.

Karen mime à Karl d'aller chercher un café et laisse Grant Hogan poursuivre ses élucubrations. Le collègue a malgré tout fait montre d'un certain bon sens, même s'il a fait passer sa vessie avant le reste. À présent, la curiosité de Grant a été attisée : il y a bien eu un incendie, ou quelque chose dans le genre, dans l'affaire Langevik ? C'est ce que lui a raconté son beau-frère. Des objets volés aussi, c'est ce qu'on dit, même si personne n'est entré dans les détails… Non, il comprend bien qu'elle ne peut rien révéler. En tout cas, on veut faire son possible pour coffrer le type qui a tué la femme de Smeed. Oui, même si c'est son ex-épouse. Ils ont fait l'école de police ensemble.

— Avec Smeed, bien sûr, précise Grant Hogan. Pas avec sa femme.

C'est avec un sentiment de résignation que Karen remercie son interlocuteur. Elle saisit en silence la tasse de café que Karl lui tend. Même elle ne peut plus fermer les yeux sur la possibilité qu'il s'agisse d'un lien et non d'une coïncidence. Des cambriolages classiques, tous perpétrés en l'absence des propriétaires. Serait-ce ce qui s'est passé à Langevik – un simple casse, qui, pour une raison ou pour une autre, s'est terminé en catastrophe ? Un individu qui a agi seul, qui s'est concentré sur les ordinateurs et les bijoux, des objets faciles à glisser dans un sac à dos ? Karen a entendu les arguments même avant l'appel de Grant Hogan et elle est obligée de reconnaître, quoique à contrecœur, que la théorie n'est pas complètement farfelue. Inutile de regarder la carte pour se représenter son itinéraire ; les horaires concordent et les lieux des cambriolages montrent comment le coupable s'est déplacé de Noorö à Thorsvik où accoste le ferry, puis le long de la côte nord de Heimö. Il a très bien pu continuer vers Langevik après s'être débarrassé de sa moto.

— Il va falloir contacter les médias et lancer un appel à témoins, dit-elle. Une personne qui aurait pris un auto-stoppeur sur la route de Grunder à Langevik. Le type n'a pas pu descendre à pied. On n'a rien sur des voitures volées dans la région ?

— Non, je viens de vérifier.

— Mais pourquoi aurait-il choisi la maison de Susanne Smeed ?

— Bah, pourquoi pas ? répond Karl.

Il souffle sur son café et continue.

— La fille de Susanne nous a dit qu'elle avait l'habitude de partir en vacances pendant Oïstra. Peut-être que le coupable était au courant, pour une raison ou une autre, et a été pris de court en voyant qu'elle était chez elle. Je n'en sais rien moi, comment il est allé en reconnaissance, il y a des millions de possibilités.

— Mais comment pouvait-il penser qu'elle était partie ? Selon Harald Steen, la cheminée fumait, proteste Karen.

— Oui, mais quand Steen a vu la fumée, Susanne était déjà morte. Le tueur a pu allumer le poêle, pas Susanne.

— Et pourquoi diable aurait-il fait un truc pareil ? S'il voulait faire flamber la maison, pourquoi se fatiguer à allumer un vieux poêle à bois ? Dans ce cas, il est à la fois plus simple et plus rapide de mettre le feu aux rideaux, comme à Thorsvik.

Karl hausse les épaules.

— En plus, la voiture de Susanne était garée devant chez elle. Ça aurait dû avertir le cambrioleur de sa présence, non ?

— Pas forcément. On laisse le plus souvent sa voiture quand on part en vacances. Sur un parking longue durée, ou bien chez soi, si quelqu'un nous conduit à l'aéroport ou au ferry. D'ailleurs, c'est peut-être même la voiture qui a attiré le voleur : il avait clairement besoin d'un nouveau véhicule. Il est peut-être entré pour trouver les clefs.

— En partant du principe que tout le monde dormait dans la maison ? Un gros risque, si tu veux mon avis. Il ne pouvait pas savoir combien de personnes vivaient là.

— Sauf s'il avait préparé son coup.

Elle écoute tous les arguments, les considère séparément, puis ensemble. Pour le moment, elle est loin d'être convaincue, mais visiblement Karl a décidé de défendre la solution de simplicité qui trouve grâce aux yeux de Viggo Haugen. Et d'autres.

— N'oublie pas qu'elle était encore attablée dans la cuisine. Tu penses que le type aurait pu entrer silencieusement et la surprendre devant son café ? Qu'il aurait traversé le jardin sans qu'elle le voie par la fenêtre ?

— Il a pu contourner la maison par-derrière en descendant depuis la route. Il ne pouvait pas risquer d'être vu par un voisin ; la fenêtre de Harald Steen donne sur l'allée.

— Certes, concède-t-elle. Mais tout de même. On entend quelqu'un entrer si on est dans la cuisine.

— La radio était allumée. À un volume élevé, d'après Sören Larsen.

Karen secoue la tête en silence et avale une gorgée de café. Une chose est sûre : elle se rendrait compte si quelqu'un entrait chez elle, même avec la télé et la radio allumées.

N'est-ce pas ?

— Elle lui a peut-être ouvert la porte, suggère Karl après une pause.

— Et pourquoi aurait-elle fait ça ?

— Je n'en sais rien, il a pu se faire passer pour quelqu'un d'autre. Un réparateur d'Internet haut débit ou un truc dans le genre.

— Le lendemain d'Oïstra ? Tu me déçois.

— Ou bien il a inventé une urgence. Ce n'est pas la première fois qu'un voleur utilise cette tactique pour s'introduire chez quelqu'un.

— Voyons, mon petit Kalle, on parle de Susanne Smeed, ici. S'il y a une personne qui n'hésiterait pas à claquer la porte au nez d'une âme en détresse, c'est bien elle.

— Et s'il l'avait menacée avec une arme ? poursuit Karl, sourd au surnom comme aux objections de sa collègue.

— Susanne se serait assise gentiment dans la cuisine ?

— Oui, c'est précisément ce que je ferais si quelqu'un braquait une arme sur moi, répond Karl. Pas toi ?

57

Il ne fait plus aucun doute que l'automne a enserré l'archipel doggerlandais dans son étau. Le temps devient menaçant, il bombe le torse, annonçant que la période de répit touche à sa fin. La bruine et le crachin ont été remplacés par des rafales de vent qui soufflent de l'ouest et avertissent de l'arrivée imminente de l'hiver. Les météorologues l'ont confirmé : ces prochains jours, les bourrasques n'épargneront pas les côtes.

Quand Karen quitte l'autoroute, la tempête fait rage. Sur le pare-brise, la pluie forme une mer dont les essuie-glaces ne parviennent pas à chasser les vagues. Elle conduit lentement, penchée en avant, les yeux plissés. Elle endigue les assauts du vent en tournant brusquement le volant. S'il gèle cette nuit, ce sera l'enfer demain, se dit-elle en sentant les roues déraper sur la boue qui dégouline des talus abrupts en bord de route.

En réalité, elle devrait rentrer au plus vite avant que les routes ne deviennent tout à fait impraticables. Et puis, si Sigrid a repris du poil de la bête, elle est loin d'être rétablie. Mais si Karen passe chez Harald Steen, elle n'est pas obligée d'y rester plus d'une demi-heure. Certes, elle devra boire un café et perdre quelques minutes en bavardages polis avant d'en venir à l'objet de sa visite… Cette idée est une véritable gageure. La dernière fois qu'elle a vu Steen, il montrait des signes évidents de démence. S'il avait fini par donner des informations exactes lors du dernier interrogatoire – Angela Novak a pu confirmer ses dires –, il lui avait fallu un certain temps pour se rappeler les événements du matin même. Maintenant, elle prévoit de le précipiter quarante ans en arrière.

Contre son gré, elle a commencé à admettre la plausibilité des théories de Karl, bien que certains détails ne collent pas. Un fil rouge se dessine peu à peu au milieu de toutes ces coïncidences. Il est vrai que l'enchaînement d'événements est étrange : une série de cambriolages, tous perpétrés par la même personne, avec une escalade de violence. Simple casse, incendie volontaire, assassinat. Homicide, en tout cas.

La dernière pièce du puzzle, livrée par Grant Hogan à Grunder, a de toute manière suffi pour convaincre le commissaire général et la procureure que toutes les ressources doivent servir à arrêter l'homme à la moto. Haugen, ravi de voir enfin la conclusion de cette enquête, n'hésiterait pas un instant à faire remplacer Karen s'il savait où elle se dirigeait et pourquoi.

Une nouvelle rafale ébranle la voiture. Les roues patinent dans la mélasse. Je devrais vraiment rentrer chez moi, songe-t-elle en bifurquant sur la voie d'accès à la maison de Harald Steen.

— Sers-toi, ma petite, ce n'est pas fait maison, mais c'est tout ce que j'ai à te proposer.

Ils se sont attablés dans la cuisine de Harald Steen. Avec un brin de culpabilité, Karen se laisse offrir un café et l'une des deux brioches qu'Angela Novak a posées sur une assiette recouverte de film plastique pour l'en-cas du soir du vieux monsieur.

— Elle s'occupe bien de toi, on dirait, dit Karen avant de planter les dents dans la pâtisserie moelleuse.

— Peut-être, mais elle est payée pour le faire. Payée *grassement* même. Comparé à ce que je gagnais dans le temps. Quatre cent vingt marks et quarante shillings par mois. Et ça devait nous suffire, à moi et à ma moitié.

— Elle travaille pour toi depuis longtemps ? Angela, je veux dire.

— Non, peut-être un an. Deux, tout au plus. C'est à cause de ce maudit cœur qui n'a pas la force de pomper comme il faut, à ce qu'on m'a dit. C'est pour ça que j'ai des vertiges. Sinon je m'en sortirais tout seul, vois-tu, même si Harry croit que je ne suis plus bon à rien. C'est lui qui a exigé de faire venir cette bonne femme. Il a même contacté les services sociaux sans me prévenir.

Karen se dit que le fils de Harald Steen a dû en entendre parler plus d'une fois, de cette faute. Elle tente une autre stratégie.

— C'est comme si tu avais une gouvernante, Harald. Tu l'as bien mérité, je dois dire. Moi-même, je ne serais pas contre un peu d'aide pour le ménage.

Elle accompagne ses paroles obséquieuses de son sourire le plus mielleux. Il s'agit de mettre ce vieux grincheux dans sa poche.

— Ah, une gouvernante, si on voit ça comme ça…

Harald Steen dissimule un rictus de satisfaction derrière sa tasse et sirote bruyamment son café en réfléchissant à cette manière toute nouvelle d'envisager les choses. Visiblement égayé, il pose sa tasse sur la soucoupe avec un cliquetis décidé.

— Bon. Madame la fliquette peut peut-être lâcher le morceau maintenant. Je me doute que ce n'est pas simplement une visite de courtoisie, n'est-ce pas ?

« Fliquette ». Ce mot lui hérisse le poil, mais elle en fait abstraction et se met à farfouiller dans son sac à main posé au sol. C'est un pari fou. Autant s'en débarrasser le plus vite possible.

— C'est vrai, j'ai une question à te poser. S'il y a bien quelqu'un qui peut m'aider, c'est toi. Il me semble que tu es au courant de tout ce qui s'est passé à Langevik ?

Karen jette un coup d'œil à la photographie qu'elle tient à la main. 1970, des jeunes gens souriants, alignés sur un perron en pierre, et quelques enfants sur l'herbe à leurs pieds. Elle retourne l'image et la pose sur la table devant Harald Steen.

— Saurais-tu qui sont les personnes sur la photo, Harald ?

Le vieil homme tend lentement le bras vers la table, s'empare d'un étui, sort ses lunettes, les déplie et les chausse. Sans soulever la photographie, il se penche en avant et l'examine en fronçant les sourcils. Puis il éclate d'un petit rire sec, sans joie, et pousse un long soupir.

— Ah, misère de sort ! Où as-tu déniché ça ?

— Ça vient de l'album de Susanne. Si j'ai bien compris, ce sont les personnes de la communauté que ses parents avaient fondée ici. Le problème, c'est que les noms de famille ne figurent pas dans l'album, seulement les prénoms. Je les ai notés au verso.

Harald Steen continue de fixer le cliché en silence, sans le retourner ni le soulever de la table. Les espoirs de Karen s'amenuisent en ne voyant sur le visage du vieil homme aucun signe de reconnaissance. Cela fait bientôt cinquante ans, se dit-elle. Il ne se souvient sans doute pas de ce qu'il a mangé au petit déjeuner.

Tout à coup, Harald Steen repousse la photographie, ôte ses lunettes et se penche en arrière sur la chaise à barreaux.

— Qu'est-ce que ça t'apporterait de connaître les noms, si je puis me permettre ?

— Probablement pas grand-chose, répond-elle, honnête. J'essaie de me faire une idée de la vie de Susanne et j'ai pensé qu'il existait une petite possibilité qu'elle ait gardé contact avec certains de ceux qui vivaient ici. Peut-être avec l'un des enfants.

— Pfff, ça m'étonnerait ! Elle n'avait pas gardé contact avec sa propre fille ! Et c'est à peine si elle m'adressait la parole, alors qu'on était voisins. Susanne n'était pas facile. Elle avait une case en moins, si tu veux mon avis.

Harald Steen se frappe le côté de la tête. Karen dissimule un soupir de déception derrière un nouveau sourire.

— Eh bien, ça valait le coup d'essayer. J'en ai discuté l'autre jour avec Jaap Kloes, Egil Jenssen et Odd Marklund au Hare and the Crow : aucun d'entre eux ne se rappelait les noms. Donc tu es en bonne compagnie. Mais ça fait presque un demi-siècle, je ne suis pas étonnée.

Harald Steen s'ébroue d'indignation, expirant si fort par les narines qu'une petite giclée en jaillit et vient s'échouer sur le napperon au crochet.

— Kloes et Jenssen ! Ils n'ont jamais su quoi que ce soit d'utile ! Ils passent leurs journées au pub à faire de l'esbroufe, ils ont fait ça toute leur vie. S'ils ont des callosités aux mains, ce n'est pas à force de ramer, je te le dis. Marklund vaut mieux qu'eux. On se demande bien comment il supporte de côtoyer ces deux imbéciles. « En bonne compagnie » ? Non, mais de qui se moque-t-on !

Harald Steen serre l'anse de sa tasse de toutes ses forces. Sa main tremble lorsqu'il l'approche de sa bouche. Pourvu qu'il ne fasse pas une crise cardiaque, se dit Karen. Je n'ai ni le temps ni la force. Que diable est-elle venue faire ici ?

Harald Steen pose enfin sa tasse, assez bruyamment.

— Je vois ! Le vieux Steen est la cinquième roue du carrosse ! On demande d'abord aux autres et on se tourne vers moi en dernier recours.

Karen réplique du tac au tac, comme une adolescente à qui on a remonté les bretelles.

— Je les ai croisés par hasard, en allant boire une bière. Sinon, je t'aurais posé la question directement, bien sûr, ajoute-t-elle en espérant que ses paroles lui mettent du baume au cœur.

Sans répondre, Harald Steen s'avance, pose l'ongle jauni de son index sur le couple à gauche sur la marche supérieure.

— Disa Brinckmann, Tomas et Ingela Ekman, Theo Rep, dit-il en faisant lentement glisser son doigt sur les visages.

Il passe au rang du bas et continue sa récitation :

— Janet et Brandon Connor, Per et Anne-Marie Lindgren.

Après les derniers noms, il s'appuie contre le dossier de sa chaise et remonte ses lunettes sur son front. Cette fois-ci, il croise les bras, comme indigné, tout en affichant un sourire triomphant.

— Les prénoms des marmots, je les ai oubliés, tu m'excuseras. Et Susanne n'était qu'une étincelle dans les yeux de son père, à l'époque. Elle est née l'année suivante, il me semble.

Bouche bée, Karen fixe le vieil homme. Peut-être qu'il ne se souvient pas de son petit déjeuner, mais là il est sûr de lui. Comment peut-il se remémorer les noms de personnes qui vécurent dans son voisinage éloigné pendant une brève période plus de quarante ans auparavant ? Elle en serait bien incapable. Karen avait espéré que Harald Steen, dans le meilleur des cas, pourrait citer l'un des patronymes ou peut-être un détail lui permettant de trouver des informations d'une autre manière. Au lieu de cela, il vient de nommer sans l'ombre d'une hésitation les huit adultes de l'image.

— Comment est-ce possible ? répète-t-elle – à voix haute cette fois.

Harald Steen plonge son regard dans celui de Karen et s'empare de sa tasse.

— Cette photo, c'est moi qui l'ai prise.

58

En temps normal, il ne faut pas plus de dix minutes pour rentrer chez elle depuis chez Harald Steen. Ce soir-là, il lui en faut trente-deux. Tandis qu'elle roule au pas dans la mélasse, elle repense à ce qu'il vient de lui raconter.

— Je sais que les villageois regardaient les jeunes de Lothorp de travers, mais moi je n'avais rien contre eux. Et je n'étais pas le seul à faire des détours par là-bas pour espérer apercevoir leurs beaux atours.

Ici, Harald s'est fendu d'un clin d'œil malicieux. Pourtant, il a fallu quelques secondes à Karen pour que ça monte au cerveau : la beauté des femmes libérées de leur soutien-gorge et les fantasmes provinciaux sur le péché suédois représentaient un attrait irrésistible.

— Et que disaient-ils du fait que vous les espionniez dans les buissons ?

— Ah non, ma petite. À la différence des autres, je suis allé chez eux me présenter. Ils m'ont offert le thé – ils ne buvaient pas de café, ça non, donc effectivement, ils ont toujours été un peu particuliers. En tout cas, ils m'ont demandé si je pouvais prendre une photo, et une chose menant à une autre…

Voilà comment Harald Steen avait commencé à leur donner quelques conseils, partageant ce que le vieux Gråå avait raconté sur la propriété, ce que la terre pouvait accepter, ce qu'elle recracherait. Steen passait les voir une fois par semaine, parfois plus. Il les avait aidés à planter des pommes de terre et à cultiver d'autres légumes. Une sorte d'amitié était née entre eux ; Steen était un peu plus âgé, c'est vrai, mais au début des années soixante-dix il était loin d'être un vieillard, se dit Karen.

Au milieu de la petite côte au nord du port, la voiture s'arrête. Refuse d'avancer. Les roues tournent à vide dans la boue. Karen va devoir trouver quelque chose à placer sous les pneus arrière pour qu'ils accrochent. Avec un soupir, elle pousse sa portière et descend du véhicule. La pluie lui fouette le visage lorsqu'elle ouvre le hayon et, les doigts engourdis, soulève le couvercle de la boîte en fer verte qui ne quitte jamais l'arrière de son Ranger. Elle hésite un instant au moment de choisir son outil et s'empare finalement d'une scie. La gadoue glaciale s'insinue dans ses bottines quand elle saute dans le fossé pour atteindre les genévriers de l'autre côté.

Les paroles de Harald Steen résonnent dans sa tête tandis qu'elle entreprend de scier l'arbre récalcitrant en proférant des imprécations.

— Où sont partis les autres ? Je n'en ai pas la moindre idée, à part Anne-Marie qui est décédée en 1986 et Per qui a vécu seul ici toutes ces années jusqu'à ce qu'il soit hospitalisé. On se voyait de temps en temps, on jouait aux cartes les premières années, mais ensuite nous avions tous les deux du mal à nous déplacer. On dit qu'il forçait trop sur la bouteille, et c'est sans doute vrai. Et à part Brandon et Janet, qui habitent à Joms, bien sûr.

— Tu veux dire Joms, à Heimö ? Ils résident encore sur l'île ?

Karen s'est elle-même rendu compte que sa voix était stridente d'excitation.

— Du calme, ma petite, on va éviter la crise cardiaque. En tout cas, ils y vivaient encore l'été dernier. Je les ai croisés à Dunker, vers le marché couvert, en sortant de chez le dentiste. Ça m'a coûté les yeux de la tête, mais on veut pouvoir mâcher sa bouillie d'avoine.

Lorsque Karen ouvre enfin la porte de la dernière des maisons en pierres grises au nord de Langevik et franchit le seuil avec des chaussures imbibées de boue, elle ne pense qu'à une chose. Comment va-t-elle aller jusqu'à Joms demain si le déluge continue toute la nuit ? Et même : va-t-elle réussir à sortir de Langevik ?

C'est pourquoi elle ne remarque pas immédiatement le fumet qui émane de la cuisine. Quand elle a délacé ses chaussures et s'est débarrassée de ses chaussettes trempées, elle comprend qu'elle ne sera pas obligée de fouiller dans le congélateur à la recherche de quelque chose à balancer au micro-ondes. Sigrid est debout devant l'évier, une passoire à la main.

— Ce soir, c'est spaghettis bolognaise ! annonce-t-elle. C'est à peu près tout ce que je sais préparer. J'ai mis les pâtes à cuire en entendant la voiture. C'est prêt dans dix minutes.

Karen sent la chaleur se propager dans tout son corps malgré ses vêtements humides qui lui collent à la peau.

— Tu ne peux pas savoir à quel point ça me fait envie. Je passe prendre une petite douche et j'arrive. Comment ça va, d'ailleurs ? Tu as l'air bien plus en forme.

— Encore un peu fatiguée, mais presque plus de fièvre – je peux boire du vin. J'ouvre une bouteille ?

— Tu auras un verre, pas plus.

— Alors, tu as décidé de ce que tu allais faire de la maison ? demande Karen entre deux bouchées, après s'être installée à la table de la cuisine. Elle est à toi maintenant.

Sigrid hausse les épaules. Karen commence à s'y habituer.

— La vendre, j'imagine. Si quelqu'un veut l'acheter.

— Ça ne devrait pas poser de problèmes. C'est une jolie maison, et Langevik est devenu prisé depuis quelques années. Tu préfères continuer à vivre à Gaarda ?

— Non, je ne peux pas rester là-bas. On sous-loue au frère de Sam, c'est lui qui va garder l'appart. Sam m'a téléphoné aujourd'hui pour me dire de déménager mes affaires. Il a squatté le canapé d'un pote depuis qu'il est parti et il trouve que c'est à moi de dégager. Demain, j'appellerai quelques amis.

— Tu ne songes pas à t'installer dans la maison de ta mère ? *Ta* maison ?

— Non, ça ne pourra pas marcher. Comment j'irais travailler sans voiture ? Et je sais ce que tu vas me dire. Non, je ne veux pas demander d'argent à mon père.

— Tu n'as pas ton permis ?

— Si, mais pas de voiture, c'est ce que je viens de dire.

— En réalité, tu en as une : ils ont trouvé celle de ta mère. Apparemment, il y a un problème avec la boîte de vitesses, mais ça peut se réparer d'ici à ce que tu reprennes le travail.

— C'est vrai ?

Le visage de Sigrid s'éclaire un court instant avant de sombrer à nouveau dans le scepticisme. Des sautes d'humeur, se dit Karen.

— Je ne sais pas si j'ai envie d'habiter là. Je n'en garde pas de bons souvenirs. Et maintenant... je ne supporte même pas d'entrer dans la cuisine alors qu'ils ont tout nettoyé. Tu as tout vu, n'est-ce pas ?

Karen hoche la tête en silence, cherche le mot juste. Le regard de Sigrid exprime à la fois le désir de savoir et le besoin d'en être épargnée. Elle paraît soudain profondément désemparée. Elle se lève d'un bond, se dirige vers l'évier, feint de déplacer quelque chose, se racle la gorge, et reprend.

— Et puis, tous ces objets qu'elle a accumulés, ça me fait vomir. Elle a des coussins partout, et au moins cent paires de chaussures.

Karen contemple la silhouette menue, entend ses efforts pour maîtriser sa voix, maîtriser l'incompréhensible.

— Tu as le droit d'être triste, Sigrid, dit-elle.

— Elle a des affaires partout. Tu sais qu'elle a un appareil de musculation dans sa chambre ? Et une machine vapeur pour le visage, une autre pour se masser les pieds – en tout cas, je crois que c'est à ça qu'elle sert. Je n'ai pas la force de vivre au milieu de ce foutoir.

Karen hoche la tête en songeant à tous ces bibelots que Sigrid a entassés dans l'herbe. Alors c'est pour ça qu'elle est allée chez sa mère ? Parce qu'elle savait que Sam allait lui dire de quitter leur appartement ? Elle savait qu'elle devrait y habiter, du moins pendant un temps. Elle est fière, pense Karen en regardant Sigrid se lever pour débarrasser. Elle refuse d'appeler son père au secours, bien qu'il ait de l'argent ; sans doute l'aiderait-il volontiers, si seulement elle l'y autorisait. Pourquoi est-elle à ce point fâchée contre lui ? Et contre sa mère ?

— Qu'est-ce que tu penses de ça : tu restes ici quelques semaines, le temps de mettre la maison de ta mère en ordre. Je peux te donner un coup de main. On jette tout ce dont tu veux te débarrasser, on repeint et on l'aménage à ton goût. Ensuite, tu pourras décider si tu veux y habiter ou si tu préfères vendre et acheter autre chose.

Sigrid garde le silence pendant quelques instants, et semble réfléchir à la proposition.

— Je n'ai pas d'argent pour payer un loyer avant la semaine prochaine, quand je reprendrai le travail.

— À mes yeux, ce repas vaut plus d'une semaine de loyer.

Sigrid lance à Karen un regard empreint d'une once de méfiance.

— Pourquoi fais-tu tout ça pour moi ? Ma mère disait toujours du mal de toi. Elle disait que tu avais vécu en Angleterre, que ton mari t'avait virée et que c'est pour ça que tu étais revenue.

— Ah, c'est ce qu'elle racontait.

Sigrid semble hésiter, puis elle se lance :

— Elle disait que tu étais du genre à séduire les hommes des autres, après avoir perdu le tien.

Karen s'empare de la bouteille et emplit son verre d'une main légèrement tremblante.

— Ce n'est pas complètement faux.

En silence, Sigrid semble considérer la réponse. Lorsqu'elle ouvre enfin la bouche, Karen sursaute comme si on lui avait décoché un coup.

— Tu as un fils, non ?

59

La pluie a cessé. La faible lueur de la lune passe à présent par une fissure dans la couverture nuageuse, éclairant la chambre à coucher. Le grand tilleul devant la fenêtre jette son ombre sur les murs.

Karen prend conscience que le sommeil est encore loin.

Ce soir, tout est sorti. Un flot de paroles. Tout ce qu'elle avait séquestré en elle pendant des années de douleur contenue. Toute la vérité que sa mère était la seule à connaître, tout ce que ses amis ne savent que par bribes, ont peut-être deviné, mais ont appris à ne pas creuser. Les mots ont déferlé sans se soucier de la destinataire, une fille de dix-huit ans, désespérée par ce que ses propres paroles ont mis en branle.

Tout ce qui a commencé au moment où deux policiers et un médecin ont prononcé l'indicible et que Karen Eiken Hornby a cessé de vivre. Arrêté d'exister lorsque les mots *massive collision, M25, Waltham Abbey* et *one truck and five cars* s'engouffraient jusqu'à son âme.

Mathis et John étaient décédés, disaient-ils. Ils n'avaient pas souffert, disaient-ils. Elle savait que ce n'était pas vrai.

Ils étaient morts sur-le-champ, avait chuchoté le policier à l'une des infirmières, le poids lourd avait tranché la voiture en deux comme une boîte de sardines. Quatre personnes avaient perdu la vie ; six autres étaient grièvement blessées.

Que la femme dans la voiture soit saine et sauve est un miracle, avait dit le médecin pour se reprendre aussitôt. Indemne physiquement, en tout cas ; elle n'a pas prononcé un mot depuis qu'on l'a extirpée du véhicule.

Puis le médecin s'était tourné vers Karen. Pouvaient-ils appeler quelqu'un ? Elle n'avait pas répondu. Ils avaient dû appeler Allison et Keith qui étaient arrivés pâles, les yeux rougis, choqués.

Elle n'a aucun souvenir précis des jours qui suivirent, uniquement des fragments ; des murmures de voix, des sanglots étouffés. Du Valium. Du sommeil. Des regards inquiets lorsqu'elle se réveillait.

Et puis un autre jour. Un jour nouveau s'était présenté, comme s'il ne s'était rien passé ; comme si le monde n'avait pas pris conscience que tout était à présent terminé.

Un jour tout nouveau. Et la morgue.

Deux corps, deux soldats tombés au champ d'honneur, les bras le long du torse ; un grand et un petit sous leur drap. Ils ont dû appeler sa mère aussi. Maman. Sa mère, présente lorsque Karen s'est retournée, laissant John et Mathis dans cette pièce carrelée et glaciale. Sa mère, assise en silence sur la banquette arrière de la voiture de police qui les conduisit de la morgue à la maison ; sa mère qui lui serrait la main si fort que Karen sentait son contact. Sa mère, qui trouva les clefs dans le sac à main de Karen, qui ouvrit la porte, qui la fit entrer. Sa mère qui était là à chaque instant pendant cette insupportable succession de jours.

Sa mère reléguait sa peine à l'arrière-plan en journée et lui laissait libre cours la nuit. Elle pensait que Karen ne l'entendait pas faire les cent pas au rez-de-chaussée, de la cuisine à la salle à manger et dans l'autre sens. Des heures de sanglots à cause de ce qu'elle avait aussi perdu. John, qu'elle avait appris à aimer. Et Mathis, le fils unique de son unique fille.

La douleur de sa mère n'avait pas eu de place, et personne pour la recevoir. Sa mère avait néanmoins continué à exister lorsque Karen en était incapable ; elle s'était occupée de tout dans un anglais approximatif, les mains tremblantes de tristesse.

L'église. Les cercueils. Le vide.

Chaque minute passée dans cette maison lui était insupportable. C'était leur maison, pas la sienne. Sans eux, elle n'était qu'une prison de souvenirs. Londres. Chaque rue, une évocation ; chaque voisin qui cherchait le mot juste, chaque enfant qu'elle apercevait, chaque chanson, chaque programme télé, tout lui rappelait sa vie d'avant. Devant elle, le néant : rien demain, rien la semaine prochaine, rien à Noël, rien cet été, rien dans quelques années, rien quand Mathis sera grand. Pas de vie. Son avenir n'existait plus.

Mais derrière elle flottait une plaque de glace solitaire à laquelle elle pouvait s'accrocher. La seule solution : rentrer.

Le visage blême, Sigrid avait gardé le silence tandis que les mots hachés se déversaient de la bouche de Karen pour former des phrases ; toute cette vérité nauséabonde sur la manière dont sa vie s'était arrêtée ce jour-là ; tout ce qu'elle s'était promis de ne jamais dire, elle en avait accablé une jeune fille.

— Désolée, avait dit Sigrid. Je ne voulais pas fouiner, mais j'ai vu la photo dans ta chambre en cherchant un Tylenol.

Karen retient sa respiration et tend l'oreille, mais pas un bruit ne s'échappe de la chambre de Sigrid, elle n'entend que les battements de son cœur dans sa gorge. Elle tourne la tête et fixe le cliché qui a provoqué la question de Sigrid : « Tu as un fils, non ? »

John et Karen sur une plage de Crète avec entre eux un Mathis hilare, la peau tannée par le soleil et du sable plein les cheveux. Obstiné, John avait refusé de laisser un passant prendre la photo ; il avait placé l'appareil sur un transat et enclenché le retardateur. Après un nombre incalculable d'échecs, il était parvenu à obtenir des visages nets et à retourner s'asseoir à temps pour figurer sur la photo. Mathis s'était étranglé de rire face à la maladresse de son père, Karen avait ri des gloussements de son fils et John s'était esclaffé en les voyant pliés en deux.

La photographie était finalement très réussie, avaient-ils constaté, puis ils étaient allés au café de la plage manger de la seiche. Leur dernier été. La dernière image d'eux tous les trois.

Son corps est étrangement pesant ; ses jambes et ses bras lourds comme du plomb s'enfoncent dans le matelas tandis que ses pensées tournent en rond dans son esprit. Pourquoi n'a-t-elle pas rangé la photographie comme elle le fait toujours lorsqu'elle reçoit des invités ? Sigrid va-t-elle tout raconter à son père ? Et Jounas à tous les autres ? La vérité va-t-elle se diffuser autour d'elle, suscitant la compassion de son entourage ? Devra-t-elle répondre par un sourire réconfortant à tous ceux qui seront désormais au courant et qui se sentiront obligés de présenter leurs condoléances ? Ses collègues vont-ils parler d'elle à voix basse et se taire quand elle entrera dans la pièce ? Les autres parleront-ils derrière son dos de son deuil ? De John. De Mathis.

Elle a dépensé une énergie folle pour que tout cela n'arrive pas ! C'était sa seule manière de trouver la force de continuer. Un passé révolu ; un présent. Aucun lien entre les deux. Elle s'était isolée dans une maison qui appartenait à sa mère et qui maintenant lui appartient. Des semaines et des semaines. Les rideaux fermés, des assiettes de soupe boudées. Puis des semaines d'errance le long de la mer, à ressasser ; des heures sur les falaises à fixer l'horizon sans le voir, en résistant à l'appel du vide.

Sa mère avait fini par prendre les choses en main.

— J'ai parlé avec Wilhelm Kaste, lui avait-elle dit. Ils ont besoin de quelqu'un à la brigade criminelle ; il te recevra mardi à 10 heures. Je te conduis.

Pour une obscure raison, elle n'avait même pas pensé à protester. Et là, dans le bureau de Wilhelm Kaste, la suite de sa vie avait commencé.

— Votre mère m'a raconté ce qui était arrivé et je veux dire à quel point j'en suis désolé. Personne d'autre n'est au courant et je n'en parlerai plus jamais, sauf si vous en avez envie. Si vous voulez ce boulot, il est à vous ; pas parce que j'ai pitié, mais parce que vous êtes la plus qualifiée de nos candidats. Vous êtes même surqualifiée pour le poste que je vous propose, mais c'est le seul disponible pour le moment. Alors, ça vous tente ?

Elle avait répondu par l'affirmative. Le même jour, Kaste l'avait convoquée dans son bureau.

— Étant donné que plusieurs collègues auront accès à votre dossier, je me suis permis de modifier un peu les données. Il s'agit simplement d'une archive locale, bien sûr la hiérarchie pourra consulter les véritables informations si elle le veut vraiment, mais je ne pense pas qu'elle le fasse. Tout le monde croira que vous êtes divorcée après un bref mariage au Royaume-Uni. Pas d'enfants, a-t-il ajouté en se raclant la gorge. Votre mère m'a dit que c'est ce que vous vouliez, vous le confirmez ?

— Oui, c'est ce que je veux.

Et c'est ce qui s'est passé ; une vérité trop douloureuse pour en parler, une culpabilité oppressante au point de devoir la congeler pour pouvoir continuer à exister.

Sous la porte de la chambre d'amis, un rai de lumière. Karen frappe doucement. Sigrid est étendue sur le lit, tout habillée, le sac à dos à côté d'elle. Les yeux gonflés de larmes, elle se redresse d'un bond lorsque Karen ouvre la porte.

— Je m'en vais dès que le soleil se lève, dit Sigrid.

Karen se laisse tomber sur le bord du lit et pose sa main sur celle de Sigrid.

— Non, reste, ce n'est pas ta faute, Sigrid.

— Je n'aurais jamais dû demander. Si j'avais su, je n'aurais rien dit.

— Ce n'est pas ta faute, Sigrid. C'est juste que je n'ai jamais raconté cela à personne ici. C'était ma manière de survivre.

— Je comprends. Mais tu n'as pas besoin d'en parler avec moi non plus.

— Mais je l'ai fait. Je t'ai tout balancé en pleine figure. J'en suis désolée.

Elles gardent le silence, Karen caresse du pouce la main de Sigrid.

— Mais il y a une chose que je ne t'ai pas dite.

Elle énonce la phrase tout haut :

— C'était ma faute. C'est moi qui conduisais.

60

Bien que la pluie ait cessé il y a maintenant huit heures, les petites voies sont encore difficilement praticables. Sur la route de Thorsby, le trafic est fluide, mais celle qui passe sous le viaduc ferroviaire à Västerport a dû fermer en attendant que l'eau s'en écoule.

Karen conduit sans quitter la route des yeux, en écoutant par l'oreillette les informations sur l'état du trafic distillées par l'officier de permanence. Pas de difficultés majeures pour se rendre à Joms, mais il faut conduire prudemment et surtout ne pas essayer de passer en force si la route est inondée.

— Dix-neuf voitures ont dû être remorquées depuis ce matin, raconte Thorstein Klockare avec un mélange de dépit et de joie maligne dans la voix. Mais c'est bien pire à l'intérieur des terres et dans la plaine. C'est comment, à Langevik ?

Karen ajuste son écouteur.

— Hier c'était glissant, mais l'eau s'était déjà bien écoulée ce matin. Sais-tu quel temps ils prévoient pour les prochains jours ? Je n'ai pas pu regarder la météo avant de partir.

— Pas de pluie aujourd'hui, de nouvelles dépressions au niveau de la mer du Nord attendent impatiemment d'arroser l'archipel.

— Comme d'habitude, quoi.

— Exactement comme d'habitude.

Ils raccrochent. Karen jette un coup d'œil au GPS. Si les informations de son interlocuteur sont exactes, elle devrait arriver à Joms d'ici une demi-heure.

Une bonne trentaine de minutes plus tard, elle freine à la fin de la route asphaltée. Devant elle, un étroit chemin de gravier monte en serpentant jusqu'à la maison. Elle éteint le moteur, ouvre la portière et descend de la voiture. De là où elle se trouve, la voie semble tout à fait praticable, mais le sol s'affaisse sous ses bottes en caoutchouc. Il existe un risque que la couche superficielle de gravier cède sous les roues de la voiture. Les dépanneurs ont déjà suffisamment à faire, se dit-elle en attaquant à pied la pente escarpée.

À sa voix lorsqu'elle a répondu au téléphone, on aurait cru que Janet Connor venait de se réveiller. Ou plutôt que Karen venait de la réveiller, même si elle a affirmé le contraire. Bien sûr que Karen pouvait passer, quoiqu'ils n'aient pas bien compris en quoi elle et Brandon pouvaient être utiles à la police.

À présent, Janet Connor ouvre la porte avant même que Karen ait atteint la véranda.

— Bienvenue ! s'écrie-t-elle d'une voix qui n'est plus du tout ensommeillée. Vous prendrez du thé ou du café ?

Grande et mince, elle porte un long kimono qui lui donne un air majestueux. Ses cheveux sont coiffés d'un fin turban vert noué avec raffinement autour de sa tête, mais ses pieds sont enfoncés dans de grosses chaussettes en laine qui tranchent avec le reste de son style. Elle doit avoir environ soixante-dix ans, mais elle donne une impression juvénile, malgré ses cheveux poivre et sel.

Derrière Janet, on devine un homme du même âge, légèrement essoufflé, qui semble remonter sa braguette. Karen monte les marches du perron en tentant de faire abstraction de ce qu'elle a pu interrompre.

— Les deux me vont, merci, dit-elle avec un sourire. Karen Eiken Hornby, ajoute-t-elle en tendant la main. C'est vraiment gentil de votre part de me recevoir aussi vite. J'espère que je n'interromps pas trop votre routine matinale, fait-elle.

Elle regrette immédiatement ses mots en voyant le coup d'œil échangé entre Brandon et Janet Connor.

— Pas du tout, entrez donc !

Dans la cuisine qui sent le cumin, l'huile de lin et le pain frais, il fait chaud comme dans une couveuse. Ici, on a dû concocter plus d'un curry aux lentilles, pense Karen en retirant son manteau. Elle jette un coup d'œil à Brandon. Si elle avait eu des préjugés sur le look d'un ancien membre d'une communauté dans les années soixante-dix, ils auraient été plus que confirmés. Brandon Connor, comme sa femme, est très grand, sans doute plus d'un mètre quatre-vingt-dix. Il semble en bonne forme même s'il marche avec le dos légèrement voûté lorsqu'il apporte le lait et le fromage. Peut-être que son pantalon blanc large en tissu fin est un pyjama, mais quelque chose lui dit qu'il pourrait aussi bien faire partie, avec le tee-shirt décoloré à l'effigie de Frank Zappa, de son vestiaire ordinaire. À l'instar de Janet, il porte de grosses chaussettes. Si celles de sa femme sont classiques, grises, et probablement tricotées sur l'île, celles de Brandon semblent avoir été fabriquées par une Péruvienne friande de couleurs vives. Ses cheveux clairsemés sont ramassés en une mince queue-de-cheval et son menton est orné d'une barbe longue et fine.

— Il y a des noix dans le pain, dit-il. Vous n'êtes pas allergique ?

— Pas que je sache, répond Karen. Il a l'air divin ! C'est vous qui l'avez fait ?

Brandon lève la tête du couteau à pain avec un regard qui exprime un sincère étonnement.

— Oui… Hors de question qu'on paie pour la cochonnerie qu'ils nous vendent à Kvick ! Vous faites ça, vous ?

— Parfois, concède Karen. Ou bien j'en achète dans l'une des boulangeries, ajoute-t-elle, s'efforçant de ne pas passer pour quelqu'un complètement à côté de la plaque.

Après avoir discuté de pain fait maison et de la qualité des chaînes de supermarchés, Karen fait dévier la conversation vers le sujet qui l'intéresse.

— J'imagine que vous avez entendu parler du meurtre de Langevik. Vous êtes sans doute aussi au courant du lien que vous avez avec Susanne Smeed ?

— Oui, répond Brandon. Impossible de passer à côté du meurtre. Mais on ne lit pas les journaux à scandale et les quotidiens n'ont divulgué le nom de la victime que récemment, il y a quelques jours je pense, donc ça nous a pris un certain temps pour comprendre que c'était leur fille. La fille de Per et Anne-Marie, je veux dire.

— Exact. Susanne Smeed est née Lindgren. Et c'est la raison pour laquelle je suis ici. Vous avez bien vécu avec Per et Anne-Marie Lindgren, et quelques autres personnes, dans une communauté au tout début des années soixante-dix ?

— Oui. De mars 1970 à la fin février 1971, plus exactement. Presque un an jour pour jour.

— Vivez-vous sur l'île depuis ?

— Non, pas vraiment. D'abord, nous avons déménagé à Copenhague, bien sûr, c'est ce que tout le monde faisait à l'époque, mais nous n'y sommes restés que quelques mois avant de partir pour la Suède. Nous avons vécu dans une autre communauté à Huddinge, près de Stockholm, pendant quelques années. Nous ne sommes pas revenus ici avant… quand était-ce exactement ?

Brandon interroge sa femme du regard.

— Mai 76, répond-elle. Depuis, nous n'avons pas bougé.

— Avez-vous gardé contact avec Per et Anne-Marie Lindgren après votre départ de la communauté de Lothorp ? Ou avec un autre de ses membres ?

— Seulement avec Theo Rep. En tout cas, si vous parlez de contacts réguliers. Mais tout le monde est parti par monts et par vaux et, à l'époque, il n'y avait ni portables ni Facebook, ce n'était pas si facile. Il arrivait qu'on croise Per et Anne-Marie Lindgren à Dunker, après notre retour sur l'île.

— Mais vous ne vous fréquentiez pas ?

— J'avais l'impression qu'ils n'en avaient pas envie. Surtout elle, explique Janet. Anne-Marie était un peu… comment dire ? Fragile, peut-être.

— Ne mâche pas tes mots, l'interrompt brusquement Brandon. Elle était bizarre, c'est tout.

Janet lui lance une sorte de regard d'avertissement.

— Comment ça, *bizarre* ?

— Je suis désolée, dit Janet, mais je ne comprends pas ce que tout cela a à voir avec le meurtre de Susanne. Anne-Marie et Per sont tous les deux morts depuis plusieurs années.

Après un moment d'hésitation, Karen décide de leur dire la vérité :

— J'avoue que je ne le sais pas moi-même. En fait, nous essayons de nous forger une image de la vie de Susanne, de savoir qui elle était. Une sorte de puzzle, dont la première pièce semble avoir sa place dans la ferme de Lothorp. Que pouvez-vous me raconter de cette époque ? Comment êtes-vous arrivés là ?

À nouveau, les époux se consultent du regard, comme pour chercher un accord silencieux.

— Eh bien, dit finalement Brandon. Pour moi, tout a commencé quand j'ai décidé que l'Oncle Sam se passerait de moi au Vietnam.

— Brandon est objecteur de conscience, explique Janet.

— Alors vous êtes américain ? s'étonne Karen.

Bizarrement, elle avait en tête que Janet et lui étaient britanniques. Ils parlent tous les deux couramment doggerlandais et il est difficile de distinguer l'accent américain de l'accent britannique.

— Et vous, Janet ? Où avez-vous grandi ?

— À Southampton. Nous nous sommes rencontrés sur l'île de Wight le 31 août 1969. J'y suis allée alors que mes parents me l'avaient strictement interdit.

— Et moi j'y étais illégalement, j'étais venu en bateau depuis Amsterdam, avec Theo Rep et une bande de hippies. Naturellement, j'avais raté Woodstock quelques semaines plus tôt, donc nous avions décidé d'aller au festival de l'île de Wight à la place. Pas aussi imposant, mais j'ai vu Bob Dylan et j'ai rencontré Janet, donc je n'ai pas à me plaindre.

Brandon s'empare de la théière et hausse un sourcil interrogateur à l'adresse de Karen, qui secoue la tête. Elle se sent tiraillée entre l'envie de rester là toute la journée à déguster du pain aux noix en écoutant les histoires d'une époque où elle portait encore des couches et son esprit rationnel qui lui dicte de se hâter.

— Et vous êtes arrivés ici l'année suivante.

— Oui, Theo a rencontré Disa. Comment, je ne m'en souviens pas, mais elle connaissait déjà Tomas et Ingela. Je crois qu'ils se sont connus quand Disa suivait des études pour devenir sage-femme à Copenhague. Tomas était à moitié danois du côté de son père. Lui et Per étaient amis d'enfance. En tout cas, la rumeur selon laquelle Anne-Marie avait hérité d'une ferme au Doggerland et qu'ils songeaient à y monter une communauté s'est répandue.

— Si j'ai bien compris, il y avait aussi des enfants ? Dès le début, je veux dire.

— Oui. Ingela avait deux garçons d'âges assez rapprochés, Orian et Love. Et Disa une fille de cinq ans, je crois. Elle s'appelait Mette.

— Vous avez des enfants ?

— Oui, un fils, mais nous l'avons eu bien plus tard. Dylan est trader à Londres, dit Brandon avec une mine dépitée qui révèle qu'il aurait souhaité une carrière différente pour son fils. Nous avons fait ce que nous avons pu, ajoute-t-il avec un sourire en biais.

— Et Susanne est née l'année suivante, n'est-ce pas ?

— Oui, mais nous avions déjà quitté l'île, nous ne sommes pas au courant de tout ça.

Karen écarquille les yeux.

— Tout ça ?

Janet pose une main sur le bras de son mari.

— Ce que Brandon veut dire, c'est que l'ambiance s'est dégradée dans la ferme. Nous nous sommes dit que c'était le moment de partir. Il se passait des choses palpitantes à cette époque à Copenhague, d'après ce qu'on nous avait dit. On a décidé de tenter l'aventure.

Janet parle vite et Karen n'écoute que d'une oreille lorsqu'elle raconte comment ils se sont installés dans l'ancienne zone miliaire occupée de Christiania, où ils n'ont tenu que quelques mois avant de partir vers la Suède. Karen devine que la femme la maudit intérieurement en comprenant qu'elle refuse de lâcher le sujet de la communauté de Lothorp.

— Une mauvaise ambiance, dites-vous ? Pourquoi ?

Janet se lève, agacée.

— C'est personnel. Je ne vois vraiment pas le rapport avec votre affaire.

— Sans doute, mais laissez-moi en juger, répond Karen calmement. Cela s'est passé il y a près de cinquante ans et toute la famille Lindgren est décédée, donc ce que vous allez raconter ne lésera personne.

— Il était infidèle, dit Brandon brièvement. Per et Ingela ont eu une aventure pendant que Tomas était en déplacement. Per était désespéré et Anne-Marie est devenue folle.

Janet Connor revient à la table avec une théière pleine et s'assied en poussant un long soupir.

— Pas « folle », Brandon. Elle a sombré dans un état que l'on qualifierait aujourd'hui de profonde dépression. Pas si étonnant, en réalité. La ferme de Lothorp lui appartenait. Elle a dû se sentir à la fois abusée et trahie par tous ses amis.

— Quand est-ce que ça s'est passé ?

— À la fin de l'été, l'année où nous sommes arrivés. Avant cela, c'était le paradis. Tout a changé quand Anne-Marie est tombée malade.

Août, peut-être septembre 1970, Anne-Marie devait être enceinte de Susanne, pense Karen. Apprendre que son mari vous a trompée lorsque vous attendez un enfant pourrait pousser n'importe qui à la dépression. Surtout si vous êtes censée vivre dans la même maison que votre rivale. Une maison dont vous êtes propriétaire.

— Comme Brandon l'a dit, l'ambiance est devenue pesante ; aucun d'entre nous n'avait le courage de s'occuper de la dépression d'Anne-Marie ou des efforts désespérés de Per pour qu'elle aille mieux. Pourtant, nous étions plusieurs à penser que ce n'était pas si grave. Je sais qu'à l'époque beaucoup considéraient l'infidélité comme l'une de ces inventions petites-bourgeoises.

— Comment ont réagi Tomas et Ingela ?

— Ingela avait une vision assez peu compliquée de l'existence, au départ. Oui, tout le monde était venu dans la communauté avec l'idée assez naïve que nous allions tout partager et nous libérer des conventions bourgeoises, mais quand il s'est agi de vivre selon nos principes, personne n'en a été capable. Pas même Ingela. Elle se sentait coupable parce qu'Anne-Marie n'allait pas bien, mais je crois qu'elle n'a jamais pensé qu'elle et Per avaient fait quelque chose de mal.

— Tomas est sans doute celui qui a le mieux pris la chose, même si Per était son meilleur ami, dit Brandon. Il était le seul d'entre nous à être resté fidèle à ses valeurs. *Live and let live*, ce qui est à toi est à moi, enfin, vous voyez. Lui et Ingela étaient les hippies les plus convaincus. Ils ont tout donné, alors que nous autres, eh bien…

Brandon se tait et prend sa tasse.

— Ils ont tenu plus longtemps que les autres, en tout cas, ajoute Janet. Je crois qu'ils sont restés encore quelques mois avant de rentrer en Suède. Eux et Disa. Mais nous n'avons pas eu de contact avec eux depuis.

— Et pas non plus avec Per et Anne-Marie Lindgren, alors que vous viviez tous à Heimö ?

— Comme je l'ai dit, nous nous sommes croisés quelques fois à Dunker et nous avons parlé d'aller les voir à Langevik, mais ça n'a pas abouti. Nous n'avions pas de très bons souvenirs de notre cohabitation.

— Savez-vous ce que sont devenus Tomas et Ingela après leur départ ?

— Ils se sont séparés. Elle a continué à papillonner alors que lui a opéré un virage à cent quatre-vingts degrés : il a repris l'entreprise de son père, a enfilé un costard cravate, et hop, l'ancien hippie Tomas Ekman est devenu un capitaliste pur jus. Il est hélas décédé, il y a à peine quelques mois, d'ailleurs.

— Ah bon ? Et comment avez-vous appris sa mort ? Vous n'étiez plus en contact ?

— C'est notre fils Dylan qui nous l'a dit quand il est venu cet été. Il l'avait entendu à son travail. Tomas était apparemment connu dans le monde des affaires et Dylan savait que nous nous connaissions à l'époque. Il était nettement plus impressionné par Tomas que par son vieux père, dit Brandon avec un demi-sourire. Après tout, il arrive que la pomme tombe loin de l'arbre.

— Et Ingela, vit-elle encore ?

— Aucune idée, tranche Janet. Nous n'étions plus en contact.

— Et Disa ?

— Je suis désolée, mais ce chapitre est terminé pour nous.

Et comme pour souligner que la conversation est close, elle se lève et se met à débarrasser.

Je devrais lâcher cette piste, pense Karen une demi-heure plus tard, lorsqu'elle s'engage sur l'autoroute, direction l'hôtel de police de Dunker. Il est temps de laisser cette vieille communauté de hippies tranquille et de me concentrer sur le lien avec les cambriolages.

Un faible rayon de soleil brumeux a réussi à se frayer un chemin à travers la couverture nuageuse et la chaussée a déjà commencé à sécher par endroits. Après un coup d'œil à sa montre, elle accélère en essayant de refouler l'agaçante impression que Brandon et Janet Connor n'ont pas dit toute la vérité.

61

Karen replace la pile de documents, se penche en avant et allume l'enregistreur.

— Interrogatoire de Linus Kvanne, soupçonné de cambriolages, incendie volontaire et tentative d'homicide, en présence de son avocat Gary Brataas. Sont également présents les inspecteurs de la brigade criminelle Karl Björken et Karen Eiken Hornby.

— J'ai tué personne, bordel ! Essayez pas de me faire payer pour un crime que j'ai pas commis !

Sa voix d'une profondeur inattendue offre un contraste marqué avec son corps dégingandé. Karen repense aux images des caméras de surveillance du ferry ; seize ou dix-sept ans, c'est ce qu'elle croyait, et son collègue aussi. Linus Kvanne a pourtant fêté ses vingt-quatre printemps et purgé trois peines à l'établissement pénitentiaire de Kabare. La première pour meurtre.

L'homicide de Lars Hayden, un polytoxicomane de vingt-huit ans connu des services de police, six ans plus tôt, avait été décrit par l'avocat de Linus Kvanne comme un acte héroïque. La fête du Nouvel An, qui avait déjà dégénéré un peu plus tôt, avait brutalement pris fin lorsque Kvanne avait découvert sa petite amie de l'époque dans l'une des chambres de la maison. À califourchon sur elle, Hayden, pantalon baissé, lui pressait une lame contre la gorge. Le tribunal avait jugé que le premier coup de couteau de Kvanne avait pu être asséné en légitime défense, au moment où il essayait de désarmer Hayden. Les quatre coups suivants ont été jugés comme une violence injustifiée. Mais Kvanne était jeune et n'avait jamais été condamné. Il s'en est tiré avec une peine légère. Après avoir purgé cinq des neuf mois auxquels il avait été condamné, Kvanne avait été libéré pour bonne conduite. Selon les experts, le risque de récidive était faible.

Or, il avait fait mentir les spécialistes et s'était taillé une réputation dans le milieu. Il avait purgé quelques peines plus courtes pour possession de stupéfiants et pour vol de cuivre – en quantité assez importante, d'ailleurs. Il n'était sorti de son dernier séjour à la prison de Karabe qu'en juillet dernier.

À présent, il affecte un air décontracté, affalé sur sa chaise, les jambes croisées.

Gary Brataas pose une main apaisante sur le bras de son client.

— Bien sûr que non. Maintenant nous allons écouter calmement ce que les policiers ont à nous dire. Je suis impatient de vous entendre, ajoute-t-il avec un demi-sourire.

— Alors, Linus, dit Karen. À 10 h 45 ce matin vous avez été arrêté chez vous, rue des Pins, à Lemdal. L'appartement a été perquisitionné ; outre une quantité assez importante de stupéfiants, on a trouvé plusieurs objets qui avaient été déclarés volés lors de divers cambriolages à Noorö et Heimö. Comment expliquez-vous cela ?

Linus Kvanne feint d'étouffer un bâillement, étire un peu son dos et croise les mains derrière sa nuque.

— Comment je l'explique ? Que les flics défoncent ma porte et débarquent chez moi pendant mon sommeil ? Aucune idée.

Karen lance un regard en biais à Karl. Les sourcils levés et l'air dubitatif, il gonfle les joues et exhale un soupir qui reflète ce qu'ils pensent tous les deux :

« Je vois le genre de type à qui nous avons affaire. Ça va prendre du temps. »

Sans se laisser démonter, Karen pose à nouveau la question :

— Je veux dire, comment expliquez-vous que les objets volés se soient retrouvés dans votre salon et sous votre lit ?

Linus Kvanne hausse les épaules. Il esquisse un sourire qui menace de faire tomber la poche de tabac à chiquer qu'il a calée sous la lèvre supérieure.

— Bah, je suppose que quelqu'un les a placés là. C'est le plus probable, non ?

— Et qui aurait fait cela, d'après vous ?

Linus Kvanne éclate de rire et écarte les bras.

— Aucune idée. Il y a tellement de gens qui vont et viennent chez moi. Ma maison est ouverte à tous.

— Vous savez ce que je pense ? réplique Karen calmement. Je pense que vous avez volé ces objets au cours de plusieurs cambriolages. Je crois que vous avez même volé une moto du modèle Africa Twin et l'avez utilisée pour rejoindre Thorsvik puis Grunder.

— Ah bon, la vieille, c'est ce que vous pensez ?

— Après le casse de Grunder, vous vous êtes débarrassé de la moto, soit volontairement, parce que vous aviez peur qu'elle soit recherchée, soit parce que vous avez fait une sortie de route. Alors, pourquoi ?

Linus Kvanne secoue lentement la tête. Il tâche de croiser le regard de Karl Björken, espérant peut-être une connivence masculine.

— Je comprends rien à ce qu'elle raconte, celle-là. Vous avez quelque chose à dire avant que je me tire ?

— Désolé, mon vieux, on a des images de toi avec la bécane sur le ferry de Noorö. En plus, on sait que tu étais à la Grotte hier soir et que tu t'es vanté de tes forfaits toute la soirée.

Ses bras s'abaissent brusquement et Kvanne se penche sur la table.

— Qui a raconté ça ?

— Mon client n'est pas obligé de...

Gary Brataas est interrompu par Karen :

— C'est un peu idiot de la ramener quand on a fait une connerie, non ? *A fortiori* sous l'emprise de l'alcool et dans un endroit bondé où les tables sont quasiment collées les unes aux autres. Le risque, c'est que quelqu'un vous balance. Mais... vous êtes peut-être un peu idiot, Linus ? Que dites-vous de ça ?

Linus Kvanne se précipite en avant. Sa tête se retrouve à quelques centimètres de celle de Karen.

— Sssalope !

S'il avait choisi un mot différent, elle aurait échappé au petit jet de salive. Dissimulant son dégoût, Karen attend que Linus Kvanne se recule contre le dossier de sa chaise avant d'essuyer le filet de bave échoué sur sa lèvre inférieure et son menton.

Lorsqu'elle reprend la parole, sa voix semble parfaitement calme.

— C'est pour ça que vous avez décidé de mettre le feu aux maisons ? Vous avez eu les chocottes, vous vous êtes dit que vous aviez peut-être laissé des traces malgré les gants ? Un cheveu ou un petit bout de peau permettant aux techniciens d'établir un lien avec vous ?

Karen se tourne vers Karl, qui opine d'un air circonspect.

— Pas si bête, finalement, dit-il. Dommage que le feu n'ait pas pris avant que notre cambrioleur s'en aille. Les techniciens peuvent sans problème trouver son ADN dans une des maisons *a posteriori*. Maintenant qu'on sait ce qu'on cherche.

Karen marque son accord d'un hochement de tête en observant Linus Kvanne qui tambourine des doigts contre l'accoudoir de la chaise. Son sourire a été remplacé par un rictus nerveux et sa langue se presse contre la poche de tabac pour en tirer un peu plus de nicotine.

— La question est de savoir pourquoi il est allé plus loin cette fois-ci, continue Karen sans lâcher Kvanne du regard.

— C'est vraiment crétin, ajoute Karl. Je veux dire, jamais on n'aurait eu les ressources d'envoyer des techniciens et tout le bazar pour un simple cambriolage. Mais un assassinat, c'est une autre paire de manches. Si j'ai bien compris, ça grouille de techniciens là-bas.

Gary Brataas n'y tient plus.

— Si vous avez des preuves que mon client est impliqué dans un meurtre ou un assassinat, je vous suggère de les présenter et de cesser votre petit spectacle.

— En voilà une audition réussie ! ironise Karl vingt minutes plus tard, dans l'ascenseur qui les ramène vers les bureaux de la brigade criminelle après leur visite à la maison d'arrêt de l'autre côté de la rue.

Ce qu'il a l'air fatigué ! songe Karen en le regardant fouiller dans une poche de pantalon puis dans l'autre.

— Ç'aurait été une réussite si notre enquête n'avait porté que sur de satanés cambriolages, renchérit-il en plaçant entre ses lèvres une gomme à la nicotine.

Contre l'avis de son avocat, Linus Kvanne a avoué quatre cambriolages : à Noorö, non loin de Thorsvik, à Haven (un vol avec effraction dans une maison de vacances qui n'a pas encore été rapporté) et à Grunder. Pendant toute la durée de l'interrogatoire, il a néanmoins contesté toute implication dans l'assassinat de Susanne Smeed.

— Je n'ai même jamais mis les pieds à Langevik, a-t-il clamé.

Le problème, c'est qu'ils le croient.

65

— Je vais m'en griller une, tu m'accompagnes ?

Kore lève un paquet de cigarettes et esquisse un geste de la tête vers la porte.

— Volontiers.

— Eirik serait furieux, dit Kore quelques minutes plus tard d'une voix étouffée. (Il recrache la fumée en gémissant de plaisir.) Il doit sentir l'odeur de la clope jusqu'en Allemagne, ajoute-t-il avant de tirer une nouvelle taffe.

Ils se sont installés à la terrasse du bar-restaurant *La Corde*, où un nombre impressionnant de buveurs bravent la fraîcheur automnale sous des chauffages à infrarouge et des couvertures. Kore n'aurait rien eu contre le fait de passer la soirée dehors. Son petit ami, Eirik, est parti au salon des professionnels de la fleur qui vient d'ouvrir ses portes à Francfort et il en profite pour boire et fumer plus que de raison.

C'est tout de même un couple mal assorti, pense Karen en contemplant la bague en forme de tête de mort à la main tatouée de son ami. Elle s'était doutée que son ancien camarade de classe Eirik était homosexuel bien avant cette fameuse soirée, vingt-deux ans plus tôt, où après lui avoir fait promettre le silence il s'était confié à elle. Personne ne devait l'apprendre, surtout pas son père – il n'y survivrait pas.

Elle s'était tue et avait suivi, impuissante, le combat d'Eirik pour satisfaire les attentes de son entourage. Il s'était fait violence, avait joué au « mec viril » à l'école, sur le terrain de football, dans sa famille, tout en multipliant les week-ends à Londres, Copenhague, Amsterdam et Stockholm. Loin de ses parents, de l'équipe de foot et de ses potes du pub, Eirik osait enfin se mettre à nu. Lorsqu'elle vivait à Londres, Karen avait vu de près sa double vie. La chambre d'amis derrière la cuisine était devenue « la chambre d'Eirik » dans la bouche de John, qui n'avait jamais compris pourquoi il s'imposait cette existence mensongère. Il n'y avait qu'à avouer la vérité, on était dans les années quatre-vingt-dix, merde, même au Doggerland ! *Not a big thing nowadays*, qu'il avait dit. Eirik et Karen avaient échangé un regard de connivence : un British ne pourrait jamais comprendre.

Quand Eirik avait fini par sortir du placard, il ne l'avait pas fait comme un acte de confiance, mais comme l'expression de sa colère et de son impuissance. Un jour de décembre près de onze ans plus tôt, l'appel de la mère de Karen avait fait s'écrouler toutes les digues. John était mort ; Mathis était mort ; Karen avait cessé de vivre. Ce jour-là, Eirik avait été pris à la gorge par la conscience du caractère éphémère de la vie. Elle ne l'avait plus lâché. Ce jour-là, Eirik avait tout laissé se briser et, dans un accès de rage, avait hurlé à son père et au monde entier d'aller au diable. Et qu'ils oublient les petits-enfants, ils n'en auraient jamais.

Eirik était là pour Karen lorsqu'elle était rentrée. Elle ne l'avait compris que plus tard. À travers d'épaisses strates de douleur, les voix alarmées de sa mère et d'Eirik étaient montées jusqu'à elle de la cuisine. Elle avait entendu ses tentatives maladroites pour consoler sa mère, ses propres sanglots, et ses tentatives réitérées. Encore et encore. Heureusement qu'Eirik et sa mère étaient là l'un pour l'autre. Puisqu'elle n'existait plus.

Ce ne fut que plusieurs mois plus tard, lorsqu'elle avait quitté sa chambre, encore engourdie de chagrin, qu'elle avait vu que son ami avait changé. La transformation avait commencé.

Eirik était devenu le cliché parfait de l'homosexuel : toujours tiré à quatre épingles, les ongles soignés, la gestuelle et la voix légèrement efféminées. Le fait qu'il ait reçu une formation de fleuriste et soit maintenant propriétaire d'une chaîne de magasins de fleurs renforce encore cette image. Eirik avait quitté le placard et fermé la porte derrière lui.

Les années qui suivirent son coming out, il avait présenté à Karen une ribambelle de petits amis, la plupart très semblables à Eirik lui-même. Les relations étaient généralement trop brèves pour qu'elle mémorise leurs noms. Puis il y eut Kore.

Peut-être parce qu'il était tout l'inverse d'Eirik, passé le premier étonnement, Karen comprit que Kore était un nom à mémoriser. Kore et Eirik, c'était le jour et la nuit. Apparence, tempérament, intérêts, fréquentations. Kore, le producteur de musique à la crête noir corbeau, aux bras tatoués et aux anneaux en or dans les deux oreilles ; et Eirik, le fleuriste avec ses chemises repassées et ses chaussures vernies. Si Eirik était la thèse, Kore était l'antithèse. Ou l'inverse. Quoi qu'il en soit, six ans plus tard, ils sont toujours ensemble.

— Je me sens comme un poulet rôti, s'exclame Karen en plaquant une main sur sa joue brûlante. Comment les gens supportent-ils cette chaleur infrarouge ?

Elle indique l'étroite ruelle où les terrasses protégées par des parois transparentes se succèdent le long des bâtiments en brique de la vieille zone industrielle. Des bâtiments qui abritaient la corderie, la vieille fabrique de lanoline, la filature et tout un tas d'autres usines qui ont depuis longtemps mis la clef sous la porte ou déménagé dans des locaux plus modernes. Toute la zone s'est transformée en une succession de restaurants, de boutiques de designers, de cafés et de bars. Les restaurateurs déploient des trésors d'imagination pour satisfaire les accros à la nicotine sans enfreindre la nouvelle législation et, par instinct de survie, proposent tous un espace fumeurs chauffé et entouré de plexiglas.

— C'est ma dernière, fait Kore en montrant sa cigarette. Je dois aller chercher Eirik à l'aéroport demain vers 8 h 30 : il a le flair d'un limier. Ça alors ! Qui vois-je ?

Kore émet un sifflement strident et Karen sursaute. L'écho rebondit sur les parois de verre sans sortir de la couveuse dans laquelle ils se trouvent. Soudain debout, il mouline du bras.

— Hé ho ! Friis ! Viens par ici !

Rapide comme l'éclair, Kore se faufile entre les tables pour sortir de la terrasse, traverse la rue et prend un homme dans ses bras. Karen les voit échanger quelques mots, Kore pointe du doigt leur table. L'homme se retourne et Karen tressaille en le reconnaissant. C'est Leo Friis qui, visiblement irrésolu, se laisse traîner vers *La Corde*. Cette fois-ci, il n'a ni son caddie ni sa couverture marron, mais son apparence n'en est pas plus soignée. Karen décèle une hésitation dans ses yeux braqués sur la porte du restaurant. La musique et le brouhaha déferlent. Leo se fige dans son mouvement.

— Rassure-toi, on est en terrasse, lui explique Kore en le conduisant vers leur table. Voici Karen. Karen, je te présente l'homme, le mythe, la légende Leo Friis.

Leurs regards se rencontrent. Karen doit-elle avouer qu'ils se connaissent ? Elle pèse le pour et le contre en un instant et décide de s'abstenir. Elle lui tend la main.

— Bonjour, Leo, assieds-toi.

Leo lui serre la main avec un petit hochement du menton.

— Bonjour, Karen.

Rien dans leur façon de se saluer ne laisse penser qu'ils se sont déjà croisés. Encore moins que Leo Friis a été interrogé en tant que témoin. Kore ne semble pas le moins du monde affecté par l'état déplorable de son vieil ami et Karen est assaillie par un doute : est-il au courant que Leo est à la rue ? Qu'il passe les nuits sous les rampes de chargement du Nouveau-Port ? En même temps, Kore a l'air un peu plus exalté que d'habitude.

— Qu'est-ce que tu bois ? C'est ma tournée, dit-il en faisant signe à une serveuse. Tu reprends la même chose, Karen ?

Après avoir passé commande, Kore se tourne à nouveau vers son ami.

— Merde, Leo, ça me fait plaisir de te voir ! Ça fait longtemps que tu es rentré ?

— Quelques mois seulement, depuis la mi-mai, je crois.

— Par exemple ! Tu as passé tout l'été ici et tu ne m'as même pas prévenu ? Que fais-tu en ce moment ? Et comment vas-tu ?

— Il aurait moins de mal à répondre si tu posais une question à la fois, dit calmement Karen en faisant de la place sur la table pour le plateau bien rempli de la serveuse.

Leo lui décoche un coup d'œil.

— Désolé, désolé, on croirait entendre ma mère, dit Kore. Mais je suis tellement content de te voir ! *Gottjer !* s'exclame-t-il en levant son verre.

— *Gottjer !* répètent Karen et Leo en chœur.

Ils lèvent leurs verres à hauteur des yeux, les abaissent puis boivent de concert.

— Pour tout te dire, Karen et moi nous sommes déjà rencontrés, avoue Leo. (Il repose sa chope et essuie la mousse dans sa barbe du revers de la main.) Nous avons même pris un café ensemble.

Le regard de Kore erre de l'un à l'autre de ses compagnons.

— Quoi ? Vous vous connaissez ? demande-t-il, incrédule.

— Nous nous sommes vus une fois. J'ai entendu Leo comme témoin dans une affaire sur laquelle je travaille.

Les yeux écarquillés de Kore révèlent qu'il est sans doute plus inquiet du sort de son ami qu'il ne veut le laisser paraître.

— Mais tu bosses sur le meurtre de Langevik, non ? Tu as *vu* ce qui s'est passé, Leo ?

Karen lève les mains pour inviter Kore à baisser la voix au moment où leurs voisins de table se tournent vers eux.

— Si seulement ! Non, mais Leo a pu donner un alibi à une personne pour le moment où l'homicide a été perpétré.

— Ça alors, c'est passionnant ! Qui était-ce ?

L'inquiétude de Kore s'est muée en curiosité.

— Laisse tomber. Tu crois vraiment que je vais te le dire ? Mais son témoignage nous a été précieux, cela nous a épargné pas mal de boulot.

Elle sourit à Leo, qui lève à nouveau son verre avant de le porter aux lèvres. Il ne répond pas à son sourire, mais la tension dans son regard et sa posture semble s'être relâchée. Kore, plus calme aussi, se tourne vers Leo. D'une voix normale, presque douce, il lui dit :

— J'ai entendu que tu en avais bavé après avoir arrêté. Les rumeurs vont bon train dans ce milieu, comme tu le sais. Mais ça fait un an que je n'ai rien entendu. J'ai presque cru que tu te planquais.

Pour la première fois, on devine un sourire sous la barbe de Leo.

— C'est précisément ce que je faisais. Jusqu'à ce que tu me démasques.

— Tu es sérieux ?

Kore jette un regard à la ronde et se penche vers Leo.

— On dirait que personne ne te reconnaît, murmure-t-il. Et franchement, ça ne m'étonne pas, avec ces fringues. Ne le prends pas mal, mais tu fais peur à voir.

Cette fois-ci, Leo éclate d'un petit rire. Un rire sec, incisif, qui témoigne qu'il est conscient de sa déchéance et qu'il l'accepte.

L'estomac noué, Karen commence à deviner qui est vraiment Leo Friis.

63

La lenteur et la prudence de Sigrid au volant sont éprouvantes. Comment s'étonner, pense Karen en s'enfonçant sur le siège passager. Une conductrice inexpérimentée assise à côté d'un flic dans une bagnole qui a vu des jours meilleurs. Apparemment, le mécanicien a au moins réparé le démarreur ; depuis que Sigrid est passée la chercher place de la Corderie dix minutes plus tôt, la voiture n'a émis que les couinements ordinaires d'une vieille Toyota de ce modèle.

— Tu as récupéré toutes tes affaires dans l'appartement ? demande Karen en ajustant la ceinture de sécurité qui lui taillade le cou.

— Toutes celles que je veux garder, répond Sigrid.

Elle indique de la tête la banquette arrière où s'entassent des sacs en papier remplis de vêtements et deux valises en toile bleue.

— Il y en a encore dans le coffre, ajoute-t-elle. (Elle jette un coup d'œil dans le rétroviseur et enclenche le clignotant.) Vous vous êtes bien amusés ? À l'odeur, on dirait que oui. Sérieusement, tu as beaucoup bu ?

— Trois bières, maman, répond Karen. Oui, je passe toujours de bons moments avec Kore. C'est gentil de venir me chercher. Le canapé de l'atelier de Marike n'est pas ce qu'il y a de plus confortable.

— Il est sexy, non ? Le type à la veste en cuir, je veux dire.

Sigrid joue la naïve, mais sa tentative tombe à plat.

— Oui, son mec n'est pas mal non plus, réplique sèchement Karen. Et sympa.

— Ah mince ! Dommage.

— Eirik et moi étions à l'école ensemble ; c'est par lui que j'ai rencontré Kore.

— Et l'autre gars alors ? Tu le connais aussi depuis des lustres ?

— Non, je ne le connais pas du tout. Mais Kore et lui sont apparemment d'anciens amis.

— Il avait l'air un peu... négligé. Pas très soigné, quoi.

Karen ne répond pas.

— The Clamp, ça te dit quelque chose ? demande-t-elle au bout d'un moment.

Sigrid la regarde, étonnée.

— Bien sûr que oui. Je vois très bien qui ils sont. Enfin, *étaient*. Pourquoi ?

— Nous avons parlé d'eux ce soir, c'est tout. Apparemment, ils avaient pas mal de succès.

— Oui, mais c'était il y a déjà plusieurs années. Certains disent qu'ils auraient dû continuer, mais je ne sais pas. Il vaut mieux arrêter quand on est au sommet de sa gloire.

Karen se laisse imprégner de la sagesse de Sigrid. Elle lui lance un coup d'œil amusé.

— Comment sait-on qu'on est au sommet de sa gloire ?

— On ne le sait que quand c'est trop tard ; c'est là qu'on se rend compte qu'on aurait dû arrêter à temps. Ce groupe n'était pas mauvais, même si ce n'était pas trop mon genre.

— C'est quoi ton genre ? Le hip-hop ? Des mecs en pyjama avec des chaînes en or... ?

Sigrid lui jette un coup d'œil en biais.

— Tu as cent ans ou quoi ? Tu n'aimes pas le rap ?

— Si, si. J'ai vu John Cooper Clark en 1984 à Londres. J'ai séché les cours avec une copine et on a pris le ferry jusqu'en Angleterre. Ma mère est devenue folle.

— Qui est ce John Cooper Clark ?

— *Fancy Cuba but it cost me less to Majooorca...*

Nouveau coup d'œil de Sigrid.

— Qu'est-ce que tu racontes ?

— Laisse tomber, c'est vieux tout ça.

— Le craving, dit soudain Sigrid. Un mélange de rap, de jazz et de musique africaine. Mais c'est aussi beaucoup plus que ça. De l'art, du théâtre et... tout. C'est sans limites.

— Le craving ? Comme dans... *craving,* le mot anglais ? Avoir très envie de quelque chose ?

— Oui, tout un concept. C'est l'idée. Ne pas se limiter ou attendre autre chose. Tout. Maintenant. Tu piges ?

Non. Karen ne pige pas.

Elles demeurent silencieuses tandis que la voiture avale des kilomètres et des kilomètres d'asphalte. Karen ferme les yeux. Ses pensées s'emballent. C'est agréable d'avoir de la compagnie, d'être assise en silence à côté de quelqu'un. Même si Sigrid ne connaît pas John Cooper Clarke. Elle aimerait sans doute sa musique. C'est agréable d'avoir de la compagnie à la maison aussi – du moins pour une période limitée. Karen a promis à Sigrid qu'elle pouvait rester dans la chambre d'amis le temps qu'elle rénove le pavillon dont elle a hérité.

Elles se sont mises d'accord pour ne pas parler de l'enquête. Sigrid ne doit rien demander, Karen ne doit rien raconter de plus que ce que Sigrid peut lire dans les journaux.

C'est tout de même curieux qu'elle ne l'interroge pas, songe Karen. Elle se moque de savoir qui a tué sa mère ? Ou est-elle simplement une fille de policier obéissante qui a appris à ne pas poser de questions ? Comment se fait-il qu'elle soit aussi impitoyable vis-à-vis de ses parents ? Karen ne compte pas lui demander – si Sigrid veut lui en parler, elle devra prendre l'initiative.

Ses pensées fatiguées s'arrêtent à la soirée avec Kore. Et Leo Friis. Elle les a laissés à leur table quand Sigrid a klaxonné depuis l'autre côté de la rue. Elles s'étaient mises d'accord pour qu'elle passe chercher Karen vers 21 heures. Son coup d'avertisseur sonore était si ponctuel que Karen se demande si Sigrid n'était pas restée plusieurs minutes à les observer avant de manifester sa présence.

Karen n'avait même pas eu l'occasion de parler avec Kore en tête à tête ; elle avait des tonnes de questions à poser sur Leo Friis. Mais à la différence de Kore, elle n'avait pas voulu se montrer indiscrète. Elle avait en tout cas compris qu'il était guitariste dans le groupe The Clamp. Elle se rappelle vaguement quelques-unes des chansons, mais pour une obscure raison elle avait toujours cru qu'ils étaient britanniques ou américains. Leur heure de gloire avait correspondu à un moment de sa vie où se lever le matin exigeait déjà d'elle toute son énergie.

Avec les années, elle a compris que le Doggerland, ou du moins Dunker, était devenu une sorte de moteur auxiliaire de l'industrie musicale, avec un paquet de compositeurs et de producteurs, mais elle ne s'y est jamais intéressée plus que cela. Six ans plus tôt, elle avait montré ses disques à Kore, qui avait constaté que pas grand-chose n'intéresserait un collectionneur de vinyles.

Puis il l'avait noyée sous des playlists, ces détestables héritières des compilations prétentieuses avec lesquelles les garçons la bombardaient, du temps où elle enchaînait les conquêtes.

« Il faut *absolument* que tu écoutes ce tube » est une phrase qui lui hérisse encore le poil.

Les playlists de Kore étaient composées de morceaux enregistrés dans son studio chez KGB production, et d'autres chansons qu'elle était censée apprécier.

Il arrive qu'elle écoute de la musique, c'est vrai, mais pas du tout aussi souvent qu'il le pense. Au contraire, elle recherche plutôt le silence. Les jingles publicitaires, la présence de musique dans toutes les scènes de tous les films, la musique pour combler les vides dans tous les programmes TV, la musique de fond dans tous les magasins, restaurants et bars, tout ça l'épuise.

Mais les fêtes chez KGB sont généralement réussies ; grâce à Kore, elle a rencontré des artistes auxquels la plupart des gens demanderaient un autographe. Leo Friis n'est pas l'un d'entre eux, si sa mémoire est bonne. Même s'il arborait sans doute un look très différent quelques années plus tôt. Aujourd'hui personne ne semble reconnaître la rockstar qui se cache derrière cette barbe et ces haillons. Les seuls regards que Leo ait attirés au café l'autre jour et à *La Corde* ce soir étaient chargés de dégoût.

Va-t-il aller directement de la terrasse du pub avec ses radiateurs à infrarouge à l'une des rampes de chargement du port, ce soir ? s'interroge Karen. Combien de temps peut-il dormir dehors ? Pour le moment, la température n'est pas encore descendue au-dessous de zéro, mais ce n'est qu'une question de jours avant que le givre ne tue les dernières plantes du jardin. Et aussi, probablement, ôte la vie à certains de ces pauvres diables qui dorment encore dans la rue et non dans les centres d'hébergement.

« Il est du genre solitaire », avait dit Gro Aske, « un peu claustro. »

Je me demande s'il prend quelque chose ou s'il a simplement fait une dépression, songe Karen. Elle est arrachée à ses pensées décousues par le cahot de la voiture – Sigrid a quitté la route principale et le véhicule s'est précipité dans le premier nid-de-poule de la route de Langevik.

— Tu ne racontes pas à mon père que j'habite chez toi, hein ?

Karen se redresse et jette un rapide coup d'œil à la jeune fille.

— Non, pas sans ton accord. Tu es majeure. Mais c'est vrai que je trouve que tu devrais lui parler. Surtout maintenant que ta mère…

— Toi, tu as envie de parler avec lui ? la coupe Sigrid. Tu trouves que mon père est une personne avec qui il est facile de parler ?

Sa voix est dure, ironique, et Karen se rappelle le premier interrogatoire à Gaarda. La relation de confiance bâtie au cours des derniers jours reste fragile ; son mur d'indifférence peut sans doute se reconstruire en un clin d'œil. Sigrid semble toujours sur le qui-vive, briques et truelle à la main.

— Non, répond Karen avec sincérité. Je ne trouve pas.

Pourtant, il va falloir que je lui parle, se dit-elle. Dès demain. Elle a reçu la convocation juste avant de quitter le boulot : bureau de la procureure à l'hôtel de ville. 9 heures du matin. Le commissaire principal Viggo Haugen a également convié Jounas Smeed.

Elle n'a aucun doute quant à la teneur de la réunion.

64

— Je t'ai vue à *La Corde* hier soir.

La réunion avec Viggo Haugen est terminée. Elle a entendu ce qu'elle pensait entendre. En compagnie de Jounas, elle a pris l'ascenseur jusqu'au sous-sol, puis emprunté le souterrain qui passe sous la rue de l'Hôtel-de-Ville plutôt que de traverser le parking en bravant la pluie. Arrivés dans le garage de l'hôtel de police, ils attendent maintenant l'ascenseur qui les ramènera à l'étage de la brigade criminelle.

Karen ne répond pas ; Jounas continue.

— Je suis passé devant et je t'ai vue en terrasse. En très charmante compagnie, si je puis me permettre.

Toujours sans réagir, elle pousse le bouton de l'ascenseur, agacée, bien qu'il soit déjà allumé.

— Tes petits copains pédés, je n'ai pas grand-chose à dire d'eux, mais l'autre avait une gueule terrible. Il m'a fait penser aux types qui traînent derrière le marché couvert. J'ai même eu l'impression de le reconnaître.

— Tu devrais le reconnaître.

Jounas Smeed prend un air étonné. Elle décide de ne pas lui révéler que c'est Leo qui lui a fourni son alibi.

— Tu es tellement perspicace, dit-elle plutôt d'une voix mielleuse. Tu es capable de cerner les gens en un coup d'œil.

— Arrête ton char, Eiken. Tu es flic, tu crois vraiment que c'est de bon ton de t'afficher en ville avec des types comme ça ?

— Tu constateras tout de même que je suis montée en gamme ! Depuis Oïstra, je veux dire.

Jounas Smeed reste coi quelques instants, comme s'il retenait sa respiration. Puis il exhale un long soupir et fait claquer sa langue.

— Karen, Karen. Il y a tant de colère en toi. Toujours à montrer les dents. Ça commence à poser problème.

— J'ai peut-être mes raisons.

La sonnette de l'ascenseur retentit enfin. Karen entre et fixe sans mot dire les portes métalliques qui se referment lentement.

— Je comprends que tu sois déçue que l'enquête soit suspendue, mais tu ne peux vraiment pas m'accuser. La décision finale appartient à la procureure. Elle et Haugen sont d'accord : nous tenons notre coupable. Il a été placé en garde à vue.

— Nous tenons un homme qui a avoué quatre cambriolages et deux tentatives d'incendie. Ce n'est pas lui qui a tué Susanne.

— Comment peux-tu en être si sûre ?

— Eh bien, ça, on ne le saura jamais, n'est-ce pas ?

Le message est clair comme de l'eau de roche : l'assassinat de Susanne Smeed est une affaire élucidée. Tous les efforts visant à trouver d'autres motifs ou un autre coupable doivent cesser séance tenante.

— Non, j'imagine, répond Jounas Smeed. Mais tu n'as pas proposé une seule théorie concrète depuis le début de l'enquête.

— Depuis à peine une semaine, tu veux dire ?

— De toute façon, maintenant, on a arrêté le type. Et pas grâce à toi. Sans cet indic, Kvanne aurait sans doute eu le temps de dévaliser et de foutre le feu à une ou deux autres baraques ! Il aurait peut-être même tué un autre innocent qui aurait eu la malchance d'être chez lui.

La petite musique de l'ascenseur retentit. Ils sortent. Karen pose la main sur la poignée de la porte en verre dépoli, ornée du logo de la police et des lettres autocollantes élimées indiquant le repaire de la brigade criminelle. Jounas Smeed lui bloque le passage.

— Tu connais la suite, Eiken. Björken va nous aider sur l'affaire de Moerbeck au cours des prochaines semaines avant de rentrer chez lui changer des couches. Toi, tu abandonnes toute recherche active sur le crime de Langevik et tu te concentres sur la rédaction du rapport final sur Kvanne. Et sans broncher. Compris ?

65

Karen Eiken Hornby n'a pas bronché. Nullement. Pendant quarante-huit heures, elle a résisté à la tentation de clamer haut et fort ce qu'elle pense. Elle n'a pas une seule fois critiqué la décision.

— La procureure croit vraiment que ça va tenir ? a demandé Karl.

— On dirait bien.

C'est peut-être qu'elle s'en fout. L'idée l'a effleurée, mais elle ne l'a pas formulée à voix haute. Il y a d'autres affaires à résoudre : agressions, trafic de drogue, prostitution. Et Moerbeck. Malgré les considérables moyens déployés, aucun suspect n'a été entendu. Pire, le coupable a à nouveau frappé : une troisième femme agressée et violée la veille, aux aurores. Pour l'instant, un seul décès est à déplorer. La dernière victime en date, une femme de vingt-sept ans et mère de deux enfants qui rentrait de son travail de nuit à l'hôpital de Thysted, se trouve actuellement en soins intensifs. Dans le service qu'elle avait quitté quelques heures auparavant.

Fiévreuse, la gorge endolorie, Greta Hansen avait pu quitter son poste dès 4 h 30 du matin avec la bénédiction de l'infirmière en chef. Le taxi l'avait déposée devant chez elle, rue de l'Atlas, à Odinswalla. Agacé d'avoir transporté une cliente visiblement grippée la veille de son départ en Thaïlande pour trois semaines de vacances bien méritées loin de ce temps de chien, le chauffeur avait démarré en trombe à peine la portière refermée. L'époux de Greta, Finn Hansen, maquettiste au journal *Nya Dagbladet*, dormait sur ses deux oreilles dans leur charmant appartement tout juste rénové du troisième étage, sans savoir que sa femme était en train de se faire violer avec un tesson de bouteille dans un fourré juste à côté.

Le prédateur a quitté le quartier socialement défavorisé de Moerbeck et étendu son terrain de chasse à Odinswalla. Les médias s'emparent de cette information et distillent la peur.

Les critiques à l'encontre de la police lors de la conférence de presse de la veille ont été unanimes : les patrouilles, les agents en civil ont été déployés au mauvais endroit. N'aurait-on vraiment pas pu prévoir que le coupable allait changer de zone ? La police est-elle incapable de garantir la sécurité des citoyens ? Qu'a-t-elle à dire aux femmes inquiètes ? Haugen est-il vraiment satisfait du travail de ses équipes ? A-t-il songé à démissionner ? Quelle est la réaction du ministre de l'Intérieur ?

Les collègues livides et renfrognés s'aboient dessus ; le nombre incalculable d'heures supplémentaires fait retentir les sonnettes d'alarme du département des ressources humaines. La frustration règne en maîtresse à l'hôtel de police de Dunker – parce qu'il y a une nouvelle victime, parce que les effectifs sont insuffisants pour patrouiller toutes les rues, parce que l'ordure qui a fait ça est encore en liberté. Sans compter la crainte omniprésente de la récidive. Dès cette nuit peut-être.

La nouvelle d'une arrestation dans l'affaire Langevik est reléguée au rang des brèves, mais la moindre allusion à l'idée qu'on pourrait se tromper d'homme ferait bouillir les rédactions. Linus Kvanne n'a pas d'autre choix que d'être déclaré coupable. Par ailleurs, il faut prendre en compte la triste vérité : la police et le parquet doggerlandais ne disposent pas des ressources adéquates pour traiter plus d'une enquête d'envergure à la fois.

Haugen avait sans doute vu l'affaire de Moerbeck comme une possibilité de laver son honneur sali. Exactement ce qu'il leur fallait : une problématique claire, un chef de groupe compétent et un vrai travail de terrain pour les agents. L'ordre serait bientôt rétabli.

Il ne doit plus en être si sûr à présent, songe Karen.

Mais elle ne dit rien. Karen Eiken Hornby est passée maître dans l'art de faire semblant.

Ce qui ne l'empêche pas, deux heures plus tard, après un coup d'œil vers le bureau de son chef, d'attraper son téléphone.

— Non, maman n'est pas encore rentrée, répond Mette Brinckmann-Grahn, avec un soupçon d'irritation dans la voix. Combien de fois allez-vous me poser la question ?

— Et vous n'avez toujours pas eu de ses nouvelles ?

Mette Brinckmann-Grahn soupire.

— Si, elle a téléphoné de Bilbao avant-hier pour me dire qu'elle reviendrait dès qu'elle trouverait un vol abordable. Mais j'ai déjà tout expliqué à votre collègue.

Karen maudit son piètre niveau de suédois. Elle doit avoir mal entendu.

— Que voulez-vous dire ? À qui avez-vous expliqué cela ?

— À l'autre agent, celle qui a appelé ce matin. Le portable de maman n'arrêtait pas de sonner et j'ai fini par décrocher ; je me suis dit que c'était peut-être important. Mais elle a juste posé les mêmes questions que vous. Elle voulait contacter ma mère et savoir quand elle rentrait. Vous ne communiquez pas entre vous dans la police ?

Karen est soudain prise de vertige. Une collègue ? Astrid Nielsen a-t-elle essayé de contacter Disa derrière son dos ? Non, elle a été transférée dans l'équipe de

Smeed et n'a pas le temps de faire autre chose. Astrid aurait sans nul doute informé Karen si, pour une obscure raison, elle avait fait quelque chose de ce genre.

— Cette autre femme avec qui vous avez parlé, a-t-elle vraiment dit qu'elle était de la police ? Expressément, je veux dire.

Mette garde le silence pendant quelques instants puis répond d'un ton qui trahit un étonnement manifeste.

— Maintenant que vous le dites, peut-être que non. Mais elle a donné son nom et semblait très formelle. Et puis, elle parlait à peu près comme vous.

— Comme moi ? C'est-à-dire ?

— Vous prononcez les « r » et les « l » de la même manière. Et vous posez les mêmes questions. Je suis partie du principe qu'elle était l'une d'entre vous.

Mette Brinckmann-Grahn se tait. Puis reprend.

— En fait elle aurait aussi pu être britannique. Ou américaine, peut-être. Ça correspond mieux au nom, d'ailleurs. Elle s'appelle Anne Crosby.

— Anne Crosby. Vous en êtes sûre ?

— Oui. Je l'ai noté. Son numéro aussi. Je lui ai promis de l'appeler dès que ma mère rentrerait.

Karen ferme les yeux en posant la question suivante.

— C'est ce que vous avez fait ? Vous l'avez appelée pour lui dire que votre mère était sur le retour.

— Bien sûr ! Je pensais vous appeler aussi, mais je me suis dit qu'une conversation avec la police, ça suffisait. Je me suis dit que cette Anne Crosby pouvait bien vous transmettre l'information. C'est ce que je lui ai dit aussi.

À cet instant précis, Mette Brinckmann-Grahn semble comprendre son erreur.

— Mais je pensais que… je suis partie du principe que… Enfin, peu importe, ajoute-t-elle d'un ton de défi, comme pour tenter de conclure au plus vite. De toute façon, ma mère n'est pas encore rentrée.

66

Qui diable est cette Anne Crosby ? se demande Karen en raccrochant au bout de huit sonneries. De dépit, elle envoie valser son portable sur son bureau.

Serviable, Mette Brinckmann-Grahn a lu sans protester le numéro de téléphone d'Anne Crosby, chiffre par chiffre, en suédois et en anglais pour éviter tout malentendu. Numéro que Karen a composé immédiatement. Dix tonalités, pas de réponse, pas de messagerie. Nouvelle tentative cinq minutes plus tard, huit tonalités, sans résultat.

Elle déplace à présent la souris de l'ordinateur. Au mouvement répétitif et anxiogène de l'économiseur d'écran se substitue le logo de la police doggerlandaise. Après deux rapides recherches, Karen constate qu'aucun individu du nom d'Anne Crosby n'est recensé dans la République du Doggerland. Troisième recherche, par le numéro de téléphone cette fois. Pas de résultat. Sans doute une carte prépayée, se dit-elle, résignée.

Elle se lève d'un bond pour appeler Karl Björken, mais change aussitôt d'avis et se laisse à nouveau tomber dans son fauteuil. À la hâte et avec l'impression étrange que son chef la surveille, elle double-clique sur le dossier contenant les informations sur Susanne Smeed, ouvre la synthèse des éléments techniques rédigée par Cornelis Loots et fait défiler les pages jusqu'aux informations fournies par le service informatique. Quarante-cinq secondes plus tard, son regard a effectué suffisamment d'allers-retours entre l'écran de son portable et celui de l'ordinateur.

Elle compose à nouveau le numéro de téléphone. Sans succès. Irritée, elle retrouve le numéro des époux Connor et, après quatre tonalités, entend la voix de Brandon Connor : « Janet et moi sommes trop occupés pour répondre au téléphone. Laissez un message et nous vous rappellerons. »

Elle s'exécute.

Nouveau coup d'œil vers Smeed ; il parle au téléphone et, à en juger par son expression, il ne reçoit pas de bonnes nouvelles.

Smeed et Haugen peuvent aller se faire voir, songe-t-elle en prenant son manteau. Elle se dirige vers Karl Björken.

— Tu déjeunes ? Je t'invite.

Un quart d'heure plus tard, Karl ôte, entre la lame de son couteau et le pouce, la fine peau d'une pomme de terre fichée sur sa fourchette. Ils sont attablés dans un restaurant haut de gamme rue du Parc, à Norrebro. À une distance de sécurité de près de deux kilomètres de l'hôtel de police. Ça va faire mal au portefeuille, se dit Karen.

— Les derniers *kelpis* de l'année, dit Karl en contemplant avec vénération l'insignifiant tubercule. Chers, c'est sûr, mais ils valent leur pesant d'or.

— Les premiers de l'année sont les meilleurs, répond Karen. Mais de toute façon, ils n'ont plus le même goût qu'autrefois. Maintenant, c'est une vraie industrie, avec ces grandes machines qui épandent de la bouillie d'algues vertes sur les champs. Ah, si tu avais goûté ceux que mon grand-père cultivait à Noorö. Il n'utilisait rien d'autre que du varech ramassé dans les crevasses des rochers.

— Tout *kelpis* vaut mieux que pas de *kelpis* du tout, répond Karl en piquant une autre pomme de terre du plat de service pour la poser à côté d'un épais morceau de turbot. J'en profite puisque tu m'invites. En quel honneur, d'ailleurs ? Tu as gagné aux courses ?

— Je me suis dit que c'était la manière la plus rapide de te parler, rétorque-t-elle sèchement. Tu n'es pas du genre à poser des questions quand on agite le chéquier devant ton nez ?

Karl esquisse un sourire satisfait et porte à la bouche une demi-pomme de terre couronnée d'un bon bout de turbot au beurre noisette.

— En tout cas, Smeed ne serait pas très content d'apprendre que j'ai pris une pause déjeuner à rallonge. Je dois bûcher sur son enquête, pas discuter avec toi. Je venais juste d'entrer dans les documents quand tu as déboulé comme une furie. Ce n'est pas une lecture amusante, je peux te l'assurer.

— Raison de plus pour avoir une vraie coupure. Un déjeuner amical entre collègues. Tu n'as rien contre, si ?

— Bon, crache le morceau, Eiken, tu ne m'inviterais pas à déjeuner juste pour le plaisir. Raconte.

Karen jette un coup d'œil à la ronde dans le restaurant bondé et se penche vers son collègue.

— J'ai rappelé Mette Brinckmann-Grahn.

— Je croyais que tu devais te concentrer sur Kvanne ? Ne pas broncher, ne pas faire de vagues.

Karen poursuit sans réagir :

— Je voulais savoir si elle avait eu des nouvelles de sa mère. Disa devait rentrer cette semaine.

— D'accord. Et elle en avait eu ? Des nouvelles ?

— Oui. Apparemment, elle est en train de rentrer. Mais elle m'a expliqué que je n'étais pas la seule à chercher à joindre Disa Brinckmann.

— Non, j'espère pour elle que la police du Doggerland n'est pas son seul contact avec le reste du monde.

Karen ignore le ton sarcastique.

— Apparemment, une femme l'a appelée pour lui poser les mêmes questions que moi. Une certaine

Anne Crosby. Elle a laissé son numéro. La fille de Disa Brinckmann a cru qu'elle était flic. La femme ne le lui a pas dit clairement, mais n'a pas tenté de corriger le malentendu non plus. Mette Brinckmann-Grahn était exaspérée d'avoir à expliquer la même chose à plusieurs personnes de la police.

— Ton plat est en train de refroidir, dit Karl avec un signe de tête vers la côtelette d'agneau dans l'assiette de Karen.

Obéissante, elle coupe un bout de viande et le porte à la bouche. Elle mastique et attend que Karl lui renvoie la balle.

— Ah bon, dit-il au bout d'un moment. Anne Crosby, dis-tu ? Et qui est cette dame ?

— Figure-toi que je me pose la même question. J'ai essayé de l'appeler, mais ça ne répond pas.

— Fascinant ! Vraiment ! Une femme dont nous ignorons l'identité a cherché à joindre quelqu'un qui n'a sans doute rien à voir avec l'enquête.

Karl Björken lui lance un coup d'œil sceptique en buvant quelques lampées de bière. Karen se penche sur le côté, fouille dans son sac et en sort une feuille de papier. En silence, elle la déplie et la pose à côté de l'assiette de Karl.

— Eh bien, reprend-il après avoir examiné les informations. Même si ça n'a rien donné, on peut dire que Cornelis a été rigoureux. J'espère qu'il le sera autant pour l'affaire Moerbeck. Il faut qu'on arrête cet enfoiré.

Karl concentre à nouveau toute son attention sur son assiette.

Sans commentaire, Karen pose son portable de l'autre côté de l'assiette de son collègue. Sur l'écran, les derniers numéros composés.

Quatre secondes plus tard, Karl cesse de mastiquer, se penche en arrière contre son dossier et regarde Karen dans les yeux.

— Mince alors ! On dirait que le numéro de portable à carte prépayée a trouvé son propriétaire. Qu'est-ce que tu vas faire ?

— Aucune idée. Il faut que je suive ça d'une manière ou d'une autre. Anne Crosby a d'abord appelé Susanne deux fois en juin, puis le 27 septembre. Seulement deux jours avant sa mort. Et maintenant elle essaie de joindre Disa Brinckmann. Elle essaie de joindre deux personnes impliquées dans l'enquête : ça ne peut pas être un hasard.

— Ou bien c'est précisément ça : une pure coïncidence.

Karen lui décoche un regard incrédule.

— Ou plutôt, ajoute-t-il, Disa Brinckmann ne fait pas véritablement partie de l'enquête. C'est juste un nom qui est apparu.

— Un nom qui est apparu lorsqu'on a fouillé dans l'histoire de la victime.

— C'est justement pour ça qu'il est normal que la même personne cherche à joindre Susanne et Disa. Cette Anne Crosby connaît sans doute les deux. Toutes les enquêtes grouillent de coïncidences qui n'ont rien à voir avec l'affaire elle-même.

— Une coïncidence très étrange dans ce cas. Disa et Susanne ne se connaissent pas. Susanne n'était même pas née lorsque Disa a quitté l'île.

— C'est vrai, mais Disa connaissait ses parents. Cette Anne Crosby a peut-être un lien avec la communauté ; elle y connaissait peut-être quelqu'un ou y a habité pendant un temps. Qu'est-ce que j'en sais. Il devait y passer beaucoup de monde. Tu as demandé à Brandon et Janet Connor ?

— Pas encore, mais je leur ai laissé un message sur le répondeur. Maintenant je songe à envoyer un SMS à Anne Crosby. Lui demander de m'appeler.

— Oui, pourquoi pas ? Mette a dû lui dire que la police cherchait à contacter sa mère. C'est un peu étrange qu'Anne Crosby n'ait pas corrigé le malentendu, je te l'accorde. Mais peut-être qu'elle ne comprenait pas vraiment ce que disait Mette ; avec son dialecte de Scanie, ça ne m'étonnerait pas !

— Alors tu trouves que je devrais lui écrire ? Bien qu'on m'ait dit de me concentrer sur Kvanne ?

Karen pose le pouce sur le bouton d'envoi.

— Pourquoi me demander ? Tu as déjà pris ta décision.

Le texto part avec un bip. Karen tourne son portable pour que Karl lise le message : la brigade criminelle de Dunker cherche Anne Crosby et lui demande de la contacter immédiatement à ce numéro. Karl secoue lentement la tête.

— Le Smeed va péter une durite s'il apprend que tu t'obstines.

— Mais il ne le saura pas, si ?

— Pas par moi, en tout cas. Je te laisse le soin de l'en informer. Si Anne Crosby appelle, tu seras bien obligée, j'imagine. Mais je pense qu'elle n'appellera que si elle n'a rien à voir avec le meurtre.

67

Langevik, 1971

— Ça ne peut plus durer. Elle ne s'en tirera pas si l'allaitement ne marche pas.

Disa repose le biberon rempli de ce substitut de lait maternel tant abhorré, s'essuie le front du revers de la main et place le nourrisson contre son épaule.

Dès le deuxième jour, elle a compris que le mélange de lait, de farine et d'un peu de beurre ne ferait pas l'affaire. Pas cette fois-ci. Elle a vu leurs regards, vu la lueur d'hésitation dans leurs yeux lorsqu'elle a demandé à Per d'aller acheter du lait infantile à la pharmacie de Dunker. Nestlé. Ce nom synonyme de cynisme, d'outrage au tiers-monde, d'escroquerie éhontée. Ce symbole par excellence de la surexploitation capitaliste. À présent ils ont vendu leur âme au diable dans l'espoir d'un salut.

Trois jours. Disa a mal aux yeux et au ventre d'inquiétude et de manque de sommeil. Trois jours qu'Ingela n'a pas quitté son lit. Immobile, les paupières closes, même quand elle ne dort pas. Autour d'elle, les autres se déplacent sur la pointe des pieds, gauches, inexpérimentés, totalement impuissants.

Une flambée de colère dans son corps. Ils sont comme des gosses. De stupides gamins dans des corps d'adultes. Ils ont placé en elle leur entière confiance ; ils sont partis du principe qu'elle allait s'occuper de tout, régler tous les problèmes. La douce Disa sur qui on peut toujours compter. Celle qui connaît les remèdes de grand-mère, les recettes d'antan ; celle qui sait comment se soignaient nos ancêtres. Disa, la sage-femme, la maïeuticienne. Qui a besoin d'hôpital et de médecin pour un acte aussi naturel que mettre un enfant au monde ?

Dès la dix-neuvième semaine, elle avait entendu deux battements cardiaques, mais elle avait compris bien avant cela que Tomas ne pouvait pas être le père. Peut-être même avant qu'Ingela n'accepte de regarder la vérité en face. Disa avait vu Ingela et Per, avait compris ce que Tomas refusait de voir. Elle sait quand les bébés ont été conçus : Tomas se trouvait bien loin de Langevik à ce moment-là.

— Tu dois lui dire, l'encouragea-t-elle. Tomas et Per ont le droit de savoir. Anne-Marie aussi, ajouta-t-elle, réalisant alors que tout allait changer.

Et Per finit par avouer à sa femme la vérité. Qu'il avait été infidèle. Qu'il était le père des enfants d'Ingela. Qu'il allait devenir papa tandis qu'Anne-Marie n'aurait probablement jamais d'enfants. Peut-être les autres comprirent-ils, en entendant à l'étage les sanglots à fendre l'âme, que c'était le début de la fin. Peut-être le comprirent-ils avant que les cris et les disputes ne se muent en silence glaçant. Ou bien plus tard, passé quelques semaines, lorsque la sollicitude pour Anne-Marie se changea en agacement.

Peut-être était-ce à ce moment-là qu'ils prirent tour à tour conscience, à contrecœur, que la noble idée de tout partager était répugnante dans la pratique ; qu'il était plus facile de comprendre la réaction d'Anne-Marie que l'indifférence de Tomas. Lorsque leur admiration pour sa capacité à toujours pardonner devint du mépris pour sa faiblesse. Pourquoi n'était-il pas hors de lui ? Pouvait-il vraiment pardonner à Ingela et

Per ? Et cette question aussi taboue qu'irrépressible : n'était-il pas un homme, un vrai ?

L'un après l'autre, ils s'arrachèrent à leur rêve. Theo rentra à Amsterdam quelques semaines seulement après l'effondrement de leur idylle. Brandon et Janet résistèrent un peu plus longtemps, endurèrent tout : la souffrance d'Anne-Marie, le refuge que Per trouvait dans le vin rouge, l'extraordinaire calme de Tomas face à tout ce qui s'écroulait autour de lui, le ventre d'Ingela qui grossissait à vue d'œil, comme le rappel incessant qu'il n'y avait pas d'issue. Cette fois-ci, le problème ne disparaîtrait pas.

Un matin glacial de février, Brandon trouva Janet sur le port, assise seule sur une bitte d'amarrage.

— Je m'en vais demain, lui dit-elle. Tu m'accompagnes ?

— Où ?

— N'importe où.

Ils abandonnèrent eux aussi leur rêve, fuirent la communauté.

Mais Disa ne partit pas. Consciencieuse, elle resterait jusqu'à la naissance des enfants. Elle le leur avait promis. Après, elle se l'était promis à elle-même, elle quitterait cet enfer.

Lorsque l'accouchement commença enfin, l'espoir revint, comme par une sorte de réflexe hérité des ancêtres. Peut-être que tout s'arrangerait une fois les enfants arrivés. Il fallait que la maison reprenne vie. Ingela respecta mécaniquement les instructions de Disa : respire, ne pousse pas encore, attends, attends… Maintenant !

Tomas resta assis à son chevet du début à la fin. Tomas. Pas Per. Peut-être était-ce sa manière de se venger ? L'unique prise de pouvoir qu'il s'autorisait : exclure Per pendant quelques heures. Lui, Tomas, serait le premier à voir les bébés, bien qu'il n'en soit pas le père.

Ce fut rapide. Quelques heures seulement après la première contraction, le premier enfant naquit. Une petite fille en bonne santé qui poussa son premier cri après avoir été essuyée délicatement. Puis Disa comprit que quelque chose ne tournait pas rond. Ingela avait sombré dans un état apathique. Il fallut près d'une heure pour que la deuxième fillette arrive. Épuisée, à bout de forces, pesant la moitié du poids de sa sœur. Disa avait eu des cours là-dessus, pendant sa formation : il arrive que, dans l'utérus, l'un des jumeaux absorbe la plupart des nutriments au détriment de la croissance de l'autre. Bien sûr qu'elle avait lu des récits de mères incapables d'entrer en contact avec leurs enfants, des femmes qui, au lieu d'éprouver le bonheur de la maternité, sombrent dans une profonde dépression. Elle en a entendu parler, a lu des choses, mais ne l'a jamais vu de ses propres yeux.

Trois jours. Trois jours d'inquiétude. Ce bébé qui refuse de s'alimenter ; Ingela qui semble indifférente aux deux nouveau-nés. Pour la première fois depuis qu'elle a décidé d'embrasser la carrière de sage-femme, Disa Brinckmann voudrait se trouver à l'hôpital.

— Cela ne peut plus durer, répète-t-elle. Nous avons besoin d'aide.

Elle lève la tête, croise leurs regards – celui, désespéré, de Tomas, celui, fuyant, pénétré d'angoisse, de Per. Et Anne-Marie qui tient l'autre petite dans ses bras. Disa la dévisage. Elle se demande si Anne-Marie est consciente que ce n'est pas sa fille. Dès l'instant où Ingela a sombré dans l'apathie, Anne-Marie a semblé trouver un nouveau souffle. Elle s'est occupée de la fillette en bonne santé, l'a bercée, nourrie, réconfortée ; a veillé sur elle comme sur la chair de sa chair. Elle fixe à présent Disa sans comprendre, puis à nouveau le bébé qu'elle serre plus fort contre elle en contemplant les mouvements de succion de la petite bouche autour de la tétine en caoutchouc du biberon.

— Mais elle mange. Quand c'est moi qui lui donne, dit Anne-Marie.

— Melody, oui, répond Disa. Mais Happy pèse trop peu. Je ne peux plus prendre cette responsabilité, nous devons l'amener chez un médecin. Ingela a besoin d'aide aussi. Vous voyez bien qu'il y a un problème. Elle n'a même pas la force de tenir les nourrissons dans ses bras.

Per se lève d'un bond, sa chaise bascule avec fracas.

— Ce sont mes enfants, dit-il. Vous n'avez pas le droit de les emmener.

Un silence de mort s'abat sur la cuisine. Interminables secondes, respirations fiévreuses, pensées interdites. Disa se penche par-dessus la table.

— À toi de choisir, Tomas : soit j'amène Ingela et Happy à l'hôpital de Dunker, soit on embarque pour la Suède dès ce soir.

Sans un mot, Anne-Marie se lève, pose le biberon sur la table et quitte la pièce avec Melody dans les bras.

Tomas la suit du regard puis se tourne vers Disa.

— On rentre, répond-il dans un murmure.

68

Karen sort du Hare and the Crow en serrant les dents, monte dans sa voiture et appuie le front contre le volant. Elle s'est plantée.

Complètement plantée.

Les derniers jours ont été remplis de paperasse, d'appels téléphoniques avec le parquet et de coups d'œil furtifs à son téléphone. Anne Crosby n'a pas appelé. Disa Brinckmann non plus. Elle a mené une nouvelle audition stérile avec Linus Kvanne qui campe sur ses positions. Oui, il reconnaît quatre cambriolages ; oui, il a tenté de mettre le feu aux baraques de Thorsvik et Grunder, mais pourquoi qualifient-ils cet acte d'« incendie volontaire mettant en danger des personnes » ? Les maisons étaient désertes – il le savait déjà quand il y a foutu le feu ! Alors c'est le moment de changer les lois, merde !

Et non, il n'a pas tué Susanne Smeed, il n'a jamais de sa vie mis les pieds dans ce trou paumé, *Langevik ou je ne sais quoi*.

Cette dernière information est démentie à peine une demi-heure après que Karen a quitté la salle d'interrogatoire. Les techniciens ont appelé à 15 h 45 l'après-midi et ont commencé par présenter de vagues excuses autour de la quantité de travail dans l'affaire Moerbeck qui a retardé les résultats que Karen attendait.

Sans commenter, elle a écouté les explications de Sören Larsen, empreintes d'une joie mal dissimulée.

— Le portable de Kvanne a borné à l'antenne-relais du sud de Langevik pendant près de onze heures, de 22 h 31 à 9 h 24. Le pauvre diable a dû passer toute la fête d'Oïstra dans ce bled perdu. Mais qu'est-ce qu'il y a à foutre là-bas ? Je te le demande, toi qui sais.

— Pas grand-chose. Hélas.

— Oui, il était là, confirme Arild Rasmussen lorsqu'elle lui montre la photographie signalétique de Linus Kvanne quelques heures plus tard au Hare and the Crow. Il est resté assis dans le coin à parler au téléphone. Il n'a pas bougé de là alors qu'il faisait chaud dehors. Tous les autres clients étaient en terrasse. Il était bourré comme un coing en fin de soirée, j'ai dû moi-même le mettre à la porte vers 3 heures du mat – non, vers minuit je veux dire…

— Ton heure de fermeture, je m'en contrefous, Arild. Ce qui m'intéresse, c'est d'avoir les bons horaires.

— OK. C'était le dernier client, il est parti un peu après 3 heures. Il était 3 h 15 quand je suis arrivé à l'appartement.

— Sais-tu où il est allé après ?

— Aucune idée. Il m'a demandé si j'avais une chambre à louer, mais je n'en ai plus. J'imagine qu'il a pioncé dans sa voiture.

— Il avait une voiture ? Est-ce que tu l'as vue ?

Arild Rasmussen semble réfléchir.

— Non. Mais il devait en avoir une. Sinon comment fichtre serait-il venu jusqu'ici ?

Oui, telle est la question, se dit à présent Karen, la tête contre le volant. Comment Linus Kvanne avait-il parcouru les presque trente kilomètres qui séparent la gravière où la moto volée a été découverte et le Hare and the Crow à Langevik. En tout cas, il avait très probablement quitté Langevik en voiture – dans une Toyota au démarreur récalcitrant.

« Je n'ai jamais mis les pieds à Langevik. » Ce petit con a menti de manière éhontée et elle l'a cru. Elle l'a cru ! Karen pousse un cri de frustration.

Il va falloir que j'épluche chacune des conversations téléphoniques, que j'interroge tous ceux qui étaient présents ce soir-là. Quelqu'un doit bien savoir dans quelle direction il est parti quand le pub a fermé ses portes.

Et au diable Sören ! N'aurait-il pas pu lui balancer ça plus tôt ?

Inutile de rejeter la faute sur les autres. C'est son obstination et sa réticence à accepter les faits qui ont conduit à cette situation. Une journée et demie où elle a perdu un temps précieux à déterrer une vieille communauté hippie des années soixante-dix au lieu d'examiner Linus Kvanne sous toutes ses coutures.

Dans un long râle, elle attache sa ceinture, met le contact et fait démarrer sa voiture.

69

En passant le seuil de la vieille maison en pierre, un doux fumet lui chatouille les narines. Sigrid descend l'escalier en courant, une serviette en turban sur la tête.

— Ça fait un bien fou ! dit-elle. J'espère que je n'ai pas laissé trop de traces dans la salle de bains. Ils vendent des colorations à la quincaillerie, tu le savais ?

Elle se penche brusquement en avant, laisse la serviette se dérouler et frotte ses cheveux de jais encore mouillés.

Karen jette un coup d'œil las à la serviette-éponge tachée.

— Oups, dit Sigrid. Je t'en donnerai une de ma mère. Elle en a des tonnes.

— Pas la peine. Qu'est-ce que tu as préparé ? Ça sent merveilleusement bon.

— Du coq au vin. Enfin, un genre de coq au vin. J'ai chipé une bouteille dans le placard. Tu sais qu'il y a un éleveur qui vend des poulets bio au niveau de la route qui part vers Grene ?

Karen soupire.

— Johar Iversen, tu veux dire ? Ils n'ont de bio que le nom ! Les lombrics n'osent même pas approcher de ses choux.

Sigrid semble déçue.

— Des poulets nourris aux grains bio et élevés en plein air, il me l'a promis. J'ai aussi acheté des œufs.

— Élevés en plein air, ça, je n'en doute pas. Les poules du vieux Johar se promènent même sur la route. J'en ai fauché au moins trois depuis que j'habite ici ! Non, allez, j'exagère, ajoute Karen en voyant la mine décomposée de Sigrid. J'ai juste eu une journée pourrie au travail.

— Ça a quelque chose à voir avec ma mère ? Je sais que nous ne devons pas en parler, mais c'était écrit dans le journal, que vous avez arrêté un suspect.

Karen hésite.

— Oui, c'est exact. Et nous avons de bonnes raisons de penser qu'il est coupable, c'est tout ce que je peux te dire. Mais tant que nous n'en sommes pas sûrs à cent pour cent, je ne peux pas te dire de qui il s'agit ni pourquoi il a été arrêté.

Espérons que tu ne le connais pas, songe Karen l'instant suivant. Linus Kvanne a beau avoir quelques années de plus que Sigrid et ne pas avoir l'air de fréquenter les mêmes cercles, il habite à Gaarda, à quelques pâtés de maisons seulement de chez Samuel Nesbö.

Le coq au vin version Sigrid est réduit à l'essentiel : du poulet et du vin. Les détails comme le lard, les champignons et l'oignon ont été oubliés au profit d'une boîte de haricots blancs et quelques gousses d'ail jetées dans la marmite en fin de cuisson. Après ajout d'une bonne dose de sel et de poivre, le plat est un délice inattendu. Surtout, c'est quelqu'un d'autre que Karen qui l'a concocté. J'irais jusqu'à manger du foin si quelqu'un m'en servait, songe-t-elle en sauçant son assiette.

— Tu prépares un café et je fais la vaisselle ?

Elle s'arrache à sa chaise au moment où son portable sonne.

S'essuyant les doigts sur son jean, elle se dirige vers l'entrée et prend son téléphone dans la poche de son manteau. Sans regarder l'écran, elle répond avec le ton sec qu'elle emploie quand elle s'attend à avoir un opérateur de télémarketing au bout du fil.

— Eiken.

— C'est Brandon Connor. Je crois que nous devons parler.

70

L'odeur de cumin est aussi persistante que la dernière fois, la cuisine et la table aussi accueillantes. Janet et Brandon ont beau prendre un air détendu, une tension manifeste règne cette fois-ci dans la pièce. Karen remarque les regards anxieux qu'échangent les époux tout en posant sur la table des tasses et une théière.

Elle n'aurait pas dû venir, elle aurait dû expliquer au téléphone que la police n'est plus intéressée par ce qui s'est passé dans la communauté un demi-siècle plus tôt. Cette fois-ci, elle ne perd pas de temps en bavardages.

— Vous aviez quelque chose à me raconter.

Nouvel échange de regards, comme s'ils se consultaient une dernière fois. Puis Janet opine de la tête et laisse Brandon prendre la parole.

— Nous ne vous avons pas dit toute la vérité la dernière fois, dit-il. Mais aujourd'hui nous avons décidé de rompre notre promesse et de révéler ce que nous savons.

— Une promesse ? Faite à qui ?

— À Disa. Elle a gardé le secret pendant toutes ces années. Jusqu'à la mort de Tomas.

— Alors, en réalité, vous étiez en contact avec Disa Brinckmann ?

Brandon hoche la tête.

— De loin en loin, je dirais. Mais oui, nous étions en contact. Elle est venue nous voir l'été dernier. C'est là qu'elle a vidé son sac. Le secret était devenu trop lourd à porter, nous a-t-elle dit.

Karen patiente tandis que Brandon avale une gorgée de thé, semblant réfléchir à la manière de formuler les choses. Puis il pose sa tasse, inspire profondément et poursuit.

— Tout cela s'est passé après que Janet et moi avons quitté la ferme. Je vous raconte tout ce que Disa nous a relaté. Nous n'en savons pas plus.

Karen acquiesce.

— Comme vous le savez, Disa était sage-femme, relate Brandon. Ingela est tombée enceinte l'année où nous habitions tous à la ferme de Lothorp. C'est Disa qui l'a aidée pour l'accouchement. Il n'était pas question d'aller à l'hôpital, pour plusieurs raisons.

— Lesquelles ?

— D'une part, tous les membres de la communauté étaient favorables à l'accouchement à domicile, naturel et sans antidouleurs qui pouvaient faire du mal à l'enfant. Et d'autre part, nous étions en marge de la société ; aucun d'entre nous n'était d'ici, personne n'avait de racines sur l'île. Sauf Anne-Marie, bien sûr, mais comme elle avait grandi en Suède et n'avait même jamais rencontré son grand-père paternel, elle était considérée comme une étrangère. Nous n'avions aucun contact avec les autorités et je ne sais même pas si Ingela aurait été prise en charge à l'hôpital si elle avait voulu y aller.

Bien sûr que si, songe Karen. Personne n'aurait refusé une femme sur le point de mettre un enfant au monde, même à l'époque.

— Disa a dû aider Anne-Marie à accoucher aussi, alors ?

Susanne est née en avril 1971 ; elles devaient être enceintes à peu près en même temps.

— Anne-Marie n'est jamais tombée enceinte. Susanne était l'enfant d'Ingela.

Brandon s'appuie contre son dossier avec un long soupir et fait signe à Janet de continuer. Elle caresse la joue de son mari puis s'avance et pose les coudes sur la table.

— Nous savions que Per et Anne-Marie ne pouvaient pas avoir d'enfants. Elle avait fait plusieurs fausses couches en Suède, la dernière avait failli lui coûter la vie. C'est l'une des raisons pour lesquelles elle et Per étaient venus ici. Pour tout recommencer à zéro, trouver une organisation sociale qui ne mettait pas la famille nucléaire au centre.

Janet s'empare du pot de miel, s'en sert une cuillère bombée qu'elle laisse dégouliner dans sa tasse. Karen a décliné la tasse de thé qu'on lui a proposée, persuadée que cette visite serait de courte durée. Elle a eu tort. À nouveau.

— Au début, tout fonctionnait à merveille. Anne-Marie jouait le rôle de seconde mère pour la fille de Disa, Mette, et les deux garçons de Tomas et Ingela, mais elle souffrait à l'évidence du fait qu'aucun des bambins n'était à elle.

Janet marque une pause pour boire son thé.

— L'ironie dans cette histoire, c'est qu'Anne-Marie était celle d'entre nous qui aimait le plus les enfants – peut-être à l'exception de Disa. À vrai dire, elle s'est plus occupée des garçons qu'Ingela ne l'a jamais fait ; elle jouait avec eux, les réconfortait, se levait la nuit. Ingela les avait mis au monde et allaités, ça s'arrêtait là. Le reste, c'était à Tomas de le faire. Avec l'aide d'Anne-Marie.

— Puis Ingela est à nouveau tombée enceinte, dit Karen. Alors qu'Anne-Marie n'avait toujours pas d'enfants. C'est ça qui a déclenché sa dépression ?

— Pas seulement ça, hélas, répond Janet avec un coup d'œil à son mari, comme pour chercher son soutien.

Mais cette fois, Brandon a les yeux rivés sur la table. Janet soupire et écarte les bras, dans un geste de désespoir.

— Cette fois-ci, Per était le père.

Karen sent son estomac se révulser, la nausée l'envahir. Toute cette douleur causée par ces enfants qui ne viennent pas, ces enfants qui viennent sans être les bienvenus, ces enfants qui sont ceux de quelqu'un d'autre. Et ces enfants qui meurent. Des enfants qui sont voulus et aimés, mais qui sont arrachés à la vie en un instant. Et ces mères qui, comme une évidence, donnent naissance à des enfants, l'un après l'autre, sans s'en émerveiller, et celles dont la matrice reste à jamais vide.

Anne-Marie n'avait pas seulement dû constater que son mari avait été infidèle. Il allait avoir un enfant avec une autre femme. Elle, confrontée au malheur de sa stérilité, voyait son époux devenir père. Tout cela devant ses yeux, brisant l'existence qui devait être son refuge.

— Continuez, fait Karen, d'une voix sourde.

Janet lui jette un rapide coup d'œil, pousse la théière et une tasse vide vers son hôte et reprend la parole.

— Comme nous l'avons dit, nous avions déjà quitté la communauté quand Ingela a accouché, donc nous ne faisons que répéter ce que nous a raconté Disa lorsqu'elle est venue cet été. Avant, nous n'étions pas au courant ; elle n'a pas dit un mot avant le décès de Tomas.

Karen hoche la tête.

— Ingela a laissé Susanne chez Per lorsqu'ils sont rentrés en Suède ? Il était son père, ce n'était peut-être pas si surprenant, dit-elle.

Plutôt m'arracher un bras qu'abandonner mon enfant, pense-t-elle.

— Ils ont laissé l'une des petites ; l'autre, Ingela et Tomas l'ont ramenée en Suède.

71

On entend les mouches voler dans la cuisine. Deux enfants. Pas un. Pourtant, ce n'est pas l'idée que Susanne avait une sœur qui secoue Karen. Abattue, elle tente de comprendre la logique du récit de Janet. Séparer deux enfants ; en garder un, abandonner l'autre. Choisir l'un, délaisser l'autre.

— Apparemment, ils ont dû partir d'ici le plus vite possible, explique Janet. L'une des fillettes était faible dès la naissance et avait besoin de soins. Cela dépassait les compétences de Disa. Ingela broyait du noir. Elle ne nouait de lien avec aucun des bébés. Ils ont essayé de la faire allaiter, en vain. La fillette la plus menue a continué à perdre du poids, malgré les compléments de lait artificiel. Ils ont finalement choisi de quitter la ferme et de rentrer en Suède. Je crois qu'ils ont pris la décision en quelques jours. Et ils sont partis.

— Sans Susanne ?

Janet acquiesce.

— Sans Susanne. Ou Melody, comme ils l'appelaient à l'époque. Melody et Happy.

D'un regard implorant, Janet prie son mari de continuer. C'est visiblement difficile pour l'un comme pour l'autre de trahir la parole donnée à Disa. Le fait que Karen soit de la police rend la chose encore plus ardue pour ces deux anciens hippies. Elle esquisse un signe de tête encourageant vers lui et il reprend à contrecœur, mais d'un ton décidé.

— Ils n'avaient pas de titre de séjour ici et ne voulaient pas se tourner vers les autorités, le mieux était donc de rentrer en Suède. L'idée était sans doute de revenir dès que la fillette aurait obtenu les soins nécessaires et repris des forces.

— Mais ils ne sont jamais revenus ?

— Apparemment ils ont rejoint une espèce de secte religieuse une fois en Suède. Un groupe hindou, je crois. Tomas l'a quitté assez vite, mais Ingela est restée. Après son dernier accouchement, elle a développé une sorte de psychose, selon Disa. Mais je crois qu'elle avait des problèmes encore plus graves.

— La drogue ?

Brandon éclate d'un petit rire.

— Eh bien... de l'herbe, du haschich, tout le monde en fumait, mais Ingela était très... comment dire... très détachée de ce monde. C'est vrai, nous l'étions tous, ou du moins nous feignions de l'être. Pour nous, c'était un combat conscient pour briser les conventions, mais dans son cas... Elle jouait dans sa propre division. En tout cas, elle a fini par partir en Inde avec sa secte, elle a pris les garçons avec elle. D'après Disa, Tomas a passé près d'un an à essayer de la localiser, mais il a fini par abandonner. Il a tourné la page, laissé cette partie de sa vie derrière lui. Et formellement, il n'avait aucun droit : les enfants n'étaient pas les siens.

— Qui était le père ?

— Aucune idée. Tomas et Ingela se sont mis en couple très jeunes, mais se sont séparés pendant quelques années. C'est à ce moment-là qu'elle a eu Orian puis Love. Mais nous n'avons jamais su qui était leur père. Tomas et Ingela s'étaient même mariés juste avant leur arrivée dans la communauté. Même si Tomas n'a pas officiellement adopté les garçons, ce n'est pas une chose à laquelle nous pensions.

— Alors, elle a emmené les garçons, c'est ça ? Et la petite fille ? Happy ?

— Elle l'a laissée avec Tomas.

Karen sent la rage lui brûler le visage. Ingela a abandonné la première fillette, puis la deuxième. Mais les jumelles ont sans doute tiré un ticket gagnant comparées à leurs frères. Les garçons ont-ils survécu à leur enfance dans cette secte religieuse en Inde avec une mère devenue psychotique à force de se droguer ?

Les filles ont été prises en charge, mais jamais aimées par leur mère. Melody et Happy, songe Karen. Quelle ironie dans ces prénoms !

— Plus tard, Tomas a décidé de changer le prénom de Happy pour l'appeler Anne, dit Janet, comme si elle lisait dans les pensées de Karen. Après la disparition d'Ingela, il s'est métamorphosé. Il s'est reconverti et a repris l'entreprise de son père. Sur le papier, il était le papa d'Anne, Ingela et lui étant mariés. Je ne sais pas s'il a fait annuler le mariage, ni si Ingela vit encore. En tout cas, il n'a plus jamais entendu parler d'elle après son départ.

Anne, songe Karen, ce doit être elle. Elle résiste à l'envie d'accélérer le récit, de passer directement au moment où Happy, qui a grandi avec le nom d'Anne Ekman, a pris le nom de famille Crosby.

— Tomas ne s'est jamais remarié ?

— Apparemment pas. Disa et lui ont continué à avoir des échanges sporadiques pendant quelques années. Elle a tenté à plusieurs reprises de le convaincre d'avouer à Anne qu'elle avait des demi-frères et une sœur jumelle, mais il a toujours refusé. Il avait tourné la page, disait-il, il avait dit à Anne que sa mère était morte. Disa a tenu sa promesse. Elle a gardé le silence. Elle est comme ça.

— En plus, elle avait bien conscience que ce ne serait pas facile pour Per et Anne-Marie si elle se mettait à remuer le passé, ajoute Janet.

Ne remue pas le passé, songe Karen, ne le déterre pas. Non, si cette histoire avait éclaté au grand jour, cela n'aurait pas servi la brillante carrière de Tomas Ekman. Sans compter qu'on aurait pu lui retirer la garde d'Anne. Cela n'aurait pas non plus profité à Per et Anne-Marie Lindgren. Leur réputation à Langevik était déjà exécrable ; si on avait su que Susanne était née d'une aventure entre Per et l'une des femmes de la communauté, ils n'auraient guère pu rester.

— Alors elle a gardé le silence pendant toutes ces années ?

— Oui, jusqu'à la mort de Tomas. C'est là qu'elle a décidé de dire la vérité aux deux sœurs. Anne était partie aux États-Unis, s'était mariée là-bas, mais elle est rentrée pour l'enterrement. C'est là que Disa lui a parlé.

— Et Susanne ? Comment a-t-elle réussi à la contacter ?

— En réalité, c'est nous qui avons aidé Disa à trouver où travaillait Susanne, la suite était assez simple.

— Mais pourquoi ? demande Karen. Pourquoi était-ce si important pour Disa de leur dire la vérité ? Cela aurait été beaucoup plus facile de continuer à se taire.

— Nous nous sommes posé la même question, répond Brandon. Mais Disa était convaincue que des jumeaux séparés vivent toute leur vie avec une sensation de manque. Dans ce cas, les jumelles avaient été arrachées l'une à l'autre sur son conseil. Anne avait grandi en croyant que sa mère était décédée. À mon avis, Disa portait en elle une culpabilité dont elle voulait se délester avant de mourir.

— Avant de mourir ? répète Karen, sceptique.

Elle a l'air en excellente santé ! Suffisamment pour arpenter les chemins de pèlerinage espagnols, se dit-elle.

— Il y a six mois, on lui a diagnostiqué un cancer du sein. Une forme agressive, malheureusement. Apparemment, il n'y a rien à faire.

72

Karen allume l'enregistreur et annonce d'une voix monocorde le jour, l'heure, les personnes présentes et la raison de l'audition. Elle devine ce qui vient ; une sorte d'aveu, une tentative désespérée de coopération maintenant qu'il n'est plus possible de nier en bloc. Linus Kvanne concédera qu'il se trouvait à Langevik la nuit d'Oïstra, mais soutiendra qu'il n'a rien à voir avec l'homicide de Susanne Smeed. Personne ne le croira. Et Karen ? Peut-être qu'elle non plus. Une petite voix commence à lui susurrer qu'elle s'en moquera bientôt.

Elle jette un coup d'œil à ses papiers avant de chercher le regard de Linus Kvanne. En vain. Tête baissée, il est occupé à s'arracher la cuticule de l'index droit. Avec un soupir, elle se tourne vers l'avocat, Gary Brataas.

— C'est vous qui avez pris l'initiative de cet entretien. Apparemment, votre client a quelque chose à raconter.

Gary Brataas jette un coup d'œil à Linus Kvanne et pose une main sur son épaule avant de se tourner vers Karen.

— Mon client s'est souvenu de certains faits qui peuvent être utiles à votre enquête. En revanche, je voudrais souligner que cela ne change en rien le rôle de mon client dans l'assassinat de Susanne Smeed : Linus est totalement innocent.

— Totalement innocent ? répète Karen, le front plissé.

À la bonne heure, ajoute-t-elle dans sa barbe. Mais pas assez silencieusement apparemment, car Gary Brataas ouvre la bouche pour protester. Karen le devance.

— Alors, Linus, je vous écoute.

Sans lâcher son doigt du regard, Linus Kvanne marmonne une phrase incompréhensible.

— Il faudrait parler un peu plus fort si vous voulez qu'on vous entende.

— J'étais à Langevik. Ce soir-là.

— Ah bon ! Ce n'est pas un scoop pour nous. Nous avons, comme vous le savez, constaté que votre téléphone portable s'y trouvait. Et comme vous ne l'avez déclaré ni perdu ni volé, nous en avons tiré la conclusion que vous y étiez aussi. Ce que vous aviez nié. Pourquoi ?

— Qu'est-ce que vous croyez ?

Kvanne lève enfin la tête et braque sur elle un regard combatif. Elle le contemple, tranquille.

— Vous m'accusez d'assassinat ! poursuit-il. Je n'ai assassiné personne, bordel !

— Si, Linus. Il y a six ans, pour le Jour de l'an, très exactement.

Kvanne recule d'un bond, les yeux écarquillés.

— Oui, mais c'était de la légitime défense.

Son ton est indigné, comme chez un élève qui essaie d'expliquer à son enseignant que ce n'est pas lui, mais le grand de sixième B qui a déclenché la bagarre dans le couloir.

— Oui, c'est ce que vous avez affirmé. Cinq coups de couteau, si je ne m'abuse. Les quatre derniers alors qu'il était déjà hors d'état de nuire.

Kvanne bondit brusquement vers elle, son visage est si proche qu'elle sent l'odeur aigre de son tabac à chiquer.

— Va te faire voir, espèce de…

— Du calme, Linus, dit Brataas en posant une main sur l'épaule de Kvanne. Il n'y a aucune raison de provoquer mon client alors qu'il se montre prêt à coopérer, ajoute-t-il en se tournant vers Karen.

La colère de Kvanne s'apaise aussi vite qu'elle est venue. Comme vidé de son air, il s'affaisse sur sa chaise en foudroyant Karen du regard.

— Le type a essayé de me planter alors que je sauvais ma meuf qui allait se faire violer, bredouille-t-il. Ça ne peut pas compter ? Tout ça n'a aucun sens, je n'ai aucune chance…

Il écarte les bras, visiblement désespéré, et se tait. Karen patiente sans réagir ; Gary Brataas se racle la gorge.

— Comme mon client le souligne, cette affaire n'a rien à voir avec ce qui nous occupe aujourd'hui.

— Alors, qu'avez-vous à dire, Linus ? Allons-nous perdre encore du temps ou pouvez-vous nous dire ce qui s'est véritablement passé à Langevik le lendemain d'Oïstra ?

73

— Et vous, Karen, qu'est-ce que vous en pensez ?

Dineke Vegen pose son café et le compte rendu d'interrogatoire sur son bureau.

— Je ne sais plus. Est-ce que je suis obligée de répondre ?

Viggo Haugen et la procureure s'étaient contentés de hausser les épaules en apprenant que Susanne Smeed avait une sœur. Même Karl Björken n'avait pas montré un grand intérêt.

— Bah, cela explique pourquoi Susanne et elle étaient en contact, avait-il dit. Mais rien ne laisse penser qu'Anne Crosby voulait attenter à la vie de sa sœur. Au contraire, même. Tu devrais lâcher cette piste et accepter la culpabilité de Kvanne.

Peut-être ont-ils raison, après tout, se dit Karen. Pourquoi Anne Crosby aurait-elle tué sa sœur ? La motivation économique est exclue, la vengeance et la jalousie, pourquoi pas. Mais cela semble tiré par les cheveux en comparaison de la quête effrénée de Kvanne pour trouver des marchandises à revendre. Il resterait le chantage. Ce serait bien le genre de Susanne. Mais qu'aurait-elle eu le temps de découvrir sur Anne Crosby qui aurait nécessité que cette dernière se débarrasse d'elle ? Non, Karl doit avoir raison ; il est temps de lâcher cette piste.

La procureure se penche en arrière sur sa chaise, un sourire aux lèvres.

— Non, vous n'êtes pas obligée de répondre. Nous allons très probablement mettre Kvanne en examen ; nous avons les preuves suffisantes. Il se trouvait à Langevik au moment de l'homicide, il avait la possibilité de la tuer, et des raisons. Sans compter qu'il a menti. Par ailleurs, il a déjà montré qu'il était prêt à employer des méthodes violentes si cela peut lui profiter sur l'instant.

— Vous parlez du meurtre commis il y a six ans ? Ce n'était pas par intérêt, c'était plutôt une sorte de vengeance. Ou bien pour défendre sa petite amie, si l'on envisage cela d'un œil bienveillant.

— Oui, mais ça montre aussi qu'il est incapable de se contrôler. D'après Arild Rasmussen, Linus Kvanne était ivre et tapageur quand il a voulu le faire sortir du pub. Sans doute avait-il fumé aussi. Il est entré chez Susanne Smeed, soit en quête d'objets de valeur, soit simplement pour trouver un endroit où dormir.

— Il aurait dû comprendre qu'il y avait quelqu'un : la voiture était devant la maison.

Dineke Vegen hausse les épaules.

— Il n'est pas rare que les cambriolages se fassent quand les gens sont chez eux. Nous avons plusieurs exemples de personnes qui ont été réveillées par la présence du malfaiteur dans leur chambre.

— Oui, mais dans ces cas-là, il y a souvent plusieurs cambrioleurs.

— Kvanne n'a peut-être pas fait des choix totalement rationnels. N'oubliez pas qu'il a déjà mis le feu aux maisons qu'il avait visitées, au moins deux fois.

— Vous ne pensez pas qu'il aurait embarqué l'argenterie ?

— Il a peut-être été interrompu. Ou peut-être qu'il est passé à côté. Non, si Kvanne se trouvait à Langevik ce matin-là, ce n'est pas par hasard. Le seul problème, c'est la voiture.

Karen acquiesce. Dans la Toyota, seuls l'ADN et les empreintes digitales de Susanne ont été identifiés. D'autres ont été trouvées côté passager, les mêmes que celles découvertes dans la maison. La mauvaise nouvelle, c'est qu'elles n'appartiennent pas à Kvanne.

— Il affirme avoir fait du stop. C'est peut-être vrai, dit Karen, sans conviction.

Elle pense à la fréquentation des routes le matin après Oïstra ; si contre toute attente il était passé une voiture, il aurait été peu probable qu'elle s'arrête pour le prendre.

Dineke Vegen feuillette ses documents et lit : « J'ai attendu environ une demi-heure, puis un type s'est arrêté. Une Volvo, je crois. Noire, ou bleu marine peut-être. »

— Quel coup de bol, au bout d'une demi-heure seulement. Et une Volvo, comme par hasard !

— Moui, moi aussi je suis sceptique. Le plus probable, c'est qu'il soit reparti dans la voiture de Susanne malgré tout. Il a dû se débrouiller pour ne pas laisser de trace.

Karen lui jette un coup d'œil sans lui dire qu'elle n'imagine pas que Linus Kvanne soit assez habile pour ne laisser aucune empreinte repérable par les techniciens.

— Nous avons trouvé le vélo avec lequel il affirme être venu, dit-elle. Il l'a volé dans l'une des fermes au sud de Grunder après avoir bousillé la moto volée. Par ailleurs, selon le médecin, il aurait la clavicule droite fêlée et des égratignures sur une hanche, ce qui étaye cette partie de son récit.

La procureure renâcle.

— Pauvre chou. Il était sur le bord de la route, blessé, avec un sac à dos plein d'objets volés. Et il a pris les petites routes vers Langevik pour se cacher de la police après les cambriolages. Quelle image touchante !

Karen esquisse un sourire peu enthousiaste.

— Quand vous lirez tout le rapport, vous verrez que nous avons pu confirmer qu'il a bien passé les appels déclarés. Le vieux camé Jörgen Bäckström, vous devez le connaître de nom, a attesté qu'il avait quatre appels en absence quand il s'est réveillé l'après-midi après Oïstra. L'un de sa mère et les trois autres de Linus Kvanne. Il était tombé sur le répondeur à chaque fois. Ce n'est pas non plus étonnant, Bäckström ne devait pas être très bavard à cette heure-là. Encore moins en mesure d'aller chercher son pote.

— Donc il est entré chez Susanne Smeed, l'a tuée et est reparti en voiture. Reste à expliquer comment il a pu n'y laisser aucune trace. Je sais que les techniciens sont rigoureux, mais ils ne pourraient pas vérifier une dernière fois ?

— Hélas non, ils ont lâché le véhicule. Mais ils ne l'auraient pas fait s'ils n'étaient pas sûrs à cent pour cent. Si Kvanne est monté dans la voiture, il devait avoir des gants et un filet à cheveux. Ou une chance de cocu !

Karen se lève. Elle ne dit rien de ce qu'elle pense ; que Kvanne n'est peut-être pas allé chez Susanne Smeed, que sa présence dans les environs n'était qu'une coïncidence, comme il l'a déclaré. Que cette fois Linus Kvanne a peut-être plutôt joué de malchance. Elle ne dit rien de cette idée qui la ronge : la personne qui a tué Susanne Smeed est peut-être encore en liberté. Si elle avait un nom, peut-être, ou du moins un mobile possible, mais une vague intuition... Non, cette fois Karen ne pipe mot.

— Bon, je n'arrive pas beaucoup plus loin, dit-elle. Votre équipe a l'honneur de reprendre le flambeau. Vous aurez le rapport complet dans votre boîte mail avant la fin de la journée. Quant à moi, je vais enfin partir en vacances. Haugen et Smeed sont contents de me voir dégager le plancher, ajoute-t-elle avec un sourire en biais.

Dineke Vegen, qui s'est également levée, lui tend la main avec un sourire.

— Oui, j'ai entendu dire que vous alliez prendre quelques congés. Je vous remercie. Je m'occupe du reste avec Jounas, s'il se passe quelque chose en votre absence. Où partez-vous, au fait ?

— Dans le nord-est de la France. Je suis propriétaire d'une parcelle de vignoble là-bas et je voulais participer à la fin des vendanges.

— En Alsace ?

— Exactement. Vous voulez parier une caisse de vin ?

— Avec plaisir. Qu'est-ce qu'on parie ?

— Si Kvanne est reconnu coupable, je vous dois une caisse.

— Et dans le cas inverse ?

— J'aurai raison. Ça me suffit.

74

— Alors comme ça, tu quittes le navire quand tu ne peux plus jouer au capitaine ?

Sans bouger, Karen fixe le filet de café qui dégouline dans la tasse qu'elle vient de rincer sommairement sous le robinet. Elle se retourne avec nonchalance et souffle sur sa boisson avant de la porter aux lèvres. Assise sur le bord du plan de travail, elle observe Evald Johannisen sur le seuil de la petite cuisine.

Sentant l'amertume du café sur ses lèvres, elle réprime une grimace. Elle a oublié le sucre.

— Moi aussi je suis ravie de te voir, Evald, dit-elle. J'ai entendu que tu étais de retour. Tu veux un café ?

Il affecte une mine dégoûtée.

— Ce café de tapette ? Très peu pour moi. Je préfère notre bon vieux breuvage de flics.

— Pourquoi ne suis-je pas étonnée ? Mais tu devrais goûter. C'est de la bonne came.

Tout sourire, elle caresse du plat de la main l'acier mat puis donne une pichenette au mousseur à lait qui pivote sur lui-même. Johannisen la regarde en secouant la tête.

— C'est encore le contribuable qui va payer, maugrée-t-il. Mais visiblement ce n'est pas la seule chose que Jounas devra balayer derrière toi.

— Ah bon ? dit-elle calmement. Qu'as-tu entendu comme ragots croustillants ?

Evald Johannisen fait quelques pas dans la kitchenette vers le réfrigérateur. Il s'empare d'une canette de Coca-Cola dans la porte et l'ouvre. Il la lève comme pour trinquer et avale plusieurs longues gorgées.

On dirait que tu as envie de caféine en tout cas, pense Karen en levant sa tasse en réponse.

— Tu devrais faire attention avec les boissons fortes, ce n'est pas bon pour le cœur.

— Va te faire voir chez les Grecs !

— Chez les Grecs, non, mais chez les Français. Je pars samedi soir en Alsace. Je m'en vais siroter du vin tranquille tandis que vous serez en train de trimer par ce temps de cochon.

Johannisen avale une nouvelle gorgée de soda et s'essuie la bouche du revers de la main.

— Tu as fini par déclarer forfait, alors. Tu n'as pas pu continuer à perdre du temps et à dilapider nos ressources pour une affaire qui aurait dû être résolue en moins d'une semaine. Avoue que ça a dû te faire mal au derrière.

Il tire une chaise, s'y laisse tomber puis se penche en arrière et croise ses jambes tendues en portant à nouveau la canette à ses lèvres.

— Tu t'es évertuée à courir dans tous les sens, à fouiller dans des histoires vieilles de cinquante ans, au lieu de regarder ce qu'il y avait devant ton nez.

Il boit une gorgée et éructe, la bouche ouverte.

Elle réprime une grimace, incline la tête sur le côté et sourit.

— Je vois que Jounas et toi avez eu une petite réunion. Que t'a-t-il raconté d'autre ?

— Tout le temps que tu as perdu à éplucher des albums photo jaunis, à traîner au pub et à discuter avec d'anciens hippies… je n'ai pas eu besoin de Jounas pour être au courant. Il m'a demandé de passer au crible tes annotations. C'était loin d'être une lecture réjouissante.

— Pourtant tu as tout lu. Je suis touchée.

— Bien obligé : je deviens le point de contact de la procureure, maintenant que tu as décidé de te tirer la queue entre les jambes.

— Parfait, alors tu as aussi lu le compte rendu d'interrogatoire avec Linus Kvanne. Je suis sûre que cela suffit à te convaincre. Comme Vegen, Haugen et Smeed. Super, si vous êtes d'accord.

— Qu'est-ce que tu entends par là ?

— Rien de plus que ce que j'ai dit. Vous avez tout ce dont vous pensez avoir besoin. Je vous en prie, servez-vous.

— Tu doutes encore de la culpabilité de Kvanne ? C'est ça que tu dis ?

Evald Johannisen s'ébroue et essuie le filet qui a coulé sur son menton. Karen l'examine sans répondre en attendant qu'il poursuive.

— J'ai épluché toute la merde que tu nous as déterrée en interrogeant de vieux objecteurs de conscience ou en écoutant les ragots du pub. Des hippies, des sages-femmes danoises, des gosses abandonnés : des histoires d'une inutilité manifeste. J'ai également lu les rapports d'audition avec Kvanne. Les conclusions à tirer ne font aucun doute. Si tu ne comprends pas ça, je me demande vraiment ce que tu fous dans la police !

Karen se dirige vers l'évier, rince sa tasse et la pose sur l'égouttoir à vaisselle. Puis elle se retourne.

— Tu sais, Evald, dit-elle, je me le demande aussi.

La dernière chose qu'elle entend en enjambant les pieds de son collègue pour quitter la pièce, c'est une nouvelle salve de gaz bruyants qui sort de l'œsophage d'Evald Johannisen.

75

Au moment où Karen sort sa clef de voiture de sa poche, son portable se met à vibrer. Hélas, l'enthousiasme qu'elle aurait ressenti quelques jours plus tôt en voyant le nom d'Anne Crosby apparaître à l'écran ne la gagne pas, et l'espace d'un instant elle envisage de ne pas décrocher.

La conversation avec Brandon et Janet lui a déjà permis de répondre aux questions qui la taraudaient. Ce qui s'est passé à Langevik il y a près de cinquante ans est une tragédie. Il ne fait aucun doute qu'Anne Crosby est la fille que Tomas et Ingela ont ramenée en Suède. Avec l'aide de Cornelis Loots – discrètement et avec la garantie que Jounas Smeed n'en saura rien – elle a reçu confirmation que la petite Happy a été rebaptisée Anne. Elle a grandi à Malmö avec Tomas Ekman, qu'elle croyait probablement être son père biologique. À la fin des années quatre-vingt, Anne s'est installée aux États-Unis pour étudier le marketing. Elle s'est ensuite mariée avec Gregory Crosby, dont elle a divorcé il y a maintenant six ans. Le couple n'a pas d'enfants et Anne Crosby est recensée comme célibataire à Los Angeles.

Le fait qu'Anne et Susanne aient appris leur existence mutuelle quelques mois avant la mort de Susanne est une coïncidence tragique. Mais elle explique les appels de Disa Brinckmann et d'Anne

Crosby sur le téléphone de Susanne Smeed. Et surtout : pourquoi Anne aurait-elle tué Susanne Smeed ? Il est bien plus plausible que le crime ait été perpétré par Linus Kvanne. Anne Crosby, une femme de près de cinquante ans et – selon les informations de Cornelis – très fortunée, n'avait probablement aucune raison d'assassiner sa sœur nouvellement retrouvée dans un trou perdu du Doggerland. Même Karen a fini par l'accepter.

Son portable retentit une troisième fois et Karen se sent obligée de répondre. Après le message pressant qu'elle lui a laissé, il serait effronté de ne pas décrocher maintenant qu'Anne Crosby appelle enfin. Elle effleure à contrecœur le combiné vert qui s'affiche à l'écran.

— Allô, ici Karen Eiken Hornby.

— Bonjour, je suis Anne Crosby. Vous avez cherché à me joindre ?

Elle est polie, mais semble stressée, presque essoufflée, comme si elle voulait se débarrasser de la conversation le plus vite possible. À la bonne heure, songe Karen.

— Tout à fait. J'ai essayé de vous contacter au sujet d'un décès ici, à Heimö.

Karen s'interrompt, se tait quelques instants. Anne Crosby est-elle au courant du décès de sa sœur ? L'a-t-elle déduit de sa discussion avec Mette ?

— Il s'agit de Susanne Smeed, reprend-elle, prudente. Je ne sais pas si vous savez qu'elle...

— Si, je sais que Susanne est morte. C'est terrible, répond-elle sèchement.

Son suédois est presque parfait – du moins de ce qu'entend Karen – malgré toutes ces années passées aux États-Unis.

— Nous avons consulté le journal d'appels de Susanne et nous y avons trouvé votre numéro, ainsi que celui de Disa Brinckmann. C'est d'ailleurs sa fille qui m'a donné votre nom. De cette manière, j'ai pu vous associer à ce numéro. Étant donné qu'il s'agit d'un portable à carte prépayée, nous n'aurions pas pu vous retrouver sans cela.

— Oui, j'utilise toujours des cartes prépayées quand je suis à l'étranger.

— C'est peut-être plus sûr pour éviter les factures astronomiques.

À l'autre bout du fil, on entend des bruits qui ressemblent à des travaux, mais Anne Crosby reste coite.

— En fait, poursuit Karen, j'ai déjà obtenu les réponses aux questions que je me posais. Par ailleurs, l'enquête sur le meurtre est en principe bouclée. Nous avons un suspect en détention provisoire. Il y a de forts indices de culpabilité…

— « En principe bouclée » ? Donc vous n'êtes pas sûrs ?

— Comme on dit, l'enquête judiciaire est close. Maintenant, c'est à la justice de trancher sur sa culpabilité.

Un frottement. Puis plus rien. Karen a l'impression qu'Anne Crosby a raccroché. Et une seconde plus tard :

— Espérons-le, dit-elle.

— Moi, je vais prendre quelques semaines de vacances, mais si vous voulez, je peux demander à la personne chargée de l'enquête de vous tenir informée des évolutions. Si vous me donnez vos coordonnées, je peux les transmettre à la procureure.

— Je suis joignable à ce numéro.

— Alors, vous restez en Suède quelque temps ?

Cette fois-ci, le raclement est si fort à l'autre bout du fil que Karen écarte instinctivement son téléphone de l'oreille.

— Pardon, dit Anne Crosby, je vous entends très mal.

— Je vais bien sûr essayer de contacter Disa avant de partir, reprend Karen. Mais ce n'est pas simple, comme vous le savez. Sa fille m'a dit qu'elle était enfin sur le chemin du retour. Est-ce que vous avez réussi à lui parler, d'ailleurs ? Mette m'a dit que vous aviez cherché à la joindre.

— Comment ? Non. Pas encore, je veux dire.

— Je vais essayer de lui téléphoner avant mon départ. Sinon, j'envisage même de passer par Malmö sur le chemin du retour. C'est une ville agréable, paraît-il, et le détour n'est pas trop long maintenant qu'il y a le pont.

Je meuble la conversation, se dit Karen. Elle se contrefout de mes projets de vacances. Un peu de bavardage ne peut pas lui faire oublier que sa sœur est morte. Quelques secondes de silence. Karen s'apprête à mettre fin à la conversation.

— Vous partez au Danemark ?

— Non, je vais en France. Je prends le ferry de samedi soir jusqu'à Esbjerg et je descends en voiture.

— Alors je vous souhaite un bon voyage.

— Merci. Et... je suis vraiment navrée de ce qui est arrivé à votre sœur.

76

— Tu ne remarqueras même pas que je suis là. Je te le promets.

— Comment comptes-tu t'y prendre ? Tu serais quand même assise à côté de moi dans la voiture ? Ou bien tu prévois de t'allonger dans le coffre ?

Une lueur d'espoir s'allume dans les yeux de Sigrid.

— Alors c'est d'accord ? Je peux t'accompagner ?

Karen soupire. Deux jours de harcèlement ont eu raison de sa détermination. La campagne de persuasion a commencé le jour où elle a raconté à Sigrid qu'elle allait enfin prendre ses vacances maintes fois repoussées. Elle allait descendre en voiture jusqu'en Alsace chez de bons amis. Sigrid a promis d'une voix angélique qu'elle paierait la moitié de l'essence et qu'elle travaillerait dur aux vendanges. Et puis, elle a toujours rêvé d'aller en France.

N'obtenant pas les résultats escomptés, elle a changé de stratégie : elle a vraiment besoin de « se casser » de ce « pays de merde » après tout ce qui est arrivé. Sans compter que Sam se pointe régulièrement au club, « ce trou à rats », et qu'elle ne veut plus jamais le voir ; de toute façon, elle va démissionner et commencer des études en janvier (mais pas parce que son père la tanne, ce « connard sans rien dans le crâne » peut « aller se faire foutre »). En plus, Karen ne se rendra même pas compte de sa présence.

Jounas serait hors de lui s'il apprenait que sa fille et moi partons en vacances ensemble, songe-t-elle.

— Bon, d'accord, dit-elle.

Après avoir parlé avec Kore, Eirik et Marike, elle doit regarder les choses en face : un problème demeure. Aucun d'entre eux n'accepte de passer pendant trois semaines chez elle pour s'occuper de Rufus. Elle n'ose pas confier le chat à Marike : quand le pauvre matou efflanqué est sorti de nulle part à peine un an plus tôt, il avait sans doute parcouru bien des kilomètres. S'il s'enfuyait de chez son amie pour regagner sa maison, il risquerait d'être dévoré par un renard ou, plus vraisemblablement, de se faire écraser.

Bien sûr, un voisin pourrait le nourrir, mais vu son besoin de compagnie – la sienne et désormais celle de Sigrid – il serait cruel de le laisser seul pendant plusieurs semaines. Pourquoi diable fallait-il qu'elle le recueille ? Elle ne s'était pas doutée un instant que cela allait mettre en péril ses occasions de voyage.

Au premier abord, l'idée de Kore ne lui a guère semblé attrayante. Toujours est-il qu'elle se trouve au volant de sa voiture, arrêtée entre deux plates-formes de chargement du Nouveau-Port, après avoir roulé au pas autour des bâtiments sombres et examiné le moindre recoin. Elle s'apprête à laisser tomber quand Leo Friis apparaît sans crier gare devant ses phares. Là, au milieu de la chaussée, à un endroit où elle est déjà passée au moins deux fois. Le soulagement se mêle à une envie soudaine de fuir tant qu'il est encore temps. Mais le ferry pour Esbjerg part dans moins de vingt-quatre heures ; après-demain, elle pourra trinquer avec Philippe, Agnès et les autres, siroter le vin des vendanges de l'an dernier, en contemplant le vignoble.

Sans éteindre le moteur, elle ouvre la porte et descend de voiture.

— Je vois, répond Leo Friis après avoir écouté sa proposition. Il y a anguille sous roche, non ? Tu ne me demanderais pas cela sans contrepartie. On ne se connaît pas.

Il la regarde, dubitatif, et accepte sans la remercier une autre cigarette.

— Kore se porte garant pour toi. Ce n'est pas comme si tu avais quelque chose à perdre. Tu surveilles ma maison pendant que je suis en France, c'est tout. J'ai besoin de quelqu'un pour s'assurer qu'il n'y a pas de cambriolage ; pour s'occuper de choses et d'autres…

— De choses et d'autres… ?

— De mon chat. Il faut lui donner à manger et à boire et… le caresser.

— Ah ! C'est donc ça, l'anguille. Et ce chat, il y a quelque chose qui cloche chez lui ?

Karen est sur le point de perdre patience. La proposition de Kore – laisser la maison entre les mains de Leo Friis – lui a dès le premier instant semblé désespérée. Un clodo crasseux avec une liste de problèmes longue comme le bras.

— C'est vraiment un mec bien, a argué Kore. Il a eu des tas d'ennuis quand son groupe a capoté ; drogue, dettes, et j'en passe. Mais il a un bon fond. Et puis, je peux aller le voir de temps en temps, si tu veux. Nous sommes restés en contact depuis les retrouvailles à La Corde, l'autre soir. Tu y étais aussi, on peut dire que tu le connais.

— Après deux bières ? Comment avez-vous réussi à garder contact ? Il n'a pas de portable, si ?

— Non, mais il a dormi dans le studio cette nuit-là, et quelques autres fois, après. Il a même dîné à la maison.

— Chez vous ? Eirik a accepté ça ?

— Il a fait des histoires, mais il a fini par s'incliner. Tu aurais vu sa tête quand Leo s'est laissé tomber sur le canapé blanc acheté au printemps !

— J'imagine ! Bon, tu sais comment le joindre ? Il habite toujours dans ton studio d'enregistrement ou sous un quai de chargement au Nouveau-Port ?

— Deuxième option, malheureusement. Nous avons beaucoup de boulot en ce moment, il y a du monde au studio vingt-quatre heures sur vingt-quatre. Il va falloir qu'il se tienne à l'écart un certain temps. Les gars n'apprécieraient pas de savoir que je lui ai prêté les clefs. Les équipements valent des millions…

— C'est vrai qu'il vaut mieux qu'il fasse main basse sur le peu que je possède…

— Arrête ! Leo n'est pas un voleur. En plus… est-ce que tu as le choix ?

À présent, mi-fascinée mi-dégoûtée, elle contemple l'homme devant elle. Son manteau a dû être chic autrefois et ses chaussures paraissent si neuves que c'en est suspect. Mais les phares de la voiture révèlent que le devant de son pull en laine rouge est maculé de taches dont elle préfère ignorer l'origine. Les manches sont marron de crasse incrustée. Au niveau du poignet, un trou a été sommairement raccommodé à l'aide d'une épingle à nourrice, tentative maladroite d'empêcher les mailles de continuer à filer. Heureusement, Leo Friis ne porte pas son affreuse couverture grise, mais son bonnet et ses chaussettes en laine doivent être pleins de vermine. Il doit être tout entier couvert de vermine, songe-t-elle, abattue.

Il devrait lui être reconnaissant ; il devrait sauter sur l'occasion d'être nourri et logé pendant trois semaines au lieu de la bombarder de questions. Et pourtant je suis là, à essayer de le convaincre ! Comme si je cherchais à lui vendre un aspirateur ! Pour qui se prend-il ?

Mais Karen s'aperçoit qu'elle a sans doute davantage besoin des services de Friis que lui des siens.

— Il n'y a pas de problème avec le chat. Il veut juste de l'attention. Beaucoup d'attention.

— Et tu es sûre que ce n'est pas une femelle ?

Leo se gratte les sourcils, faisant remonter son bonnet sur son front.

— Ah ! Un clochard avec de l'humour ! grogne Karen. Tu as des puces ? On dirait que ton bonnet va s'en aller tout seul.

— Qu'est-ce que j'en sais. Tu as une baignoire ?

— Bien sûr.

— D'accord.

— D'accord, c'est-à-dire ?

— OK, je vais habiter chez toi, m'occuper de ton chat et m'assurer que personne ne vient te cambrioler pendant que tu te la coules douce en Espagne à boire de la sangria.

— Je pars en France. Dans un vignoble. J'en possède une parcelle, d'ailleurs.

— Félicitations !

Leo se racle la gorge, tourne la tête et projette un gros crachat dans l'eau. Karen le regarde avec répugnance.

— J'ai une condition, dit-elle. Tu ne ramènes pas de potes bizarres et tu ne consommes pas de drogue pendant que tu vis chez moi. Même pas de l'herbe. Tu peux boire si tu veux, rien d'autre.

— Je le savais, il y a toujours anguille sous roche.

— Je suis flic et je ne peux pas prendre le risque que tu fasses quelque chose d'illégal chez moi.

— Je m'en sors depuis bientôt deux ans avec de la bière et de la piquette. Tu as des réserves, d'ailleurs ?

— Oui, mais ce n'est probablement pas à ton goût. Seulement du vin correct et du bon whisky. Et un congélateur rempli, une télé et une chambre d'amis avec des draps propres, ajoute-t-elle pour compenser son arrogance.

— Et où se trouve ce petit paradis ?

— À Langevik, dans le nord-est de la ville.

— Je vois où c'est. Mais comment je m'y rends ? Je n'ai pas de bagnole, comme tu le sais sans doute.

Karen réfléchit quelques instants. Vingt-trois heures d'ici au départ du ferry. Demain elle n'aura pas le temps de faire le tour de la ville pour chercher Leo Friis. Lui donner de l'argent pour un taxi, elle préfère ne pas prendre le risque.

— En voiture. On part maintenant. Si tu n'as rien d'autre à faire.

77

À l'étage, les bruits se sont tus. Au bout d'une bonne heure, le bruissement des robinets et le glouglou de l'eau qui s'écoule par le siphon ont cessé.

— Tu crois qu'il s'est endormi ? demande Sigrid. (Elle fait rebondir distraitement sa cuillère sur sa tasse d'une main tandis que, de l'autre, elle pianote sur l'écran de son portable.) Il peut se noyer dans le bain. Ce sont des choses qu'on entend, poursuit-elle en détachant un instant son regard de son téléphone. Il faudrait peut-être aller jeter un coup d'œil.

— Je crois que Leo s'en sort très bien tout seul, dit Karen sèchement.

Elle repousse Rufus qui est monté sur une chaise de la cuisine et appuie à présent ses pattes sur la table.

— Tu veux encore du fromage ? Sinon, je le range.

Elle se lève pour débarrasser. La table est couverte de miettes, vestiges d'un pain aux noix dont il ne reste qu'un ridicule croûton. Leo Friis a dû en avaler au moins huit tranches, songe-t-elle en ouvrant le congélateur pour en sortir une autre miche. S'il continue comme ça, il ne restera rien à manger à mon retour.

— Il doit être plutôt beau gosse sous sa grosse barbe. En tout cas, sur ces vieilles photos sur Internet, il est canon. Regarde.

Karen pivote sur ses talons. Sigrid lui tend son portable, enthousiaste. Sans le regarder, Karen secoue la tête, dubitative.

— Il a au moins vingt ans de plus que toi, dit-elle d'un air réprobateur.

Sigrid soupire et se lève.

— Mais enfin ! Tu crois que je m'intéresse à un vieux croûton ? C'était pour toi.

— Je te remercie, Sigrid. Mais le vieux croûton doit avoir dix ans de moins que moi.

— Huit. J'ai vérifié.

Karen ne lui renvoie pas la balle.

— Tu as fait tes bagages ?

— Bientôt. Hé, relax ! Pourquoi t'es aussi stressée ?

Parce que pour une obscure raison, au lieu d'être seule chez moi, tranquille, je me coltine une gamine percée et un clochard dans ma baignoire. Voilà pourquoi, pense Karen.

— Peux-tu aller chercher des draps propres et les apporter dans le studio de jardin ? Tu pourras allumer les radiateurs aussi, s'ils sont éteints. J'ai oublié de vérifier.

— Alors tu me mets dehors ? Tu veux rester en tête à tête avec le barbu ?

Sigrid lui adresse son plus grand sourire et lève un sourcil ; elle ressemble à son père, songe Karen.

— Ne fais pas l'idiote, siffle-t-elle. Leo dormira là-bas cette nuit. Il pourra emménager dans la maison quand nous serons parties. Je veux le garder en quarantaine jusqu'à être sûre qu'il n'a pas la rage.

Nouveau clapotis à l'étage. Cette fois-ci, le robinet d'eau chaude ne se rallume pas. Des pas traversent la salle de bains, une porte s'ouvre, l'escalier craque. Leo apparaît sur le seuil de la cuisine, une serviette enroulée autour de ses hanches. Karen tourne la tête. Pas Sigrid.

— Tu t'es rasé avec un mixer ?

— J'ai trouvé des ciseaux à ongles. Tu aurais des vêtements à me prêter ? J'aurai peut-être besoin de laver les miens.

De les décontaminer, plutôt, songe Karen. Ou de les brûler.

— Sigrid, tu peux lui montrer le lave-linge ? Et regarde dans l'armoire si vous trouvez des habits que Leo puisse emprunter. Je dois passer un coup de fil.

Karl Björken répond dès la première sonnerie.

— Salut, Eiken, qu'est-ce que tu as encore inventé ?

— Rien du tout, ça t'étonne ? Je suis en mode vacances. Je prends le ferry demain soir et je ne reviens que dans trois semaines. Et toi, quand est-ce que tu pars en congé parental ?

— Sans doute pas avant le 1er décembre, tu seras rentrée avant mon départ.

Si je rentre un jour, se dit Karen, je n'aurai aucune envie de retourner voir Jounas Smeed et Evald Johannisen.

— Je voulais te dire que j'ai discuté avec Anne Crosby hier.

— Ah, elle a fini par rappeler. Qu'avait-elle à dire ?

— Pas grand-chose. Elle semblait plutôt abattue.

— Et cette Disa Brinckmann, tu lui as parlé ?

— Pas encore, mais elle devrait être rentrée, je vais essayer de lui passer un coup de fil. C'est bizarre de conclure sans lui expliquer pourquoi j'ai cherché à la joindre, même si ce n'est plus d'actualité.

— Je croyais que tu étais en congé, en « mode vacances », ce n'est pas ce que tu as dit ?

— Si, mais j'ai promis à Anne Crosby de la tenir informée de l'issue du procès contre Kvanne. C'est sa sœur, après tout, même s'il n'existe pas de documents officiels prouvant le lien de parenté. Je veux tout simplement te demander de m'appeler s'il se passe quelque chose.

Bien que cela soit impossible, elle entend clairement Karl Björken sourire au bout du fil.

— Ce n'est pas toi qui veux savoir ?

— Bon, bon. Ça me fait bizarre de tout lâcher d'un coup.

— La curiosité tue le chat, comme dit notre proverbe.

— Tu comptes me prévenir ou pas ? S'il avoue, je veux dire.

— Oui, oui. Mais essaie d'entrer dans ce mode vacances pour de vrai, maintenant.

— Promis. Je ne penserai pas à vous au milieu des vignes et des collines.

Vingt minutes plus tard, lorsqu'elle ferme difficilement le zip de sa valise, elle se surprend à fredonner une vieille comptine.

Ne mets pas ton nez partout, minou,
Dit le vieux en sauvant le chat,
Apprends à te méfier de tout,
Sans quoi l'eau t'engloutira.

78

Ça par exemple ! La voilà déjà qui me fait faux bond, pense Karen, voyant Sigrid s'acheminer vers le bar du pont inférieur.

Sigrid a aperçu des amis dans une voiture à l'avant de la file de véhicules attendant d'embarquer. Après s'être assurée que Karen ne lui tiendrait pas rigueur de la laisser seule au volant, elle s'est hâtée de les rejoindre, a toqué à la vitre et a immédiatement été invitée à monter.

— On se retrouve à bord tout à l'heure, a-t-elle dit. On a quel numéro de cabine ?

Karen lui a tendu une carte magnétique rehaussée du nombre 121.

— Je compte me coucher le plus tôt possible. Essaie de ne pas me réveiller quand tu rentreras après avoir fait la bringue, s'il te plaît. J'ai besoin de dormir si je veux conduire jusqu'à Strasbourg demain.

Tu ne remarqueras même pas ma présence, lui avait-elle promis quelques jours plus tôt. Il semblerait qu'elle ait dit vrai, songe Karen, soudain pétrie d'angoisse. Sigrid va-t-elle disparaître de son champ de vision plusieurs fois au cours du voyage ? Et s'il lui arrivait malheur ? Et si elle décidait de se faire la malle avec un de ces vendangeurs qui vont de domaine en domaine ? Ils sont souvent inutilement séduisants. Comment expliquerait-elle un truc pareil à Jounas

Smeed ? Sigrid est majeure, mais c'est tout de même une sacrée responsabilité de l'avoir laissée venir.

Et puisque de toute façon elle s'inquiète, elle en profite pour penser à sa maison à Langevik. Elle s'imagine Leo Friis au milieu de montagnes de bouteilles vides et de lignes de cocaïne. Et Rufus qui furète vainement autour de ses écuelles. Mais qu'est-ce qui lui a pris, bon sang ?

Un coup de klaxon l'arrache à ses réflexions. Les voitures devant elle se sont mises en mouvement et embarquent l'une après l'autre par la proue du ferry M/S *Scandia*.

Une demi-heure plus tard, Karen se prélasse dans un fauteuil en cuir du petit bar du pont supérieur. Déçue, elle note l'absence de cendriers sur les tables. Ce bar n'est-il pas exempté de l'interdiction de fumer ?

— Y a-t-il une zone fumeurs à bord ? demande-t-elle au serveur.

Il place devant elle une serviette en papier, puis un verre de gin-tonic.

— Non, madame, plus depuis cinq ans. C'est autorisé dehors, bien sûr, dit-il en s'emparant de la carte bleue qu'elle lui tend.

Karen jette un coup d'œil par le hublot. Le ferry est parti à l'heure et les lumières du port ont déjà disparu. Quelques gouttes de pluie sur la vitre noire apaisent son envie de fumer. En plus, elle a senti les remous familiers révélant que la mer du Nord est agitée. Le serveur a suivi son regard et confirme son intuition d'un sourire de routine, censé calmer les voyageurs nerveux.

— Rassurez-vous. Apparemment, ça va tanguer un peu. Mais pas d'inquiétude, nous ne serions pas sortis s'il y avait eu un risque quelconque.

Karen lui adresse un coup d'œil amusé. Tanguer un peu… ça ne veut certainement pas dire la même chose pour lui et pour moi.

— On annonce une tempête ?

— Ça va souffler fort sur le Doggerland, à ce qu'il paraît, mais nous devrions arriver à bon port avant que le coup de tabac ne frappe la côte danoise. (Il lorgne le verre devant elle.) Mais si vous êtes sujette au mal de mer, je vous conseille d'y aller mollo.

Karen secoue la tête en souriant.

— Non, Dieu merci, je n'ai jamais été malade. Il paraît que c'est l'enfer.

Le serveur récupère le terminal de paiement, presse le bouton vert pour imprimer le ticket. Obéissant au signe de tête de Karen, il le froisse dans son poing.

— C'est vrai. Il paraît que le mal de mer aigu donnerait presque des envies suicidaires. Cela dit, on ne devrait pas en arriver là cette nuit, ajoute-t-il avec un sourire, avant de tourner les talons.

Les notes lointaines d'une chanson de Lady Gaga montent du pont inférieur et s'insinuent dans le bar silencieux. Un couple âgé franchit le seuil. Une secousse du bateau déséquilibre la femme. Embarrassée, elle s'accroche à la chaîne dorée de son sac à main et au bras de son mari avant de reprendre son chemin dans la pièce. Tournant la tête, Karen les suit du regard et les voit s'installer autour d'une table basse.

Si le grand bar doit être bondé à cette heure, celui-ci, avec ses prix prohibitifs, n'a attiré qu'une vingtaine de personnes. Un couple mûr endimanché à qui le serveur apporte un martini dry et un whisky ; trois dames d'un certain âge qui partagent une bouteille de vin blanc. Un peu plus loin, deux hommes en costume devant des verres de cognac ; au-dessus du dossier d'un fauteuil Chesterfield vert, on aperçoit l'arrière de la tête et les épaules d'une femme qui semble fouiller dans son sac à main. Il n'est pas bon marché, Karen le voit bien même si la mode n'est pas son rayon. Quelque chose brille entre les doigts de la femme : elle a déniché un miroir qu'elle lève à présent au niveau de son visage, peut-être pour corriger son rouge à lèvres.

Bah ! Ce n'est pas ici qu'elle se fera draguer, pense Karen en avalant une gorgée de gin-tonic. C'est le refuge de ceux qui ont choisi le ferry plutôt que l'avion, mais qui ne supportent pas la cohue du bar principal ; ceux qui ont la phobie de voler ou qui veulent partir avec leur voiture ; ou ceux d'entre nous qui, tout simplement, se font trop vieux. À l'étage du dessous se rassemblent les passagers pour qui la traversée de Dunker ou Ravenby est une fin en soi et qui se fichent d'être en route vers Esbjerg ou Harwich ; ceux qui sont séduits par les boutiques taxfree, les machines à sous et la facilité à faire des rencontres d'un soir. Et les adolescents : sur le ferry, les barmans sont laxistes et servent de l'alcool aux mineurs.

Ça fait un bail, mais Karen garde un souvenir précis de ces traversées.

Je devrais peut-être appeler Sigrid, tout de même, se dit-elle. Un tout petit coup de fil pour m'assurer qu'elle n'a pas le mal de mer. Ou trop bu.

Karen consulte sa montre. Seulement 22 h 36. S'il se passait quelque chose, Sigrid la contacterait. Sauf si on l'a droguée, traînée dans une cabine et…

— Arrête, Karen, se réprimande-t-elle.

L'une des femmes mûres tourne la tête dans la direction de Karen. S'est-elle exprimée à voix haute ? C'est une habitude qu'elle a prise à force de vivre seule. Rufus est un bon alibi à la maison, mais se parler à soi-même dans le bar d'un ferry peut effrayer les clients.

Non, je devrais aller me coucher, songe-t-elle. Dormir quelques heures avant qu'il soit temps de se remettre derrière le volant. Elle vide son verre et se lève, trébuche à cause du roulis et adresse un sourire gêné aux autres passagers. Personne ne semble faire attention à elle. La femme qui a fouillé dans son sac à main tourne brièvement la tête vers Karen, mais retrouve vite sa position initiale.

79

Evald Johannisen interroge sa femme du regard. Elle a allumé la lampe de chevet et s'est appuyée contre les coussins de la tête de lit, l'air désemparé, le téléphone collé à l'oreille. À présent, elle remue les lèvres tout en mimant d'une main le flot de paroles ininterrompu de son interlocuteur.

Evald regarde le radio-réveil où les chiffres rouges luisent comme un rappel moqueur de leur jeunesse et de leur énergie perdue : 22 h 47.

C'est samedi soir, il n'est pas encore 23 heures et Ragna et lui dorment déjà.

Mais bon sang, songe-t-il, agacé, qui téléphone aussi tard ?

C'est alors qu'il comprend les mots muets de Ragna : le cousin Hasse.

— Mais pas du tout, voyons ! Nous ne sommes pas couchés à cette heure, dit-elle en jetant un coup d'œil à son mari. Oui, beaucoup mieux, merci. Oui, il est là, à côté de moi, je vais te le passer. Non, aucun problème. Dis bonjour à Eva. Oui, on devrait se faire ça. Toi aussi. Je te passe Evald.

Avec un regard consterné à sa femme, Evald Johannisen s'empare du combiné et se redresse en position semi-assise. Les interminables conversations avec son cousin suédois provoquent souvent chez lui un complexe d'infériorité. Peut-être parce que Hans souligne toujours le fait qu'il est monté plus haut dans la hiérarchie policière suédoise qu'Evald, alors que la concurrence est moins rude au Doggerland. Ou bien est-ce simplement ce complexe du petit frère que ressentent tous les Doggerlandais à l'égard de leur grand voisin de l'Est ?

Cette fois-ci, toutefois, le cousin Hans Kollind, chef adjoint de la région sud, se révèle particulièrement concis. Après avoir posé quelques questions sur sa santé et lui avoir fait promettre d'y aller mollo, il entre dans le vif du sujet.

— Nous avons une affaire assez étrange ici, à Malmö. J'aimerais savoir si tu peux nous aider. Je ne voulais pas appeler n'importe qui à cette heure.

Non, mais moi, on peut me déranger sans problème, songe Evald, alors même que son agacement réflexe se mue en curiosité.

— Je t'écoute.

— Une vieille femme a été retrouvée morte chez elle. Assassinée. Pas de trace de vol ou de violence sexuelle. Quelqu'un semble tout simplement être entré chez elle pour la tuer avant de repartir. Selon le légiste, ça s'est passé avant-hier. Nous n'avons trouvé ni mobile ni témoin.

— Et en quoi pourrais-je vous être utile ?

L'étonnement d'Evald Johannisen est réel. Que son cousin lui téléphone pour lui parler de lui, pour se vanter de tout, de son boulot, de ses enfants, il a l'habitude. Mais pas de ça. On dirait que Hasse l'appelle à l'aide.

— Eh bien, la fille de la défunte, qui est évidemment choquée et accablée, nous a raconté que la police doggerlandaise l'avait contactée pour joindre sa mère. La vieille dame était apparemment en voyage. Une randonnée en Espagne ou quelque chose dans le genre. L'une de tes collègues a cherché à lui parler plusieurs fois, selon sa fille.

— Nous ? Pourquoi on...

Au moment où il prononce les mots, Evald Johannisen comprend qui sont ces deux femmes – celle qui a téléphoné, celle qui a été tuée. Il pose tout de même la question :

— Comment s'appelle-t-elle ?

— La victime ? Disa Brinckmann.

80

Les néons du corridor est du troisième étage de l'hôtel de police de Dunker clignotent avant de s'allumer, projetant leur lumière froide sur les locaux déserts. Evald Johannisen rejoint son bureau et met son ordinateur en marche. Puis il se traîne jusqu'à la petite cuisine, s'empare d'une tasse en porcelaine sur l'égouttoir à vaisselle et presse le bouton « double cappuccino ». Il consulte sa montre et soupire.

Disa Brinckmann.

Avant même que le cousin Hasse n'ait articulé le nom, Evald Johannisen avait établi le lien. Après tout, il a lu le rapport de Karen deux fois. Attentivement. Certes, avec l'ambition d'y dénicher des erreurs et des sujets de sarcasme, mais il en avait mémorisé une grande partie. Même si ce n'était pour lui que des divagations. Puis Evald Johannisen a entendu prononcer la phrase qui lui fit repousser la couverture et bondir hors du lit.

Des vieilles qui randonnent en Espagne, ça ne doit pas courir les rues, si ?

Et le fait que deux personnes qui apparaissent dans une même enquête se fassent assassiner, ça ne pouvait pas être un hasard – quand bien même Johannisen l'aurait voulu. Maintenant, il va devoir contacter Eiken. Fait chier !

Sa femme n'a pas protesté quand son époux qui, seulement une heure plus tôt, était trop fatigué pour faire l'amour pour la première fois depuis qu'il s'était effondré au bureau, s'est tout à coup levé, habillé et a claqué la porte. Ni questions ni remontrances, elle a tout simplement éteint la lampe de chevet, s'est retournée et rendormie aussitôt. Ragna Johannisen est mariée à Evald depuis trente ans. Elle sait que réagir est inutile.

À présent, il est enfoncé dans son fauteuil de bureau, les yeux fermés. Il a passé en revue le compte rendu une troisième fois et trouvé ce qu'il cherchait. Non, impossible que ce soit une coïncidence, il en est sûr. S'il ne comprend pas quel est exactement le rapport, Evald Johannisen est convaincu qu'il en existe un. Il a encore assez de flair malgré son grand âge, son angine de poitrine et même – visiblement – son impuissance sexuelle. Ce n'est pas un hasard si la femme que Karen tentait de joindre a été assassinée. Bien qu'il répugne à l'admettre, il semblerait qu'Eiken ait été sur la bonne piste. Mais quelle piste ? Telle est la question. Non, se dit-il, la question est surtout de savoir où se trouve cette imbécile qui ne répond pas au téléphone.

Il compose son numéro pour la troisième fois et tombe encore sur la messagerie. Evald Johannisen balance le combiné sur la base avec un tel fracas qu'il craint d'avoir disloqué l'appareil. Ce n'est pas parce qu'elle est partie en vacances qu'elle doit se rendre indisponible ! Elle a beau être une bonne femme, on peut tout de même exiger d'elle le sens des responsabilités !

Il décroche à nouveau le combiné : il a l'air de fonctionner puisque ça sonne. Il pousse un long soupir et compose le numéro de Karl Björken.

Sacré nom ! pense-t-il, en écoutant les tonalités, si Eiken avait raison, je vais en prendre pour mon grade jusqu'à la retraite !

— Salut, Evald, fait Karl.

— Tu peux être là dans combien de temps ?

— Ça va, merci, répond Karl, amer. On passe une bonne soirée, les enfants viennent de se coucher et…

— Je suis sérieux. Dans combien de temps peux-tu être au boulot ?

Pause.

— Donne-moi une demi-heure.

— Entendu. Une question : sais-tu si Eiken est déjà partie ? Elle m'a parlé de la France, si je ne m'abuse.

— Karen ? Pourquoi tu… ?

— Ne pose pas de questions. Tu es au courant ou pas ?

— Oui, je crois qu'elle devait prendre le ferry de 22 h 30 pour Esbjerg ce soir puis descendre en voiture. Mais de quoi s'agit-il au juste ?

Evald Johannisen n'entend pas la fin. Il a déjà raccroché.

À présent, il fixe son écran sans le voir tandis que son cerveau fonctionne à plein régime. Pendant précisément quatre minutes, Evald Johannisen reste immobile, le regard vide. Puis il s'avance et tape doggerlines.com dans la barre d'adresse. Au bout de quelques clics, il déniche l'information recherchée et compose le numéro.

En réalité, il suffirait peut-être de joindre Eiken demain, songe-t-il en écoutant les tonalités. Ils ne peuvent pas faire grand-chose maintenant pour trouver le lien entre les meurtres de Disa Brinckmann et Susanne Smeed. Le mieux serait évidemment de tirer tout cela au clair sans l'aide de Karen. Nom d'un chien ! Ça va la mettre en rogne !

Au même moment, un autre sentiment commence à se diffuser chez Evald Johannisen. Un malaise inexplicable. Il le ressent dans ses entrailles lorsqu'il entend avec une irritation grandissante une voix enregistrée lui dire que toutes les lignes sont occupées, mais que l'on va bientôt prendre son appel. Il doit bien y avoir un autre moyen de contacter ce fichu armateur que de passer par le service clients ! Le problème, c'est qu'il ne sait pas où chercher au milieu de la nuit, alors que tous les chefs sont absents. En même temps, pas besoin d'un gros bonnet pour déterrer les informations qu'il lui faut. C'est une connerie, en réalité, et il pourrait très bien attendre demain.

Si ce n'était cette impression dévorante que le temps presse.

81

Cinq minutes plus tard, Karen a longé un couloir bordé de machines à sous et se trouve dans une salle bondée où la musique disco joue à plein tube. Les rires et les éclats de voix contribuent à la cacophonie. La basse pulse dans sa poitrine tandis qu'elle se fraie un chemin au milieu de la foule.

Ce n'est pas vraiment un détour, s'est-elle dit. J'y passe une tête pour voir si je l'aperçois. Juste pour m'assurer que tout va bien. Elle se rend compte à présent que son plan est voué à l'échec. Outre la cohue et le brouhaha, la compagnie de ferry a également décidé de limiter l'éclairage à quelques appliques derrière le bar et à des stroboscopes au-dessus de la piste de danse. Elle n'a aucune chance de trouver qui que ce soit ici. Tout à coup, on la pousse et elle bouscule à son tour un jeune homme qui émet un juron lorsque sa bière déborde.

— Vous ne pouvez pas faire attention ? éructe-t-il.

— Désolée, on m'a bousculée aussi…

Le garçon s'est déjà retourné et hurle quelque chose dans l'oreille d'une fille dont le visage est éclairé par le smartphone sur lequel elle pianote. Indifférente au jeune homme, elle lance un cri suraigu et montre son écran à sa voisine.

— Merde, il est complètement taré, mate ça !

— Sérieux ? Ce n'est pas croyable, il devrait…

Karen n'entend pas la suite. Elle se fraie un chemin à travers le local en forme de fer à cheval et pousse un soupir de soulagement une fois sortie.

La femme élégante au sac à main onéreux, lassée peut-être du calme du bar d'en haut, se trouve à présent devant une machine à sous un peu plus loin.

Tiens, se dit Karen. Pourtant, tu ne sembles pas avoir besoin d'arrondir ta bourse, toi. Mais elle sait bien que les personnes dépendantes au jeu – à différents stades – font partie des clients les plus fidèles de la compagnie maritime.

Mais la femme tirée à quatre épingles n'a pas l'air accro au casino : elle n'a pas glissé un seul shilling dans la machine. Elle se contente de fixer les rangées immobiles de cerises, cloches et sept. Son pantalon noir et sa veste témoignent de son argent et de son goût. Pas le même goût que Karen, certes, mais elle donne l'impression de soigner son apparence. Cette impression est renforcée par sa coiffure. Les cheveux de Karen n'exigent pas de visites régulières chez le coiffeur. Ses mèches grises, elle s'en occupe seule dans sa salle de bains. Pourtant, ou peut-être à cause de cela, elle voit clairement que ni son carré impeccable ni son balayage couleur miel ne résultent d'un projet maison. Karen est prise d'un malaise diffus lorsqu'elle contemple le dos de la femme. Quelque chose de mélancolique plane sur cette silhouette solitaire qui fixe sans bouger un bandit manchot.

J'ai besoin de m'en griller une après ce cauchemar, songe Karen en jetant un coup d'œil vers les flashes du stroboscope qui éclairent la piste de danse. Une cigarette, et au lit. Elle plonge la main dans son sac, cherche son paquet et, ne le trouvant pas, se laisse glisser en position accroupie, dos au mur. Quand elle ouvre son sac, elle aperçoit la lumière froide de l'écran et son cœur s'emballe : on a essayé de la joindre.

Or, ce n'est pas Sigrid qui a téléphoné. Karen fixe, perplexe, la liste des appels manqués. Trois appels d'un numéro qu'elle ne connaît que trop bien : celui du standard de l'hôtel de police. Et un de sa mère.

82

— Bonsoir et bienvenue chez Dogger Lines, je suis Pie, que puis-je faire pour vous ?

Les gens ne peuvent pas être plus concis ? songe Evald en tambourinant des doigts sur la table.

— Bonjour, dit-il, ici l'inspecteur Evald Johannisen de la brigade criminelle du Doggerland. J'ai besoin d'obtenir rapidement une information sur le ferry Dunker-Esbjerg de 22 h 30.

— Quelle date ?

— Celui d'aujourd'hui. Maintenant.

Silence.

— Vous parlez du ferry qui est actuellement en route vers Esbjerg ?

— Tout à fait. Je voudrais savoir si une passagère est à bord : Karen Eiken Hornby. Le cas échéant, je dois lui communiquer un message de toute urgence.

— Je suis navrée, mais nous n'avons pas le droit de divulguer des informations sur des individus…

Evald Johannisen connaît déjà la litanie d'arguments qu'il s'apprête à entendre s'il ne l'arrête pas immédiatement.

— Écoutez-moi bien, ma petite, vous savez fort bien que la police a le droit à tout moment d'accéder à n'importe quelle liste de passagers.

— Oui. Mais nous avons pour ordre de ne pas nommer indivi…

— Vous avez les listes sous format numérique, n'est-ce pas ?

— Bien sûr, répond-elle d'une voix censée dissiper les doutes quant à la capacité de Dogger Lines à organiser ses documents.

— Envoyez-moi toute la putain de liste, alors, que je regarde moi-même. Et que ça saute ! Vous avez de quoi noter ?

Pie ne s'est pas trompée en écrivant l'adresse et paraît avoir facilement accès à l'information demandée. Six minutes plus tard, un e-mail contenant un fichier Excel est venu se placer sur la ligne supérieure de la boîte de réception d'Evald.

La liste est classée par ordre alphabétique. En quatre secondes, Johannisen a trouvé le nom de Karen. Il soulève à nouveau le combiné. Cette fois, on lui répond aussitôt.

— Bonsoir et bienvenue chez Dogger Lines, je suis Pie, que puis-je faire pour vous ?

— C'est encore Johannisen. Merci pour la liste, mais nous avons déjà perdu six minutes, alors maintenant vous allez m'écouter attentivement et faire ce que je dis. Compris ?

— Entendu...

Pie semble hésiter, comme si elle craignait autant de faire une promesse à l'aveugle que de refuser un service à la voix autoritaire à l'autre bout du fil.

— J'ai besoin de contacter immédiatement une passagère à bord de ce ferry. J'ai essayé de l'appeler, mais elle ne répond pas.

— Non, ça ne capte pas toujours très bien à bord.

— Je veux que le personnel fasse une annonce par les haut-parleurs du bateau, frappe à sa cabine ou n'importe quoi du moment qu'ils la trouvent. Et qu'on lui ordonne de me téléphoner.

— Aucun problème !

Johannisen reste bouche bée d'étonnement. D'abord cette petite dame menace de lui refuser l'accès à une information qu'il aurait de toute façon pu obtenir par le biais de quelques détours bureaucratiques. Et à présent elle affirme qu'il n'y a aucun problème.

— Je vais leur demander de lancer un appel. Quel est le nom de votre amie ?

Evald Johannisen est à deux doigts d'exploser d'indignation.

— Elle s'appelle inspectrice Karen Eiken Hornby. Et ce n'est pas mon amie ! Pigé ?

— Pardon, c'est l'habitude seulement. Il y a tellement de gens qui…

— Oui, oui. Passez-lui le message : elle doit appeler immédiatement Evald Johannisen. Elle a mon numéro. Vous aussi, ajoute-t-il en le tapant dans un mail de réponse à Pie qu'il envoie aussitôt. Si elle ne m'a pas contactée d'ici une demi-heure, vous allez encore entendre parler de moi.

Avec cette menace, il met fin à la conversation.

83

Toujours accroupie, Karen profère quelques jurons entre ses dents serrées sans prêter attention aux regards des passants. Qu'importe ce qu'ils pensent d'elle ! Comment est-ce possible ? se demande-t-elle. J'ai gardé mon téléphone à portée de main. Puis elle voit la petite icône représentant une clochette barrée : l'appareil est en silencieux. Pour échapper aux appels des policiers de permanence ou d'autres collègues qui ne savent pas qu'elle est partie en vacances, elle a coupé le son. Au cours des trois prochaines semaines, hors de question qu'elle soit réveillée au milieu de la nuit. Et j'ai eu raison, visiblement, se dit-elle. Trois appels en quelques heures seulement. Il faudra demander aux collègues au standard de mettre à jour la liste du personnel.

Ce qui l'inquiète davantage, c'est que sa mère ait cherché à la joindre. Un peu après 21 h 30. Elle a même laissé un message vocal. Pourquoi m'appelle-t-elle un samedi soir ? s'étonne Karen. Nous nous parlons le samedi matin, d'habitude. Impatiente, elle écoute la voix monocorde de la messagerie vocale. *Vous avez deux nouveaux messages. Premier message, reçu aujourd'hui à 21 h 34.*

— Bonjour, ma chérie. Devine où je suis ! Non, tu ne peux pas deviner, bien sûr. Eh bien, Harry et moi, on est à Londres pour rendre visite à sa sœur. On envisage

de faire un petit saut chez toi. Harry dit qu'il voudrait découvrir Langevik. Quelques jours seulement, on ne veut pas te déranger, on peut dormir dans le studio de jardin. Il y a un ferry qui part de Harwich demain vers midi. Appelle-moi si tu as envie qu'on apporte quelque chose. Sinon je te dis à demain. Bisous !

Le regard perdu dans le vague, Karen baisse la main qui serre le portable. Elle cligne des paupières, jette un coup d'œil à sa montre : minuit quatorze. Doit-elle contacter sa mère dès maintenant pour lui dire de renoncer à son projet – ou attendre demain matin ? Elle et Harry doivent dormir à cette heure-ci. Espérons-le, du moins. Karen n'a pas encore rencontré le merveilleux Harry Lampart, mais il ne fait aucun doute que sa mère est tombée amoureuse sur le tard. À présent, ils ont quitté la Costa del Sol espagnole sans prévenir pour s'embarquer dans une tournée de visites.

Karen décide d'envoyer un SMS ce soir, suivi d'un appel aux aurores demain matin. Car il faut les empêcher d'aller à Langevik. S'imaginer Eleanor Eiken tomber nez à nez avec Leo, la barbe mal taillée, vêtu d'un vieux jogging de femme trop court pour lui et d'un teeshirt floqué du logo de la police doggerlandaise suffit à lui provoquer des frissons d'horreur. Du moins, Leo arborait ce look quand elle l'a quitté quelques heures plus tôt. Propre, c'est vrai, mais à peine présentable.

Salut, maman ! Ça aurait été avec plaisir, mais je suis en route pour la France. Une autre fois ! Je t'appelle demain. Bisous. K.

Au moment où elle appuie sur le bouton d'envoi, elle est frappée par une pensée plus terrifiante encore : peut-être que sa mère décidera de retourner sur sa terre natale en dépit de l'absence de Karen ; de passer quelques jours dans la maison et faire faire le tour de Langevik à Harry. Après tout, Eleanor Eiken y a vécu pendant quarante ans et la région lui tient beaucoup à cœur, même si cela fait huit ans qu'elle vit à Estepona. Je dois l'arrêter, se dit Karen. Je dois l'appeler demain matin au réveil. Pourquoi diable doit-elle gérer ça maintenant ?

L'envie de fumer est à présent irrésistible ; elle doit se calmer. Une cigarette ou deux fera l'affaire, puis elle descendra dans sa cabine. Elle fouille fébrilement dans son sac, finit par trouver son paquet et son briquet et se redresse de sa position accroupie. Ses jambes sont engourdies. Elle les agite pour stimuler la circulation sanguine tandis qu'elle se dirige vers la porte qui ouvre sur le pont extérieur.

84

Très précisément vingt-six minutes après l'appel de Johannisen, Karl Björken pousse la porte vitrée donnant sur le corridor est du troisième étage de l'hôtel de police de Dunker. Il est minuit passé de seize minutes et il se dirige vers Evald Johannisen, l'air renfrogné.

— Tu peux me dire ce qui se trame, bordel ! lance-t-il sans s'inquiéter du fait que son collègue ait le combiné téléphonique plaqué contre l'oreille.

Johannisen lève les yeux et raccroche en secouant la tête.

— Cette vieille bique ne répond pas.

— Cette vieille bique ?

— Eiken. Ça fait une heure que j'essaie de la joindre !

Karl Björken ne dit rien de l'utilisation paradoxale de cette expression à propos de quelqu'un qui a quinze ans de moins que soi.

— Elle doit dormir. Tu as vu l'heure ? De quoi s'agit-il ?

— Disa Brinckmann, répond Johannisen, la voix étouffée. Elle a été assassinée.

Pendant quelques instants, Karl Björken pose sur son collègue un regard vide qui, peu à peu, gagne en netteté. Ses neurones se connectent ; et tout s'éclaire. Hélas.

— Anne Crosby, lâche-t-il.

Il se laisse tomber sur une chaise.

— La sœur, soupire Johannisen en se rappelant son rire moqueur lorsqu'il a lu cette partie du rapport. Mais ce n'est pas forcément elle, poursuit-il, sans conviction.

— En tout cas, elle est le lien entre les deux victimes. Karen voulait continuer sur cette piste, mais elle s'est fait envoyer sur les roses par Haugen et la procureure. Moi non plus, je ne l'ai pas écoutée. Je croyais dur comme fer que c'était Kvanne. Quels cons nous avons été !

— Moui, je ne sais pas... Toujours est-il que quelqu'un est entré chez Disa Brinckmann pour lui fracasser la cervelle.

— Comment l'as-tu appris ?

— Hasse m'a téléphoné de Suède. Apparemment, on l'a poussée si violemment que sa tête a heurté un montant de porte puis, pour être certain de la finir, on l'a étouffée pendant qu'elle gisait inconsciente. Mais ils n'ont trouvé ni mobile ni témoin.

Karl a beau savoir que le cousin de Johannisen, Hans Kollind, est haut placé dans la police suédoise, il sait aussi qu'ils s'appellent rarement pour discuter boulot. Du moins, pas à l'initiative de Johannisen. Et, comme s'il avait lu dans les pensées de son collaborateur, Evald Johannisen poursuit :

— Mais la fille de Disa Brinckmann a apparemment raconté à ces foutus Suédois que la police du Doggerland avait cherché à joindre sa mère. Et il n'est pas difficile de saisir quelle collègue a fait ça. Merde alors ! Eiken avait raison après tout.

Karl sait à quel point il doit être pénible pour Johannisen de le reconnaître : Karen a flairé une piste que tous les autres ont balayée d'un revers de main. Pourtant il est venu au bureau au milieu de la nuit.

— Et Karen ne répond pas, dis-tu ? Est-ce qu'on est sûrs qu'elle est sur le ferry ? Elle est peut-être partie plus tôt et déjà arrivée en France.

Johannisen tourne l'écran de l'ordinateur et recule sur sa chaise à roulettes.

— En tout cas, son nom figure sur la liste des passagers.

Karl scrute le fichier Excel classé par ordre alphabétique.

Edmund, Timothy.

Egerman, Jan.

Egerman, Charlotte.

Eiken Hornby, Karen.

Il fronce les sourcils. Avant même que son intuition ne se transforme en pensée, il saisit instinctivement la souris et fait défiler le document jusqu'à la lettre C. Il retient sa respiration en fouillant la liste du regard.

Cedervall, Marie.

Cedervall, Gunnar.

Clasie, Jaan.

Crawford, David.

Davidsen, William.

Il pousse un lourd soupir de soulagement.

— Pas d'Anne Crosby parmi les passagers en tout cas.

Johannisen a raison : il doit y avoir un lien, précisément comme l'imaginait Karen, mais ils peuvent très bien attendre demain pour la contacter. Elle doit dormir à l'heure qu'il est. Portable éteint, maintenant qu'elle est enfin en congé.

Karl Björken sent son pouls se calmer, l'adrénaline retomber. Il s'apprête à se mettre debout quand la voix d'Evald Johannisen éclate derrière lui.

— Bordel de merde !

85

Au prix de grands efforts, Karen pousse la porte qui donne sur le pont, côté poupe. Le vent s'est levé, l'air est humide et froid, comme saturé de pluie. Le déluge va s'abattre d'un moment à l'autre, songe-t-elle, mais elle a le temps de s'en griller une avant que le ciel ne se déchaîne. Deux chaises en plastique renversées gisent à côté d'une table ronde, quelques gobelets solitaires roulent d'avant en arrière sur le pont, mais il n'y a pas âme qui vive. Il semblerait qu'elle soit la seule à avoir suffisamment besoin de nicotine pour supporter ce temps de chien – à moins que les gens n'aillent fumer ailleurs. Il doit y avoir un meilleur endroit que celui-ci.

Elle avise quelques-unes de ces grandes boîtes qui renferment les gilets de sauvetage, abritées sous un petit toit un peu plus loin sur le pont à bâbord. Une demi-cigarette seulement, se dit-elle, puis je vais me coucher. Se tenant à distance raisonnable du bastingage, elle progresse vers les boîtes blanches, poussée par les bourrasques. Tournée vers la paroi du ferry, les doigts déjà gourds, elle sort son paquet et son briquet. Son pouce dérape et ce n'est qu'au bout du quatrième essai qu'elle parvient à allumer la cigarette. Les yeux clos, elle inspire une longue bouffée.

Il faut que je l'empêche d'y aller, songe-t-elle en se représentant à nouveau sa mère débarquer chez elle et tomber sur Leo Friis. Dans le pire des cas, entouré de bouteilles vides et de mégots de joints.

Karen ne sait toujours pas si son retour dans la maison de son enfance avait fait fuir sa mère ou lui avait donné la possibilité de lâcher prise, de se détacher de la vieille demeure en pierre. Un an après l'emménagement de sa fille, Eleanor Eiken avait enfin compris que Karen s'en sortait très bien toute seule. Cette année avait été étonnamment dénuée de conflits, peut-être parce que Karen avait vite migré dans le petit studio de jardin. Deux veuves dans un foyer, c'est tout de même une de trop.

Eleanor avait affirmé qu'elle et le père de Karen avaient toujours rêvé de s'installer au soleil une fois à la retraite. Maintenant, à elle de le faire seule, c'est tout ce qu'il y avait à en dire.

— Je sais que la maison est entre de bonnes mains, avait-elle dit.

Eh bien, elle changera probablement d'avis sur la question si je ne parviens pas à la joindre demain matin. Je ne vais pas beaucoup dormir, se dit-elle alors qu'un bâillement lui tiraille la mâchoire. Au même moment, elle se souvient d'un détail qui lui était totalement sorti de l'esprit : elle a un autre message vocal sur son répondeur. Sans doute le brigadier de permanence qui s'excuse de s'être trompé, mais elle doit s'en assurer. Elle envisage un instant de l'écouter sur-le-champ, puis décide de finir sa cigarette et de rentrer. Elle tourne la tête et contemple la lumière qui se déverse par les fenêtres un peu plus loin. Elle sent la fatigue l'envahir, devenir quasiment insoutenable. Elle suce à nouveau sa cigarette puis la jette, observe les braises s'éteindre au moment où le mégot touche le plancher.

À cet instant, elle reçoit un coup brutal dans le dos. Elle est propulsée si violemment que sa tête heurte le bastingage.

86

Karl Björken aperçoit le nom au moment où Evald Johannisen pousse son juron. Certes, Anne Crosby ne figure pas sur la liste des passagers, mais la partie supérieure du fichier Excel qu'ils fixent à présent réunit les derniers patronymes commençant par la lettre B.

Bok, Anders.

Bosscha, Ruud.

Bosscha, Marianne.

Brinckmann, Disa.

— Comment diable… ? dit Evald Johannisen.

Mais Karl Björken s'est déjà levé, a bondi jusqu'à son bureau et décroché son téléphone. Ils se consultent du regard et opinent du bonnet. Puis, sans un mot, ils se mettent au travail.

Vingt minutes plus tard, Karl Björken constate qu'il ne s'est jamais senti aussi impuissant de toute sa vie – du moins pas depuis qu'Ingrid a mis au monde les enfants.

Johannisen et lui ont fait tout ce qu'ils ont pu. Sans avoir besoin de se concerter, ils ont passé les coups de téléphone nécessaires, enregistré ce qu'avait fait l'autre et continué pas à pas. Ensemble, ils ont avalé la liste des mesures possibles et impossibles ; ils ont prévenu l'officier de permanence qui a donné l'alerte ; ils ont contacté le chef de la section héliportée des garde-côtes à Frannes. Il les a informés que le temps était trop mauvais pour sortir. La patrouille héliportée de la police a confirmé le renseignement. À l'endroit où se trouve le ferry, le vent souffle fort, c'est vrai, mais là n'est pas le problème. En revanche, la côte est du Doggerland est balayée par une violente tempête. La visibilité est trop faible pour qu'un hélicoptère soit autorisé à décoller.

Ils ont parlé avec le responsable de la sécurité de l'armateur qui a promis de joindre immédiatement le capitaine et de revenir vers eux. Ils viennent de recevoir la confirmation qu'une femme, qui d'après son passeport se nomme Disa Brinckmann, a acheté un aller-retour Esbjerg-Dunker et que le ferry se situe précisément à la frontière entre les eaux doggerlandaises et danoises.

Ils ont réveillé Viggo Haugen qui, pour une fois, a écouté sans objections et s'est engagé à contacter aussitôt la police danoise. Ils ont informé Jounas Smeed qui est en route. Leur seul espoir : que les garde-côtes danois réagissent. Ou que le personnel à bord du ferry trouve Karen.

C'est un grand navire, songe Karl, lugubre.

La tête dans les mains, il s'efforce de réfléchir. N'y a-t-il vraiment rien d'autre à faire ? Un nouveau juron proféré par son collègue l'arrache à ses pensées.

— Karl, viens voir, bordel !

Sans lever l'arrière-train de sa chaise, Karl Björken roule jusqu'au bureau de Johannisen, lequel presse son index boudiné contre l'écran de son ordinateur.

— Vise un peu ça, dit-il. On dirait que le monde entier se trouve sur ce satané ferry. Je me demande bien comment réagira Jounas en apprenant que sa fille est à bord !

87

Elle sent d'abord le froid. Un froid humide et pénétrant. Au moins, elle est encore en vie. Puis un rai de lumière s'insinue dans l'obscurité, réveillant une vive douleur à la tête.

Que fait-elle avachie par terre, dans le noir, dans le froid, presque couchée, la tête et les épaules appuyées contre un mur glacial ? Je dois me trouver dehors, songe-t-elle en enregistrant avec étonnement la pluie qui frappe son visage. Autour d'elle, le souffle du vent et une pulsation rythmique. Soudain, tout lui revient.

Obéissant à son instinct, elle cherche à se relever et entend un cri. À demi consciente, elle se rend compte avec surprise qu'il est monté des profondeurs de ses entrailles avant d'être englouti par les bourrasques. Son regard erre, impuissant, entre la faible lumière des lanternes et celle, rasante, des fenêtres éclairées. Alors elle comprend : sa jambe gauche est tordue, coincée entre son corps et le bastingage. Impossible de bouger.

Au même moment, elle aperçoit une silhouette devant elle.

— S'il vous plaît, aidez…

Sa phrase reste en suspens. Cette fois-ci, la réalité la frappe en pleine figure, la sortant de sa torpeur. La femme qui dévisage Karen, appuyée contre le mur du navire et pantelante à cause de l'effort, n'a aucune intention de la secourir. Elle reprend simplement son souffle pour terminer ce qu'elle a commencé.

Et à travers le rideau de pluie, dans la faible lueur de la lanterne qui surmonte la boîte à gilets de sauvetage, Karen la reconnaît. C'est la femme au sac à main onéreux qui a sorti son miroir pour remettre du rouge à lèvres. La femme qui se tenait immobile devant les machines à sous. À présent, elle se redresse. Il y a dans son regard une telle haine que Karen en a le souffle coupé.

Ce visage pâle et les cheveux tout à l'heure si soignés qui pendouillent désormais en paquets dégoulinants ont quelque chose de vaguement familier. Mais il y a comme un bug, un truc qui cloche. Une idée lancinante qui lentement mais sûrement fait son chemin jusqu'à la conscience de Karen et s'y cramponne. Elle ignore si elle le dit tout fort ou si elle le pense.

— Vous vous ressemblez comme deux gouttes…

À l'instant où la femme commence à s'avancer vers elle, elle hurle.

Le cri est englouti par le martèlement monotone des moteurs et le rugissement sinistre du vent autour des échelles et des canots de sauvetage. Paniquée, elle agite les bras dans tous les sens pour se défendre, frappe aveuglément et sans force contre le corps qui se penche au-dessus d'elle. S'efforce de crier quand la femme la saisit par les bras pour essayer de la relever. La douleur est si intense cette fois qu'elle vomit ses tripes. Les convulsions lacèrent sa cage thoracique et quelque chose en elle se brise. Elle abandonne. Mollement, comme s'il ne s'agissait plus de son corps, elle constate qu'il y a au moins deux côtes cassées du côté droit.

Par réflexe, la femme lâche prise et recule d'un pas. Étonnée puis dégoûtée, elle fixe la vomissure qui dégouline lentement le long du revers de sa veste de tailleur.

Au loin, on entend une porte s'ouvrir, le brouhaha et la musique augmenter de volume, puis la porte se refermer.

Personne n'osera sortir par ce temps, personne ne risquera d'être trempé et frigorifié pour une clope. Personne ne verra ni n'entendra Karen, bien que seul un mur la sépare des centaines de fêtards en train de rire et de danser. Personne n'a idée de ce qui se trame dehors.

Encore un haut-le-cœur involontaire ; Karen tente de tourner la tête pour ne pas s'étouffer. Puis elle entend une autre porte s'ouvrir. Derrière elle, cette fois. Un peu plus loin à bâbord. Elle essaie de crier, mais n'a pas le temps : la musique se tait. La porte s'est déjà refermée. Je ne m'en sortirai pas vivante, pense-t-elle en regardant la femme devant elle.

Anne Crosby va me tuer aussi.

Puis des pas approchent. La femme se recule contre le mur. Elles ne sont plus seules.

Une vague de reconnaissance déferle dans la poitrine de Karen ; quelqu'un est sorti. On va l'aider.

Puis, une voix, si familière qu'elle est prise d'une peur panique, comme si tout son sang affluait dans son cerveau. La voix de Sigrid, derrière elle.

— Karen, c'est toi ? Tu n'entends pas qu'ils t'app…

Elle s'arrête net. Karen comprend que Sigrid est suffisamment proche pour voir qu'il y a un problème.

— Sigrid, n'approche pas, cherche-t-elle à crier.

Mais elle n'en a pas la force ; sa voix ne porte pas, se noie dans le vent.

Elle essaie de nouveau, presse désespérément la main contre les côtes cassées et hurle.

— Va trouver de l'aide ! Pars d'ici, Sigrid !

Mais Sigrid ne recule pas. Elle avance. Elle entre dans le champ de vision de Karen.

— Mon Dieu, Karen ! Qu'est-ce qui s'est passé ?

— Je t'en supplie, Sigrid, va-t'en, va chercher quelqu'un. Elle est dangereuse.

Cette dernière phrase, elle la mime du bout des lèvres, essayant désespérément de montrer des yeux la femme qui s'est retirée dans la pénombre. La femme que Sigrid n'a pas encore remarquée.

La jeune fille suit son regard vers le mur du ferry ; Karen la voit s'agripper au bastingage pour ne pas tomber. Et, impuissante, elle contemple Sigrid qui, au lieu de faire volte-face et appeler des renforts, avance à pas lents vers la femme.

Anne Crosby se tient à présent toute droite, comme paralysée, les bras ballants.

Le vent s'engouffre dans les longs cheveux de jais de Sigrid. Ils se posent comme un voile sur son visage. La fille les écarte des deux mains et s'arrête à quelques mètres d'Anne Crosby. Pendant quelques secondes, elles se dévisagent, toutes deux dans une immobilité totale. Ce n'est qu'à cet instant que Karen comprend ce que Sigrid doit penser. Maintenant que les cheveux si soignés de cette élégante femme ruissellent et lui collent aux tempes, que l'éclat pâle des lanternes efface toute différence entre elle et Susanne Smeed.

Ce n'est pas elle ! Elle voudrait le crier. Elles se ressemblent, c'est tout. Pars ! C'est cette femme qui a tué ta mère. Elle s'appelle Anne Crosby, c'est ta tante.

Mais pas un mot ne sort.

Karen avait prévu de révéler à Sigrid qu'elle avait une tante. Une fois en France. Quand elle trouverait la bonne occasion. Elle se disait que Sigrid en serait heureuse. Que cela pourrait l'aider, aider Anne aussi, puisque Susanne n'était plus de ce monde. Désormais, Karen ne veut rien d'autre que hurler à Sigrid de s'éloigner. Son corps n'en a pas la force, elle n'a pas assez de souffle. La douleur est trop intense.

Et, dans un instant qui se fige, devient éternité, Karen voit le visage de Sigrid se transformer ; voit les sentiments la traverser, impitoyablement. Le doute se change en joie avant que la réalité ne la rattrape. Une réalité incompréhensible.

Karen n'entend pas, mais elle voit les lèvres de Sigrid remuer et prononcer un seul mot.

— Maman ?

Quelque chose en Karen se brise. Elle voudrait se lever d'un bond, envelopper Sigrid dans ses bras et la protéger de ce qui lui arrive. Ce n'est qu'un cauchemar, elle aimerait lui dire. Mais tout ce qu'elle peut faire, c'est réunir ses dernières forces, défier la douleur et hurler aussi fort que possible.

— Ce n'est pas elle, Sigrid ! Ce n'est pas ta mère !

Peut-être que Sigrid l'entend. Peut-être que non. Peut-être se moque-t-elle de ce que prétend Karen, peut-être ne la croit-elle pas. À présent, la femme laisse son regard errer entre Karen et Sigrid. Peu à peu la colère retenue se réveille quand elle fixe Karen. En quelques rapides enjambées, elle rejoint la jeune fille pétrifiée, la prend dans ses bras et l'étreint longtemps en continuant de foudroyer Karen du regard.

Pourtant, ce n'est que quand la femme ouvre la bouche que Karen comprend à quel point elle s'est trompée.

— Si, Karen, je suis sa mère. Et ça, tu ne pourras rien y changer.

Les pensées de Karen tourbillonnent sans trouver d'attaches. Des images du corps sans vie de Susanne Smeed sur le sol de la cuisine ; les traits si familiers derrière le visage déformé par les coups, devenu grotesque ; la robe de chambre qui avait glissé dévoilant un sein siliconé, les mains manucurées, les mèches brillantes quand elles n'étaient pas imbibées de sang. Tout cela, Karen l'avait noté mentalement. Elle s'était étonnée de certains détails, mais avait accepté, sans le remettre en question, ce qu'elle voyait. Le souvenir du dépit de Kneought Brodal, obligé d'examiner le cadavre d'une femme qu'il connaissait et qu'il avait fréquentée. Le résultat ADN qui avait confirmé ce que lui et les autres pensaient. La morte était Susanne Smeed.

Tous les efforts s'étaient focalisés sur la recherche du tueur. Personne n'avait remis en question l'identité de la victime.

Et, alors que la vérité s'affirme peu à peu, Karen entend la voix de la femme qui n'est pas Anne Crosby.

— Je suis désolée, Sigrid. Tu ne devais pas l'apprendre. Tu devais me croire morte.

Sigrid émet une sorte de glapissement, à mi-chemin entre le sanglot et le cri. Elle se libère, recule de quelques pas, glisse et se rattrape.

— Qu'est-ce que tu as fait ? hurle-t-elle. Qui a été tué, alors ?

Susanne Smeed affiche une expression de sincère étonnement, incline la tête sur le côté et contemple sa fille d'un air inquiet, comme si sa question était saugrenue.

— Ma sœur, bien sûr.

Sigrid écarquille les yeux d'horreur. Sa mère n'a pas de sœur, si ?

— Je n'étais pas au courant non plus. Au début, j'étais heureuse de le découvrir. Puis j'ai compris à quel point tout était vicié. J'ai été obligée de la tuer. Tu ne devais l'apprendre que dans plusieurs années. Après ma mort. Pas comme ça. Pourquoi es-tu ici ? Qu'est-ce que tu fais avec elle ?

Son regard navigue entre Sigrid et Karen avec un mélange de haine et de confusion ; la soudaine apparition de Sigrid a bouleversé tous ses plans. Terrifiée, Karen prend conscience que le désespoir de Susanne peut la pousser à faire n'importe quoi ; éliminer Karen ne suffira pas. Susanne est-elle malade au point de tuer sa propre fille ?

Sigrid braque les yeux sur la femme qui lui fait face. Sur ce visage gravé dans le sien. Sa mère qu'elle a aimée et haïe. Elle voit la folie qu'elle avait peut-être déjà devinée sous la surface, la folie qui l'effrayait peut-être plus qu'elle n'avait voulu le reconnaître.

— Pourquoi ?

Elle le dit si bas que la question est avalée par le vent. Mais Susanne la voit dans ses yeux.

— Tu ne comprends donc pas ? Elle a eu tout ce qui aurait dû être à moi. Elle m'a volé ma vie. J'ai tout expliqué dans une lettre, Sigrid. Tu devais la lire bien plus tard, après ma mort. Elle se trouve dans la maison d'Anne en Suède, j'y habite depuis qu'elle n'est plus de ce monde. C'est *ma* vie à présent.

Susanne s'approche de Karen à grandes enjambées, se penche vers elle et vocifère :

— Et toi, espèce de salope, tu ne touches pas à ce qui m'appartient ! Sigrid est ma fille, pas la tienne ! Compris ?

Le regard plein d'une haine viscérale, elle lève la main et frappe. La gifle est si violente que la tête de Karen percute la paroi de fer. Susanne se tourne à nouveau vers Sigrid.

— Je serai toujours ta mère. Personne ne pourra jamais me l'enlever !

Karen remarque à peine le halo lumineux qui passe sur elle ; entend à peine la sirène du bateau, les pas qui courent sur le pont. Son champ de vision s'amenuise ; tous les bruits sont étouffés. Comme enfermée dans une cloche de verre, elle voit Susanne placer la main en visière en levant les yeux vers le phare de recherche de l'hélicoptère puis se tourner vers Sigrid et secouer lentement la tête. Son visage est parfaitement vide. Comme débarrassé de tout espoir d'une vie meilleure. De toute vie. C'est maintenant que tout se joue, songe Karen. Elle doit faire son choix.

Susanne Smeed empoigne le bastingage des deux mains, se hisse dessus. Sigrid se précipite vers elle pour l'en empêcher. Karen voit son propre bras se lever dans une ultime tentative pour la retenir, effrayée que Susanne n'emporte Sigrid dans sa chute.

La main de Karen se referme sur le pull de Sigrid. L'à-coup lorsqu'elle est entraînée provoque une explosion de douleur dans son corps. Avec des forces qu'elle ne sent pas, mais qui existent quelque part au fond d'elle, dissimulées par des couches de chagrin, des années de regrets, elle s'interdit de lâcher prise. Elle sait que c'est à la vie elle-même qu'elle s'agrippe. C'est à l'espoir, à la guérison, au pardon que ses doigts se cramponnent. À Sigrid. À John. À Mathis.

À un enfant qui ne peut pas être perdu.

Le vent tiraille la femme assise à califourchon sur le bastingage. Son corps se balance, mais ses mains restent accrochées à la rambarde en fer-blanc.

— Lis la lettre, Sigrid, s'égosille-t-elle. Tu comprendras.

Elle ouvre les mains. Lâche prise.

Et quelque part au loin, comme à l'extérieur d'elle-même, Karen entend Sigrid rugir de désespoir lorsque sa mère bascule pour disparaître dans les ténèbres.

88

On dirait que quelqu'un joue avec un interrupteur. La lumière s'allume puis s'éteint. Des flashes inexorables qui, alternativement, l'obligent à affronter la réalité ou, plus miséricordieux, la laissent y échapper. Le rugissement des pales qui fendent l'air ; des sangles qui se serrent, puis tout redevient noir. Les petites secousses, les voix apaisantes dans une autre langue que la sienne qui lui demandent de ne pas sombrer dans le sommeil.

— *Il ne faut pas s'endormir, trésor.*

On dirait la voix de Marike, songe Karen. Mais elle ne peut pas être là, si ?

Elle n'a pas conscience qu'on l'amène au Rigshospitalet de Copenhague, mais dans la lumière vive qui jaillit lorsque quelqu'un appuie sur l'interrupteur, elle voit des tubes, des blouses blanches, des regards concentrés. Pourquoi est-elle à l'hôpital ? Le réveil va bientôt sonner, sans doute, et elle va devoir aller bosser. Puis, une sorte de ronronnement. Elle a l'impression de passer dans un tunnel ; elle doit être en train de mourir. Ça doit être ça, la mort. John et Mathis ont dû ressentir la même chose.

Elle a l'impression de sourire en pensant que ce n'est pas si douloureux, après tout.

Mais la lumière s'allume de nouveau, la forçant à revenir à elle. Il faut croire qu'elle ne mourra pas aujourd'hui. Le ronronnement a cessé, remplacé par des voix. Des voix qui murmurent des mots qu'elle comprend ; puis des mots qu'elle ne reconnaît pas. La panique l'assaille.

Nouvelles piqûres, mains apaisantes. Et à présent, des regards doux entre des calots verts et des masques blancs. Puis tout redevient noir, enfin.

Elle ignore à quelle vitesse passe le temps. Plus tard, elle apprendra que près de quarante-huit heures se sont déroulées entre l'opération à l'hôpital de Copenhague et son vol médicalisé vers le Doggerland. Elle devra patienter encore avant de pouvoir rentrer chez elle pour de bon. Elle devra rester alitée à l'hôpital de Thysted à Dunker pendant d'interminables journées. Le coup à la tête n'a provoqué que quelques égratignures, un bon traumatisme crânien et une fracture à la base du crâne. Quatorze points de suture, des antibiotiques et du repos régleront le problème, ont promis les médecins. Le bandage circulaire au niveau du thorax maintient les côtes en place. C'est la jambe gauche qui a payé le plus lourd tribut, avec une fracture juste au-dessus de la cheville et une déchirure du ligament du genou. Elle devra passer deux semaines au moins à Thysted avant d'envisager de sortir. Suivront un congé maladie et des visites régulières chez le kinésithérapeute.

— Mais vous ne garderez aucune séquelle, lui a-t-on dit.

Ils trouvent la lettre dans la maison de Limhamn qu'Anne Crosby a héritée de son père. La villa où a vécu Susanne, se faisant passer pour sa sœur, pendant deux semaines. Elle n'a fait aucun effort pour cacher la missive destinée à Sigrid. Formellement, elle appartient à l'enquête. Cinq personnes l'ont lue : Karl Björken,

Evald Johannisen, Dineke Vegen, Viggo Haugen et Jounas Smeed.

Karen aussi a le droit de la lire, même si elle est arrêtée et qu'elle ne participe plus à l'enquête. Elle a toujours l'esprit embrumé par les antalgiques quand Karl lui demande si elle a la force de lire ce que Susanne Smeed a écrit à sa fille.

— C'est choquant, l'avertit-il.

Karen acquiesce doucement. Il lui remet la lettre. Avec un malaise grandissant, elle aperçoit les lignes serrées, les furieuses majuscules, les passages soulignés, les fautes d'orthographe. Puis elle se lance dans la lecture.

SIGRID,

SI TU LIS CETTE LETTRE, C'EST QUE JE SUIS MORTE. PEUT-ÊTRE ES-TU VIEILLE, TOI AUSSI, PEUT-ÊTRE AS-TU DES ENFANTS. PEUT-ÊTRE T'EST-TU DOUTÉE QUE CE N'EST PAS MOI QUI AIE ÉTÉ TUÉE DANS LA MAISON DE LANGEVIK. ON DOIT SENTIR DANS SON CŒUR SI SA MÈRE EST EN VIE.

J'AI TUÉ ET JE VEUX QUE TU SACHE POURQUOI. PAS POUR QUE TU ME PARDONES, CAR JE NE VEUX PAS ÊTRE PARDONNÉE. MAIS TU DOIS COMPRENDRE.

TON PÈRE EST UN VÉRITABLE SALAUP. (JE SUIS NAVRÉE, MAIS C'EST LA VÉRITÉ) IL EST NÉ AVEC UNE CUILLÈRE D'ARGENT DANS LA BOUCHE, ON LUI A TOUT DONNER SANS QU'IL EST EU À LEVER LE PETIT DOIGT ALORS QUE MOI J'AI DU ME BATTRE. TOUJOURS ME BATTRE !!!

IL NE MONTRAIT AUCUNE RECONAISSENCE ALORS QU'IL ÉTAIT UN « VRAI SMEED » ET MOI « UNE MOINS QUE RIEN ». C'EST CE QUE PENSAIT TOUTE SA FAMILLE.

LUI LE PREMIER. ALEX SMEED A ACCEPTÉ DE NOUS PRÊTER UN APPARTEMENT, À CONDITION QUE NOUS SIGNONS UN CONTRAT DE MARIAGE, ALORS QUE TU VENAIS DE NAÎTRE. IL A MÊME MENACÉ DE DÉSÉRITER TON PÈRE S'IL S'Y OPPOSAIT.

JE N'AI PAS GARDÉ UN SHILLING APRÈS LE DIVORCE !!!

ALEX M'A MÊME VOLÉE MON HÉRITAGE MATERNEL, SACHES-LE ! IL A ACHETÉ TOUTE LES TERRES À MON PÈRE,

LOPIN APRÈS LOPIN, À PRIX CASSÉ, JUSQU'À CE QU'IL NE RESTE RIEN DU TOUT.

TOUT ÇA, DERRIÈRE MON DOS !!!

JE N'EN SAVAIS RIEN JUSQU'AU DIVORCE. TOUT CE QUE TON PÈRE M'A DONNER, C'EST « UN PEU D'ARGENT » CHAQUE MOIS POUR QUE TU PUISSES MENER UNE « EXISTANCE ACCEPTABLE » QUAND TU VIVAIS CHEZ MOI.

QUEL ENFLURE !!!

TON PÈRE AVAIT TOUT. MOI, JE DEVAIS TOUJOURS ME BATTRE.

QUAND TU EST PARTIE AUSSI, JE ME SUIS RETROUVÉE SEULE. PAS D'AMIS, UN TRAVAIL QUE JE HAÏSSAI. AU BOUT DE QUELQUES ANNÉES, JE N'EN POUVAIS PLUS. JE VOULAIS MOURIR. JE PENSAIS AU SUICIDE PRESQUE TOUS LES JOURS.

Karen laisse la lettre retomber sur sa poitrine et ferme les yeux. Sigrid doit-elle vraiment être confrontée à cela ? L'a-t-elle déjà fait ? Comme si Karl lisait dans ses pensées, sa voix s'élève de la chaise des visiteurs.

— Nous n'avions pas le choix. Elle est majeure et elle est la destinataire. On la lui a remise hier.

Cette lettre va la transformer de manière irréversible, songe Karen. Puis elle soulève la feuille et reprend sa lecture.

C'EST À CE MOMENT LA QU'UNE FEMME A TÉLÉPHONER. UNE CERTAINE DISA BRINCKMANN.

ELLE A VÉCU DANS UNE COMMUNAUTÉ AVEC MES PARENTS ET A ASSISTÉ À MA NAISSANCE. ELLE M'A RACONTÉE QUE MA MÈRE N'ÉTÉ PAS MA MÈRE BIOLOGIQUE, QUE MON PÈRE M'AVAIT EUT AVEC UNE AUTRE FEMME.

ELLE M'A ÉGALEMENT RÉVÉLÉ QUE J'AVAIS UNE SŒUR JUMELLE.

ILS NOUS ONT SÉPARÉ COMME DE VULGAIRES CHATONS !!! MA SŒUR EST PARTIE EN SUÈDE. ON M'A ABANDONNÉE ICI.

J'AI RENCONTRÉ DISA BRINCKMANN ET MA SŒUR À MALMÖ.

JE N'AI D'ABORD PAS REMARQUÉ À QUEL POINT NOUS NOUS RESSAMBLIONS : ELLE ÉTAIT BEAUCOUP PLUS BELLE QUE MOI EN SURFACE. PUIS LA VÉRITÉ NOUS AS FRAPPÉ : NOUS ÉTIONS LES MÊME.

PERSONNE N'AVAIT VU QUE NOUS ÉTIONS DE VRAIS JUMELLES À LA NAISSANCE, PAS MÊME DISA BRINCKMANN. ELLE NE LA COMPRIS QU'À CE MOMENT-LA. NOUS AVIONS LA MÊME VOIE ET NOUS AVIONS TOUTES LES DEUX APPRIS LE SUÉDOIS À LA MAISON. C'EST COMME SI NOUS ÉTIONS UNE SEULE ET MÊME PERSONNE !!!

JE ME SUIS RENDUE À MALMÖ À DEUX REPRISES POUR VOIR ANNE. NOUS NOUS SOMMES PARLER AU TÉLÉPHONE. ELLE VIVAIT AUX ÉTATS UNIS, MAIS ELLE AVAIT DÉCIDÉ DE TOUT VENDRE ET DE REVENIR S'INSTALLER ICI. C'EST CE QU'ELLE M'AVAIT DIS.

C'EST LÀ QUE J'AI COMPRIS QUELLE ÉTAIT PLEINE AUX AS. ELLE AVAIT TOUT, JE N'AVAIS RIEN. MAIS TOUT CE QU'ELLE POSSÉDAIT AURAIT TRÈS BIEN PUT M'APPARTENIR !!! SI J'ÉTAIS PARTIE EN SUÈDE ET QU'ELLE ÉTÉ RESTÉE À LANGE-VIK. CE N'EST QUE LE HASARD QUI LUI A TOUT DONNÉ. ET MOI RIEN.

C'EST LÀ QUE J'AI DÉCIDÉ DE CORIGER L'ERREUR. ELLE DEVAIT ME RENDRE VISITE ET PASSER LA NUIT CHEZ MOI. ELLE EST ARRIVÉE SUR UN NAVIRE DE CROISIAIRE QUI DEVAIT RESTER VINGT-QUATRE HEURES. JE SUIS ALLÉE LA CHERCHER AU BÂTEAU.

LE MATIN, J'AI FAIT CE QUE J'AVAIS À FAIRE ; TU N'A PAS BESOIN DE CONNAITRE LES DÉTAILLES. PUIS J'AI PRIS SA PLACE SUR LE FERRY. C'ÉTAIT PLUS FACILE QUE JE NE LE PENSAIS : PERSONNE NE FAIT ATTENTION À UNE FEMME DE MON ÂGE. LA SEULE QUI SAVAIS QUE NOUS ÉTIONS JUMMELLES ÉTAIT DISA. JE DEVAIS DONC ME DÉBARRASSER D'ELLE. ET MAINTENANT JE DOIS EN SUPRIMER UNE AUTRE QUI FOUINE ET QUI POSE DES QUESTIONS. ELLE TRAVAILLE AVEC TON PÈRE, MAIS HABITE DANS LE VILLAGE. TU LA CONNAIS. UNE VRAIE POUFFIASSE QUI COUCHE À DROITE À GAUCHE, DEPUIS TOUJOURS. ÇA NE SERA PAS UNE GRANDE PERTE.

Karen lève les yeux vers Karl, mais il regarde par la fenêtre. Puis elle lit les dernières lignes.

JE NE VOULAIS QU'UNE CHOSE : VIVRE LA VIE QUI AURAIT DU ÊTRE LA MIENNE DEPUIS LE DÉBUT. ELLE A EU LA BONNE MOITIÉ ; JE N'AI EUS QUE LES MIETTES.

J'ESPÈRE QUE TU PEUX ME COMPRENDRE. JE T'AI TOUJOURS AIMER.

MAMAN

Un silence de mort s'abat sur la pièce pendant plusieurs minutes.

— Elle devait être psychotique quand elle a écrit ça, dit Karl.

Karen ne répond pas.

Puis il se lève pour partir. Les derniers mots qu'il prononce sont les seuls qui viennent à l'esprit de Karen à ce moment précis.

— Pauvre Sigrid.

89

Ils viennent tous à l'hôpital. Ils se pressent à son chevet, le regard inquiet jusqu'à ce qu'elle parvienne à les convaincre qu'elle n'aura pas de graves séquelles durables. Marike, Aylin, Kore et Eirik. Et sa mère.

Eleanor Eiken a affirmé qu'elle ne rentrerait pas en Espagne avant que sa fille soit sortie de l'hôpital. Elle s'est résolument installée dans la maison à Langevik et a renvoyé Harry à Estepona.

Leo Friis est visiblement toujours là. Comme Rufus, on dirait bien qu'il a décidé d'établir ses quartiers chez elle. A-t-il déménagé dans le studio de jardin ou partage-t-il la grande maison avec Eleanor, Karen n'en sait rien. Elle n'a pas le courage de demander ni le courage de répondre à des questions. Le fait que Leo ne lui ait pas rendu visite à l'hôpital ne l'étonne guère. Comment se débarrasser de lui est une question complètement superflue en ce moment.

Toutes les pensées de Karen sont occupées par Sigrid.

— Elle ne va pas très bien, dit Eleanor.

— Pas surprenant. Où habite-t-elle ? Pas toute seule, j'espère ?

— Ne t'inquiète pas. Elle est entre de bonnes mains.

— Peut-être qu'elle m'accuse d'être responsable du suicide de sa mère. Tu crois que c'est ça ? C'est pour ça qu'elle ne répond pas quand je l'appelle ?

— Je crois qu'elle se sent coupable, Karen.

— Pourquoi ? Rien de tout cela n'est sa faute.

— Ne fais pas l'idiote. S'il y a bien une personne capable de comprendre, c'est toi.

— Je pourrais peut-être lui parler ?

— Sigrid a peur de tout en ce moment. Te voir comme ça, avec tes plâtres, tes bandages, tes hématomes, ne ferait que redoubler son angoisse.

Karen prend conscience qu'elle ne peut se représenter qu'une infime partie de ce que la jeune fille est en train de vivre. Mais cette infime partie est déjà trop lourde à porter pour une fille de dix-huit ans.

Elle aurait pourtant voulu parler à Sigrid, lui dire que rien n'est sa faute, qu'on n'hérite pas des péchés de ses parents ; qu'elle n'est pas seule. Mais tout ce qu'elle peut faire, c'est rester alitée dans cet hôpital et attendre d'être suffisamment rétablie pour rentrer chez elle.

— Nous prenons soin d'elle, répète Eleanor. Leo et moi. Au fait, il a installé la chatière.

90

Puis les collègues débarquent. L'un après l'autre, ils défilent dans sa chambre avec des raisins, des journaux, des bouquets de fleurs que sa mère réceptionne avec un sourire patient avant de sortir dans le couloir en quête d'un vase. Encore un vase. Cornelis Loots, Astrid Nielsen, Sören Larsen, et même Viggo Haugen, ce dernier gêné au plus haut point, se relayent avec une telle précision qu'on dirait presque que quelqu'un a élaboré un emploi du temps de leurs horaires de visite. Des visites respectueusement brèves, des regards inquiets lorsque les douleurs à la tête et au genou obligent Karen à appeler l'infirmière pour lui demander une dose supplémentaire d'antalgiques. Et quelques mots marmonnés à la mère de Karen avant de partir avec l'assurance que leur collègue reviendra.

Le troisième jour, Evald Johannisen est sur le seuil.

— Eh bien, Eiken, dit-il en déposant la grappe de raisin par-dessus les autres dans le bol sur la table de chevet.

Il se laisse tomber sur une chaise.

— Eh bien, Johannisen, répond Karen.

— Tu étais sur la bonne voie, on dirait. J'imagine que même une poule aveugle trouve parfois un grain.

Mais quelque chose a changé ; elle ne ressent pas le besoin de souligner qu'elle avait tout simplement raison ; qu'elle voulait continuer à creuser une piste que les autres avaient exclue, trop pressés d'en finir avec cette affaire. Que l'assassinat de Susanne Smeed était lié à des événements qui s'étaient déroulés dans une communauté à Langevik il y a plus de quarante ans. Car la vérité, c'est qu'elle n'avait raison qu'à moitié.

— Je te dois des remerciements, Evald. Parce que tu as réagi immédiatement quand tu as su que Disa Brinckmann avait été tuée.

Evald Johannisen hausse les épaules.

— Si seulement je l'avais su quelques heures plus tôt.

Il indique du menton le tibia fixé dans une gouttière pour maintenir le genou. La trêve lui semble étrange et le silence entre eux est assourdissant. Leur relation a toujours été indissociable des sarcasmes, des piques et des regards foudroyants. Ils ne savent plus quoi se dire. Evald Johannisen se lève cinq minutes après être arrivé, se racle la gorge et s'apprête à dire quelque chose, mais Karen le précède.

— Ça ne change rien au fait que tu es un salaud, Evald, dit-elle avec un sourire.

Sans répondre, il arrache un grain de raisin de la montagne de grappes, le met dans sa bouche et quitte la pièce. Mais Karen voit que ses épaules se détendent et, juste avant qu'il ferme la porte derrière lui, elle devine un sourire sur ses lèvres.

Karl Björken, lui, ne sourit pas. Du moins jusqu'à la troisième visite, après que le bandage autour de la tête de Karen a été remplacé par une simple compresse qui dissimule les points de suture. Les hématomes au visage ont pris une teinte vert-jaune plus pâle.

— Tu nous as fait une de ces frayeurs ! dit-il en s'asseyant près de la fenêtre.

Après quelques jours dans la pénombre, les persiennes sont à présent ouvertes et Karen suit du regard un vol d'oiseaux en route vers le sud. Une chose est sûre, vous irez plus loin que moi, songe-t-elle. Son voyage en France semble compromis, en tout cas avant Noël et le Jour de l'an.

— Brodal est anéanti, reprend Karl.

— Mais ce n'était pas sa faute. Même l'ADN ne pouvait pas révéler qu'il ne s'agissait pas de Susanne Smeed.

— Justement. Ça l'a profondément ébranlé.

— J'imagine qu'il n'aura pas à en refaire l'expérience, répond Karen en détachant son regard de la fenêtre. Certes, entre deux et trois pour cent des enfants qui naissent sont des jumeaux, explique-t-elle d'un ton monocorde. Et un tiers d'entre eux sont monozygotes. Rien que dans ce pays, il y a environ 10 000 paires de jumeaux, dont 3 000 sont de vrais jumeaux. Mais la probabilité que l'un ou l'une d'entre eux tue ou soit tué est minime. Cornelis est passé hier, ajoute-t-elle avec un sourire en réaction à la bouche bée de Karl.

— Ah, notre cher Loots, toujours fidèle à lui-même. Il avait d'autres informations à te donner pour te divertir ?

— Sans doute, mais j'ai oublié. Ah si, les vrais jumeaux ont apparemment le même ADN.

— Ça, j'aurais pu le deviner. C'est pour ça qu'on n'a pas trouvé d'autre ADN que celui de Susanne.

Il se penche en avant.

— Sérieusement, Eiken, de quoi te doutais-tu dans cette histoire ?

— Pas de grand-chose, concède-t-elle. J'étais sûre que Kvanne n'était pas notre homme, même s'il était difficile de faire abstraction de son mensonge sur sa visite à Langevik. Impossible qu'il cambriole la maison ou vole la voiture sans laisser la moindre trace. Et je me doutais qu'il y avait un lien avec Susanne personnellement, même si je ne savais pas lequel. En tout cas, je n'avais pas assez de preuves pour convaincre Haugen de continuer dans cette direction. D'ailleurs, j'avais causé assez de mal comme ça.

— Tu penses à Disa Brinckmann ?

Karen hoche la tête.

— Tu ne pouvais pas savoir qu'elle allait la tuer.

— Oui, je sais, mais…

Elle écarte les bras, les paumes vers le ciel dans un geste censé symboliser ces pensées entêtantes que Karl connaît déjà : l'impression qu'on aurait pu sauver quelqu'un si seulement on avait agi différemment.

— Tu as trop de temps pour réfléchir. Tu restes encore longtemps, d'ailleurs ?

— Encore deux semaines au moins.

— En tout cas, ce ne sont pas les visites qui manquent, on dirait, dit-il avec un mouvement de la tête vers les raisins.

Karen esquisse un sourire las.

— Oui, même Johannisen est passé l'autre jour.

— Une trêve ?

— Pour l'instant, du moins. C'est un bon flic, même s'il est con. S'il n'avait pas réagi, je ne serais sans doute pas là aujourd'hui.

— C'est Sigrid qui t'a trouvée, souligne Karl d'un ton sec.

— Elle ne m'aurait jamais cherchée si elle n'avait pas entendu les appels sur le ferry.

— Qu'en dit-elle ?

— Je ne lui ai pas parlé depuis.

Karen fronce les sourcils avec une expression que Karl interprétera certainement comme de la douleur – une mimique qui est devenue sa manière de faire comprendre aux visiteurs que le moment est venu de la laisser seule. Quelques minutes plus tard, quand la porte se referme derrière le dos large de Karl Björken, elle tourne à nouveau la tête vers la fenêtre et sent le chagrin lui brûler la gorge. Elle n'a pas le droit de ressentir cette tristesse. Pas le droit de s'imaginer que

Sigrid voudrait continuer à la voir. Aucun droit. La douleur d'avoir perdu un enfant ne peut être apaisée par la présence d'un autre.

Elle se remémore les mots de Susanne Smeed.

Elle n'est pas ta fille. Ne l'oublie jamais.

91

Le huitième jour, Jounas Smeed se tient sur le seuil. Karen, qui s'est assoupie après le déjeuner, est réveillée par une voix en provenance de la porte.

— Alors, c'est ici que tu te caches ?

Sans répondre, elle tend le bras vers son verre d'eau. À coup sûr, elle devait ronfler. La gouttière qui maintient son genou l'oblige à dormir sur le dos, et sa bouche est pâteuse. Elle boit goulûment, se prépare à entendre un commentaire acerbe, mais quelque chose dans l'expression de Jounas révèle qu'il n'est pas venu pour lui lancer des piques.

Sur son visage pâle, ses cernes ressortent dans l'aveuglante lumière qui pénètre par la fenêtre. Elle a l'impression de voir passer sur son visage toutes les expressions et leur contraire : le soulagement et l'irritation, l'inquiétude et la colère. Et quelque chose qu'elle n'avait jamais vu chez son chef auparavant. Un manque de confiance. Une sorte d'embarras gauche avec lequel il analyse la suite d'événements qui a conduit à sa présence ici.

Pour la première fois, Karen a la sensation d'avoir la main, n'en déplaise au fait qu'elle soit sur le dos et à ses ronflements. Elle le sait et il le sait : si elle est ici aujourd'hui, c'est en partie à cause de lui, de ses décisions, de sa vision de l'enquête. En partie seulement, mais cela suffit à emplir la pièce d'une culpabilité muette. Elle le suit silencieusement du regard lorsqu'il se détache de l'encadrement de la porte et fait le tour du lit.

Il n'a pas apporté de raisin, il n'irait jamais jusque-là, mais il pose un journal sur la table de chevet avant de se laisser tomber sur la chaise des visiteurs. Avec une nonchalance feinte, il croise ses longues jambes. Il se rembrunit en apercevant les hématomes qui couvrent le visage de Karen et la gouttière qui lui maintient le genou.

— Comment vas-tu ? demande-t-il avec une grimace, visiblement mal à l'aise.

— J'ai connu des jours meilleurs, rétorque-t-elle d'un ton sec.

Il hoche la tête, affichant maintenant une inquiétude mesurée, plus convenable pour un chef.

— J'en ai aussi connu des pires, ajoute-t-elle avec un demi-sourire.

Il y répond brièvement, presque distraitement.

— Combien de temps vas-tu rester ici, tu le sais ?

Karen résume le discours des médecins. Son séjour à l'hôpital puis l'arrêt maladie, la rééducation.

— Alors on ne peut pas espérer te revoir avant la fin de l'année, dit-il.

Elle entend l'interrogation sous-jacente et y oppose son silence. Pour éviter de répondre, elle tend à nouveau la main vers son verre d'eau. Elle sent le regard de Jounas Smeed peser sur elle. Après une longue inspiration, il pose la question tout de go.

— Rassure-moi, Eiken, tu comptes bien revenir ?

Il serait facile de reporter la décision, de laisser les semaines à venir trancher. Mais quelque chose dans la voix de Smeed l'encourage à lui dire la vérité. Un appel voilé à la réconciliation. Une once d'inquiétude.

— J'ai réfléchi, dit-elle avec franchise. Avant de partir en congé, j'avais décidé de demander une mutation.

— Et maintenant ? Tu as revu ton jugement ?

— Je songe à te donner une nouvelle chance. Mais à plusieurs conditions. Je veux un changement dans ton style de management. Moins de commentaires de gamin attardé, tout simplement. Et je ne veux plus que les grosses enquêtes me passent sous le nez.

— Tu fais la maligne. Mais j'avoue que je ferais pareil à ta place. Tu avais raison. Combien de temps vas-tu me le faire payer ?

— Tu verras bien.

Cette fois-ci, elle s'autorise un sourire unilatéral.

Jounas Smeed secoue la tête avec un soupir.

— Bon, j'imagine que je l'ai mérité.

— Comment ça se passe avec l'enquête sur l'affaire d'Odinswalla et Moerbeck ? Vous avez avancé ?

— Pas d'un millimètre, concède-t-il d'une voix sourde. Mais on dirait qu'il fait une pause. Pas de nouveaux cas depuis celui de la rue de l'Atlas. Ça doit être le froid. Les gros porcs de cette espèce ne sortent généralement pas leur queue quand il gèle.

Karen songe à ce qu'elle a appris pendant ses études de criminologie.

— Il peut s'écouler des mois entre les agressions. Ça me rappelle une affaire en Suède, il y a quelques années. Le type a sévi pendant des années avant d'être appréhendé.

Jounas hoche la tête, mais ne dit rien. Karen poursuit :

— Ce salaud va sans doute frapper à nouveau, ce n'est qu'une question de temps, et quand ça arrivera, je voudrais être là pour l'arrêter.

Jounas se lève, regarde fixement par la fenêtre, sans un mot. Karen attend. Instinctivement, elle sait que ses pensées ont déjà lâché les enquêtes en cours et les suivantes. En réalité, il n'est pas venu pour prendre des nouvelles de moi, songe-t-elle, en l'observant de dos.

— Tu penses à Sigrid, dit-elle.

Elle le voit se figer avant de se retourner vers elle.

L'espace d'un instant, il s'apprête à exprimer la rage et la frustration accumulées ; Sigrid se trouvait à bord du ferry ; Karen l'a emmenée en vacances sans le prévenir ; elle est plus proche de sa fille qu'il ne l'a été depuis des années.

— Je ne lui ai pas parlé non plus, murmure-t-elle.

Son regard est froid, à présent. Froid et hésitant.

— Ah bon ? Vraiment ? Moi qui avais l'impression que vous étiez devenues les meilleures amies du monde. Unies dans votre haine pour moi, j'imagine.

Karen a soudain envie d'être méchante. De le rabaisser, de le blesser profondément, implacablement. Tirer à boulets rouges avec sa propre douleur comme munition. Elle sait qu'elle n'en a pas le droit.

— Tu peux croire ce que tu veux, mais elle ne m'a pas non plus donné de nouvelles. Et elle ne répond pas quand je lui téléphone. Peut-être qu'à ses yeux nous sommes tous les deux responsables de la mort de Susanne.

Il sait qu'elle dit vrai, ça se lit sur son visage. Elle le voit prendre son élan pour sa dernière tentative désespérée.

— Tu m'appelles dès qu'elle te contacte. Tu me dis où elle est. C'est un ordre, Eiken. Compris ?

Karen braque son regard dans le sien.

— Je ne peux pas te le promettre. Pas si elle n'est pas d'accord.

Elle ne détourne pas les yeux et voit sa colère s'évanouir, comme si la maintenir en vie lui demandait un effort surhumain. Sa poitrine paraît se dégonfler et les mimiques quittent son visage. Ne reste qu'une incommensurable douleur. Karen prend conscience que ce n'est pas son chef qu'elle regarde, mais le père de Sigrid.

— Je peux te promettre une chose, dit-elle. Je ne dirai jamais du mal de toi devant Sigrid. Je tiens bien trop à elle pour casser du sucre sur le dos de son père.

Épilogue

Deux semaines plus tard, Eleanor Eiken franchit les portes vitrées de l'hôpital, poussant sa fille dans un fauteuil roulant. Karen est impatiente de retrouver sa maison. Après une semaine dans un lit, hébétée par la douleur et les antalgiques, elle a commencé à trouver le temps long. L'envie de rentrer s'est faite de plus en plus forte chaque jour. L'envie de décider si la porte doit être ouverte ou fermée, si elle veut ou non de la visite. Choisir elle-même l'heure et la composition de ses repas. Ne pas manger si elle n'a pas faim. Échapper à l'odeur du produit désinfectant, aux sirènes des ambulances. Pouvoir pleurer en paix.

Ce qui lui manque plus que tout, c'est un verre de vin et une ou deux cigarettes.

Elle aurait préféré rester seule chez elle, mais elle sait qu'elle aura besoin de sa mère, du moins dans les premiers temps. C'est donc avec des sentiments contradictoires, où se mêlent la surprise, le soulagement et la peur de l'abandon, qu'elle entend sa mère déclarer d'une voix insouciante qu'elle rentrera en Espagne le surlendemain.

— Harry m'appelle tous les jours et me demande quand je reviens, explique-t-elle en poussant le fauteuil vers la sortie. Il te passe le bonjour, d'ailleurs. Il faut que je l'amène à Langevik, dès que tu seras remise sur pied. À Noël, au plus tard.

Karen ne sait pas quoi dire. Cela fait deux semaines qu'elle attend cet instant, mais maintenant qu'elle entrevoit la vraie vie de l'autre côté de la baie vitrée, elle ne veut qu'une chose : faire demi-tour. Se réfugier là où elle se sent en sécurité.

— Tout va bien se passer. Je t'appellerai tous les jours pour prendre de tes nouvelles, bien sûr, affirme Eleanor lorsque les portes de l'hôpital de Thysted se referment derrière elles avec un sifflement.

Dehors, le ciel est dégagé. Karen avale quelques gorgées d'air et s'apprête, à l'aide de ses béquilles, à parcourir les quelques mètres qui la séparent d'un des taxis garés devant l'entrée de l'hôpital. Mais au lieu de s'arrêter, Eleanor Eiken se dirige vers le parking un peu plus loin.

Karen sent son cœur se serrer en apercevant sa voiture. Mais ce n'est pas l'image de sa vieille Ford verte et crasseuse qui lui fait pincer les lèvres pour refouler des larmes de soulagement.

À côté du véhicule, Leo Friis inspire une dernière bouffée de cigarette, jette le mégot par terre et l'écrase du talon.

Et derrière le volant, elle voit Sigrid.

13185

Composition
PCA

Achevé d'imprimer en Slovaquie
par NOVOPRINT SLK
le 25 janvier 2022

Dépôt légal avril 2021
EAN 9782290206188
L21EPNN000470A002

ÉDITIONS J'AI LU
87, quai Panhard-et-Levassor, 75013 Paris

Diffusion France et étranger : Flammarion